う夏

ーヴス

シェトランド島に夏がやってきた。観光客の一団が押し寄せ，人びとを浮き足立たせる白夜の季節が。地元警察のペレス警部は，恋人のフランと出かけた絵画展で，絵を前に嗚咽する男を介抱するが，彼は翌日，桟橋近くの小屋で道化師の仮面をつけた首吊り死体となって発見された。検死の結果は他殺。わずかな時間とはいえ，故人とかかわりをもったペレス警部は，ふたたびテイラー主任警部と組んで捜査にあたる。島と本土をまたいだ捜査行の果てに待つ，事件の真実とは？『大鴉の啼く冬』に続く現代英国ミステリの精華〈シェトランド四重奏《カルテット》〉第二章。

登場人物

ベラ・シンクレア……画家、〈ヘリング・ハウス〉の主
ロディ・シンクレア……ベラの甥、音楽家
アレック・シンクレア……ロディの父、故人
マーティン・ウィリアムソン……〈ヘリング・ハウス〉のシェフ
ドーン・ウィリアムソン……マーティンの妻、小学校の教師
アリス・ウィリアムソン……マーティンの娘
アギー・ウィリアムソン……マーティンの母、旧姓ワット
ケニー・トムソン……農場主、死体の第一発見者
エディス・トムソン……ケニーの妻
ローレンス・トムソン……ケニーの兄
フラン・ハンター……画家
キャシー・ハンター……フランの娘
ピーター・ワイルディング……作家
ウィリー・ジェイミーソン……ワイルディングの家の前の持ち主
ジェレミー（ジェム）・ブース……俳優、インターアクト教育劇団の代表

マーサ・タイラー……ジェレミーの助手
アマンダ・ステープルトン……ジェレミーの元妻
ルーシー・ステープルトン……ジェレミーの娘
スチュアート・リースク……フェリー・ターミナルで働く男
ルーシー・ウェルズ……劇場船の雑用係
ロジャー・ムーア……}
ソフィ・ムーア……} クライマー
ジミー・ペレス……シェトランド署の警部
サンディ・ウィルソン……}
モラグ……} ペレスの部下
ロイ・テイラー……インヴァネス署の主任警部
ステラ・ジェブソン……ウエスト・ヨークシアの女性刑事

白夜に惑う夏

アン・クリーヴス
玉木　亨　訳

創元推理文庫

WHITE NIGHTS

by

Ann Cleeves

イングリッド・ユンソンに
ガングルサンドですごした
最高のときに感謝して

本書の完成に手を貸してくれた、すべての人に感謝します。わたしでさえ理解できるように、もう一度犯行現場の捜査について説明してくれたヘレン。専門家として、第一稿にあらたな視点をもちこんでくれたサラとモーゼズ。シェトランド四部作を最初に構想したとき、貴重な励ましをあたえてくれたサラ・ターナー。そして、編集プロセスを楽しいものにしてくれたジュリー。

白夜に惑う夏

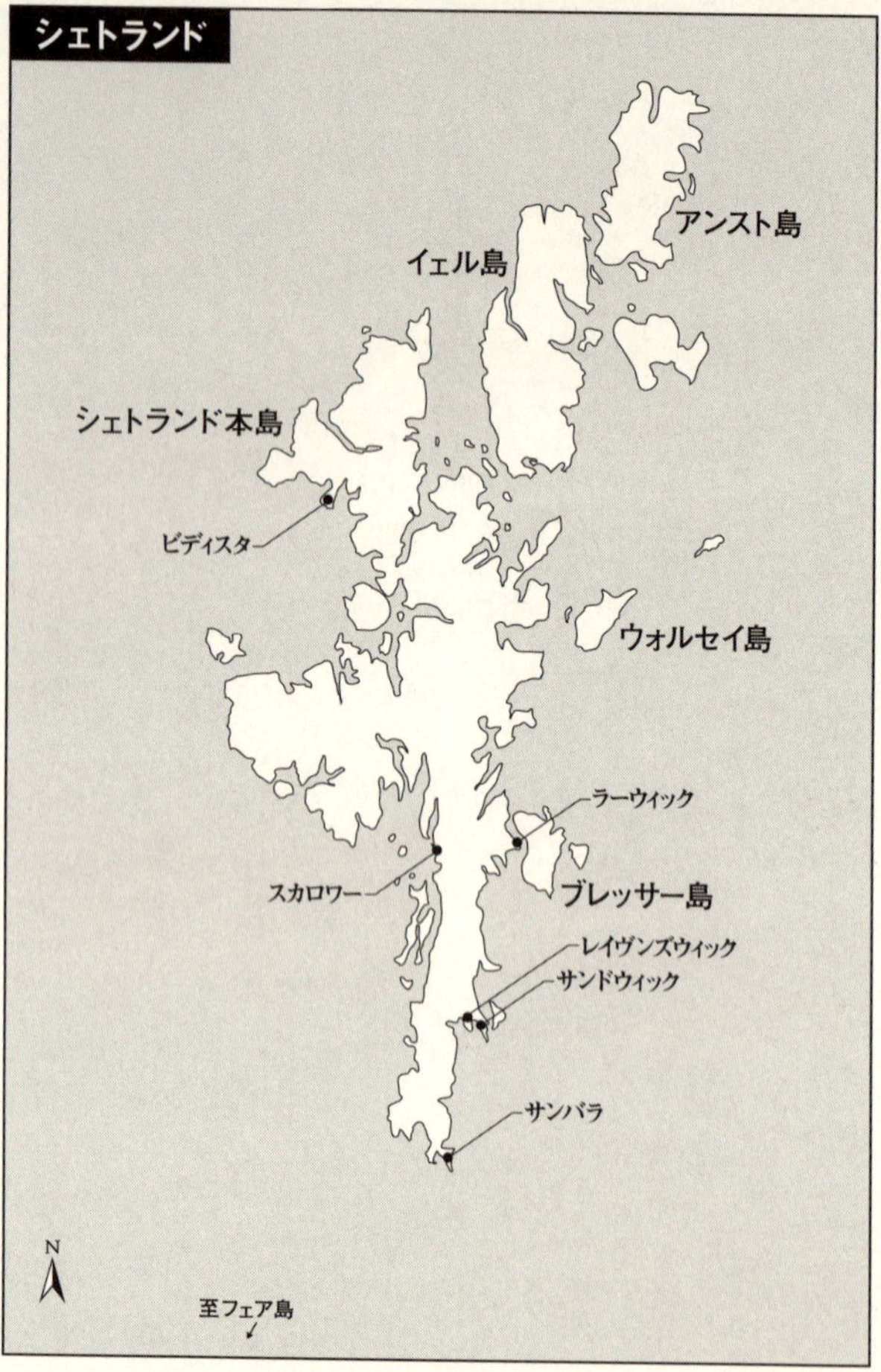
シェトランド
アンスト島
イェル島
シェトランド本島
ビディスタ
ウォルセイ島
ラーウィック
スカロワー
ブレッサー島
レイヴンズウィック
サンドウィック
サンバラ
N
至フェア島

プロローグ

観光船の乗客が、ぞろぞろと上陸してきた。薄手のジャケット。サングラス。肩に羽織ったセーター。この極北の地では天気が変わりやすい、と警告されてきたのだ。巨大な船だったので、こうしてモリソン埠頭から見あげると、そのむこうにあるラーウィックの町が小さく見えた。専用バルコニーのついた窓が何列もつらなる観光船は、まさに海に浮かぶ一大都市だ。ラーウィックは真昼どきをむかえていた。凪いだ海面に陽光が反射しており、そびえる白い船体はまぶしすぎて、目をすがめずには見ていられなかった。駐車場にはバスの一団が待機していた。これらのバスで観光客たちは南の遺跡へとつれていかれ、海鳥たちの生息する断崖を見学し、ツノメドリの写真を撮り、ガイド付きの銀細工作りツアーに参加する。そして、その途中でシェトランドならではの豪勢なハイティーを満喫するのだ。

タラップをおりきったところに、芸をしている男がいた。動く芸術品、いわゆる路上パフォーマンスというやつだ。すらりとした身体にピエロの衣装をまとい、顔には道化師の仮面をかぶっている。男は無言で、訪れた観光客にむかって歓迎の身ぶりをしてみせていた。片手をおなかにあて、反対の手で地面を払うようにして、ぎょうぎょうしくお辞儀をする。観光客たちは頬笑んだ。楽しむ気分になっていた。大都会でなれなれしく他人にちかづいてこられるのはごめんだが――大都会にいるのは物乞いや頭のおかしな連中で、いちばんいいのは目をあわさずに顔をそむけることだ――ここはシェトランドなのだ。これ以上、安全な場所はあり得ない。それに、地元の人とも会いたかった。そうでなければ、どうやって故郷にみやげ話を持ち帰れるというのか？

道化師はスパンコールを縫いつけた赤いビロードのかばんをもっており、それが動くたびにきらきらと輝いていた。かばんは、おいはぎを恐れる老女がハンドバッグを持ち歩くときみたいに、肩から斜めにかけられていた。男はそこから印刷されたちらしをひとつかみ取りだすと、人びとにくばりはじめた。

そのとき、観光客たちは理解した。これは宣伝用のパフォーマンスなのだ。結局、ここもロンドンやニューヨークやシカゴと大してちがわないのかもしれない。とはいえ、かれらの気分がそこなわれることはなかった。いまは休暇中なのだ。そこで、かれらは色あざやかなちらしを受け取り、目をとおした。ラーウィックでは自由行動の時間が、ひと晩あった。もしかすると、面白そうな演《だ》し物でもやっているのかもしれない。男には、どこか人を惹きつけるものがあった。顔につけている不気味な仮面にもかかわらず、思わず笑みを浮かべたくなるような魅力があった。

バスにのりこみながら、観光客たちは男が狭い通りをとおって町なかへと消えていくのを見送った。男はなおも、通行人たちにちらしをくばりつづけていた。

1

ジミー・ペレスは車で町を通り抜ける際、このパフォーマーの背中をちらりと目にしたが、それを気にとめはしなかった。ほかにもいろいろと考えることがあったのだ。

彼はフェア島でみじかい休暇をすごしたあとで、つい先ほどティングウォールの滑走路に降りたったばかりだった。実家の小農場で母親にあれこれと世話をやかれ、父親からは羊の値段にかんする愚痴を聞かされつづけた三日間。里帰りしたあとのつねで、いまも彼は、どうして父親に対してやりにくさを感じるのだろう、と考えていた。べつに言い争いや深刻な対立があるわけではないのだが、それでも実家をあとにするときには、決まって罪の意識と自分のいたらなさを痛烈に感じていた。

ペレスの頭には、仕事のこともあった。彼の机の上で待っているはずの書類の山。サンディ・ウィルソンの出金伝票を処理するのは、それだけで一日仕事になるだろうし、ラーウィックの酒場で起きた重暴行事件にかんする報告書を作成して、地方検察官に提出しなくてはならない。

さらにペレスの頭には、フランのこともあった。彼は今夜七時半に、レイヴンズウィックまで彼女を迎えにいくことになっていた。そのまえに自宅に戻って、シャワーを浴びなくてはならない。これはデートだ。ちがうか？　はじめての本格的なデートだ。ふたりはこの半年間、友人としてつきあってきたが、いまの彼は十代の少年みたいに気分がうわついていた。

ペレスは約束の時間きっかりにフランの家についた。髪の毛がまだ濡れており、おろしたてで糊のきいたシャツは、ごわごわとして着心地が悪かった。包装時のたたみじわが、まだうっすらと前身ごろについている。服装のこととなると、ペレスはいつでも神経質になった。美術展覧会のオープニング・パーティには、なにを着ていくべきなのか？　出品者のひとりが、夜となく昼となく彼の心をとらえて放さない女性であるときには？　そして、その晩、彼女をベッドにつれこみたいと考えているときには？

フランのほうも神経質になっていた。彼女が車にのりこんできた途端、ペレスにはそれがわかった。彼女は身体の線が出るやわらかい素材の黒いドレスを着ており、すごく洗練されて見えた。彼女とどうにかなるチャンスがあるなんて、とても信じられなかった。そのとき、ふいにフランがにやりと笑った。それを見るたびに、ペレスの胃はでんぐり返り、強烈な西風にもまれる〈グッド・シェパード〉号に三時間揺られていたような気分になった。ペレスは彼女の手をぎゅっとにぎりしめた。すごくきれいだ、といいたかったが、どうすれば野暮ったくなく――あるいは、恩着せがましくなく――聞こえるようにできるのかわからなかったので、ビディスタにつくまで、ずっと黙っていた。

展覧会のひらかれる画廊は、〈ヘリング・ハウス〉という名称で呼ばれていた。かつて、その建物ではニシン《ヘリング》を干していたのだ。西海岸にある谷のはずれ、海のすぐそばに位置しており、そこから浜辺に沿って進んでいくと、獲ってきた魚を漁船が水揚げするときに使っていた石造りの小さな桟橋があった。漁船はいまでも何隻か残っていた。画廊から一歩外に出ると、海草と潮の香りが待ちうけていた。この建物を手にいれたとき、壁にはまだニシンの臭いが染みついていた、とベラ・シンクレアはいっていた。

そのベラ・シンクレアが、今回の展覧会のもうひとりの出品者だった。ペレスは彼女を知っていた。シェトランドのほぼ全員が知っているのと同程度には。パーティで何度か言葉をかわしていたが、彼女にかんしてペレスがつかんでいる情報は、ほとんどがうわさをつうじてはいってきたものだった。ベラはビディスタで生まれ育ったシェトランド人だった。若いころは奔放といわれていたが、いまはどちらかというと威圧感があって、ちかよりがたい存在になっていた。そして、金持ちに。

ペレスはまだ気分が落ちつかなかった。飛行場から急いでかけつけたせいもあるが、それ以外にも、今夜はフランとどうにかなるチャンスだと考えていたからである。彼は感情の機微というやつが苦手だった。これが彼の思いちがいだとしたら？　ベラと握手をしようと手をさしだしたとき、ペレスは自分の手が震えているのがわかった。自作の評価を気にしているフランの不安が伝染したのかもしれなかった。招待客のあいだを移動して無地の壁に展示された絵を見てまわりはじめると、ますます気分がぴりぴりしてきた。まわりの出来事が、ほとんど頭にはいってこなかった。フランに話しかけ、知りあいにうなずきかけていたものの、心ここにあらずの状態だった。ひたいに感じるプレッシャーが強くなっていった。暖かくてどんよりとした日に、雷雨が訪れるのを待っているような感じだ。ロディ・シンクレアが登場して演奏をはじめたとき、ようやくペレスはすこしリラックスすることができた。ついに雨が降りはじめた、とでもいうように。

ロディは会場の真ん中で、光につつまれて立っていた。夜の九時だというのに、日の光は傾斜した高い屋根にしつらえられた窓からまださしこんできていた。磨きあげられた木の床や白塗りの壁に光が反射して、ロディの顔を照らしている。ロディは口もとにうっすらと笑みを浮かべ、じっと立ちつづけていた。招待客の注目がいずれ自分に集まることを確信し、視線がむけられるのを待っているのだ。会話がじょじょに途切れて、部屋が静まり返った。ロディが叔母のベラ・シンクレアに目をやると、彼女は愛おしげに感謝の笑みを浮かべてみせた。ロディはヴァイオリン《フィドル》をもちあげ、あごの下にはさむと、ふたたび間をとった。そして、一瞬の静寂ののちに演奏をはじめた。

聴衆はなにを期待していいのかを知っており、ロディはその期待を裏切らなかった。彼は狂ったように演奏した。それが彼の売りなのだ。このパフォーマンスが。それと、音楽——シェトランドのフィドル音楽だ。どういうわけか、それが一般大衆の心をとらえた。世界じゅうのラジオで流され、テレビのトーク番組のホストたちから絶賛された。信じられないような話だった。シェトランド出身の若者が、シャンパンを飲んで十代の女優とデートしたといってタブロイド紙に載るなんて。彼は突如として大成功をおさめていた。あるロックスターが彼をお気にいりのミュージシャンとしてあげて以来、彼はありとあらゆる新聞、テレビ、光沢紙のゴシップ雑誌で取りあげられていた。

ロディ・シンクレアは演奏しながら飛びはね、ジグを踊った。すると、いい年をした大人たちや本土からきた美術評論家、ラーウィックから北に車を飛ばしてきた少数の奇特な人たちが、グラスをおいて手拍子をとりはじめた。ロディは両膝をつくと、ゆっくりとのけぞり、床にぴたりと背中をつけた。そして、途切れることなく演奏をつづけていたかと思うと、ぱっと立ちあがった。音楽は、まだまだつづいた。画廊の片隅で、年配のカップルが腕を組み、驚くほど軽やかな足どりで踊っていた。

すごく激しい演奏だったので、彼の指の動きに観客の目はついていけなかった。やがて突然、音楽がやんだ。若者がお辞儀をした。人びとは拍手喝采した。ペレスはまえに何度もロディの演奏を見ていたにもかかわらず、やはり感動していた。そこにはお国自慢の感情もふくまれており、ペレスはすこし気まずさをおぼえた。フランに目をやる。こういうのは、彼女にはすこし感傷的すぎるかもしれない。だが、フランもみんなといっしょになって歓声をあげていた。

ベラがロディに合流するため、翳《かげ》から光のなかへと歩みでてきた。演奏を称えて、芝居っけたっぷりに腕をさしだしている。

「ロディ・シンクレア」ベラがいった。「わたしの甥です」ぐるりと招待客を見まわす。「ただひとつ残念なのは、ここに彼の演奏を楽しむ人がもっとたくさんいないことです」実際、会場にはぱらぱらとしか人がおらず、彼女の発言で、それが突然あらわになった。ベラはそのことに気づいたにちがいなく、ふたたび顔をしかめた。あきらかに、それを口にしたことを後悔していた。

若者がふたたびお辞儀をし、にやりと笑うと、左右の手にもったフィドルと弓を高く掲げた。「とにかく、絵を買ってください」若者はいった。「みなさんは、そのためにここにきてるんですから。ぼくは前座にすぎません。主役は、ここに展示されている絵です」

ロディは聴衆に背をむけると、展示品のかかっていない壁のそばに設置された長い組み立て式のテーブルから、ワインのグラスをとった。

2

フランはすでにワインを何杯か飲んでいた。予想していた以上に緊張していた。ロンドンの雑誌で働いていたとき、彼女はこうしたイベントにいくつも出席していた。初日。オープニング。展覧会。人びとのあいだをまわり、おしゃべりし、名前と顔を覚え、退屈さを押し隠してきた。だが、今夜はちがった。ここの壁にかかっている絵の何枚かは、彼女の作品なのだ。裸でさらしものになっているような気分だった。もしも作品が受けいれられなかったり歯牙にもかけてもらえなかったりしたら、それは自分を否定されるようなものだろう。芸術に背をむけて島のうわさ話に興じている人たちにむかって、フランはこう叫びたかった。壁を飾っているイメージにきちんと目をむけて。真剣に見て。こきおろしてもかまわないから、どうか真面目に受けとめて。

会場にいる人の数は、思ったよりもすくなかった。ベラの展覧会のオープニングはいつも盛況なのに、今夜はフランが招待した客でさえ――彼女が友人と考えている人たちだ――何人かは姿を見せていなかった。彼女がこの展覧会のことを口にしたとき、かれらはただ礼儀正しくふるまっていただけなのかもしれない。彼女の作品を見て、気にいらなかったのかも。すくなくとも、こんな素敵な夜をつぶしてまで、展覧会にくるほどには。やることなら、ほかにいくらでもあった。いまは一年のなかで、バーベキューをやったり水上ですごしたりする時季なのだ。フランは出席者のすくなさを自分へのあてつけのように感じていた。

ペレスがうしろからちかづいてきたのを察知して、フランはふり返った。心がまえができていないときに彼の姿を目にするたびに、彼女の頭には彼をスケッチしたいという思いがまず浮かんできた。いまも彼女の指は、木炭をもちたくてうずうずしていた。その絵は、流れるような線で描かれた、ごつごつした角のないスケッチになるだろう。すごく黒っぽい絵だ。ペレスはシェトランド人で、彼の一族は十六世紀からずっとシェトランドで暮らしていたが、ヴァイキングの血は一滴もまざっていなかった。祖先は、遭難した無敵艦隊の船から浜に打ちあげられたスペイン人だった。すくなくとも、ペレスはそういっていた。彼がその言い伝えを受けいれたのは、たんにそれで自分がほかのみんなとちがうことの説明がつくからではないのか、とフランは考えていた。シェトランド諸島には彼とおなじ黒い髪とオリーブ色の肌をした人がいくらかいたが――地元の人は、かれらを〝黒いシェトランド人〟と呼んでいた――この集まりのなかにいるペレスは、すごく異質で浮きあがって見えた。

「パーティは成功みたいだな」ペレスがいった。ためらいがちな口調。今夜の彼は、すこしおかしかった。緊張しているのかもしれない。これが彼女にとってどれほど重要な夜かを知っているから。彼女のはじめての展覧会だ。それでなくても、ふたりの関係はいま手さぐりの段階にあった。フランは彼とのあいだに距離をおき、自立を維持していた。ペレスとそういう関係になれば、彼を受けいれるだけではすまないだろう。彼の家族やフェア島のもろもろがいっしょにくっついてくる。そして彼のほうは、シングルマザーをひきうけることになる。五歳の子供もいっしょに。じっくり考えなくてはならないことがありすぎた。とはいえ、彼女はすでに考えていた。決して暗くならないように思えるこの夏の長い夜に、彼のことを考えていた。旧式の映写機につぎつぎとスライドを送りこむみたいにして、さまざまなペレスのイメージを頭のなかに映しだしていた。ときおり、夜中に起きあがって家の外にすわり、灰色の水面の先の完全に沈むことのない太陽をながめた。そして、彼をどんなふうに描こうか考えた。こちらに背をむけている長軀。皮膚の下に浮かびあがる骨。硬い背骨とまるみをおびた臀部《でんぶ》。それらはすべて、彼女の想像だった。頰にキスされ、腕にふれられたことはあるものの、それ以上の肉体的な接触はなにもなかったからである。彼の人生には、別の女性がいるのかもしれない。フランがしているように、明るくて眠れない夜に頭のなかで思い描く相手が。それとも彼は、フランの気持ちがかたまるのを待っているのだろうか。

ふたりが出会った直後に、フランはひと月のあいだ本土にいっていた。娘のためだ、と彼女は自分に言い聞かせた。娘のキャシーは大人でも心に大きな傷を負うような騒ぎを体験しており、しばらくシェトランドを離れていれば、その傷を癒す助けになるだろう。母娘がシェトランドに戻ってくると、ふたりの様子を確かめるためにペレスが連絡してきた。職業的な関心からだ、とフランは考えたが、本当のところは、それ以上の気持ちがあることを期待していた。ふたりは気がおけない友人関係を築いていった。フランのほうから積極的に行動に出ることはしなかった。シェトランドでは、彼女はまだよそ者だった。こういう状況下でどのようにふるまうべきなのか、よくわからなかった。最初の結婚の失敗で、彼女の自信は打ちくだかれていた。またしても拒絶されるのは、耐えられなかった。

「ちっとも成功なんかじゃないわ」フランはいましがたのペレスの発言にこたえていった。「ほとんど人がいないもの」不満たらしく聞こえるのはわかっていたが、それでもいわずにはいられなかった。「ただでワインが飲めてロディ・シンクレアの演奏を聞けるんだから、それだけでも、みんな顔を見せてもよさそうなものなのに」

「でも、いまきている人たちは、みんな興味をもっている」ペレスがいった。「ほら、見てごらんよ」

フランはペレスから部屋のほうへとむきなおった。彼のいうとおりだった。人びとの関心はワインと音楽から離れ、みんな画廊をぶらぶらと歩きまわりはじめていた。絵を鑑賞し、ときおり足を止めては、特定の作品に見入っている。会場にはフランとベラ・シンクレアの絵が半々に展示されていた。もともとはベラ・シンクレアの回顧展として企画された展覧会で、三十年間にわたる彼女の作品を陳列するために、全国各地のコレクションから絵やデッサンが集められていた。フランの絵もいっしょに展示してはどうかという提案は、ベラがいきなりもちかけてきたものだった。

「素晴らしい展覧会だよ」ペレスがいった。その言葉に、フランはどう反応したらいいのかよくわからなかった。彼女としては、作品についてなにかうれしくなるようなことをいってもらいたかった。今夜は無防備になったような気がして神経がぴりぴりしていたので、お世辞でもいいからほめ言葉が聞きたかった。

だが、ペレスの関心は招待客のほうにむけられていた。「すごく熱心に見ている客がいる」フランが彼の視線をたどっていくと、ある中年男のところにいきついた。芸術家っぽい、くだけた感じの洒落た身なり。女性のようなほっそりとした体格。黒のTシャツにゆったりとした黒のズボン、そして黒の麻のジャケット。男はベラの初期の自画像のまえに立っていた。奔放きわまりないベラの姿をとらえた作品だ。赤いドレス。真っ赤な口紅にいろどられた唇。顔からなびく髪の毛。人の心をかき乱すと同時に、エロティシズムを強く感じさせる絵だ。絵の具を厚く塗ったざらざらした質感の油絵で、筆づかいに勢いがあった。

つぎに男は、ロディ・シンクレアの隣に立って、フランの絵をみつめた。レイヴンズウィックの浜辺にいるキャシーを描いた作品だ。男の視線の激しさに、フランはなぜか不安をおぼえた。べつにその絵を見たからといって、通りでキャシーを見わけられるようになるわけではないのだが……。男は熱心に見入っているというより、ぎょっとしているように見えた。たったいま残虐行為を目にした――あるいは、幽霊を目にした――とでもいうように。

「地元の人間じゃないな」ペレスがいった。フランも同意見だった。見たことのない顔だから、というだけではない。その雰囲気から、男が本土からきた人間だということがわかった。服装。態度。絵を見るときのたたずまい。

「何者かしら？」フランはあからさまになりすぎないように、グラス越しに男のほうを見ていた。だが、男はあいかわらず夢中で絵をみつめており、たとえふりむいても、彼女の視線に気がつく心配はなさそうだった。

「どこかの大金持ちの蒐集家さ」ペレスが彼女ににやりと笑いかけながらいった。「ここにある絵をみんな買いあげて、きみを有名にしてくれるんだ」

フランはくすくす笑った。一瞬、緊張がほぐれた。「それか、日曜紙の美術欄の記者かもね。あたしは次世代のあらたなる天才として、特集記事で取りあげられるんだわ」

「真面目な話」ペレスがいった。「そうなっても不思議はないんじゃないかな？」

フランはふり返って、ペレスを見た。また冗談をいっているのだと思っていたが、ペレスはすこしむつかしい顔をしていた。

「本当さ」ペレスがふたたび笑みを浮かべた。「きみの絵は、すごくいい」

フランはなんといっていいのかわからずに、気のきいた謙遜の言葉を探しもとめた。そのとき、男がくるりとむきなおるのが見えた。ロディが演奏中にやったみたいに、床に両膝をつく。それから男は両手で顔をおおうと、おいおいと泣きはじめた。

3

一年のこの時季は誰もがすこし頭がおかしくなる、とペレスは考えていた。光のせいだ。昼間はぎらぎらと降りそそぎ、夜になっても消えない光。太陽は決して完全には地平線のむこうに沈まず、そのため真夜中でも、外で読書ができる。冬があまりにも暗くて厳しいので、夏になると人びとは一種の躁状態におちいり、ひたすら活動しつづける。ふたたび暗い日々が訪れるまえに外に出て、それを最大限に活用し、楽しまなくては、という気分になるのだ。ここシェトランドでは、それは〝夏の薄闇（白夜のこと）〟と呼ばれていた。そして、今年はとくにひどかった。例年だと天気が不安定で、一時間ごとに、雨、風、みじかい晴れ間と変化する。ところが今年は、ほぼ二週間ぶっつづけで晴れていた。この闇のない日々は、本土からきた人びとにも影響をあたえた。地元の人間よりも極端な反応を示すものもいた。かれらは、鳥たちが夜遅くまでさえずり、薄闇がひと晩じゅうつづき、自然がお決まりのパターンから逸脱してしまう状態に、慣れていなかった。そういったことに、心をかき乱された。

黒装束の男が日だまりにひざまずき、わっと泣きだすのをながめながら、ペレスはこれもまた真夏の狂気の一例だろうと考えていた。そして、誰か別の人間がそれに対処してくれることを願った。じつに芝居がかった意思表示だった。男はひとりでここに押しかけてきたわけではあるまい。ベラ・シンクレアに招待されたか、常連の招待客についてきたかだ。〈ヘリング・ハウス〉は、本土からきた人間にとっては行きづらい場所にあった。たとえラーウィックまでたどりついても、そのあとが大変なのだ。原因はきっと女だろう、とペレスは考えた。あるいは、この男も画家で、注目を浴びたがっているのか。ペレスの経験からいうと、ほんとうに気が滅入って四六時中泣きたい気分でいる人間は、スポットライトを求めたりはしない。隅に隠れ、目立たないようにしているものだ。

だが、この男に救いの手をさしのべるものはいなかった。人びとはおしゃべりをやめ、困惑して、すすり泣きをつづける男をただみつめていた。男はいまでは光にむかって顔をあげ、両手を脇にだらりとたらしていた。

フランの感じている不満が、隣から伝わってきた。ペレスがなにか行動をとることを、期待しているのだ。彼がいま非番であるという事実は、関係なかった。彼なら当然どうすればいいのか知っているべきなのだ。それだけではない。フランはペレスが自分にぞっこんであるという点につけこんでいた。なにもかも、彼女のペースにあわせて進めなくてはならなかった。このデートにこぎつけるまでだって、どれほど待たされたことか。彼女に取り入ろうとするあまり、彼はその考えに喜んでくみしようとしてきた——どんなときでも。自分がすっかり彼女の意のままになっていたことに、ペレスはいままで気づいていなかったが、いまふいに、それが鮮明になった。一瞬、強烈な不満をおぼえる。だが、すぐにそれがじつにけちな考え方であると思いなおした。彼女は娘を失いかけたのだ。そのあとで、ふだんの生活を取り戻すために時間を必要とするのは、当然ではないか？　それに、彼女は間違いなく、待つだけの価値のある女性だった。ペレスは泣いている男にちかづき、そばにしゃがみこんで、立ちあがるのに手を貸した。そして、男を人びとの視線のなかからつれだした。

ふたりはキッチンにいった。そこでは若きシェフのマーティン・ウィリアムソンが、トレイの上にカナッペをならべていた。ペレスはマーティンを知っていた。彼の生い立ちを語ることもできたし、すこし考えれば、彼の祖父母の洗礼名だっていえただろう。〈ヘリング・ハウス〉にはレストランがあり、マーティンはそこの責任者だった。今夜の料理では、当然のことながらニシン《ヘリング》が主役になっていた。円形のソーダブレッドの上に、小さなニシンのスライスが巻いてのせてある。ニシンは酢漬けにされたもので、ヴィネガーとレモンのさわやかな香りがしていた。地元の牡蠣とシェトランド産のスモーク・サーモン。ペレスは昼からなにも食べておらず、生唾がわいてきた。ふたりがキッチンにはいっていくと、マーティンが顔をあげた。

「しばらく、ここにすわっててもかまわないかな？」

「料理にはちかづかないでくれよ。労働衛生安全基準法にふれるから」そういいながらも、マーティンはにやりと笑った。子供のころの彼がいつもにこにこしていたのを、ペレスは覚えていた。結婚式やパーティで何度か見かけたときも、彼はいつでもふざけて笑っていた。

マーティンは自分の仕事に戻り、ふたりを無視した。フィドルの演奏が画廊から聞こえてきた。会場の気まずい沈黙を埋め、客たちの購買意欲をふたたびかきたてるため、再度ロディがひっぱりだされたのだ。正体不明の男は、あいかわらずすすり泣いていた。一瞬、ペレスは同情をおぼえた。料理に気をとられるなんて、自分はほんとうに薄情なやつだ、と思った。自分が人前で悲しみをあらわにするところを、ペレスは想像できなかった。衆人環視のなかで泣くとは、この男はよほどひどい目にあってきたにちがいない。さもなければ、病気か。きっと、そうだ。

「なあ」ペレスはいった。「そんなにおちこむなって、な?」男のために椅子をひきよせ、そこにすわらせる。

男は、ペレスが部屋にいることにいまようやく気がついたとでもいうような目で、彼をみつめた。

手の甲で目もとをぬぐう。子供っぽい、飾りけのないしぐさだったので、ペレスははじめて男に対してやさしい気持ちをいだいた。ポケットからハンカチを取りだして、男にさしだす。

「ここで自分がなにをしてるのか、わからない」男がいった。イングランド人だが、南のほうからきたのではないな、とペレスは思った。以前、インヴァネスから派遣されてきた同僚のロイ・テイラーのことを考える。ロイ・テイラーはイングランド北部のリヴァプールの出身で、アクセントがこの男のしゃべり方と……いや、すこしちがった。

「誰でも、ときどきそういう気分になるものだよ」

「あなたは?」

「ジミー・ペレス。刑事だ。だが、刑事として〈ヘリング・ハウス〉にいるわけじゃない。画家のひとりが友人でね」

「〈ヘリング・ハウス〉？」

「この建物だ。画廊だよ。そう呼ばれている」

男はこたえなかった。ふたたび悲しみに呆然として、自分の殻にとじこもり、耳をかたむけるのをやめてしまったように見えた。

「名前は？」ペレスはたずねた。

またしても返事がなかった。ぼんやりとしたまなざし。

「名前を教えてくれても、べつに害はないだろう？」ペレスは忍耐がつきかけていた。今夜はフランとの関係をはっきりさせられるときだと考えていた。彼女の家に泊まるところを想像していた。彼を知る人たちにショックをあたえるようなことを――彼自身、ショックを受けていた――いろいろと思いめぐらせていた。キャシーは父親の家に泊まることになっていた。フランが自分から、そう話してくれたのだ。それはいい徴候だった。ちがうか？　ふだんペレスは、他人の話を聞いて、いともたやすく感情に流されていた。だが今夜は、この泣いている見知らぬ男の感情にまきこまれまいとする、大きな理由が存在していた。

男が顔をあげて、ペレスを見た。

「名前がわからない」たんたんという。いまや、芝居がかったところはすっかり消えていた。

「思いだせない。自分の名前もわからなければ、どうしてここにいるのかも覚えてない」

「ここへはどうやって？　〈ヘリング・ハウス〉には？　シェトランドには？」

「わからない」男の声には、パニックの色があらわれはじめていた。「絵を見るよりまえのことは、なにも覚えてないんだ。あそこの壁にかかっていた赤いドレスの女性の絵。まるで、あの絵をみつめながら生まれてきたような感じだ。わかっているのは、それだけって気がする」

これは悪ふざけではないのか、とペレスは疑いはじめていた。いかにもサンディが面白がりそうないたずらだ。ウォルセイ島出身でペレスの部下であるサンディは、がきっぽいユーモア感覚の持ち主だった。署内の連中は全員、今夜ボスがあの画家のイングランド人女性といっしょにここにいることを知っているだろう。かれらなら、ボスの一夜を台無しにしようとしかねなかった。連中は、それを最高のいたずらと考えるだろう。

男が頭に怪我をしている様子はなかった。身なりはこぎれいで整っており、事故にあったとは考えにくい。とはいえ、これが演技だとするなら、なかなかの役者だった。涙。身体のふるえ。装うのは、そう簡単ではないだろう。それに、サンディがどうやってこの男と知りあうというのか？　どうやってこのはでな騒ぎを演じるよう男を説得するというのか？

「ポケットの中身を全部出してみたら、どうかな？」ペレスはいった。「運転免許証とかクレジットカードがあるだろう。すくなくとも、それで名前がわかれば、親族を捜しだせるし、なにがあったのか説明がつくかもしれない」

イングランド人の男は立ちあがり、ジャケットの内ポケットに手を入れた。「ここにはない」という。「財布はいつも、ここに入れてるんだが」

「それじゃ、そのことは覚えているんだ？」

男が口ごもった。「そんな気がしたんだ。はっきりしてることなんて、なにもありゃしない」

男はゆっくりと几帳面に、ほかのポケットをさぐっていった。なにも出てこなかった。ジャケットを脱いで、それをペレスに手渡す。「調べてみてくれ」

無駄骨だろうとわかっていたものの、それでもペレスは調べた。「ズボンは？」

男はポケットの裏地をひっぱりだしてみせた。黒いズボンから白い布を飛びださせ、おびえた表情で立っている姿は、すこし滑稽だった。

「なにももってないのか？」ペレスはたずねた。「かばんは？　ブリーフケースは？」自分の声が切羽つまってきているのがわかった。フランと一夜をともにするという彼の夢は、急速に遠のきつつあった。

「そんなの、わかるはずないじゃないか」男の声は悲鳴にちかかった。

「会場にいって、みてこよう」

「だめだ」男がいった。「おれをおいてかないでくれ」

「誰かに襲われたのか？　なにを恐れているんだ？」

男は一瞬、考えていた。記憶のかけらでも戻ってきたのだろうか？「よくわからない」

「なんだったら、いっしょにくるといい」

「いや。あの人たちと顔をあわせられない」

「それじゃ、かれらのことは覚えているんだ？」

「いっただろう。絵のあとのことは、すべて覚えてる」

「あの絵には、なにか特別に心をかき乱されるようなものでもあるのか？」

「どうかな。わからない」

ペレスは立ちあがった。テーブルをはさんで、男とむかいあう。シェフのマーティンはキッチンを離れており、ロディ・シンクレアの演奏は終わっていた。画廊からは穏やかなざわめきが聞こえていた。「きみがかばんをもっていたかどうか、いって確かめてこよう」ペレスはいった。「きみを知ってる人がいるかどうか、きみが到着するのを見かけた人がいるかどうか。きみはここにいれば安全だ」

「わかった」男はいったが、その声は確信に欠けていた。暗闇なんて怖くない、と自分に言い聞かせている子供のような口調だった。

会場では、フランが花柄のテントみたいな服を着た大柄な女性と熱心に話しこんでいた。フランの顔はすこし紅潮していた。そばを通ったとき、会話の切れ端から、その女性が絵の一枚を買いあげ、ふたりはそれをどうやって本土に送るかを話しあっているところだとわかった。観光客だな、とペレスは思った。そういう季節だった。あきらかに、金をたんまりもっている観光客だ。女性はフランの作品をほめそやし、絵を依頼できるかとたずねていた。突然、ペレスはフランがとても誇らしくなった。

注意をひこうとする年配の男性を無視して、ベラがまっすぐペレスにちかづいてきた。みじかく刈りあげた白髪。長い銀のイアリング。灰色のシルクのシャツ。銀色に輝く大きな魚みたいだ、とペレスは思った。口もとも、どことなくそんな感じがする。それと、間隔のあいた色の薄い目も。だが、それでも彼女は魅力的だった。若いころは美女としてならした伝説的な人物で、いまでも人の目を惹きつけるものがあった。「あの気の毒な男性をつれだしてくれて、ありがとう、ジミー。あの人、どうしたのかしら？」ベラは灰色の目で、まばたきもせずにペレスをみつめた。

「よくわかりません」ペレスは必要のないかぎり、決して情報を洩らさなかった。子供のころに身につけた習慣だった。彼が育った小さな集落ではプライバシーがほとんどなく、そのため、どんなつまらない情報でも大切にしていたのだ。そしていま、彼の仕事では、情報は貴重な価値をもつと同時に、あまりにも簡単に洩れてしまう可能性があるものだった。大勢にまぎれてしまえる土地なら、警官がすこしくらい口をすべらせても、なにも問題はない。夕食の席で配偶者になにかいったり、バーでおかしな話を披露したりしても、誰にも出所はわかりはしない。だが、ここでは話が、それを口にしたもののところまで必ず戻ってくるのだ。「あの男性は知りあいですか、ベラ？　美術商とか？　ジャーナリストとか？　彼はイングランド人です」

「いいえ。フランが招待したのかと思っていたんだけれど」

「彼はあなたの自画像に、すっかり魅入られていたようでした」

人が自分の作品に興味をいだくのはごく自然なことだとでもいうように、ベラは肩をすくめてみせた。

「あの男がはいってくるところを見ましたか？」

「彼はロディの演奏がはじまる直前にあらわれたわ。あたしはあの子の演奏をまえに何度も見ているから、ほかのみんなほど熱心にみつめていなかったの」

「ひとりでしたか?」

「ええ、間違いなくね」

「はいってきたとき、かばんを手にしていたかどうか、気づきませんでしたか?」

ベラはすこしのあいだ目を閉じて、そのときの情景を思い浮かべようとしていた。彼女の記憶はあてになるだろう。なんといっても、画家なのだ。

「いいえ」ベラがいった。「かばんはなかった。両手をポケットに入れてたわ。そのときは、すごくリラックスしているように見えた。人ごみのうしろに立って、ロディの演奏が終わるまで、ただながめていた。それから、あたしの絵にちかづいていって、そのあとで、キャシーの絵のまえに移動した。あの絵にすごく感動しているようだった。そうは思わなかった?」ベラは返事を待っていた。

「彼はすこし混乱しているようです」ペレスはしばらくしてから、ようやくいった。「よくわかりません。神経衰弱なのかも。医者にみせたほうが、いいのかもしれない」

だが、そのころにはもうベラは、ペレスの話を聞いてはいないようだった。あたりを見まわして、人びとがどれくらい絵に関心をもっているのかを、判断しようとしていた。

「フランがいま話をしているのは、ピーター・ワイルディングよ」ベラがいった。「彼女、あの人に愛想よくしてるといいんだけど。彼は買い手のひとりよ」

花柄のドレスを着た女性の姿はすでになく、かわってフランの隣には、白いシャツに黒ぐろとした髪の、すごくぴりぴりした感じの中年男性がいた。フランがしゃべっており、男はすこし頭をかたむけ、ひと言も聞きもらすまいとするように、彼女のほうに身をのりだしていた。

ベラが小さく笑って、去っていった。ペレスはキッチンに戻るとき、わざとフランと男のそばを通った。今度はワイルディングがしゃべっていた。彼の声は低く、フランの絵についてまくしたてているのはわかったが、周囲の音にまぎれて、言葉のひとつひとつまでは聞きとれなかった。フランはペレスに気づきもしなかった。

キッチンのドアのところで、ペレスは足を止めた。マーティン・ウィリアムソンがドアに背をむけ、流しで鍋を洗っていた。謎の男の姿は、どこにもなかった。

4

ケニー・トムソンは、〈ヘリング・ハウス〉を見おろした。そのむこうにある浜辺に、彼はボートをおいていた。満潮時の波打ちぎわより上までひっぱりあげてあるし、天気はすごく穏やかなので、その場所でも問題はなかった。しばらくして季節が変われば、ボートを台車にのせて、草地までひっぱっていく。防水シートでおおい、ボートが満ち潮や嵐で海にひきずり戻されないようにするのだ。だが、いまは浜に放置しておくほうが楽だった。今夜はタラ釣りに出かけるのもいいかもしれなかった。だが、自分がそうしないのがわかっていた。釣りは好きだが、子供のころや若いころほどではなかった。彼と兄がまだ小さかったころ、ビディスタの古株住人のひとりであるウィリーがふたりを自分のボートにのせて、よく釣りにつれていってくれた。そして、兄弟は大きくなってからも、いっしょに釣りにいくのが好きだった。天気のいい晩に、彼が兄のローレンスに電話する。「二時間ほど、ボートを出さないか？」だが、いまやローレンスはシェトランドを去ったきりで、まえとは事情がちがっていた。ほかにも釣り仲間はいたし、誘えばのってくるだろう。だが、かれらに対しては愛想よくする必要があった。かれらの生活、仕事、奥さんに興味のあるふりをしなくてはならなかった。ローレンスが相手なら、そういう気づかいは無用だった。

〈ヘリング・ハウス〉でパーティがひらかれていることに、ケニーは気づいていた。招待されていなかったが、パーティのことは知っていた。ひところは、いつでもベラからお声がかかった。彼女は例の洒落た四輪駆動車でのりつけると——最近ではラーウィックか、本土行きの飛行機に乗るためにサンバラにいくときくらいしか使わないのに、どうしてあんな車が必要なのか、理解できなかった——ずかずかと家にはいりこんできて、こういう。

「きてくれるわよね、ケニー？　エディスといっしょに。ぜひきてほしいの。あなたとローレンスの献身的な働きがなければ、いまの〈ヘリング・ハウス〉はないんだから」

そして、それもまた事実だった。あの建物を買いとって改装しようとベラが決心すると、ケニーとローレンスはほとんど毎晩——ケニーの場合は、昼間に羊の世話や畑仕事を終えたあとで——改修工事にたずさわることとなった。大変な仕事は、ほとんどかれらがやった。奉仕活動みたいなもんだな、とローレンスはいっていたし、実際、手間賃は微々たるものだった。だが、当時、小農場だけで生計をたてるのはむずかしかったし、成長期の子供たちがいたので、余分な収入はありがたかった。おそらくベラは、かれらに恩恵を施しているつもりでいたのだろう。あのころ、男たちはどんな仕事でもひととおりこなすことができた。

その日の作業を終えると、ケニーはエディスの待つ家に帰ったが、ローレンスはあとに残って、ベラとおしゃべりしていた。ときどき帰宅するのがすごく遅くなると、ケニーは家にむかって小道を歩きながら、エディスはもう寝てるだろう、と考えた。だが、彼女はいつでも起きて、彼の帰りを待っていた。もともと、はやく床につくほうではなかった。冬のあいだは、暖炉のそばにすわって編み物をしていた。もう遅い時刻だということは、家のなかがきれいにかたづいていることでわかった（昼間は子供がふたり起きているので、部屋がかたづいているのは夜遅くだけだった）。いまくらいの季節ならば、彼女はたとえ夜更けでも、外で庭いじりをしていた。彼といっしょに家のなかにはいるまえに、エディスはよくベラを手厳しく非難した。あの女はあなたを上手いこと利用している、といって。あのころ、エリックはまだ学校にもあがっていなかったかもしれない。ほんとうに、信じられなかった。子供たちはすでに成長し、娘のイングリッドは自分の子供をもとうとしていた。彼女はアバディーンのちかくで助産婦をしており、息子のエリックはオークニー諸島で農業をしていた。

いまでは、ベラから誘いがくることはなかった。声をかけてもケニーはこない、とわかっているからだ。もっとまえなら、エディスは着飾れる機会だからと、喜んで出かけていたかもしれない。洒落たパーティでワインを飲み、芸術や本の話に耳をかたむける。すくなくとも、それでベラへの貸しがいくらか回収できるというものだ。だが、ケニーはこの件にかんして、ずっと断固とした態度を取りつづけていた。ふだん、意思決定をするのは妻のエディスのほうだったが、ことベラ・シンクレアにかんしては、ケニーは頑としてゆずらなかった。「あの女さえいなければ、ローレンスはまだここにいたかもしれないんだ」一度、もうすこしでこうつけくわえそうになった。あの女はローレンスの心をずたずたにした。だが、あまり感情的になると、エディスにからかわれそうだった。彼女は子供のころから鋭い舌を隠し持っており、いまでもそれは変わらなかった。ケニーはにやりと笑った。結婚して三十年以上になるが、いまだに彼は妻を恐れていた。

腕時計に目をやる。九時半。思っていたよりも遅かった。一年のこの時季は、すぐに時間の感覚が失われてしまう。彼は毎晩、よほど天気がひどくて、いっても意味がないのでないかぎり、丘にのぼった。羊の様子を確かめるため、と称していたが、それは口実だった。コンピュータのキーボードをたたいているエディスから逃れ、ひとりの時間をもちたかったのだ。エディスが仕事をしていると、ケニーはわが家が彼女のオフィスの延長になったような気がして、落ちつけなかった。冬のあいだは、ショットガンと懐中電灯をもち、ウサギをおいかけて車で丘に出かけることもあった。まぶしいスポットライトに照らしだされたウサギは、簡単に仕留めることができた。彼はショットガンに消音器をつけて、最初の一羽を仕留めるときには音をたてなかった。ほかのウサギをおどかして、逃げられないようにするためだ。彼はウサギの肉の味があまり好きではなかった。甘くて、べとべとしすぎている。たっぷりのタマネギとベーコンのかたまりといっしょに焼いたパイはときどき食べたが、たいていの獲物は捨てていた。もったいない、とエディスはいった。子供のころにぎりぎりの生活を送っていた彼女は、自分がいい仕事につき、夫が小農場以外にも建設仕事をすこししているにもかかわらず、いまでもそのときの苦しい生活が戻ってくるのを恐れていた。無駄遣いには、我慢できなかった。とはいえ、いまではかれらにも貯えがあった。年をとってから、飢えたり子供たちの世話になる心配はないだろう。

ケニーは飼い犬のヴァイラに声をかけ、わが家のほうをふり返った。家は水辺の小高くなったところにあり、そのむこうに高くそびえる〈ヘリング・ハウス〉が見えていた。海岸をさらにいくと、墓地があった。その昔、道路が敷設されるまえは、人びとは埋葬する死体をボートではこんでいた。だから、シェトランドでは墓地がいつでも水辺にあるのだ。ケニーとしては、自分の遺体はぜひとも自分のボートで墓まではこんでもらいたかった。だが、いまではそれができなくなっているのには、おそらくなにかしら理由があるのだろう。

ケニーは道路での動きに気をとられた。昔ほど視力はよくなかったが、それでも誰かが画廊を出ていくのが見えたような気がした。目をこらす。ベラの動向に興味のないふりをしていたが、それでも好奇心を抱かずにはいられなかった。ふだん、彼女のパーティがこんなにはやく終わることはない。それに、この客は車にのりこみ、入江の先にあるラーウィックにつうじる広い道路へと戻っていかなかった。徒歩で逆の方向へむかい、郵便局と浜辺にたつ三軒の家のまえを通って、桟橋のほうに進んでいた。桟橋をすぎると、その先にあるのは、ベラが暮らす古い屋敷とケニーの家だけだ。さらにその先で道路は歩行者用の小道へと変わり、それが丘を越えて、隣の谷へとつうじていた。その小道を利用するのは、羊の様子を確かめるときのケニーと、散歩する休暇中の人たちだけだ。

ケニーは足を止めたまま、のぼり坂の先で道路を下っていく人影が視界から消えていくのを最後まで見とどけた。男はかけ足だった。奇妙で軽やかな足どりで、いまにも蹴つまずきそうなくらい、まえのめりになっている。いかにも、ベラがつきあっている連中らしい走り方だ。芸術家どもが。あいつらは走るときでさえ、ほかのみんなみたいにはできないのだ。ベラはいつだって、変てこな連中をまわりに惹きつけていた。誰もがもっと若かったころ、夏になるたびに、屋敷はよそ者であふれ返った。奇抜な服装の連中が出たりはいったりして、あけっぱなしの窓からは風変わりな音楽が流れ、しょっちゅう話し声がしていた。だが、いまのベラは、甥のロディをのぞけば、完全にひとりだった。あのまま、ローレンスといっしょにいるべきだったのだ。

ケニーは丘をどんどんのぼっていき、頭のなかで羊のだいたいの数をかぞえた。週の後半にでも羊を集めて、毛刈りのためにふもとに下ろさなくてはならないだろう。アンスト島からいつも手伝いにきてくれる男がふたりいたし、マーティン・ウィリアムソンも手を貸すといってくれていた。

家に帰りついたときには十一時になっていたが、エディスはまだ庭にいた。豆の木の列のあいだの雑草を鍬で掘りおこし、それをせっせと脇に押しのけている。だが、作業はあまりはかどっていなかった。夜のあいだ、ほとんどずっとコンピュータのまえにはりついていたのだろう。彼の足音を聞きつけて、エディスが顔をあげた。すごく疲れているように見えた。一日じゅう、ラーウィックで会議があったのだ。そういう日は、いつもへとへとになって帰ってきた。

「なかにはいろう」ケニーはいった。「ここにいたら、ふたりとも蚊にくわれて死んじまう」

「この列だけ、最後までやらせて」ケニーは立ちどまり、妻が腰をかがめて仕事をつづけるのを見守った。そして、その頑固さと力強さに驚嘆した。

「あの男を見たか?」エディスがようやく腰をのばして鍬を家の壁に立てかけたところで、ケニーはたずねた。

「男って?」エディスが顔をあげ、ほつれ毛を顔から押しのけた。若いころよりいまのほうがずっときれいだ、とケニーは思った。若いころ、彼女の顔はすこしやつれていたし、全体に肉がまったくついていなかった。当時、ケニーが彼女に対して感じていたのは、愛ではなかった。すくなくとも、映画で描かれているような愛では。ローレンスがベラに対して抱いていたような愛では。それは、ケニーとエディスの双方にとっていえることだった。だが、ふたりはうまがあったし、彼にはこの結婚が上手くいくとわかっていた。おたがい、我慢できないくらい相手の気に障ることはないだろう。こうして五十歳になった彼女を見ていると、ケニーはときどき感嘆の念をおぼえた。ほとんどしわのない顔。濃いブルーの瞳。いまのふたりのあいだには、情熱があった。子供が小さかったころには、それにさくエネルギーのなかった情熱が。

「男って?」エディスがくり返した。質問をくり返さなくてはならないことにいらついてはおらず、まるで彼の考えていることはお見通しだとでもいうように、かすかに笑みを浮かべていた。

「〈ヘリング・ハウス〉から、かけ足で去っていった男だ。ここを通ったはずだが」

「見かけなかったわ」エディスがいった。

彼女は立ちあがると、夫の腕をとり、家のなかへとつれていった。

エディスは毎朝、早起きだった。休暇中や子供の家に泊まりにいっているときでさえ、たいていはケニーよりも先に起きた。彼女がキッチンでやかんをホットプレートにかけ、それからドアをあける音が聞こえてきた。彼女がなにをしようとしているのか、ケニーにはわかっていた——パジャマ姿のまま、長靴をはいて外に出て、めん鳥を放そうというのだ。彼女の仕事がはじまるのは九時からで、出かけるまえに、ふたりでいっしょに朝食をとる時間があった。ケニーにとって、ベッドから出るのはそう簡単なことではなかった。かたやエディスは、一年のこの時季になると、まったく眠れなくなった。ケニーが夜中に目がさめてトイレにいくと、しばしば隣で彼女が眠れないまま、じっと横たわっているのがわかった。窓にはぶ厚いカーテンがかけてあったが、それでもどういうわけか、白夜が彼女の体内時計を狂わせてしまうのだ。白夜でそうなる人は、ほかにもいた。ケニーの場合、睡眠が不足すると、神経がぴりぴりしてだるくなり、さまざまな考えが頭のなかをかけめぐるようになる。エディスは顔色が悪くなるものの、決して疲れたとこぼしたりせず、仕事を休むこともなかった。一度、医者にいって睡眠薬をもらってくるよう、ケニーが説得したことがあった。だが彼女は、それを飲むと、翌日ずっと頭がぼんやりして、センターの仕事をきちんとこなせなくなる、といっていた。日がみじかくなり、彼女がもとに戻ると、ケニーはほっとした。

彼女が出かけるまえにふたりですごす朝食の三十分間が、ケニーは好きだった。彼がシャワーを浴びて着替えるころには、すでに紅茶が用意され、あたりにはトーストしたパンの香りが漂っていた。いまはエディスがシャワーを浴びており、水槽にふたたび水が満たされていく音が聞こえてきた。

エディスは、老人と身障者のための介護センターで部長をつとめていた。ケニーにはいまだに信じられなかった。自分の妻が職員と予算の統轄者として、お洒落な恰好をして髪を結いあげ、ラーウィックでの会議に出席しているなんて。シェトランドのすべての介護スタッフが、世話をしている人の安全な動かし方について、彼女から手ほどきと訓練を受けていた。彼女の体力と意志の強さは、まさに驚異的だった。介護センターにはシェトランドのこの地域全体から、タクシーやバスで老人たちがはこばれてきた。ときどき彼女は、利用者について名前をあげてしゃべることがあった。するとケニーは、自分が子供のころに知っていた強くてちょっと怖かった人物が、いまではかよわく、頭が混乱していて、失禁するようになっていることを知り、ショックを受けるのだった。自分もそんなふうになるのだろうか？　老人用の福祉施設で、ビンゴをしながら最後の日々をすごすことになるのか？　一度、そういう話をエディスにしたことがあった。すると彼女は、ぴしゃりとこたえた。「そんなの、運がよければの話よ！　石油の税収がなくなって経費削減ってことになれば、あたしたちのころには老人用の福祉施設なんて残ってないかもしれないわよ」ケニーがこの不安を口にすることは、二度となかった。唯一の慰めは、自分が彼女よりも先に亡くなるだろう、という見通しだった。女はいつだって男よりも長生きする。自分がひとりで生きていくところなど、彼には想像がつかなかった。

ケニーが紅茶を注ぎ、トーストにバターを塗っていると、服を着たエディスがキッチンにはいってきた。髪の毛はまだ濡れていたが、きちんと束ねられていた。

「きょうの予定は？」エディスがたずねた。

「蕪《かぶ》の間引きをする」

エディスが同情して、顔をしかめた。蕪が順調に育つように余計な苗木を鋤《すき》で掘り返して場所をあけていく作業が、ひどく単調で骨が折れるということを知っているのだ。

「まあ、とにかく」エディスがいった。「それにはもってこいの日ね」

だが、ケニーはきのうの夜から、こう考えていた——きょうはやっぱり、ボートを出そうか。エディスにはいわなかった。彼女が真面目に働いているときに釣りにいこうかと考えるなんて、学校をさぼろうとしている少年になったような気がした。

エディスは自分のトーストを食べ終えると、小さな寝室にひっこみ——イングリッドのものだったその部屋を、エディスはいま仕事部屋として使っていた——書類をかきあつめてバッグにいれた。ケニーは彼女といっしょに外までいき、キスしてから、出ていく車を見送った。

ケニーは、二時間ほど蕪の間引きをしてから、ボートを出すつもりでいた。だが、気がつくと、すぐちかくの浜にむかって歩いていた。そこの小屋に、彼は船外モーター付きのボートと釣糸とロブスター用の罠をしまっていた。かすかな海陸風が東から吹いている。一瞬、やっぱり誰かに声をかけようか、と思った。ひまそうなやつといったら、誰だろう？　マーティン・ウィリアムソンは、いっしょにいて楽しい相手だ。だが、彼は〈ヘリング・ハウス〉のカフェをあけるまえに、たいてい一時間ほど、母親のかわりに店番をしていた。足を止めると、一瞬の静寂のなか、桟橋の先の岬にいるツノメドリたちの鳴き声が聞こえてきた。ケニーが子供のころより数は減ってきているものの、それでもちかづいていく彼の耳には、そのやかましいさえずりがはっきりと届いていた。

ケニーは砂浜と道路のあいだにある砂利浜をよこぎった。ちょっとした近道だ。足もとには、じゅうぶん気をつけた。一度、ここで足首をくじいて、何日も痛みがひかなかったことがあるのだ。〈ヘリング・ハウス〉が行く手に影を落としているあたりで、建物に人がいるかどうか確かめようと、足を止めた。だが、人のいる気配はなかった。コーヒーを飲むことのできる画廊のカフェはまだあいておらず、外には一台の車もいなかった。

小屋はさらに二百ヤードほどいった道路脇の、ちょうど桟橋の入口にあたる地点にあった。その小屋を建てたのはケニーとローレンスで、頑丈に作られていたものの、屋根の波形鉄板の何枚かは来年あたりに取り替えなくてはならないだろう。小屋に鍵がかけられたことは、一度もなかった。そこを利用しているのはボートを所有しているビディスタの男たちだけで、それ以外のものが桟橋のあたりをうろつくことは、めったにないからである。昔は、必要な物資はすべてこの桟橋まで船ではこばれてきた。石炭。トウモロコシ。家畜のえさ。いまでは、休暇中にヨットを乗りまわしている人たちが、ときおりひと晩停泊していくくらいだが、今年はそうした人さえ、あまり目にしていなかった。小屋のドアには頑丈な差し錠がついており、外からかけてドアが風でばたつかないようになっていた。きょうはその差し錠がはずれており、ドアがすこしあいていた。最後に小屋を使ったのは、誰だろう？　こんないいかげんなことをしそうなやつといったら？　突風がすこし吹いただけで、ドアは蝶番からはずれてしまうだろう。ロディ・シンクレアだ、とケニーは思った。いかにもロディがやりそうなことだ。あの若者には、思慮というものが欠けていた。一度、彼はここでパーティのようなものをひらいたことがあった。翌日、ケニーがきてみると、ビールの赤い空き缶の山と空のウイスキーのボトルがあり、寝袋には見知らぬ男がいた。ケニーはドアをひきあけ、嗅ぎ慣れたエンジン・オイルと魚の匂いを吸いこんだ。

ロディ・シンクレアのことを考えていたせいだろう。最初、天井からぶらさがって揺れている人影を、ケニーはてっきりロディの悪ふざけだと思った。ベラのパーティで酔っぱらったロディが、いっちょう騒ぎを起こしてやろう、と考えたのだ。ちかづいてみれば、それがわらをつめた肥料の袋に、黒いジャケットとズボンを着せたものだとわかるはずだ。頭には凹凸がなく、すこし光っていた。じつに本物っぽかった。押してみる。びっくりするくらい重たく、わらなんかではなかった。小屋の奥の壁に映る影が前後に揺れ、ロープがねじれる。そのときはじめて、ケニーは顔の部分を目にした。そこには道化師の仮面があった。ドアの隙間からさしこむ朝の光を反射して、白いプラスチックが輝いている。にやりと笑った真っ赤な口もと。じっとみつめる無表情な目。そのとき、ケニーは手が本物であることに気がついた。肌。ごつごつした指。指の爪は女性みたいになめらかで、まるみをおびていたが、これは女性ではなかった。髪の毛のない男性だ。天井の梁からぶらさがっている男の死体。地面よりもほんの数インチ上に、つま先があった。その隣には、横倒しになった大きなプラスチックのバケツ。きっと、それを逆さまにして踏み台として使い、そのあとで蹴飛ばしたのだろう。胃がでんぐり返りそうになっているのを、ケニーは意識した。仮面をはずしたかった。その仮面は、死者に対する冒瀆のように思えた。だが、どうしてもできなかった。かわりに、両手で男の腕を押さえ、揺れを止めた。男がそこで絞首門につるされた案山子《かかし》みたいに揺れていると考えると、耐えられなかった。

まず頭に浮かんできたのは、携帯を使ってエディスに電話することだった。だが、彼女になにができる？　そこで、すこし馬鹿みたいに感じながら、呆然として外に出ると、砂利浜にすわりこみ、救急番号にかけた。

5

その知らせを携帯電話で受け取ったとき、ペレスは車でフランの家から仕事場にむかう途中だった。それまで彼は寝不足でもうろうとしながら、まえの晩の出来事を忙しく反芻していて、まわりをまったく意識せずに、機械的に運転していた。頭のなかでは、ふたりが家についたときにフランがかけたCDの音楽が流れていた。ケルト風の軽快な女性シンガーの歌で、彼がはじめて聞く曲だった。フランとのあいだに起きたことを、彼は深読みしすぎているのだろうか？　それが彼の性分だった。あれこれと考えこむのだ。最初の妻のサラは、あなたの感情にはつきあいきれない、といっていた。もっとタフで立ち直りのはやい人間にならないとだめだな、とペレスは思った。もっと男らしくなるのだ。女性にどう思われているのか、おまえは気にしすぎだ。

そのとき、電話がかかってきて、ペレスは無理やり気持ちを切り替えた。仕事は心を落ちつかせてくれるもの、彼が得意とするものだった。そして、もともと表現の明瞭さに問題のあるサンディは、緊急時や興奮したときには、いつでも支離滅裂になった。そういう彼を相手にするには、全神経を集中させる必要があった。

「自殺です」サンディがいった。「ケニー・トムソンが小屋でぶらさがってるのをみつけました。ビディスタの連中が釣りの道具をしまっておく小屋です」

「誰が――」ペレスはたずねようとした。

受話器のむこうの声が、途中でそれをさえぎった。「ケニー・トムソンです。知ってるでしょう。生まれたときから、ずっとビディスタで暮らしてる。あそこの入江から丘の上のほうまでつづいてる土地で農業をしてて……」

「いや、サンディ。発見者のことをたずねてるんじゃない。自殺したのは誰なんだ？」

「わかりません。ケニーの知らない男です。すくなくとも、本人はそういってました。いま現場にむかってます」

「なんにもさわるんじゃないぞ」ペレスはいった。「念のためにいっておくが」それくらいのことはサンディも心得ているはずだし、どのみち彼は現場についた途端、そんな注意など忘れてしまうだろうが、それでもペレスは口に出していうことで、気分がよくなった。

まえの晩とおなじ道路を車で走っているときになって、ようやくペレスは〈ヘリング・ハウス〉で突然泣きだした男のことを思いだした。彼はあまり熱心に男を捜さなかった。キッチンのドアから外に出て浜辺を調べ、それから道路と、そのむこうの墓地まで足をのばした。だが、男の姿はどこにもなかった。そのとき彼がなにかを感じたとするならば、それは安堵だった。結局、男は車できていたにちがいない。でなければ、どうやってこんなにすぐに姿を消せるというのか？　そして、車を運転して帰ったのであれば、ほんとうにどこか具合が悪かったのだとしても、すでに回復したということだ。画廊に戻るまえに、ペレスはふと足を止めて考えた。

誰かに知らせるべきだろうか？　だが、誰に知らせるのか？　それに、なんていう？　泣きじゃくってる男に目を光らせておいてくれ。そいつは記憶喪失をわずらってるのかもしれないんだ。砂利浜に打ち寄せる波の音に耳をすましながら、ペレスはなにもしないことにした。おそらく、ノイローゼ気味の観光客だろう。でなければ、酔っぱらっていたか、ドラッグをやっていたか。一年のこの時季になると、シェトランド諸島にはそういう連中がひきよせられてくるようだった。かれらは楽園や平穏を求めて、ここを訪れる。そして、白夜のせいで精神がますます不安定になることを知るのだ。

ペレスは名前もわからない謎の男のことで頭を悩ますのをやめ、フランのことを考えた。あの黒いレースのドレスの下にある肉体——それにふれたときの感触を想像する。〈ヘリング・ハウス〉まで、歩いて戻った。道路からは、長い窓のむこうでまだパーティがつづいているのが見えたが、すでにおひらきになりつつあるようだった。ロディが窓から海のほうをながめていた。あごの下に軽くはさんだフィドルが、まるで身体の一部みたいに見えた。会場にはいると、フランもベラもがっかりしているのがわかった。絵は何枚か売れていたが、ふたりはもっと大勢の人がきて、にぎやかな催しになることを期待していたのだ。フランはペレスの手をとり、もう帰りましょう、と小声でいった。黒髪の男性から熱い口調で賛辞を浴びていたにもかかわらず、彼女は沈みこんでいた。フランがすこしものうげなのを、心のどこかでペレスは喜んでいた。彼女をなぐさめる口実ができる。

そしていま、ペレスはビディスタにむかって車を走らせながら、無関係ということはまずないだろう、と考えていた。本土からきたとおぼしきあの謎の男は、あきらかに取り乱していた。精神が不安定になっていたといってもいい。一方、きょう死体が発見された小屋は、謎の男が最後に目撃された〈ヘリング・ハウス〉から、ほんの数百ヤードしか離れていない。あの男が自殺するかもしれないとは、ペレスは考えてもいなかった。彼はおのが不明を恥じ、一度しか会ったことのない男の死に対して責任をおぼえた。それから、フランにこのことをどうやって説明しようかと考えた。あの男が自殺したことで、フランは彼を責めるだろうか？　あまり期待はもてないが、ペレスとしては、ビディスタの桟橋のそばの小屋で自殺したのがまったくの別人であることを願うのみだった。

ペレスは北にむかって車を走らせ、それから西に進んでホワイトネスを通過した。このあたりでは、ねじれた指みたいな陸地が海にむかって何本も突きだしており、どこが海岸線なのかよくわからなかった。いたるところに湖や入江があり、そのむこうにある土地は島に見えた。低いところの草地には、花が一面に咲いていた。キンポウゲ。マンテマ。彼の母親なら名前を知っていそうなランの一種。いまの時季、この光のなかでこれを目にした観光客は、衝動的に、このあたりの古い家をセカンドハウスとして購入することになる。

道幅が狭まり、一車線になった。ところどころに、すれちがうための待避所がもうけられている。やがて丘で道路がカーブし、目のまえにビディスタがあらわれた。墓地。それから、浜辺ちかくの〈ヘリング・ハウス〉と、桟橋のところにある小屋。その先には、三戸からなる平屋のテラスハウスがあり、そのなかのいちばん大きな家には郵便局を兼ねた商店が隣接している。小道はそのままベラ・シンクレアが住む屋敷のまえを通って、ケニー・トムソンの小農場へとつづいていた。昔は、ここはもっと大きな集落だった。ケニーの農地には、廃屋の痕がいくつもあった。住人が年をとりすぎて農業ができなくなったり、ラーウィックでもっと稼ぎのいい公務員の仕事にありついたりしてここを出ていくたびに、ケニーがちゃくちゃくと土地を買いあげていった結果だ。いまなら、そうした家は改装して、高値で売れただろう。だが、ケニーが小農場を拡張しはじめたころは需要がまったくなく、彼はただ同然で土地を手にいれることができた。教会は、もう何年もまえに人口が減りはじめたときに解体され、建物に使われていた石は島じゅうにはこばれ、利用されていた。いまでは、これがビディスタのすべてだった。海と丘によって島のほかの部分から隔絶された集落だ。

サンディは道路脇に車をとめており、本人は港の壁に腰かけて、煙草を吸っていた。ペレスはしばらくアバディーンの警察にいたことがあり、そこでのひと月のあいだに、サンディが警官になってから遭遇したより多くの本物の犯罪事件を取りあつかっていた。はたしてサンディは、吸い終えた煙草をどうするだろう？　吸い殻を地面に投げ捨て、犯行現場だった可能性のある場所を汚染する？　だが、サンディはペレスがちかづいてくるのを目にすると立ちあがり、指先で煙草をつまんでもみ消すと、吸い殻を海に投げこんだ。これもまた、ちがった意味での汚染だった。

「どこにいたんですか？」サンディがたずねた。「自宅に電話したんですよ」

ペレスが質問を無視すると、サンディはしつこく訊いてはこなかった。無視されるのに慣れているのだ。

「ケニーは家に帰しました」サンディがいった。「ここにひきとめておいても意味ないし、どこにいるのかはわかってますから。ちょっと取り乱してました。おれはそんなに気になりませんでしたけど。だって、本物っぽく見えないじゃないですか？　あれで顔が隠れてたら」

「なんの話をしてるんだ？」

「いいませんでしたっけ？　見ればわかります」

ペレスは小屋にちかづいていって戸口に立ち、なかをのぞきこんだ。斜めになった屋根のてっぺんちかくの梁に太いロープが結わえつけられており、そこから死体がぶらさがっていた。死体は戸口に背をむけていたが、その服装にペレスは見覚えがあった。黒いズボン。黒い麻のジャケット。数歩なかにはいったところで、はじめてにやりと笑っている仮面が目にはいった。突然、ペレスは気分が悪くなったが、無理して小屋のなかをもう一度見まわした。現場をじっくり観察する。ひっくり返ったバケツ。見たところ、あきらかに自殺だった。

サンディがうしろからついてきていた。「医者はできるだけはやくくるそうです」という。「でも、しばらくかかるかもしれません。緊急の呼び出しがかかったとかで。それでかまわない、っていっときました。こっちの患者は、どこにも逃げだしませんから」サンディは、いまだに相手を喜ばせようと躍起になっている子供みたいなところがあった。そのため、ペレスはたとえ彼が間違っているときでも、よくやっていると安心させたくなった。

「それでいい。どの医者をつかまえたんだ？」

「ホワイトネスに越してきたばかりのあたらしい医者です」サンディが言葉をきった。「あれは、なんですかね？　あの仮面は？」

「さあな」ペレスは仮面にひどく心をかき乱されていたので、ぶらさがっている男に背をむけて立っていた。あのつややかな光沢、狂ったような笑みのせいだ。小屋の薄暗がりのあとでは、水面に反射する日の光が、一瞬、まぶしく感じられた。

「きっと観光客ですね」サンディが絶対の自信をこめていった。「すくなくとも、ビディスタの人間じゃない。ケニーがそういってました。顔を見なくても、わかったんです。これだけ小さな集落だから、間違いないでしょう。身元を示すものがあるかどうか、まだ所持品は調べてません。さわるな、とあなたからいわれたので」

「それでいい」ペレスはぼんやりとしたまま、ふたたびいった。まえの晩の男のことを思いだしていた。ズボンのポケットの裏地をひっぱりだして立っていた姿を。服には身元を示すものはなにもないだろう。男の足どりをおうための手順を頭のなかでまとめていく。ホテルと民宿に電話。ノースリンク・フェリーと英国航空に確認。男が本土に戻る便の予約を反故にするときがくるまで、名前がわかるのはお預け、ということもあり得た。一年のこの時季、シェトランドには地元民よりも観光客のほうが多くいるのだ。ペレスは思わず好奇心をかきたてられていた。まず記憶を失わせ、そのあとで自らの命を絶たせるほどの絶望とは、いったいどんなものだったのか？

「あの仮面について、おまえはどう思う？」ときおり、ペレスはサンディに質問をなげかけた。

答えを期待しているわけではなく、サンディに考えさせたかったからである。いつの日か、それが習慣となる日がくるかもしれない。

「さあ。なにかの声明とか？」

どんな声明だろう？ 自分の人生は冗談みたいなものだった、とか？ そのわりには、あの男はまえの晩、あまり笑っていなかったが。

「この男とは、まず間違いなく、きのうの晩に出会ってる」ペレスはいった。「〈ヘリング・ハウス〉でひらかれたパーティの客のなかにいたんだ」それから、ふとある考えが頭に浮かんだ。「彼はどこであの仮面を手にいれたのかな？ きのうの晩は、絶対にもってなかった」

この質問には、サンディはこたえなかった。男をひとりにしたのは間違いだった、とペレスは思った。彼はひとりになるのを恐れていたではないか。

「ここで医者がくるのを待っててもらえるか？ わたしはケニー・トムソンのところにいって、話を聞いてくる。死んだ男が何者なのか、どこに滞在していたのか、彼には心当たりがあるかもしれない。ビディスタで誰かが金をとって客を泊めているなら、ケニーは知ってるだろう」

サンディが肩をすくめた。「ここは観光客が滞在したがるような場所には思えませんけどね。こんなところに一日いて、なにをするっていうんです？」

「考えてみろ。この静けさ。なにもすることはない。それを求めて、連中はここにくるんだ」

サンディは水面のむこうに目をやった。「それよりも、あの男は目的をもって、ラーウィックからわざわざここまでやってきた、ってほうがありそうですね。自殺するために、できるだけへんぴな場所をえらんで」

だが、彼は自殺するためだけにここにきたわけではない、とペレスは思った。なんらかの理由があって、パーティに出席していたのだ。

6

ペレスはケニー・トムソンの家まで、小道を歩いていった。すごく疲れていて、頭がきちんと働いていないような気がした。動けば、すこししゃきっとするかもしれない。ケニー・トムソンの土地はスコールズと呼ばれており、小農場というには大きすぎる規模になっていた。まわりの土地を買いあげていった結果、自分のところで必要とする以上の羊を所有していたし、家のちかくの低い草地には牛までいた。だが、すべては昔どおりにおこなわれており、ペレスにはそれが好ましかった。新芽がまっすぐにならぶジャガイモ畑。そして、蕪《かぶ》の畑。あらたな住宅建設のために土地を売る小農場が多いなかで、ケニーはその誘惑に負けていないようだった。

ペレスは最後にケニーと話をしたのがいつだったかを思いだそうとした。だが、思いだせなかった。町ですれちがったときにうなずいたり、サンバラや酒場やフェリーでばったり出会ったり、ということはあったかもしれない。だが、ケニーはただの顔見知り以上の相手だった。ペレスが十六歳の誕生日をむかえた年に、ケニーはひと夏をフェア島ですごし、ペレスといっしょに働いたことがあったのだ。ノース・ヘイヴンの港で大がかりな工事がおこなわれた年だった。ケニーは建設工事を監督するためにつれてこられ、ペレスは作業員のひとりだった。学校の休暇中にペレスが本格的な仕事についたのは、それがはじめてだった。ペレスはいまでも、そのときの水ぶくれや背中の痛みをおぼえていた。それに、ケニーの働きぶりも。ペレスよりも二十歳年上で、当時はすらりとして髪の毛が黒かったケニーは、船の荷卸しをする島民たちを手伝い、液化天然ガスのボンベを両脇にかかえて、軽がるともちあげることができた。一日じゅう疲れる様子もなく、おなじペースで働くことができた。

はじめのうち、ケニーは鳥類観測所の宿泊施設に泊まっていたが、二週間もすると、島の南のほうにあるスプリングフィールドに移ってきて、ペレス家に滞在するようになった。そこは工事現場からもっと離れていたが、ケニーは大勢のバードウォッチャーといると落ちつかないといった。それに、おいてもらえるなら、すこしだが下宿代を払うとも。夜になると、ケニーはシャワーを浴びてから、家のものといっしょに夕食をとった。「ケニーがいても、ちっとも迷惑じゃないよ」ペレスの母親はそういっていた。そして、それは事実だった。ケニーはでしゃばらず、よく気がきいた。テーブルをセットし、食事のあとで洗いものをする母親を手伝った。文句のつけようのない下宿人だった。

いまペレスは、ふたりで溝を掘ったりセメントを混ぜたりしながらどんな話をしていたのか、思いだそうとしていた。ケニーはあまり自分のことをしゃべらなかった。ペレスがカレッジに進む計画や学校生活のおぞましさについて語るのに耳をかたむけ、自らについてはほとんど語らなかった。ときどき、ビディスタでの生活や、そこに住む人たちについてふれることがあったが、それはめったになかった。そもそも、自分はそんな話に興味を示しただろうか、とペレスは思った。彼にとって、ケニーはただの退屈な中年男にすぎなかった。ものごとをきちんと几帳面にやる男だ。ケニーはすでに結婚していたが、妻のエディスはスコールズに残って、まだ存命だったケニーの父親の面倒をみていた。だが、エディスのことを語るケニーの口調に、あまり愛情はこもっていなかった。彼女にとっては、決して楽ではなかっただろう。血のつながりのない老人の面倒をみなくてはならないのだ。それを考えると、ケニーはもっと感謝していてもよさそうなものだった。

そのとき、ペレスはふいに、フェア島の集会場でひらかれたパーティのことを思いだした。里帰り結婚式だった。島を離れた青年が本土の娘と彼女の故郷で結婚式をあげ、そのあとで花嫁を島に連れ帰り、あらためてきちんと式をあげたのだ。花嫁はイングランドの教会でしたみたいに、裾の長い白のウェディング・ドレスを着て、花束をもっていた。集会場には料理が用意され、島じゅうの人が招待されていた。そして、式のあとは、ダンス・パーティだった。ペレスは、母親とケニーが八人で踊るリールに参加していたのを覚えていた。ケニーが母親をふりまわし、もちあげる。母親は大声で笑っていた。脇で見ていたペレスの父親は、すこしむっとしているようだった。あの晩、ケニーはすこし酔っていたのかもしれない。ペレス自身も飲んでいたので、記憶ちがいという可能性もあった。このパーティの直後に、ケニーは鳥類観測所の宿泊施設に戻った。ペレスが理由をたずねると、例によってケニーは口が重かった。「そっちのほうが、なにかと都合がよくなったんだ」

ケニー・トムソンの家までくると、ペレスはキッチンのドアをたたいた。しばらく、ドアのまえで待つ。返事がなく、勝手にはいろうかと思っていたところへ、ケニーがうしろからちかづいてきた。その脇にいるみすぼらしい犬は、もの音ひとつたてなかった。

「おまえがくるのを待ってたんだ」ケニーがいった。「サンディが、おまえに連絡したといってたから。けど、すこし仕事をしといたほうがいいかと思って。この週末に、羊の毛刈りを予定してるから」

「仕事をつづけたければ、そうしながら話をすることもできるけど？」

「いや、ちょうどコーヒーをいれようと思ってたところだ。おまえもどうだ？」

小農場の農家のキッチンとしては、かなりかたづいているほうだった。ケニーは戸口で立ちどまり、ブーツの紐をゆるめて脱いでから、靴下でキッチンにはいっていった。ペレスは自分の靴底がきれいであることを確認してから、あとにつづいた。部屋は四角く、真ん中にテーブルがあった。調理用こんろのそばに、安楽椅子が二脚。作りつけの食器棚と手のこんだ装具はすべてケニーの手造りだろうが、それらはエディスの意向を反映したものであると思われた。窓敷居の水差しにマンテマの花が飾ってあり、その濃いピンクが壁のタイルの色合いと調和していた。なにもかも考え抜かれており、整っていた。秩序を乱しているのは、水切り板の上のまだ洗っていない朝食の食器類だけだった。

ペレスがそれを見ていることに、ケニーは気づいたにちがいなかった。「エディスが帰ってくるまでに、かたづけとくつもりだ」ケニーはいった。「あいつが一日じゅう外で働いてるときは、そうするのが当然に思えるんでね。インスタントでいいかな？　エディスは本物のコーヒーが好きで、娘のイングリッドがクリスマスに豪勢な機械を買ってくれたんだが、おれにはどうもすこし苦い気がしてね」

「もちろん、かまわないさ」ペレスはいった。「あんたが飲むものとおなじで」濃いエスプレッソが欲しいところだったが、それを所望するわけにはいかないとわかっていた。

ケニーがコーヒーをいれてキッチンのテーブルにつくまで待ってから、ペレスは質問をはじめた。

「死体を発見した時刻は？」

ケニーは考えた。彼の動作は、すべてゆったりとして落ちついていた。いや、踊るときは別だな、とペレスはフェア島の集会場で目にした光景を思いだしながら考えた。あのときのケニーは、激しく踊りまくっていた。

「けさの九時十分くらいだっただろう。八時半ごろにエディスが仕事に出かけて、おれは蕪の間引きをはじめようかと考えてた。夏でも、きょうみたいな日はそうそうないからな」笑みを浮かべる。「魚釣りにいこうかって、誘惑にかられた。運がよければ、タラとかサバを釣って帰って、今夜はちょっとしたバーベキューができるかもしれないと思って」

ペレスはうなずいた。「あんたが男の顔を見てないのは知ってるが、死んだ男が何者なのか、心当たりはないかな？　男の身元を確認する必要があるんだ」

ふたたび間があく。「いや。一度も会ったことのない男だった」

「見当もつかない？」

「きのうの晩、ベラはいつものようにパーティをひらいてた。あそこには知らない連中が大勢いた」

それほど大勢ではなかったが、とペレスは心のなかでつぶやいた。

「あんたはいなかったな、ケニー。ベラはビディスタの人たちを、いつもオープニングに呼ぶのかと思ってたよ。だって、あんたたちが彼女の作品の創作の源なんだろ」

ケニーの顔は褐色で、しわが刻みこまれていた。一瞬、その相好がくずれ、意地の悪い笑みが浮かんだ。「そいつは彼女のマスコミむけの発言さ。彼女とロディを取りあげたテレビのドキュメンタリー番組を見たか？　おれはもう二度とテレビで見たことは信じないね。知ってるだろ。ビディスタにも撮影班がきて、おれを一日じゅうおいかけまわしたんだ。でもって、あの完成品を見たら、誰だっておれのことを大地主かなにかだと思うだろう」やかんが沸騰した。「ああいう話にだまされるなよ、ジミー。ベラ・シンクレアは昔からずっと、自分はおれたちより上だと考えてた。おなじ学校にかよってて、彼女がまだ浜辺の先の公営住宅で暮らしてたときでさえな。そりゃ、そのころから絵が上手かったのは、確かだ。ちっちゃいころから、ずっとな。ほかのみんなとはちがってものごとが見えてるような感じだった」

「きのうの晩、彼女が自分の屋敷に客を泊めてたかどうか、知らないかな？」

ケニーは首を横にふった。「いっただろ、ジミー。最近じゃ、ベラとはつきあいがないんだ。

そんなの、知りっこない。でも、昔みたいに大勢を屋敷に泊めるってことは、してないんじゃないかな。あのころ、屋敷はいつだって知らない連中でいっぱいだった。当時からもう、ビディスタの人間じゃもの足りない、とでもいうように。いまになって、ようやくあの女も成長したのかもしれない。自分の素晴らしさをつねに口にしてくれる連中を、まわりに必要としなくなったのかも」

「〈ヘリング・ハウス〉でのパーティには、ロディがいた」

「それなら、やつはベラの屋敷に滞在してたんだろう。もっといいお誘いがくるまで、みすぼらしい住まいで暮らすってわけだ」

「あの若者を好きではない？」

ケニーは肩をすくめた。「あいつはすごく甘やかされてきた。本人のせいじゃないけどな」

「彼はセント・マグナス祭に出演するため、カークウォールまできていた。それで、ついでにここで演奏してくれと、ベラに説得されたんだ」

「あいつはいいミュージシャンさ」ケニーがいった。「ベラがいい画家であるのとおなじで。けど、だからといって、ほかの人間をあんなふうにあつかっていいものかね。ロディは子供のころ、ベラのところに泊まりにくると、よくうちの子たちにくっついてまわってた。いちばん年下のくせして、うちの子たちをこきつかってたよ。大きくなってから、何度かイングリッドとデートした。だが、結局、あの娘は捨てられて、一週間泣くはめになった。あんなのにひっかからずにすんでよかった、といって、おれはなぐさめたよ」

「新聞や雑誌で読んだことしか知らないんで」

「あんなのは序の口さ」ケニーがいった。「学校にいたころでさえ、あいつは手がつけられなかった。酒は飲むし、うちの子たちの話じゃ、ドラッグもやってた」

ペレスはロディのはでな活躍ぶりに自分が興味津々であることに気がついた。おそらく謎のイングランド人の死とはなんの関係もないだろうが、シェトランドの誰もがロディ・シンクレアには魅せられていた。彼はこの島に華やかさをもたらしてくれたのだ。

「そういえば、誰かがパーティを抜けだすのを見かけた」ケニーがいった。「ちょうど家の裏手の丘にいたときだ。黒い服を着てたな。それが、いま小屋でぶらさがってるあの男かもしれない」

「それは何時のことだった？」

ふたたび間があく。じっくり考えているのだ。「九時半かな？　もうちょっと遅かったかもしれない」

あのイングランド人が姿を消した時間とちょうどあう。

「その男は車にのりこんだのか？」

「いや、駐車場のほうにはむかわなかった。こっちの屋敷のほうにきたんだ。けど、遠かったから、そいつが小屋の男かどうかは断言できない。男は走ってた。おれが見た男は。まるで悪魔においかけられてるみたいに」

悪魔じゃない、とペレスは思った。おれにおいかけられてたんだ。ペレスは、男が南にいく大きな道路にむかったと考えていた。もっと時間をかけて反対側も捜していれば、男をみつけていただろう。どうして男は、こちらのほうへきたのか？　浜辺ではなく、屋敷と小農場のほうに走っていったのなら、そのあと栈橋の小屋で首のまわりにロープをまきつけた恰好で発見されたのは、どういうわけなのか？　そのとき、男がひとりにされるのをひどく恐れていたことを、ペレスは思いだした。もしかすると、ほかにも男をおいかけていた人物がいるのかもしれない。

ケニーは外の作業に戻りたいという様子をみせていたし、ペレスもこれ以上質問を思いつかなかった。だが、あとになってからもっと質問が出てくるのは、わかっていた。夜中に思いついて、はっと目がさめるのだ。ケニーがしゃがみこんでブーツをはくあいだ、ペレスは外の庭に立って待っていた。

「エディスはその男を見かけたのかな？」家からのほうが男がよく見えたかもしれない、という考えが、ふとペレスの頭に浮かんできた。

ケニーはしゃがみこんだまま、ちらりと目をあげた。「まったく見てない。訊いてみたんだ」

「ふたりとも、今夜はうちにいるかな？　また話を聞く必要が出てきたときのために？」

ケニーが身体をまっすぐに起こした。「このあたりにいるさ。けど、これ以上、話すことはなにもないだろうな」

ペレスは歩いて浜辺のほうへと戻った。浜辺のむこうの崖から聞こえてくるミツユビカモメの鳴き声が、しだいに大きくなっていった。彼は高いところが苦手だった。子供のころ、ほかのみんながシェトランドの峡谷を平気で這いおりていくなか、ひとりだけ崖っぷちにはちかづかないようにしていた。だが、下から崖を見あげるのは好きだった。とくに、卵からかえったひなたちが岩棚で押しあいへしあいしながら場所取りをしている、一年のこの時季は。いまは満潮にちがいなく、打ち寄せる波がもうすこしで、浜辺にひきあげてあるボートに届きそうだった。ペレスがサンディにちかづいていったとき、レンジローヴァーが〈ヘリング・ハウス〉のまえを通って、海岸沿いの道路を走ってきた。

やってきた医師はサリヴァンといい、グラスゴーの出身だった。若くて頭の切れる彼は、シェトランドの女性と恋に落ちた。そして、その愛は、彼女がホームシックにかかって故郷に戻ったとき、あとをおいかけてくるくらい強かった。うわさでは、彼は素晴らしい医長になれるくらいの人材だったが、それをあきらめて、田舎の町医者になったという。これぞ、ロマンス！　うわさでは。またしてもうわさ話だ、とペレスは思った。シェトランドの住民は、誰もがうわさを耳にしながら育つ。だが、そのうちのどれだけが、はたして真実なのだろうか？

サリヴァンはあきらかに、この進路変更をあまり大きな犠牲とは考えていないようだった。その証拠に、彼は車から降りながら口笛を吹いており、ふたりの警官にむかって、にっこり笑ってみせた。

「お待たせして、申しわけない。ホワイトネスの女性の陣痛が、本人が気づいていた以上に進行してたので。自宅で出産する手伝いをしてたんです。とても可愛い女の子でしたよ！」

彼は冬でもこんなに陽気でいられるだろうか、とペレスは思った。本土からの移住者のなかには、果てしなくつづく夜と風に耐えられないものもいた。夏の明るい夜は、すぐに秋の嵐にとってかわられる。ペレスはこういった激しい季節の変化が好きだったが、誰もがそうというわけではなかった。

医師は戸口から死体を一瞥すると、自分の車にひき返した。戻ってきたときには、頑丈そうな懐中電灯をもっていた。それで小屋の隅ずみを照らし、壁の釘にかけてあった小さな木製の脚立を手にとる。

「もっとちかくで見る必要があるので。かまいませんか？」

ペレスはうなずいた。ここが犯行現場だということになっても、よほど運がよくなければ、その日のうちにインヴァネスから犯行現場検査官が到着することはなかった。いまの時点で、できるだけ情報を手にいれておいたほうがいいだろう。「ただ、ほかのものにはふれないようにしてください」

サリヴァンは、自分とぶらさがっている死体がおなじ高さになるように脚立をセットしていた。懐中電灯で首を照らす。

「なにか問題でも？」

「かもしれない。まだはっきりとはいえないが。この男は窒息して死んだように見えるが、首を吊った場合には、それがふつうです。首がすぐにぽきんと折れることは、めったにないから。とりわけ、これだけ落下する距離がみじかいと」医師が脚立からおりてきた。「どうしても断定しろといわれたら、わたしはこの男が吊りさげられるまえに窒息死していたほうに賭けますね。見てください。このロープはすごく太い。太いが、首のこの部分に、もうひとつ痕がある。それに、ふたつの位置は、すこしずれている。太いロープでできた痕ともうひとつの細い痕が、完全には一致していないんです」医師はペレスたちのところに戻ってきていった。「これを殺人と断定するまえに、セカンド・オピニオンを聞きたいですね、警部。わたしはここでは新参者です。恥はかきたくありませんから」

「でも、自殺でないという点にかんしては、かなり確信がある？」

「さっきもいったとおり、賭けるとしたら、吊りさげられるまえに死んでいたほうにですね。ここが自分の地元なら、ためらわないでしょう。でも、検死は専門ではないので、もっと経験を積んだ医師に診てもらうまでは、こちらとしても明言するつもりはありません」

ペレスは腕時計に目をやった。これが殺人事件だとするならば、この日の最終便の飛行機でインヴァネスから捜査班を呼びよせる必要があるだろう。まだ時間はあったが、それほど余裕はなかった。「セカンド・オピニオンは、どれくらいで得られますか？」

「一時間ください」

ペレスはうなずいた。自分が殺人という鑑定結果を望んでいるのを承知していた。殺人は興奮をもたらしてくれるから。そのスリルのために自分は警官になったのであり、シェトランドではめったにそれを味わえる事件がないから。そして、自殺でなければ、それを予見できなかった自分に責任はないことになるから。

7

ベッドに横たわって天井にあたる日の光をながめながら、フランはこの幸福感にだまされないように気をつけた。はじめてダンカンと一夜をともにしたあとも、おなじような幸福感につつまれたが、その結果はどうだ！　ダンカンはフランと結婚していたあいだじゅう、彼の母親といえるくらい年上の女性と寝ていて、フランを完全にこけにしたのだ。それを考えると、いまでもフランは内心で歯嚙みした。あけっぱなしの窓から吹きこむ風がカーテンを内側にふくらませ、太った黒い雌羊がちらりと見えた。家から一フィートしか離れていないところで、もぐもぐと口を動かしている。カーテンがもとの位置に戻ると、フランはペレスのイメージを頭からおいだした。

ダンカンと別れたとき、フランはまずロンドンに逃げ帰りたいと思い、それを実行に移した。友だちが大勢いるロンドン、誰も彼女の受けた屈辱のことを知らない大都会ロンドンに移り住んだ。だが、娘のことを考えなくてはならなかった。娘のキャシーはもうすぐ六歳で、ロンドンにいれば、ここで送っていたようなのびのびとした生活は絶対に望めないだろう。それに、彼女には父親といっしょにいる権利があった。一方、フランはといえば、その荒涼とした風土にもかかわらず、シェトランドを愛するようになっていた。というわけで、彼女は娘をつれて、レイヴンズウィックの小さな借家に越してきた。そこでひと冬すごしてみて、そのあいだに、どこで暮らすかを決めようと考えたのである。三カ月前、彼女はその家を買った。シェトランドに決めたのだ。だが、ジミー・ペレスに決めるかどうかは、まだよくわからなかった。一度にそんな多くの問題には対処できなかった。

〈ヘリング・ハウス〉でのパーティの失敗のことだけを考えているほうが、無難だった。自分が展覧会のオープニングになにを期待していたのかはさだかでなかったが、とりあえず、もっとはでな催しになることを望んでいたのだけは確かだった。ロディ・シンクレアが懸命に場を盛りあげようとしたにもかかわらず、きのうの晩のパーティは、期待はずれもいいところだった。会場は半分しか埋まっていなかった。フランの友だちは、ほとんどお祝いにかけつけていなかった。彼女はずいぶんまえから作品を披露する機会がくるのを心待ちにしていたので、なんだかだまされたような気分だった。そのうえ、来場者の記憶に残るのは、おそらく絵ではなく、あの理性を失った謎の男のことだろう。

だが、このあとをひく失望感も、〝そんなのずるい〟という子供っぽい感想も、彼女がふたたびペレスのことを考えるのを押しとどめることはできなかった。はじめての――すこしぎこちない――コーヒーの味のするキス。彼女が想像していたとおりの背中のライン。指先にふれた背骨のこぶ。

電話が鳴った。

彼だ！　フランは急いでベッドから出た。裸のまま、キッチンを兼ねた居間へとむかう。自分がいまなにも着てないことを教えたら、彼は興奮するだろうか。それとも、しない？　彼についてて学ぶことが、たくさんあった。彼女がパーティに着ていったドレスが、床の上にぬぎ捨てられていた。テーブルには、コーヒーのかすが残るポットとグラスがふたつ。

フランは受話器をとった。「もしもし」声を低く抑え、誘惑するような口調でいう。

「フランシス、あなた大丈夫？　風邪でもひいたみたいな声だけど」ベラ・シンクレアだった。きのうの晩の人出が期待はずれだったことを、あたしのせいにするつもりなのだ、とフランは思った。ベラだけの展覧会だったら、みんなきていただろう。「大丈夫よ」フランはいった。「ちょっと疲れてるの」

「ねえ、あなたに話があるの。こっちにこられない？　いま何時かしら？　十一時半。それじゃ、ランチにきて。できるだけはやく」

どんな用件なのだろう？　馬鹿げているとわかっていたが、それでもフランはパニックを起こしかけていた。ベラには人を威圧する力があった。もしかすると、金を出させようというのかもしれない。パーティにかかった費用と売り上げの不足分をおぎなうために。そして、フランには金がなかった。とはいえ、もちろん、ベラの呼び出しをことわるわけにはいかなかった。

「それじゃ、十二時半に、〈ヘリング・ハウス〉のカフェでどうかしら？」フランはおずおずと提案した。服を着て車でそこまでいくのに、すくなくとも、それくらいはかかるだろう。

「ううん、あそこはだめ」ベラがいらだたしげにいった。「〈ヘリング・ハウス〉じゃなくて、あたしの屋敷のほうにきてちょうだい。できるだけ急いで」

フランはビディスタにむかって車を走らせながら、もっと抵抗して、別の日にいくことにすればよかった、と考えていた。ベラの作品を尊敬しているからといって、なんでもいいなりになることはない。これでも昔は、意志が強くて、はっきりものをいう女性として鳴らしていたのだ。だが、それは彼女がロンドンに住み、多くの友人に囲まれ、きちんと仕事についていたころの話だ。いまの彼女は世間に認められようと努力しているアーティストであり、地域社会に溶けこもうと奮闘している女性だった。雑誌の仕事で同僚だった女性たちは、ペレスをどう評価するだろうか？〈ヘリング・ハウス〉のまえを通ったとき、フランはそんなことを考えていたので、桟橋にとまっている数台の車も、波形鉄板でできた小屋のまえにいる男たちの小さな集団も、気にとめなかった。それらは風景の一部だった。釣りに出かけようとしている男たちだ。彼はフランのタイプではない、と彼女たちならいうだろう。フランを背負いこむだけの力強さに欠けている、ふたりの関係は長つづきしない、と。

ベラの屋敷は威圧感のある石造りの四角い建物で、すこし高台にあって、海を見おろしていた。フランは外から見ただけで、なかにはいったことはなかった。これまでベラと会うのは、踊るような足どりでマーティン・ウィリアムソンがコーヒーやワインを給仕してくれる〈ヘリング・ハウス〉のカフェと決まっていたのだ。ベラは車が砂利を踏む音を聞きつけたにちがいなく、フランが車から降りるまえに、ドアをあけて待っていた。ジーンズに、ゆったりとした麻のシャツ。自宅にいるときでさえ、その服装はきまっていた。

「はいって」

かつて、屋敷と浜辺のあいだには教会があり、もともと牧師館だったこの建物には、そのときの宗教的な色合いが強く残っていた。なかの階段の明かりとりは縦に細長い教会風の窓で、二階分の高さがあったが、陽光のさしこむガラスは透明だった。フランはドアのすぐ内側で足をとめ、じっくりと見まわした。「なんて素敵なお宅かしら！」そういって正解だったのが、すぐにわかった。ベラはここが素晴らしい家だと承知していたが、それでも、いわれて悪い気分はしないものだ。ベラがすこし気をゆるめ、それほど威圧的ではなくなった。

「キッチンにきて。悪いけど、まえの晩の残りものよ。すごくたくさんあまってるの」

「わたしが招待した人たちがほとんどこなくて、ほんとうにごめんなさい。きてちょうだいって、きちんといっておいたんだけど」

「あなたのせいじゃないわ」ベラがいった。「ほんとうに、自分を責めないで」

そのあとに説明がつづくものとフランは思っていたが、ベラはキッチンのほうへ歩きだすと、パーティではなく、ビディスタやこの家のことについてしゃべった。

「あたしがビディスタで育ったのは、知ってるわよね。住んでたのは、この屋敷じゃなくて、浜辺の先にある公営住宅のひとつだったけど。当時、あそこらへんの家は公営住宅だったの。いまでは、みんな売却されてしまったわ。あたしがいっしょに育った人たちは、それを買うだけのお金をもってなかった。あそこに最後まで住んでたのはウィリーだけど、その彼でさえ、最後には公営住宅の借り手ではなかったのよ」

ベラはフランをシェトランド人としてあつかい、誰のことを話題にしているのか、当然わかっているものとして話を進めていた。もちろん、フランはなんの話かさっぱりわからずにいたが、そのあつかいがすこしうれしくて、ベラの話に口をはさまなかった。

「当時、この屋敷にはまだ牧師が住んでたのよ。極東で宣教師をしていたイングランド人で、あたしたちのことを教育が必要な現地の未開人くらいに思ってた。教会はもうなくて、礼拝は食堂でおこなわれていたわ。おかげで、いまでもディナー・パーティの最中に、ときどき賛美歌が聞こえてくるような気がするの」

キッチンは家の裏手にあり、日の光にあふれた玄関のあとでは、すこし薄暗く感じられた。ここにも、まだ教会らしさがいくらか残っていた。窓の下にある黒ずんだ木の長椅子は信徒席だったとしてもおかしくなく、天井は高かった。フランには、どこの天井もすごく高く思えた。手をのばせば届くわが家の天井に、慣れすぎてしまったのだろう。ベラが冷蔵庫から食品包装用ラップをかぶせた皿を何枚か取りだした。きのうの晩のビュッフェの料理だった。

「ワインがいるわね」ベラがいった。「ロディが飲みつくしてなければいいけど。あたしがベッドにはいったとき、あの子はまだ起きてたから。でも、いくらあの子でも、残ったワインをすべてかたづけるのは無理だったんじゃないかしら。〈ヘリング・ハウス〉のほうには、まだ何箱もあるわ」ベラは冷蔵庫にとって返し、ボトルを手に戻ってきた。「あなたも一杯どう？ そう悪くないワインよ」

フランは首を横にふった。「ロディもおりてくるのかしら？」柄にもなく、フランはロディ・シンクレアの名声に魅了されていた。シェトランド人であるというのが彼の売りであり、トレードマークだったが、フランにとって彼は、シェトランド諸島の外での生活を象徴していた。ワインバーとショッピングとゴシップ満載のタブロイド紙という、かつての彼女の生活を。そういう世界は下品でみじめなだけだ、とフランは自分に言い聞かせていたが、それでもやはりなつかしかった。つい心を奪われて、誰にも見られていないときにゴシップ雑誌に目をとおしたりしていた。

ベラが時計を見た。「学校を出てから、あの子が夕方ちかくなるまえに起きだしてきたことなんて、ないんじゃないかしら。飛行機に乗らなきゃならないときをのぞいて」ベラは皿と食器類をテーブルにならべ、料理のトレイから食品包装用ラップをはずした。

どうして急に呼びだされたのか、フランはまだ教えてもらっていなかった。自分にそういう力があることを、ベラは再確認しているだけなのか？　「話があるといってたわよね。重要そうなことに聞こえたけれど」

「あたしの気にしすぎかもしれない」

「わたしもひまじゃないの、ベラ。なんなのか、はっきりいってもらえないかしら？」かつての自信が、いくらか戻ってきていた。

フランの口調にぎょっとしたらしく、ベラは一瞬、黙りこんだ。ほんとうに芝居がかってるんだから、とフランは思った。眉ひとつ動かすにも、ベラはそれが生みだす効果を計算せずにはいられないのだ。ベラは立ちあがると、バッグから一枚の折りたたんだ紙を取りだした。

「話というのは、これよ。観光局のアンディが、けさおいてってくれたの。もちろん、彼は理解できずにいたわ。きのうは休みで、自宅からまっすぐパーティにきてたんだから」ベラがテーブルの上で紙をひらき、フランのほうに押して寄越した。「あなた、これについて、なにも知らないんでしょ?」

それはコンピュータで作成されたちらしで、白地の紙に赤と黒のインクで印刷されていた。プロの仕事ではなかったが、デザインはそう悪くなかった。フランは文字を読むまえに、それだけのことに気がついた。

展覧会のオープニング　中止

ビディスタの〈ヘリング・ハウス〉で予定されていた
ベラ・シンクレアおよびフラン・ハンターによるオリジナル作品の展覧会『海岸線』は、
身内に不幸があったために
中止となりました。

なお、お見舞い、ご弔問は、ご遠慮ください。

フランは困惑した。ベラからなにかしら反応を期待されているのがわかったが、この紙切れにこめられた真意が理解できず、馬鹿になったような気がした。「これはなんなの?　どうしてわたしが、これについてなにか知ってるというの？」

「きのう、そのちらしがラーウィックじゅうでくばられたの。観光案内所の窓や図書館の掲示板にはりだされ、観光船から降りてきた旅行者たちに手渡された。スカロワーでも。パーティの出席者がすくなかったのも、無理ないわ」

「もちろん、わたしはなにも知らないわ」フランはいった。「そもそも、身内で亡くなった人なんて、いないもの」

「うちもよ。それじゃ、これはいったいなんなの？」ベラがふたたび芝居がかっていった。「勘ちがい？　悪趣味ないたずら？　妨害行為？」

「誰が、どんな理由で、絵の展覧会を妨害したがるっていうの？」

　ベラが肩をすくめてみせた。「嫉妬。恨み。でも、ここまでやるほど誰かを怒らせたことは、たぶん、ないと思うわ。すくなくとも、ここ最近では。あなたはどう？　最初の展覧会は、いわば晴れ舞台よ。それを台無しにしたがるほど、あなたに悪意をもってる人はいる？」

「それって、最低だわ。いいえ。誰もいません」

「別れた旦那の悪ふざけ、って可能性は？」

「キャシーのことを考えて、いまはダンカンと休戦状態なんです。それに、これはあの人らしくないわ。ダンカンは怒りっぽいけど、これはけち臭くて、不愉快な行為よ。それに、匿名でおこなわれている。ダンカンなら、みんなにそれが自分のしわざだと知らせたがるはずだわ」

フランはちらしにむかってうなずいた。「こんなのは沽券にかかわる、と考えるんじゃないかしら」

「それじゃ、たちの悪いいたずらね」ベラの声は落ちついていた。「度を超してしまった冗談よ」

玄関の呼び鈴が鳴った。戸口に昔風のひき綱があって、それをひくと、呼び鈴が鳴る仕組みなのだ。薄っぺらくて耳障りな音だったので、呼び鈴にはひびがはいっているのかもしれなかった。ベラは邪魔がはいってほっとしたようで、さっと立ちあがると、急いで出ていった。戻ってきた彼女のうしろには、ペレスがいた。彼はフランにうなずき、気まずそうな笑みを小さく浮かべてみせた。

「ドライブウェイに、きみの車があった」

「わたしを捜してたの？」フランは困惑した。きょうという日が手におえなくなっていくような気がしていた。寝不足のせいだ、と彼女は思った。突然、闇につつまれた夜やかみなり雲や雨が恋しくなった。

「いや。ベラに話がある。仕事で」

「それじゃ、わたしは失礼するわ」フランは帰る口実ができて、ほっとしていた。オープニングが失敗した原因の究明に、かかわりたくなかった。ちらしはおそらく、ロディが友だちと組んでやった馬鹿げたいたずらの一部だろう。彼は、そうした愚行で有名だった。標的はベラで、フランはたまたま、それにまきこまれただけだ。あとになったら、怒りがわいてくるだろう。だが、いまのフランは、とにかくばつが悪かった。夫婦間のすごく個人的な喧嘩を立ち聞きしているところをみつかったような気分だった。

「いや」ペレスがいった。「きみにも話がある」

突然、フランはパニックに襲われた。「なにがあったの？」

「キャシーのことじゃない」ペレスがいった。「彼女とは、なんの関係もない」

ベラが冷蔵庫にいき、うわのそらでワインのおかわりを注いだ。「きのうの晩のパーティの中止を告げるちらしの件なら」ベラがいった。「あたしたちは、もう知ってるわ。警察が取りあげるような問題ではない、と思うけれど――いくらシェトランドでも。あたしたちは、被害届を出すつもりはないわ」

あたしにはあるかもしれないのに、とフランは考えた。勝手に、こっちの意向まで代弁しないでちょうだい。

「その件できたんでしょ、ジミー？」ベラが、ふれるのもけがらわしいといった感じで親指と人差し指で紙片をつまみあげ、それをペレスのまえのテーブルに落とした。

ペレスは顔をしかめて、それを読んでいた。ちらしのことは知らなかったのだ、とフランは思った。「それで、きのうの晩の出席者が、あんなにすくなかったの」フランはいった。「このちらしは、ラーウィックじゅうでくばられたみたい。その最後の一文のせいで、誰も電話をかけようとは思わなかった」フランは、自分にも友だちがいることをペレスに知っておいてもらいたかった。このちらしがなければ、みんな彼女のためにかけつけてくれたはずだということを。

「このちらしは、預からせてもらいます」

「いったでしょう」ベラが鋭い口調でいった。「被害届を出すつもりはないわ」

「これが昨夜のちょっとした騒ぎと関係があると思いますか？」ペレスがたずねた。「記憶がないと主張していた、あの異常に興奮していたイングランド人と？」

「あれもパーティを妨害しようとする試みだったっていうの？　その可能性はあるかもしれないわね。あのはでなひと幕のあとで客たちが帰りはじめたのは、確かだから。彼のせいで、みんな居心地が悪くなったのよ」ベラがワイングラス越しにペレスを見た。

「桟橋の小屋に死体があります」ペレスがいった。「それがきのうの晩に騒ぎを起こした男の死体であることは、ほぼ間違いありません」

「まあ！」一瞬、ベラはその知らせを無邪気に楽しんでいるように見えた。うわさ話、ゴシップの種として。「どんなふうにして亡くなったの？」

「まだよくわかっていません。状況がすこしあいまいで」

あなたはなにを隠してるの、とフランは考えた。

「なんてことかしら」ベラがいった。「それって、すこし気味が悪くない？　だって、ちらしには〝身内の不幸〟ってあったもの。その男は、自分の死を予言していたのかしら？」

「でも、彼はあなたの身内ではなかった、ですよね？」

「馬鹿いわないで、ジミー。そんなこと、あるわけがないじゃない。あたしの身内は、ひとりも残ってないんだから――ロディをのぞいては。そして、ありがたいことに、あの子はまだ生きてるわ」

「亡くなった男性の遺族と連絡を取りたいのですが、本人が身元を示すものをなにももっていなくて。彼とまえに会ったことがないのは、確かですか？　ふたりとも？」

「間違いないわ」フランはいった。

「きのうの晩はわからなかったけど」ベラがグラスの足をねじりながらいった。「だからといって、あたしが彼を知らないとは言い切れないわ。ずっとまえに知りあった人かもしれない。すごく大勢の人と会ってきたし、あたしの記憶力は昔ほどじゃないから。あたしはもう、おばあさんなのよ、ジミー」

否定されるのを待って、ベラが頰笑んだ。

そのゲームの規則を理解するのに、ペレスは一瞬、手間どっているようだった。フランは気がつくと、息をつめていた。これは賛辞を求める、あからさまなまでの合図だった。彼は平気でそれを無視しようとしているのだろうか？

ようやく、ペレスが笑みを浮かべた。「あなたが年をとるなんて、考えられませんよ、ベラ」

それにつづく沈黙のなかで、フランはこの場面を絵に見立てていた。黒ずんだ木材と影からなる、薄暗いオランダの室内画だ。ベラの横顔に浮かぶ、とりつかれているといってもいいような切望の表情。目もとには緊張のあまりしわができており、そのため、ペレスの言葉は冷たくあざけっているように聞こえた。

「ロディと話ができないかと思ったんですが」ペレスが身をのりだすと、その肌に残る石鹼の匂いがフランの鼻をついた。彼女の石鹸の匂いだ。

ベラはことわるかに見えたが、そのとき、外で木の床を踏む足音がして、キッチンのドアがあいた。ロディ・シンクレアだった。玄関の細長い窓から降りそそぐ日の光をうしろから浴びて立っている。彼はあくびをして伸びをすると、みんなに見られていることに気がついた。

「パーティか」という。「こいつはいいや。パーティは大好きなんだ」

フランは〈ヘリング・ハウス〉のむかいの道路脇に車を寄せた。自動車事故や流血に興奮する野次馬みたいに思われたくなかったので、あまり桟橋のちかくにはとめたくなかった。だが、ここの浜辺は、とおりすぎるのがもったいないくらい美しかった。それに、フランは頭をすっきりさせる必要があった。壁に腰をおろし、海を見渡す。

こちらにむかって道路を歩いてくる人影が見えた。その姿を目でおう。まえの晩、絵のことで話しかけてきた黒髪の男性だった。彼女の作品について語る彼の口調にはすごく熱がこもっていたので、フランはまんざらでもない気分になり、彼が一点買ってくれるのではないかと期待した。その豊富な知識と自信たっぷりなしゃべり方から、彼女はこの男を美術商だと考えていた。その彼がまだビディスタにいるなんて、驚きだった。男の名前を思いだそうとする。昨夜、自己紹介されたのだ。そう、ピーター・ワイルディングだ。そのとき、名前に聞き覚えがあるような気がしたのだが、いまもまた、なにかあるような気がしてならなかった。

「ミズ・ハンター。かまいませんか……」

「ええ、もちろん」フランはいった。「どうぞ」

　男は彼女の隣に腰をおろした。「もう一度、あなたの絵の素晴らしさをいっておきたくて」

男の声には、自嘲の響きがあった。これがなんのひねりもない、あからさまな賛辞だということは、承知しています。

「それは、わざわざどうも、ミスタ・ワイルディング」

「ピーターと呼んでください」

　そのとき、フランは彼の名前に聞き覚えがあったわけを思いだした。『オブザーバー』紙で、彼を取りあげた記事を読んだのだ。現代のジャンル小説について書かれた記事だった。〝インテリむけのファンタジー小説を書く作家〟――たしか彼は、そう評されていたのではなかったか？　「あなたは作家ね」

「そうです」男はようやくフランに自分の正体をわかってもらえて、あきらかに喜んでいた。

「ビディスタに滞在してるんですか？」

「ええ、ここに家を借りています。一時的に。でも、シェトランドは大好きですし、もっと長くいられたらと思っています。漠然とした構想がありましてね。ヴァイキングの神話を下敷きにしたファンタジーのシリーズです。なかなか、いいアイデアだとは思いませんか？　それに、ここの景観を物語に取り入れられたら、素晴らしいものになる」

　フランは自分の意見に重きがおかれているように感じて、うれしくなった。ほんとうに大きな意味をもつかのように、彼はフランの返事を待っていた。

「ええ、すごく映えるでしょうね」フランはいった。ときおり、彼女はロンドンでの生活がなつかしくなった。本や芝居や映画にかんするおしゃべり。彼みたいな人がまわりにいたら、さぞかし面白いだろう。楽しませてくれて、あたらしいものにつうじている人物だ。

「そのうち、食事でもごいっしょにどうかと思っているのですが」男がいった。「いまの住まいでは手料理でもてなすというわけにはいきませんが、どこか外に出かければいい」

この誘いに、フランはショックを受けた。ペレスの控えめな態度のあとでは、自分の欲しいものを単刀直入に求めてくるピーター・ワイルディングのやり方が大胆に感じられた。べつに、悪い気はしなかった。デートの誘いのようにも聞こえたが、自分にはすでに相手がいるといってことわるのも、どうかと思われた。彼はただ、彼女の絵について語りあいたいだけかもしれない。それに、絵の注文という可能性もあった。

「ええ」気がつくと、フランはそういっていた。「喜んで、ごいっしょするわ」

男はすばやくうなずいた。「よかった。電話帳にあなたの番号は載ってますか？　それじゃ、あとで電話します」男はむきをかえると、足早にきた道を戻っていった。あとになってから、フランは奇妙に思った。そういえば、桟橋の小屋にまだぶらさがっている男の死体のことも、警官やパトカーのことも、まったく話に出てこなかった。ワイルディングは、あそこでなにがあったのかを知っていただろうに。彼はなんでも知っていそうな男に見えた。

8

ペレスはロディを外につれだした。「すこし歩かないか? 新鮮な空気を吸いたいんだ」ペレスはふたりの女性のまえで話をしたくなかった。ロディは観客がいることを大いに楽しんでいた。彼女たちをもてなすのが自分の義務だと感じて、話を面白くするために、いろいろと脚色を施すだろう。ロディは、新鮮な空気などまっぴらごめんだ、とでもいうように顔をしかめてみせたが、それでもペレスのあとから外に出た。たとえ直接的な見返りはなくても、いわれたとおりにして相手を喜ばせるのが、彼の性分なのだ。彼はそうやって魅力をふりまくことで、けっこうな生活を送っていた。

ペレスは屋敷を出るとき、自分も失礼します、とフランがベラにことわっているのを耳にした。学校にキャシーを迎えにいかなくてはならないのだろう。校門で娘を待つ彼女が、校庭からかけだしてきたキャシーを抱えあげるところを想像する。この母娘がいっしょにいるところを見るのが、ペレスは大好きだった。

ペレスはロディのあとから大きな石の門柱のあいだを抜け、庭を出た。ロディが大またで元気よく歩いていくので、遅れないようにしなくてはならなかった。「きのうの晩は、なんでまた〈ヘリング・ハウス〉に?」ペレスはいった。「最近じゃ、大きなところでしか演奏しないのかと思ってたよ」

「ベラに頼まれたんだ。どっちみち、セント・マグナス祭に出演するために、オークニー諸島まできてたからね。ここにくるのは、そう面倒じゃないように思えた」間があく。「叔母さんには、ノーという返事はつうじないし」

「ここにはどれくらい?」

「数日かな。そのあとで、オーストラリアのツアーがある。楽しみだよ。一度もいったことないところだから」

「シェトランドにいるときは、いつもベラのところに?」

「たいていはね。親類でここにいるのは、いまじゃベラだけだし」説明の必要はなかった。これもまた伝説になっており、ロディはペレスが当然知っているものと考えているようだった。ロディが幼いころに父親を亡くしたこと。母親がアメリカ人の石油業者と恋に落ち、彼といっしょにヒューストンにいったこと。ロディがシェトランドを離れるのを拒んだこと。十三歳のロディは、ここを離れるわけにはいかない、といって、すべてに立ちむかった。彼はシェトランド人なのだ。この話はCDのジャケットに印刷され、さまざまなトーク番組でホストにむかって披露された。「ぼくはシェトランド人なんです」もちろん、地元では大受けだった。ベラは、まだ少年だったロディに住まいを提供し、そして——ケニー・トムソンによれば——さんざん甘やかした。彼を演奏家に仕立てあげ、彼の夢を応援した。最初のCDを制作する資金を提供した。ジャケットをデザインし、それを本土にいる芸術関係の友人すべてに送りつけた。

この最後の部分は、あまり新聞に取りあげられることはなかった。公式には、彼はたまたま休暇でラーウィックにきていたプロデューサーによって、町のバー〈ザ・ラウンジ〉で演奏しているところを見いだされたことになっていた。こちらのバージョンでは、ロディは一夜にして成功をおさめていた。

「叔母さんのオープニングを盛りあげるためにかりだされても、文句はないんだ？」

「どうして文句をいうんだい？　ぼくはベラに借りがある。それに、彼女のイベントは、いつだってけっこう楽しめるからね」ロディはペレスとならんで、ケニー・トムソンの小農場を見おろす小道を歩いていた。急なのぼり坂だった。小道の先は崖のてっぺんにつうじており、そのすぐそばの地面に、〈ビディスタの穴〉として知られる大きな穴があいていた。ペレスは、そこにいきつくまえに会話を終わらせるつもりだった。ロディがふいに足を止め、ペレスのほうにむきなおった。「これはいったいなんなのかな？　あのふたりは、すごく深刻そうな顔をしてた。母がどうかしたのかい？　病気とか？」

「いや」ペレスはいった。「そういうことじゃない」

一瞬、沈黙がながれた。ほかにどんな理由で警察の訪問を受ける可能性があるのか、ロディはいま頭のなかで考えているのだろうか？　警察がロディの部屋を捜索すれば、まず間違いなく、大麻かコカインがみつかるだろう。あるホテルは、ロディたちがパーティをひらいて乱痴気騒ぎをくりひろげたあとで、告訴を検討していた。

「きのうの晩のオープニングには、ベラが期待するほど人が集まってなかったとは思わないか？」

「ああ、驚いたよ。いつもなら、大勢くるから」

「何者かが、きのうこいつをラーウィックとスカロワーじゅうでばらまいたんだ」

ペレスは透明なビニール袋に入れておいたちらしを、ロディに読ませるために手渡した。ロディが足を止め、丘の地面から突きだしている岩にもたれかかった。

「まさか、これにぼくが関係してると思ってるんじゃないよね？」

「誰かが、これはいい冗談だと考えたのかもしれない」

「その誰かってのは、ぼくじゃないね。いっただろ。ベラは、このままここで暮らしたいといったときに、ぼくをひきとってくれた。彼女がいなければ、ぼくはいまごろテキサス訛りでしゃべって、カントリー&ウエスタンを演奏してただろう。彼女には借りがあるんだ」

「これを面白いと考えそうな人物に心当たりは？」

「いや。あまり笑える冗談とは思えないな。身内の死のくだりなんて、ほんと悪趣味だ」

「実際に死者が出たんだ」ペレスはいった。「それで、わたしはいまここにいる」

「誰が死んだんだい？」

「きのうの晩のパーティに、正体不明の男がいただろ。きみの演奏が終わった直後に、ひと騒動起こした。床に両膝をついて、泣きはじめて」

「黒い服を着て、頭をそってた？」

「そうだ」

ふたりはふたたび歩きはじめた。ペレスの鼻は、鳥の糞の臭いと潮の香りをとらえていた。このあたりの草はみじかく刈られており、ところどころでハマカンザシや小さな青い斑点のようなシラー・シビリカが群生していた。ふたりはすでに崖のてっぺんちかくまできていた。ペレスは足どりをゆるめた。

「あの男をまえに見かけたことは？」ペレスはたずねた。「泣きくずれるまえに、彼はすごく絵に興味を示しているように見えた。よくはわからないが、とにかく、ただの漠然とした好奇心じゃなかった。絵にかんしては、なにか知識があるような感じだった。ベラのほかの催しで、彼を目にした記憶は？」

「ベラはなんて？」

「どちらともいいかねてる。知りあいだった可能性はあるが、確信はもてない、と。昔ほど記憶力がよくないから」

「アホらしい」ロディはまだ息があがっておらず、笑いでむせる余裕があったが、ペレスはすでにあえぎはじめていた。「ベラは昔とまったく変わらず、いまも鋭いよ。ビジネスにかんしちゃ、まえよりも鋭い。その男が美術商か評論家なら、部屋にはいってきた瞬間、ベラにはわかっただろう」

「で、きみは？　きみは彼を知ってた？」

「悪いけど、生まれてから一度も見たことのない男だったよ」

崖っぷちからすこし離れていたものの、それでもふたりのいる場所からは、きらきらと輝きながら、沖合いのごつごつした岩にぶつかって泡立つ海が見えていた。ペレスは草の上に腰をおろした。上昇気流にのって、一羽のシロカツオドリが空を舞っていた。「失礼」ペレスはいった。「こんなに身体がなまってちゃいけないんだが、このところ、デスクワークばかりでね」ペレスはロディもすわることを期待していたが、若者はそのまま歩きつづけた。ペレスに背中をむけ、両腕をすこし身体から離した恰好で、海を見渡す。真上には朝遅くの太陽がのぼっており、彼専用のスポットライトになっていた。ペレスのところから見ていると、いまにもロディが消えてしまいそうに思えた。あと一歩踏みだせば、彼は虚空のなかへと落ちていくだろう。手をのばしさえすれば、シロカツオドリの翼の先にふれられそうに見えた。それが幻覚にすぎないことを、ペレスは承知していた。光の加減と、崖っぷちにむかって地面が急に沈みこんでいるせいで、そう見えるだけだ。だが、それでもペレスは気分が悪くなった。ひたいに汗がにじむのを感じ、それが目立たないことを願った。

「例のイングランド人がどんなふうに亡くなったのか、きみからまだ訊かれてないな」それでロディの注意をひけたら、とペレスは期待していた。すると、その思惑どおりにロディがペレスのほうにむきなおり、数歩ちかづいてきた。

「なんで死んだんだい？　事故とか？」シェトランドにおける不慮の死といえば、それがもっともありがちなシナリオだった。飲みすぎ。狭くて危険な道路。よそ者にとっては、とくにそうだ。

「桟橋のそばの小屋でぶらさがっているのを、ケニー・トムソンが発見した」

「それじゃ、自殺かな?」

「可能性は高い」ホワイトネスからきた一般医がセカンド・オピニオンを得るまでは、それが精一杯の公式見解だった。

「かわいそうに」そういうと、ロディはペレスのそばまできて、草の上に勢いよく腰をおろした。だが、その言葉はあっさりと口にされ、なんの重みもなかった。彼はまだ若く、運に恵まれており、自ら命を絶つほどの絶望がどういうものなのか、想像がつかないのだ。

「でなければ、殺人だ」その言葉は、ペレスの耳に強烈に響いた。それを口にすべきでないことは――すくなくとも、正式にそう断定されるまでは――ペレスにもわかっていた。だが、彼はロディにこの件をもっと真剣に受けとめてもらいたかったし――いまこの瞬間、これはロディにとってゲームとおなじだった――ペレスはグラスゴー出身の若い医師の判断を信用していた。それに、インヴァネスから捜査班が到着するころには、どうせシェトランドじゅうがなにが起きているのかを知っているだろう。

「殺人!」あいかわらず若者は、これもまた冗談で、とても信じられない、とでもいうように、口の端をゆがめて笑みを浮かべていた。

「可能性はある」ペレスはいった。「どうして彼の身元をつきとめなくてはならないか、わかるだろう」

「ほんとうに、一度も会ったことがないんだ」

「きのうの晩、話しかけたことは?」

「彼はフラン・ハンターの絵のまえに立ってた。浜辺にいる子供の輪郭を描いたやつだ。あれは素晴らしかったな。そりゃ、ベラの作品は大好きだし、裏切り者にはなりたくないけど、それでも、あの絵は展覧会のなかでいちばんよかった。頭から離れないんだ。まだ売れてなかったら、買おうかと思ってる。いつか家をもって、そこに引っ越したときのために。ぼくはあの男の隣にいて、いっしょにその絵を見ていた。そしたら、男が話しかけてきた。〝いい絵だな、だろ?〟彼がいったのは、それだけだ」

「アクセントは?」ペレスはたずねた。「わたしには、どこのアクセントかわからなかった。きみはいろんなところにいってるよな」ロディ・シンクレアは何歳だろう? 二十一? 二十二? それでいて、すでに世界じゅうで演奏していた。オーストラリアをのぞいては。そして、もうすぐそこにもいくことになっていた。

「イングランド北部だな」ロディがいった。「ヨークシアとか? でも、ほんの数語だったから、確信はない」

「どんなふうだった?」

「いかにも、絵に感心している人、って感じだった。つまり、落ちついてて、ごくふつうだった。ぼくがそばを離れてから五分後に、彼はあの騒ぎを起こしたんだ。ひざまずいて、大声で泣いて。ほんと、すごく驚いたよ」

では、その五分間になにがあったのだろう? 突然、頭のなかが真っ白になり、恐怖のあまり、取り乱したのか? それとも、記憶がなくなったというのは、観客にむけられた演技だったのか？　町じゅうでくばられた中止を知らせるちらし同様、オープニングを邪魔するためのの？

「演奏を終えたあとは、どうしてたのかな？」ペレスはたずねた。

「酔っぱらってたよ。あまり盛りあがってなかったけど、パーティなんだから、それらしくしようと思って」

「誰といっしょに飲んだ？」

「そこらへんにいる人となら、誰とでも。でも、みんなそうそうにひきあげていって、最後には、ぼくとマーティンだけになった。彼はあとかたづけをしてたんだ。ぼくはあまり役にはたたなかっただろうけど、すくなくとも、いっしょにいて、彼のグラスを満たしつづけることはできた」

「きみたちは古い友だちなのか？」

「まあ、彼のほうがちょっと年上だけど、ビディスタの尺度でいうと、ふたりともがきってことだな。ぼくがベラのところに滞在しているときは、たいてい、夜いっしょにすごす。ドーンの外出許可が出れば、の話だけど」

「〈ヘリング・ハウス〉を出たのは？」

「悪いけど、時間は覚えてないな。ほら、いまの時季は、よくわからないだろ？　ひと晩じゅう、まだ夕暮れみたいで。マーティンなら、わかるかもしれない。ぼくよりすこしばかり、しらふだったから」

「きみたちはいっしょに出た?」

「ああ。外に立って、やつが鍵をかけるのを待ってたのを、覚えてる。両手に一本ずつ、ワインのボトルをもって。いっしょに屋敷に戻ってパーティをつづけよう、って誘ったんだ。そのときにはすごくいいアイデアに思えることって、あるだろ?」

「まわりに人は?」

「いや。あたりは静まり返ってた。そのことについて考えたから、間違いない。世界のどこへいこうと、たいていは、なにかある。車の音。音楽。遠くのほうで鳴りひびくサイレン。でも、ここじゃ鳥のさえずりだけだ。それと、砂利浜に打ち寄せる波の音。それから、ぼくは歌いはじめて、マーティンに黙れっていわれた。娘が起きちゃうじゃないかって」

「マーティンは、きみといっしょに屋敷に?」

「いや。結局、やつは分別のあるところをみせて、まともな時間に帰らないとドーンに殺されるし、翌朝、店を手伝う約束をしてるから、といった。ぼくは彼の家までいっしょに歩いてから、その先はひとりで帰った」

「そのときもやはり、まわりに人はいなかった?」

「ああ、誰も見かけなかった」

「屋敷に帰りついたとき、ベラは起きてたのかな?」

「いや。屋敷はがらんとして、墓場みたいにしーんとしてたよ」

桟橋に戻ってみると、医師の車が消えていた。サンディは、あいかわらずひとりですわっていた。退屈して困るということは、どうやら彼にはないらしい。あんなふうになにもせず、ただじっとすわって、いったいなにを考えているのだろう？　女のことかもしれない、とペレスは思った。サンディは、すぐにどこかの女性にのぼせあがる癖があった。その関係は長つづきしたためしがなく、いつでも彼は落胆と困惑を味わっていた。

そういうおまえも、あまり人のことはいえないだろうが、とペレスは思った。彼もいま、ある女性にのぼせあがっていた。もしかすると、サンディがいつもやっているように、とんだ恥をさらしているのかもしれなかった。自分がにやにやしているのに気づいたが、ペレスは気にしないことにした。腑抜けた笑みをごまかすために、腕時計に目をやる。一時ちかかった。サンディは腹をすかせていて、じきに昼休みを要求してくるだろう。ペレスがやってくるのを目にして、サンディが港の壁からおりた。

「ちょっとまえに、電話でつかまえようとしてたんです」

「丘の上は、電波が届かないんだ」ペレスはいった。シェトランドでは、いたるところに携帯の使えない場所があった。

「ついさっき、医者たちが帰っていきました」

「それで？」

「意見が一致しました。殺人です」

9

これで正式に〝事件〟となった。ただ救急医療隊員を呼んできて、ロープを切って黒服の男を地面におろし、遺体を衛生局にひき渡しておしまい、というわけにはいかなくなった。ペレスは腕時計に目をやった。インヴァネスの捜査班がフェリーに間に合う時間にアバディーンにつくのは、無理そうだった。だが、今夜の飛行機の最終便には、どうにか乗れるだろう。ペレスは、ラーウィックにいる自分の部下たちに状況を伝えて必要な手配をさせるために、すでにダイアルをはじめていた。

「ここにいてもらえるか、サンディ？　犯行現場を確保して、一般人をちかづけないようにするんだ。できるだけすぐに交替要員を寄越してもらうようにする」

おそらく、ペレスは町に戻るべきなのだろう。不審死にともなう煩雑な手続きが山ほどあるのだ。最優先事項は、死者の身元の特定だった。地方検察官と話をして、捜査の法的な手続きもはじめなくてはならない。だが、本音をいうと、彼はビディスタにとどまりたかった。ここには話を聞くべき人物がほかにもいたし、本土からくる連中よりも自分のほうが多くを聞きだせるはずだ。

「ねえ、飢え死にしそうなんです。ちょっとそこの店までいって、チョコレートを買ってきてもいいでしょう?」サンディは二歳児みたいにぐずることができた。ときどき、脳みそのほうも二歳児並みではないのか、とペレスは思うことがあった。ところが、そう思っていると、当の本人は技術面で思わぬ優秀さを発揮して、みんなをあっといわせるのだった。サンディは署内で誰よりもITに精通していた。ペレスにとっては、どうしても憎めない相手だった。

「おまえはここにいろ。わたしがなにか買ってくる」サンディが抗議するまえに、ペレスはすでに道路を半分渡っていた。サンディがうしろから大声で叫ぶのが聞こえた。「それじゃ、チョコバーを。それと、ポテトチップも。ソルト&ヴィネガー味のやつです。それから、缶コーラ。あのクソまずいダイエット・コークじゃなくて」

店はテラスハウスのいちばん奥の家に隣接して建てられており、イングランド郊外のガソリンスタンドといった程度の規模だった。四方の壁に商品を陳列した棚がならんでおり、冷蔵ショーケースにはオークニー諸島産のチェダーチーズとベーコンの二ポンド密封パックがあった。一角が郵便局になっていて、公的書類のラックと荷物の重さをはかるための秤がおかれている。食品売場のカウンターのうしろには、若い男が立っていた。きのうの晩の展覧会で料理を用意していたシェフのマーティン・ウィリアムソンだ。マーティンの父親はスカロワーでホテルを経営していたが、稼ぎをすべて飲みつくし、一家はホテルを売りはらって、ラーウィックに越してきたのだった。父親はその直後に死亡した。泥酔して、フェリーのターミナルで水中に落ちたのだ。自ら飛びこんだといううわさもあったが、彼が落ちるところを見たものはおらず、真偽のほどは不明だった。

こうしたことがあったにもかかわらず、マーティンは陽気な男として知られていた。父親の葬式のときですら、友人のひとりに冗談をいうところを聞かれていた。それを不謹慎だと思うものもいれば、彼は強がっていただけだと考えるものもいた。この話は、一生彼につきまとうだろう。それは、彼という人物を定義していた。マーティン・ウィリアムソン、自分の父親の葬式で笑った男。「あの子は、昔からちょっとおどけたところがあったから」母親のアギーは非難の声が寄せられたとき、そうこたえたといわれている。そのときの口調に、息子を責めるようなところはまったくなかった。

アギー・ウィリアムソンは店の所有者として戸口に自分の名前を掲げており、店に隣接する家に住んでいた。マーティンの父親の溺死について口さがなくうわさしたゴシップ好きたちは、マーティンの母親が突然裕福になり、この店を買うことができた理由を、夫の死後に保険会社から受け取った保険金によるものだと説明していた。アギー・ウィリアムソンはビディスタで育ち、いつもそこに戻りたがっていた。スカロワーにもホテル経営にも、完全にはなじめなかったのである。彼女はもの静かで内気な女性で、ホテルのパブの喧騒や休暇で泊まりにくる見知らぬ人たちへの応対で、ストレスを感じていた。ビディスタで店をやっていても食べていくのがやっとだったが、郵政公社からすこしばかりの金が支払われていたし、どのみち彼女は店に人がいないほうが好きだった。そういうとき、彼女は郵便局のすぐ脇においてある脚の長いスツールに腰かけて、歴史もののロマンス小説を読んでいた。

マーティンはテラスハウスの真ん中の家に、妻のドーンと幼い娘といっしょに暮らしていた。

〈ヘリング・ハウス〉で働いていないときは、母親の店を手伝っていた。彼には自分のレストランをひらくという夢があった。

この一家とはほとんどつきあいがないにもかかわらず、ペレスはこれだけのことを知っていた。得体の知れないものどうしが暮らす共同体での生活とは、どういうものなのだろう？　ペレスはときどき考えてみることがあった。さぞかし爽快だろう。会う人ごとに、自分を作り変えることだってできる。だが、それは表面的で、すこし冷たく感じられる生活かもしれなかった。ビディスタの人口は、彼が育ったフェア島よりもさらにすくなかった。ここの人たちは、おそらく秘密をいくつか自分だけの胸にしまっておくように心がけているのだろう。自分のことをなにもかも近所の人に知られている、とは誰も考えたくないものだ。

ペレスは、もの思いにふけって立ちつくす自分の姿の滑稽さに気づいて、はっと我に返った。店のなかは薄暗かった。明かりは、ひらいたドアからさしこむ光だけ。翳《かげ》につつまれた床の上で小さな女の子が遊んでおり、そのそばにおもちゃのはいった箱があるのが見えた。女の子は、毛糸で編んだ、手足が長くて鼻の突きでた奇妙な動物を手にしていた。動物のおなかのあたりをもって、まるで踊っているような恰好で床の上をはねまわらせている。カウンターの奥にいたマーティンがふりむき、女の子が手にしているものをペレスがみつめているのに気づいて、笑った。

「そいつの正体を訊いても、無駄だよ。アリスは手工芸品バザーでそれを気にいって、どうしても手放さないんだ。そいつを洗おうとしてもね」にやりと笑う。「この二日で、二度目か。

なんでまた、こんなにすぐまたビディスタに？」

ペレスはその質問を聞きながした。「きみは〈ヘリング・ハウス〉のカフェで働いてると思ってたよ。きょうは、いかなくていいのかい？」

「火曜日は画廊が休みでね。だから、店番をして、母さんにすこし楽をさせるようにしてるんだ」

ペレスは棚のまえを歩きまわり、チョコバーとポテトチップをえらびだした。ソルト&ヴィネガー味はなかった。チーズ&オニオン味でかまわないだろうか？　サンディは食べ物にかんして、うるさくなることがあった。まったく、信じられないな、とペレスは思った。本気でこんなことで頭を悩ませてるなんて。これから殺人事件の捜査がはじまろうってときに、サンディのスナック菓子の昼食えらびに神経をすりへらしているのだ。ペレスはカウンターにいくと、尻ポケットから財布を取りだした。「きのうの晩、画廊にいた男だが」という。「すこし興奮してただろ。そいつの顔に見覚えはなかったかな？」

マーティンは首を横にふった。「観光客に見えたな」そういって、ペレスがもってきた品物の値段をレジに打ちこんでいく。

「きみたちをキッチンに残していったとき、なにが原因で、彼はあんなふうに突然逃げだしたんだろう？」

マーティンはポテトチップの袋を手にしたまま、顔をあげた。「なあ、おれはなにもしちゃいないぜ。おれはまだビュッフェの準備をしてた。結局は、時間の無駄だったけどな。料理の半分は残ってた。予想したほど人がこなかったんだ。ベラはおかんむりだったよ」

「それじゃ、なにがあったんだ？　あの男はただ立ちあがって、なにもいわずに出ていったのか？」

「なにがあったのかは知らない。おれは料理のトレイを画廊の奥にある組み立て式のテーブルのところへはこんでいった。キッチンに戻ってみると、男はいなくなってた。気分が落ちついて、家に帰っただけかもしれない」

「いや」ペレスはいった。女の子は遊びに夢中になっていたが、それでも彼は声をひそめた。「家に帰ったんじゃない。彼はまだ、そこのケニー・トムソンの小屋にいる。死体となって、梁からぶらさがって」

　マーティンの口もとがゆがんで、とまどったような笑みが浮かんだ。

「冗談だろ？」

「いや」ペレスはいった。「そんな冗談、誰がいう？　ケニーがみつけた。彼から、なにも聞いてないのか？」このことをマーティンが知らなかったとは、信じがたかった。ビディスタのようなところでは、なにもせずとも情報は自然に洩れだし、じわじわとみんなに伝わっていくものなのだ。「サンディや医者たちがあそこでなにをしてるのか、不思議に思わなかったのか？」

「店をあけてから、ずっとここにいたんだ。ちょっと二日酔いでね」

「どうして冗談だと？」これが冗談だとしたら、どれくらい趣味が悪いといえるだろう、とペレスは思った。身内の不幸で展覧会のオープニングが中止になった、とふれまわるのとおなじくらいか？

「そりゃ、ほら、ショックを受けたからさ。自殺かい？」突然、マーティンは娘を抱えあげた。ドアから外をのぞいて、まだ港の壁にすわっているサンディと小屋のほうに目をやる。「どうして、自殺するのにケニーの小屋を使ったりするんだ？」

「あの小屋を利用してるのは、ケニーだけなのか？」

「いや、たんに彼が建てたから、そう呼んでるだけだ。ビディスタの住人は誰でも、あそこに自分の道具をおいておける。ケニー、おれ、通りのいちばんはずれの家にあたらしく越してきたやつ、ベラ、ロディ」

「あたらしく越してきたやつ？」

「イングランドからきた作家だ。ピーター・ワイルディング。ここへは本を完成させるためにきた、って本人はいってた。あの家に住んでたウィリーは、去年、保護住宅に移ったんだ。で、そいつが越してきた。聞いたことのない作家だけど、夏じゅうあそこを借りられるくらいだから、きっと成功してるんだろう。あまり仕事をしてるようには見えない。たいていは二階の窓辺にすわって、海のほうをみつめてるよ。ほら、インスピレーションがわくのを待ってるのかもな」

　女の子がもがいて父親の手から逃れると、おもちゃのところへかけ戻った。

「ワイルディングはボートをもってるのかな？」ペレスはたずねた。

「いや。一度、ケニーと釣りに出かけるときに、誘ったんだ。おちかづきのしるしに。でも、風がちょっと吹いただけで、なんだかそわそわしてた。たぶん、気分が悪かったんだろう。もう二度と彼が釣りにいくとは思えないな」

「それなら、どうして彼があの小屋にはいる必要があるんだ？」

「あそこに箱をいくつかしまっておけるかって、訊かれた。ウィリーの家は、すごく狭いから」

「イングランドからきた作家なら、死んだあの男となにかつながりがあるのかもしれない」

「でも、友人ってことはないだろうな。友人だとしたら、かなり変わった友人関係だ。知りあいが逆上するのを見ても、なにもしないなんて」

「どういうことかな？」

「ワイルディングはきのうの晩のパーティにきてた。ベラが招待したんだ。彼女、有名人が好きだからさ。あの謎の男が騒ぎを起こしたとき、ワイルディングはそこにいた。知りあいだったら、その場でそういうはずだろ」そのとき、ペレスはベラがこの作家のことを口にしていたのを思いだした。ただし、彼女はワイルディングを蒐集家と説明していたが。

「このあたりで、死んだ男に宿を提供していたかもしれない人物に心当たりはないかな？　車がみつからないんだ」

「ビディスタじゃ、誰も下宿人をおいてないよ」

「きみが〈ヘリング・ハウス〉を出たのは？」

「たぶん、十一時ごろだろう。かたづけをしてたから」

「ロディ・シンクレアがいっしょだったんだって？」

「ふたりで、すこしばかり飲んだ。栓を抜いたボトルがたくさんあったから。二、三本は空けたかな。無駄にしないように」マーティンがにやりと笑った。彼はほんとうに、屈託のない、子供みたいな人物なのだろうか、とペレスは思った。父親の死にも涙しなかったというのは、本当なのか。

「屋敷に戻ってパーティをつづけようって、彼から誘われたんだろう？」

「本人の話によると、あいつは自分ひとりの力で酒を断つって、ベラに約束したらしい。ベラは心配なんだろう。ロディはときどき、すこし羽目をはずすから。前回ビディスタに戻ってきたとき、あいつはどこかアルコール中毒の治療施設にはいるよう、ベラに勧められたんだ」

「で、彼はそうした？」

「まさか。あいつは若いんだ。浴びるように飲む。あいつが同年輩のシェトランドの男たちとちがっているのは、たくさん金をもってるからにすぎない。年をとったら、そのうち落ちつくさ」

「きみはロディと屋敷にいかなかったんだろ？」

「ああ。いったら、ひと晩じゅういることになるとわかっていたからね。画廊を出るとき、あいつはすこしやかましくなりかけてた。ドーンは仕事で朝早く起きなきゃならないから、騒ぎを喜ばないってわかった。それで、正気に返ったんだ」

「まわりに人は？」

「誰もいなかった」

「明かりのついてた家は？」

「どうかな。いまの季節はあまり暗くならないから、よくわからないんだよな」間があく。

「ワイルディングが二階の窓辺にすわって外をながめていたような気がする」

「彼がいつパーティ会場を出たのか、覚えているかな？」

「悪いけど、こっちはひと晩じゅう、キッチンを出たりはいったりしてたんでね。例の男がひと騒ぎ演じたあとで、客は潮がひくみたいにいなくなった。ロディが二曲演奏すると、みんなぽつぽつと帰っていった。ワイルディングも、そのとき帰ったんじゃないかな」

「これについて、なにか知ってるかな？」ペレスは、展覧会の中止を告げるちらしをカウンターの上においた。

マーティンは目をとおして、顔をしかめた。「わけがわからないな」という。「誰が死んだんだい？　中止のことなんて、ベラからなにも聞いてなかったけど」

「誰も死んじゃいない」ペレスはいった。あの黒い服を着たイングランド人をのぞいては。「どうやら、悪趣味ないたずらかなにかのようだ。さもなければ、何者かがオープニングを邪魔したかったのか。そのちらしが、きのうラーウィックじゅうでくばられた」

「へどが出るね」この会話ではじめて、マーティンは真剣な表情を浮かべていた。きつい口調だった。

「というと？」

「みんな、ベラが妬ましくてたまらないんだ。あることに秀でてて、それで金を稼いでるから」

「誰かとくに心当たりでも？」

マーティンが返事をするまえに、女の子がおもちゃ箱からふり返った。

「ほら、見て！」女の子は道化師の仮面をかぶっていた。ゴムにはさまれた髪の毛が、仮面のまわりで突っ立っている。栈橋の小屋でぶらさがったまま、インヴァネスの犯行現場検査官の到着を待っている死体がつけている仮面と、そっくりだった。ペレスは、この日二度目の胸のむかつきをおぼえた。仮面のせいで、一瞬、女の子が人間には見えなくなった。まるで、誰かに魂を盗まれたみたいに。

だが、マーティンは笑っただけだった。「おい、アリス」という。「どこでそいつを手にいれたんだ？　すごくおっかないな」

女の子はくすくす笑うと、返事をせずに、店から陽光のなかへと飛びだしていった。

10

女の子はおばあさんの家にかけこんだが、ドアをきちんと閉めていかなかった。自分の家に帰っても、母親はいないのだろう。ペレスは、この一家について知っているほかのこと同様、そのことも知っていた。長年のうちに、自然にためこまれてきた情報のひとつだ。ドーン・ウィリアムソンは、ここからいちばんちかいミドルトンの小学校で教師をしていた。彼女が仕事にいっているあいだは、マーティンとアギーが子供の面倒をみていた。ドーンは外からきた人間なので、ペレスは彼女のことをよく知らなかった。マーティンとつきあいはじめたとき、彼女はすでにシェトランドで暮らし、学校で教えていた。

ペレスは、あいかわらず港の壁にすわっているサンディのところへ戻ると、食料品のはいった買物袋を彼の隣においた。そして、袋の中身が注文したものとすこしちがうことに相手が気づくまえに、ふたたび道路を渡った。アギー・ウィリアムソンの家のまえの歩道に立ち、ドアをノックする。彼はアギーに好感をもっていた。シェトランドに戻ってきてすぐに、彼はアギーの夫の事故死の捜査にたずさわり、彼女から供述をとった。そして、その冷静さ、死者を悪くいおうとしない態度に、感心していた。

アギーがなかに入れてくれた。すぐに彼のことがわかったようだった。

「あら、ジミー・ペレスじゃない。ビディスタで、なにをしてるのかしら?」その声には、かすかに不安が聞きとれた。世界じゅうどこへいこうと、戸口にあらわれた警官というのは、不幸を意味するものなのだ。ペレスがなにもいわずにいると、アギーがつづけた。「とにかく、はいってちょうだい。用意ができたら、話してくれるんでしょうから」

アギーと会うのは、彼女の夫の葬式以来のはずだった。だが、彼女はちっとも変わってなかった。五十代のはじめになったいまも、あいかわらず華奢で、こざっぱりとしていた。縞柄のオイルクロスを敷いた四角いテーブルには、パンを焼く準備がしてあった。彼女のまえに、秤のセット、陶磁器の鉢、小麦粉と砂糖の袋、卵を三個のせた受け皿、木のスプーンがならべられている。ペレスは、フェア島の自分の母親のキッチンにいるような気分になった。母親も、ここにあるのとまったくおなじ薄黄色の混ぜ鉢をもっていた。アギーは包み紙に残ったマーガリンを油がわりに天板に塗っているところだった。ペレスより先にきていたアリスは、背の高いスツールにすわって、プラスチックのコップでジュースを飲んでいた。道化師の仮面は、頭の上に押しあげられていた。

アギーがふきんで両手をぬぐった。「それじゃ」という。「紅茶を飲むでしょ」調理用こんろにやかんをかける。戸口でペレスを目にしたときのかすかな驚きは、すっかり消えていた。そもそも、彼女がショックを受けることなど、なさそうに思えた。夫が埠頭から水中に転落したときでさえ、冷静さを失わなかったのだ。

ペレスはアリスのほうに視線をむけた。アギーがそれに気づいて、彼が子供のまえで話をしたくないと考えているのを察した。

「外で遊んでらっしゃい、アリス」アギーがいった。「こんな天気のいい日に、うちのなかにいちゃだめよ。学校がはじまったら、そうする時間はいくらでもあるんだから。外にいってなさい」アギーがキッチンのドアをあけ、孫娘を細長い庭へとおいたてた。ペレスとアギーは女の子が木のぶらんこによじのぼるのを見ていた。毛編みのおもちゃをもったままだったので、手足の一本とぶらんこのロープをいっしょにつかまなくてはならなかった。船で使われているようなロープだった。あのイングランド人の首のまわりにかかっていたようなロープだ。

「ケニーの小屋に、男の死体があります」ペレスはいった。アギーはすでにそれを知っているのではないか、と彼はここでも考えていた。彼女は午前中、ずっとサンディが壁に腰かけているのを見ていた。きっと外に出て、そこでなにをしているのか、彼にたずねたにちがいない。だが、すでに知っているのだとしても、アギーはそのことをおくびにもださなかった。

　砂糖とマーガリンをかきまぜはじめていたアギーが、さっと顔をあげた。

「ケニーじゃないわよね？　そう、もちろん、そんなはずないわ。ケニーなら、さっき家のまえを通ったもの。誰とも話をしたくないみたいに、早足で。だとしたら、誰なの？」

「イングランド人です」ペレスはいった。「よそ者です。きのうの晩、ベラ・シンクレアのパーティにきていましたが、誰も彼のことを知らないようでした」

「死因は？」アギーがたずねた。

「くわしいことは、まだわかっていません。死体は梁からぶらさがっていました」いったん言葉をきる。「あなたはいませんでしたね、ベラのパーティに」

　アギーはそれが質問でないことに気がついた。「でも、あなたはいたのね？　あなたがダンカン・ハンターの奥さんと懇意にしてるって聞いたけど」

「あのふたりはもう離婚しました、アギー」なぜ、そんなことをいう必要があると感じたのだろう？　アギーの発言に反応した自分に、ペレスは腹がたった。こんなふうにむきになったのは、アギーが自分の母親を思い起こさせるからかもしれなかった。母親が相手だと、彼はいつでも自己弁護する必要を感じるのだ。

「まあ、あたしには関係ないことよね」間があく。「ベラから誘われたけど、あなたも知ってるとおり、ああいうのは苦手なのよ。知らない人ばかりで」

「正直いって、わたしもあまり得意ではありません」

「それに、あたしはベラがすこし怖いの。これだけ長いつきあいなのにね」

ペレスは頬笑んだ。彼女のいっている意味が、よくわかった。彼もベラが怖いと感じていたからである。「たしか、いっしょに育ったんですよね。このビディスタで」

「ええ」アギーがいった。「あたしたちは、みんなこのへんの家に住んでたの。ウィリーが通りのいちばん端の家で。彼は一生独身で、あたしたちが物心ついたころには、お母さんはすでに亡くなってたわ。シンクレア家は真ん中へんにある家で、あたしはこのテラスハウスで両親といっしょに暮らしてた」

「それじゃあ、出発点に戻ったわけですね」

「実際のところ、ここを出ていきたいと思ったことは一度もないの」

「ベラにはお兄さんがひとりだけ？」

「アレック。ロディのお父さんよ」

「どんな人でした？」

「そうね、もの静かな人だったわ。息子とは正反対ね。知ってのとおり、癌だったの。あんなに若かったのに、ほんとうにかわいそう。最後には、骨と皮だけみたいになって。ロディにとっては、さぞかしつらかったでしょうね。それで、あの子はあんな無茶をするようになったのかもしれないわ」

ペレスの気のせいかもしれないが、アギーの顔がすこし赤くなったように見えた。彼女はアレック・シンクレアに対して、なにか特別な感情をいだいていたのだろうか？　だが、それはたんにキッチンの熱気のせいかもしれなかった。「ケニー・トムソンも、そのころからスコールズにいたわ」アギーが話題を変えたがっているような感じでつづけた。「ご両親と、お兄さんのローレンスといっしょに。だから、なにもあまり変わってないのよ。ローレンスはラーウィックに引っ越したあとで、シェトランドを完全に離れたわ」

「このあたりによそ者がいるといううわさを、耳にしていませんか？　ミドルトンにむかう道路沿いのどこかで、下宿人をおくことにした家があるとか？」

アギーは首を横にふった。「そういう話は聞いてないわね」卵のひとつを鉢にぶつけて割り、両手の親指を使って殻を両側にひっぱる。「ピーター・ワイルディングのことをいってるんじゃないわよね？　ウィリーの家に越してきた男性だけど。イングランド人よ」

「それなら、マーティンがわかったでしょう。わたしがいまいっているよそ者と、彼はきのうの晩に会ってるんです」

「それじゃ、お役にはたてないわ」

「この数日のあいだに、店にきた観光客はいますか？」

「何人か。週のはじめに、若いオーストラリア人のグループが冷たい飲み物を買いにきたわ。

それから、きのうはツアー・バスが〈ヘリング・ハウス〉に立ち寄った。コーヒーを飲むためだけど、ほとんどの人は、そのあとで脚をのばそうとここまで歩いてきて、絵葉書や甘いものを買っていったわ。でも、みんな年配の人たちだった。あなたがいってるその男性って、いくつくらいなの？」

「それほど年はとってません。四十とか、四十五とか」

「それじゃ、まだ若いわね」ふたつ目の卵が鉢に落とされた。アギーはスプーン一杯の小麦粉をふるいにかけてそれに足し、丁寧にからませていった。

その作業が終わるまで待ってから、ペレスはたずねた。「アリスはどこであの道化師の仮面を手にいれたんですか？」

「どうしてそんなことを知る必要があるの、ジミー？　フラン・ハンターの娘に買ってやるつもり？」いたずらっぽい笑みがちらりと浮かぶ。もう一度、彼の反応をひきだそうとしているのだ。

「いえ、そうじゃありません」ペレスは言葉をきり、それから、彼女に話しても害はないだろう、と考えた。どうせすぐに、うわさが広まるのだ。

「死んだ男が、あれとよく似たものをかぶっていたんです」

アギーは片方の腕に鉢をかかえ、反対の手にスプーンをもって、じっと立っていた。もしかすると、子供むけの仮面をかぶった見知らぬ男の姿を、頭のなかで思い浮かべているのかもしれない。「あれをアリスに買ってやったのは、あたしじゃないの」

「マーティンでもありませんでした」

「それじゃ、きっとドーンね。なんだったら、あたしからアリスに訊いてみてもいいけど。なにか覚えているかもしれないし。それが重要なことだと思うのなら……」

ペレスは肩をすくめた。「男の身元をつきとめるのに、役立つかもしれません。ほかに手がかりがあまりないので」

ペレスは仮面のことを、自分でドーンにたずねてみようかと考えていた。アリスよりも母親のほうが、くわしく知っているだろう。ペレスはこの偶然に興味をひかれており、ミドルトンまで車を飛ばして、ドーンの話を聞きたい誘惑にかられた。だが、そんなことをしている時間はなかった。インヴァネスの連中が到着するまえに、捜査本部をきちんと設置しておきたかった。重犯罪の捜査は地元の連中の手にあまる、とかれらに思われたくなかった。前回、インヴァネスに応援を頼んだとき、事件解決までにひどく時間がかかっていたのだ。ミドルトンまで車を飛ばしていかない理由が、もうひとつあった。男と仮面のことを、あまり大ごとにしたくなかったのである。もしもペレスが小学校に姿を見せてドーンを教室からひっぱりだせば、シェトランドじゅうにうわさが広まるだろう。このまえ殺人事件が起きたときのことを、ペレスは覚えていた。あのときは、島じゅうが恐怖で凍りつき、まったく別の場所になってしまったかのように感じられた。だが、今回はちがう。今回の被害者は、よそ者だった。とはいえ、ペレスはあのときのような冷たい恐怖を、ふたたび広めたくはなかった。

「アリスからなにも聞きだせないようなら、ドーンにもひと言いっておいてもらえますか」ペレスはいった。

「わかったわ」

「それから、このことはまだ表沙汰にしたくないんです。遺族にまず知らせたいので」遺族がみつかればの話だが。

「心配しないで。あたしは誰にもしゃべらないし、ドーンにも黙っているようにいっておくから」自分の要望は当然聞きいれられる、と考えている人物らしい、落ちついた口調。ペレスは、フランが自分の母親の要望をそんなふうにおとなしく受けいれるところを想像できなかった。フランはシェトランドに越してくるまえに、仕事で成功をおさめていた。彼女の自信は最近すこし揺らいでいたが、それでも、あいかわらず自分の考えをしっかりともっていた。フランと彼の母親——いったいどうやったら、上手くいくのだろう？

アギーが混ぜ鉢を下において、戸口までペレスを見送った。そのときペレスは、彼女が自分に帰ってもらいたがっていたことに、はじめて気がついた。

「すみません」ペレスはいった。「あなたにとって、これはつらいことかもしれませんね。ご主人の亡くなり方を考えると……気がつかなくて」

アギーが厳しい目で、ペレスをじっとみつめた。「うちの主人は事故死よ。今回の件とはまったくちがうわ」

「もちろん、そうでした」ペレスは顔が赤くなるのを感じ、すばやくむきなおると、外に出た。通りに戻ると、遠くから霧笛が聞こえてきた。このあたりではまだ日がさしており、はじめはテストかと思った。ときどきテストがおこなわれ、そのたびにペレスは、降りそそぐ陽光のなかで鳴りひびく大きな音にぎょっとした。そのとき、海上に濃い霧の帯が発生しているのが見えた。海面すれすれにあるだけだが、急速にこちらにちかづきつつある。もっと南のほうでは、すでに陸地に到達しているにちがいなかった。

　小屋は、サンディがはりめぐらせた〈警察　立入禁止〉という青と白のテープで囲まれていた。パトカーが一台、桟橋にほかの車がちかづけないような恰好でとめられている。サンディは、もうラーウィックに帰してもよかった。あとは、犯行現場検査官が到着するまで、これ以上現場が汚染されることを防ぐだけだ。サンディは医師たちに、比較のために犯行現場検査官から靴——もしかすると、服も——の提出を求められることを、きちんと伝えただろうか？　それはペレスの責任だった。彼がサンディに念押しすべきだったのだ。

　小屋まで半分という地点にきたときに、ペレスの携帯電話が鳴った。部下のモラグだった。ペレスは彼女に、インヴァネスからくる捜査班のために飛行機の最終便の予約を頼んでいた。

「そちらはどんな具合ですか？」

「え？」モラグは礼儀正しくふるまっているのか？　ひまをもてあましているのか？　彼女には切迫感というものがないのか？

「先ほどサンバラに電話したところ、あちらは濃霧だそうです」

「午後には晴れる、という可能性は？」

「デイヴ・ホィーラーに問い合わせてみました」デイヴはフェア島で暮らす気象学者で、海上気象予報のために、ありとあらゆる気象データを記録していた。「その可能性はまずない、といってました。それから、空港によると、きょうはもう飛行機の発着はないだろう、ということでした」

ペレスは携帯を切り、すこしのあいだ足を止めた。太陽はすでに乳白色のもやのなかに隠されていた。こうなると、インヴァネスの捜査班がきょうじゅうに到着することはないだろう。霧がこのまま晴れず、翌日の晩のフェリーでくるしかないとすると、到着はあさっての朝七時になる。それまでは、ペレスが責任者だった。これは彼の捜査だった。昔は、それが自分の望むものだと考えていたのだが。

ふたたび、彼の携帯電話が鳴った。「ジミーか。ロイ・テイラーだ。インヴァネスの」となると、やはり彼の捜査ではない、ということだった。

「われわれが到着するまでの捜査の進め方について、ひと言いっておきたくてね」

11

蕪《かぶ》の間引きは、心をどこかにさまよわせていなければ、とてもできない作業だった。すぐに背中が痛くなってくるし、そもそも蕪の小さな苗を間引くのに、集中したり考えたりする必要はどこにもない。頭を使わない仕事だ。最悪なのは、そろそろ終わるだろう、すくなくとも畑半分はすんだはずだ、と思って顔をあげてみると、まだほとんどはじめたばかりで、何列も残っているとわかるときだった。

子供のころ、ケニーとローレンスは退屈をまぎらすために、ゲームをした。隣どうしの列にならんで、競争したのだ。勝つのは、いつでもローレンスだった。たいていのことで、彼はケニーよりもはやかった。だが、仕事はすこし雑だった。ケニーの列のほうが、いつもきちんとしていた。苗が等間隔になっていた。だから、ローレンスに負けても、ケニーは気にしなかった。とはいえ、たまには勝つのも悪くなかっただろう。

きょうのケニーは畑仕事をしながら、しばしば子供時代のことを思いだしていた。みんなでやったゲームのことを。もしかすると、小屋の天井からぶらさがって揺れていた死体のイメージを、頭から消し去ろうとしていたのかもしれない。ローレンスといっしょに建てた小屋。これからは、あの小屋にはいってボートを出すたびに、そこで死んだ男のことを思いだすのだろうか?

ペレスが帰るとすぐに、ケニーは間引きに取りかかっていた。そろそろ作業を中断して昼食をとる時間だったが、どうしてもつづけたい気分だった。せめて、この列だけでも終わらせておきたい。そこで、列に沿って鋤《すき》を前後に動かしながら、五十年ちかくまえのこのあたりの様子を回想した。彼がまだ幼かったころ、かさぶただらけで、洟《はな》をたらし、誰かに話しかけられるたびに女の子みたいに赤くなっていたころのことを。

いまでは、ビディスタには子供がひとりしかいなかった。アギー・ウィリアムソンの孫娘のアリスだ。ケニーが子供のころは、五人いた——彼とローレンス、ベラとアレック・シンクレア、そして当時はまだ〝ウィリアムソン〟という姓ではなかったアギー。アギーの旧姓を思いだすのに、ケニーはちょっと手間どった。そう、ワットだ。アギー・ワット。ひっこみ思案な子だった。郵便局にいって、彼女が本に没頭しているところを目にするたびに、この四十年でアギーはほとんど変わってないな、とケニーは思うのだった。彼女は子供のころから年寄りっぽかった。小柄で、がりがりにやせていて、華奢で。

ローレンスとベラは、そのころから似たものどうしだった。頑固で、なにがなんでも我をとおそうとした。それに、頭がよかった。ミドルトン小学校でクラスのトップ争いを演じ、ほかのみんなには理解できない冗談で笑い、生意気な態度と鋭く如才のない返答で教師を困らせていた。競いあっていたものの、おたがい惹かれてもいた。一方、ケニーの望みはといえば、とにかく目立たないことだった。

このなかで、いまビディスタにいるのは三人だった。ベラは、お偉い芸術家になった。カレッジに進んで、バルセロナとニューヨークで学んだが、あの屋敷で暮らしはじめてから、すでに二十年以上がたっていた。アギーは、夫の死後にここに戻り、自分の生家の隣の家に落ちついた。そしてケニーは、まったくおなじところにいて、子供のころとほとんどおなじことをしていた。四十年前のこの日も、自分はこの畑にいて、父親の手伝いで蕪の間引きをしてたのかもしれない——ふと、そんな考えが頭をよぎった。ここから抜けだしたのは、ふたりだけだった。アレックは、まだ若くてハンサムなうちに亡くなった。そしてローレンスは、ベラに失恋して、逃げだした。

列の端にたどりつくと、ケニーは背中をまっすぐにのばした。肩の筋肉がはっているのがわかった。エディスがここにいたら、肩をさすって凝りをほぐしてもらえただろう。エディスはふたりがいっしょになったころより、ずっとマッサージが上手になっていた。年をとるのも、そう悪いことばかりではないのだ。

エディスはビディスタの出身ではなく、ケニーが彼女と出会ったのは、中等学校にかよいはじめてからだった。彼女はケニーより数歳年下だった。ふたりはおなじバスで通学していたが、彼は十五歳になるまで、ほとんど彼女のことを気にとめていなかった。当時のエディスはそばかすがあり、髪の毛がカールしていた。ちょっと赤みがかった、くすんだ茶色の髪だ。ケニーは彼女をデートに誘う度胸がなく、先に声をかけてきたのはエディスのほうだった。彼女はいつでも自分の欲しいものを知っていた。やがてケニーは彼女をビディスタにつれてきて、ほかのものたちにひきあわせた――ローレンスとベラ、アレックとアギー。だが、エディスが完全に溶けこむことはなかった。みんな彼女に親切だった。あのベラでさえ。それでもエディスは、いつでもかれらとすこし距離をおいていた。

腰をのばしたとき、ケニーは海から忍びこんできた霧が太陽をおおっていることに気がついた。もっと内陸のほうは、まだ晴れていた。作業のあとでじっと立っていると、ひたいや首筋の汗が冷たい空気で乾いていくのが感じられた。

キッチンにはいると、ケニーはやかんを火にかけ、食べるものを探して冷蔵庫のなかをのぞいた。以前は、エディスが毎日ランチを用意してくれていた。彼が建築の仕事で遠くの現場にいくときは、ナツメヤシのぶ厚いクッキーや〝泥炭〟と呼ばれているチョコレートのビスケット・ケーキといっしょに、サンドイッチをつつんでくれた。彼が自宅の小農場で働いている日には、家に帰るとテーブルの上でなにか温かい料理が待っていた。たいていはスープだった。やがて、エディスは介護センターに就職した。そして、彼女が部長になってカレッジにかよいはじめるまえから、状況は変化していた。

「いまじゃ、ふたりとも働いてるんだから、自分の面倒は自分でみてちょうだい。それが当然でしょ」エディスはケニーにそういった。

ケニーは反論できなかった。それは、いかにもベラが口にしそうな台詞だった。ベラが一度も結婚しなかったのは、自立していたかったからだ。「あたしは独身がいいの。ひとりは最高よ」ある日曜紙に掲載されたインタビュー記事で、ベラはそう語っていた。エディンバラで個展がひらかれたあとの記事で、そのころカレッジにいたエディスが、新聞を持ち帰ってケニーに見せてくれたのだ。

冷蔵庫には、日曜日に食べたロースト・ラムの残りがいくらかあった。それをスライスして、サンドイッチを作る。サンドイッチが完成するころにはお湯がわいており、彼は紅茶をいれた。いまでは霧がすごく濃くなっていたので、キッチンの窓からはなにも見えなかった――庭の境界線になっている塀や、戸口のまえにとめてあるトラックでさえ。こうしてみると、釣りにいかなくて正解だった。彼のボートには、洒落たGPS装置といったものはついていないのだ。

コンパスと海図を使って桟橋まで戻らなくてはならなかっただろうし、ちかごろはあまりそういうことをしていないので、彼の腕はさびついていた。介護センターから戻ってくるときに、エディスが運転に気をつけているといいのだが。この天候では、車が道路から飛びだしたり、対向車と衝突したり、といったことが起きやすいだろう。小屋で黒服の男がぶらさがっているのを見てからというもの、彼の頭の奥には、つねに死のことがあった。

ケニーは安楽椅子に腰をおろして、膝の上に皿をのせた。紅茶のはいったマグカップを手の届く距離にある調理用こんろの上におき、シェトランド・ラジオでやっているニュースに耳をかたむける。死んだ男のことは、なにも報じられていなかった。だが、ジミー・ペレスはそう長いこと事件を秘密にしてはおけないだろう。それから、ラジオを長波に切り替え、海上気象予報を聞いた。それが習慣になっていた。食べ終わると、眠たくなってきた。半分まどろみながら、ふと気がつくと、フェア島でジミー・ペレスと出会った夏のことを思いだしていた。サウス・ライトハウスで働いていたときのことを。それは、彼が子供だったころ、蕪を間引いていたころよりも、ずっと昔のことに思われた。

ケニーは、はっとして目がさめた。誰かがドアをあけたのだ。自分がどこにいるのか、すぐにわかった。昼寝といっても、うとうとと白昼夢を見ているような感じだったのだ。彼がまず考えたのは、エディスにちがいない、ということだった。なんらかの理由で、はやく帰宅したのだろう。ふたりでベッドにいってもいいな、とケニーは思った。彼は昼間にセックスするのが、なによりも好きだった。こっそり悪いことをしているような気がした。だが、彼女を抱きかかえようとすこし腕をひろげてふり返ったとき、そこにいたのはエディスではなかった。アギー・ウィリアムソンだった。霧が髪の毛にまとわりついている。まばらでもつれた髪の毛にとらえられた無数の細かい水滴。灰色のなかの銀色のきらめきだ。

「アギー」ケニーはいった。「どうした？」これだけ長いつきあいなのに、アギーが招かれもせずに家にはいってきたのは、これがはじめてだった。子供のころ、ケニーやローレンスと遊びたいと思ったときでも、アギーは外でぶらぶらして、かれらが出てくるのを待っていた。決してドアをノックすることはなかった。ベラやアレックなら、なにもいわずに飛びこんできただろう。そして、自分たちも当然ミルクとビスケットをもらえるものと考えて、テーブルにつくのだ。

「あの警官がきたの」アギーがいった。「ペレスよ。小屋に死体があったって、彼から聞いたわ」

「知ってる。おれがみつけたんだ」ケニーは、あれを〝死体〟ではなく〝男〟として考えたかった。アギーはうわさ話をするためだけにきたのだろうか？　彼女らしくなかった。ビディスタのようなところでは、たいていは店がうわさ話の中心になる。だが、アギーは決してそれを奨励しなかった。客がしゃべるあいだ、黙ってカウンターの奥にすわっていた。読みかけの本は伏せてあったが、はやく読書に戻りたがっているのはあきらかだった。物語に心を奪われたままで、広まっていくうわさ話には興味がなさそうに見えた。

「それが誰なのか、心当たりはないの？」アギーがたずねた。

「顔は見えなかったんだ」ケニーはいった。「仮面で隠れてて。道化師の仮面だ」

「それも聞いたわ」アギーが言葉をきり、ケニーをじっとみつめた。「ローレンスってことはないわよね？」

ケニーがその可能性について考えるあいだ、アギーはじっと待っていた。彼の様子を見守り、なにも反応がないとわかると、先をつづけた。「その男のことを、マーティンが説明してくれたの。あの子は生きてたときの彼を見かけていたから。もしかすると、生きてる彼を最後に目撃した人物だったのかもしれない。とにかく、考えずにはいられなくて……」

「死んだ男はイングランド人だ」ケニーはいった。「イングランド人のアクセントでしゃべっていた。ペレスはそういってた」

「ローレンスがここを出て、もうずいぶんになるわ。いまでは、しゃべり方も変わってるかもしれない」

「まるで、あの死体がローレンスであってほしいような口ぶりだな」ケニーはいった。

「まさか！」

「あれがやつなら、おれにはわかっただろう」ケニーは頑固にいった。「たとえ顔を見なくても」

「そうかしら？　ほんとうに？　彼がここを去ってから、どれくらいになる？　もうずいぶんになるわ。アリスが生まれるまえなのは確かだし、あたしの記憶では、それから一度も彼は戻ってきていないじゃない」

ケニーは兄の姿を思い浮かべようとした。背の高さ。身体つき。それから、まえの晩に小道を跳ねるような足どりで走っていった男のことを考えた。あれがローレンスだった可能性はあるだろうか？

「最後に彼から連絡があったのは、いつ？」アギーがたずねた。

ケニーはそれを正確に覚えていたが、アギーにいうつもりはなかった。ローレンスが自分のことをほとんど気にかけておらず、最後の伝言もベラに託されたものであったことを、認めるつもりはなかった。〝ローレンスは、また出ていくそうよ。あなたにそう伝えてくれって、頼まれたわ〟兄がいってしまったとき、ケニーはここにいて別れをいうことさえできなかった。もしかすると、ローレンスはわざとそういうときを狙っていたのかもしれない。ケニーがいたら、ここにとどまるよう説得されるとわかっていたから。

「小屋にいる男はローレンスじゃない」ケニーはいった。

アギーはもっとなにかいいたそうに見えたが、突然、あきらめた。

「そうよね」という。「あなたのいうとおりだわ。あたしったら、馬鹿みたい。きょうは、ちょっとおかしいの。いろんな空想がつぎからつぎへとわいてきて。自分のお兄さんだったら、見ればわかるわよね」アギーはここで言葉をきった。「あの警官が帰ったあとで、一瞬、それがアンドリューかもしれない、とまで考えたの。あの人の死体は、海に落ちてから数週間たってから発見されたでしょ。沿岸警備隊の話では、潮流が強くて、きっと外海まで流されたんだろう、ってことだった。でも、あたしはあの人がまだ生きてるかもしれない、と考えていた。

その数週間のあいだ、ずっと希望を抱いていた。あの人は生きてるかもしれない、どこか岸辺に泳ぎついて、酔いをさましてるのかも。死体が打ちあげられたときでさえ、誰か別人のものかもしれないと思った」

「アンドリューは死んだんだ」ケニーはいった。

「わかってるわ。いまのは、あたしの想像よ。でも、考えてしまうの。もしかしたら……って。すると、その可能性に心を奪われてしまう。そのシナリオに」アギーがかすかに笑みを浮かべた。「ごめんなさい。くるべきじゃなかったわ」

「せっかくだから、お茶を飲んでかないか」ケリーはいま、ひとりで暮らしている彼女に同情をおぼえていた。彼女には、午後こっそり自分をベッドにつれこんでくれる相手はいないのだ。

「やめとくわ」アギーがいった。「郵便局を閉めて、ここにかけつけたから。戻らなくちゃ。待ってるお客さんがいるかもしれないし」

「この時季のせいさ」ケニーはいった。「白夜だよ。それでみんな、すこし頭がおかしくなるんだ」

12

インヴァネスからくる捜査班をひきいているのはロイ・テイラーで、一行がシェトランドに到着したら、彼が今回の事件の上級捜査官をつとめることになっていた。ペレスはまえに彼と組んだことがあり、友だちのような関係を築きあげていた。親しい友人ではない。ペレスはロイ・テイラーの私生活について、なにも——結婚しているのかどうかさえ——知らなかった。だが、そのとき手がけた事件をつうじて、ふたりはおたがいを理解するようになっていた。

とはいえ、いまのペレスはテイラーのじれったそうな言葉に耳をかたむけながら、いらだちをおぼえていた。被害者の身元の確認が最優先事項であることは、いわれなくてもわかっていた。まったく、身元不明の男が正式に被害者となってから、まだ三十分しかたっていないのだ。サンディは、もうラーウィックに戻っているはずだった。電話でホルムスガースにあるノースリンク・フェリーのオフィスの若い娘たちとおしゃべりし、ローガンエアに英国航空の予約リストを問い合わせていることだろう。サンディはそういう仕事が好きだったし、得意としていた。決まりきっていて、あまりむずかしくない仕事だ。名前はきょうじゅうに判明する、とペレスは確信していた。いまの時点では、ほかにできることはほとんどなかった。テイラーがいらだっているのは、ペレスの捜査の進め方に不満をもっているからではなかった。おそらく、自分がまだインヴァネスにいることに——連絡を受けてすぐにアバディーンにむかわなかったことに——腹をたてているのだろう。もうすこしはやく天気が悪くなっていれば、サンバラにむかう飛行機の最終便に乗ろうとはせず、アバディーンから出港するフェリーに間に合っていただろう。そうすれば、遅くとも翌朝の七時にはラーウィックについていたはずだ。テイラーは、自分の思いどおりにことを進めたがる男だった。彼が自分に腹をたて、チームのものにあたりちらしているところが、ペレスには容易に想像できた。

ペレスも、空腹をおぼえはじめていた。彼が起きたときにフランも目をさまし、眠そうな声で、トーストとフルーツがあるから食べていくか、といってくれたが、その時点ですでに彼は仕事に遅れていた。いま彼は、ベーコン・サンドイッチやフィッシュ・アンド・チップスのことを思い浮かべ、町に戻りたいと考えていた。なにか温かくて油っぽくて腹にたまるものを食べるのだ。だが、完璧を期すために、ピーター・ワイルディングから話を聞いておいたほうがよさそうだった。ウィリー・ジェイミーソンの家に越してきたというイングランド人だ。そうすれば、ビディスタに住む全員から話を聞いた、とテイラーに報告できる。その件で、テイラーから非難される心配はなくなるわけだ。

マーティンの説明どおり、ワイルディングは二階の窓辺にすわって外をながめていた。霧であたりが薄暗くなっており、部屋には明かりがついていた。テラスハウスのはずれまできたところで、ようやくペレスはワイルディングの姿を見ることができた。だが、それもあまりはっきりとはしなかった。ワイルディングはペレスが車をとめた瞬間から、ずっと彼の動きをおっていたのではないか、という気がした。ペレスがケニーの小農場とベラの屋敷を訪れ、アギーの店にはいり、彼女の家にいくのを、ずっと見守っていたのだ。日常生活のこまごまとしたことに、そこまで興味をいだくなんて、ペレスには奇妙に思えた。彼の経験からいうと、穿鑿《せんさく》好きなのは女性のほうだった。このイングランド人の男は、どうしてビディスタの人たちの行動に関心をもつのだろうか？　だが、その好奇心は、捜査にとっては好都合かもしれなかった。

彼が例の謎の男を目撃している可能性は、かなり高かった。

ワイルディングには、ペレスが霧から姿をあらわした影にしか見えていないはずだった。ほかに見るものもないのに、どうして彼はまだ窓辺にすわっているのだろう？　ペレスがドアをノックすると同時に、ワイルディングの姿が窓から消えた。木の床板を踏む足音につづいて、錠前で鍵が回る音がした。ドアがゆがんでいるにちがいなく、戸枠にひっかかって、なかなかあかなかった。ドアに鍵がかかっていたということは、ワイルディングはきょうまだ外出していないのだろうか？　それとも、鍵をかけるのは本土の習慣の名残なのか？

戸口にあらわれた人物を見た瞬間、それがきのうの晩に画廊でフランに話しかけていた黒髪の男だということがわかった。こうして見ると、背が高くて、なかなかの男前だった。襟のない縞柄のコットンのシャツにジーンズ、そしてスニーカー。男が笑みを浮かべた。なにもしゃべらず、訪問客が名乗るのを待っている。ペレスはその沈黙に、落ちつかない気分をおぼえた。身分証を見せるべきだとわかっていたが、どこにしまったのか思いだせなかったので、ペレスはかわりに自己紹介をした。「いくつか質問させていただきたいのですが」

「ええ、どうぞ。ノートパソコンの真っ白な画面をみつめずにすむ口実だったら、なんだって大歓迎です」朗々としていて、つねに自分だけの冗談を面白がっているような感じの声だ。締め切りにおわれている作家は、ふさぎこんで心ここにあらずの状態にあるものだ、とペレスは想像していたが、いま目のまえにいる男には、そういう気配はみじんもなかった。男が脇によった。「桟橋で、なにかやってましたね。その件ですか？」ペレスはなにもいわなかった。

「そう、けっこうです」ワイルディングがつづけた。「そのうち時機がきたら、話してくれるんでしょうから」その瞳はとびきり濃いブルーで、ペレスはカラーコンタクトをはめているのかと思った。ワイルディングは見栄っ張りなのだと考えることによって、ペレスの気分はよくなった。

ウィリー・ジェイミーソンはこの家で生まれ育ち、やがて保護住宅に引っ越すまで、ここで暮らした。漁でどうにか生計をたて、年をとるまえは公共事業の半端仕事もいろいろとこなしていた。ペレスはときおり道ばたでウィリーの姿を見かけたのを覚えていた。道路の舗装改修工事の手伝いだった。ウィリーはずっと独身で、彼が保護住宅に移ったとき、家は彼の両親が入居したときとほとんど変わっていなかった。ウィリーはこの公営住宅を自治体から買いとって、住みつづけていたのだろう。いまはワイルディングが所有者となっているか、もしくは誰か個人から借りているにちがいない。いずれにしても、ワイルディングは公営住宅の一般的な入居者とはちがっていた。

家にはいると、廊下のむこうに小さなキッチンがあるのが見えた。蛇口がひとつの深い流しと持ち運び式のガスレンジ。折りたたんで壁に立てかけられたテーブルは、ウィリーが使っていたもののように見えた。はめこみの食器棚も、洗濯機もなし。あらたに持ちこまれたのは、作業台の上におかれた小さな冷蔵庫とコーヒー挽き器くらいだ。いかにも仮住まいといった感じがした。不法居住者に占拠された空家だ。ワイルディングはここでテント生活を送っているかのようだった。

家のなかのお粗末な状態を見られてもワイルディングは気にならないらしく、ふたたび笑みを浮かべた。「二階にいきましょう。そちらのほうが、ここより調度がそろっている。紅茶でもどうですか？　先ほどアギーのところでごちそうになったでしょうが、またそろそろ喉がかわいたのでは。それとも、コーヒーにしますか？　コーヒーは、ここでのわたしの数少ない贅沢のひとつなんです。毎回、豆を挽くんですよ」ワイルディングはゆっくりとしゃべっていた。ひと言ずつ効果を考えながら言葉を発しているような印象を、ペレスは受けた。だが、それはたんに、あまりにも長いことひとりで二階の部屋にこもっていたので、言葉がすらすらと出てこない、というだけのことかもしれなかった。

ペレスはコーヒーに心そそられていた。長い一日になるだろうし、彼には眠らずに気をひきしめておいてくれるものが必要だった。

「コーヒーをいただけたら、うれしいですね」言葉をきる。「わたしもそれを贅沢のひとつにしています」

「ああ！　ここに同好の士がいた！　見ればわかるんですよ。素晴らしい。先にあがって、くつろいでいてください。表側の部屋です。すぐにおもちします」

ワイルディングは階段の途中までペレスについてきていたが、むきを変え、キッチンへと戻っていった。あれだけの長身にしては、じつに軽やかな身のこなしだった。実際、彼の動作は最初から、ゆったりとしてくつろいでいた。まるで訪問客がくることを予想して、あらかじめなにをいい、どうふるまうかを、決めていたような感じだった。

ワイルディングの言葉どおり、仕事部屋は階下よりも調度がそろっていた。ワニスを塗っていない未加工の床板は、部屋の中央の部分が毛編みの絨毯でおおわれている。机は古く、甲板《こういた》が革張りで、あきらかにワイルディングの私物だった。煉瓦と厚板で間に合わせの棚がいくつかこしらえられており、そこには本がぎっしりとつまっていた。CDプレーヤーとディスクのならぶラック。壁のひとつには、額にはいっていない巨大な油絵。牧草の畑を描いた絵で、刈りとられ、雑然と積みあげられた牧草の山に、強烈な黄色い光があたっている。ベラ・シンクレアの作品かもしれない、とペレスは考え、実際にちかづいて彼女の署名を目にしたときには、おかしなくらいの満足感をおぼえた。あとでフランに話さなくては。彼がまだその絵をみつめているときに、ワイルディングが足でドアを押しあけ、部屋にはいってきた。コーヒーポットとマグカップがふたつのったトレイと、店で買ったビスケットの箱。ワイルディングはシェトランドでのもてなしの習慣をきちんと学んでいた。ここでは客になにか甘いものを出さないのは、とんでもない失礼とみなされているのだ。

「ミルクがなくて」ワイルディングが恐縮した様子もなくいった。「でも、どうしてもというのであれば、店までいって買ってきます」

「いつもブラックですから」

「素晴らしい」ワイルディングの口癖だ。「その椅子にどうぞ、警部さん。わたしは床でかまいませんから」そういうと、ワイルディングは両脚をなげだしてすわったが、それでもまだかなりの存在感があった。

ペレスはビスケットを食べたかったが、どうやらそれは体裁のためだけにあるらしく、さもしいと思われずに手を出すことはできそうになかった。「マーティンの話では、あなたは作家だとか」ペレスは男とその職業に興味があった。目撃証言や自白というのは、どれもある意味では作り話だった。だが、まったくなにもないところからひとつの物語をまるごと生みだすというのは、ペレスにとっては想像もつかない行為だった。「ご自分の名前で作品を発表しているんですか？」

ワイルディングは笑った。「ええ、そうです、警部さん。でも、わたしの名前を聞いたことがないからといって、心配する必要はありませんよ。知っている人は、そう多くないですから。わたしが書いているのはファンタジー小説で、すこしとっつきにくいジャンルです」自分が知られていないことを、彼はむしろ喜んでいるようだった。「さいわい、わたしの本はアメリカと日本でかなり人気があるんですよ」

ペレスはここでなにかほめ言葉を期待されているように感じたが、なんといっていいのかわからなかったので、かわりにコーヒーをすすり、じっくりと味わった。

「最近、あなたを訪ねてきた人はいますか、ミスタ・ワイルディング？　本土から友人がきたとか？」

「いいえ、警部さん。わたしがここに越してきたのは、気を散らされないようにするためです。そばで人にうろちょろされるのは、いちばん困ります」

「きのう、ビディスタにはイングランド人がいました。あなたも見かけているかもしれません」

「うちには誰もきませんでしたし、わたしは一日じゅう家にいました」

「でも、夜は出かけたでしょう。きのうの晩、あなたは〈ヘリング・ハウス〉の展覧会にいた。そのイングランド人とおなじところに」

「それに、あなたもいた！　そう、いま気がつきましたよ。あなたは、あの魅力的な若いアーティストといっしょだった。ミズ・ハンター。才能あふれる新鋭です。白状すると、アートもわたしの贅沢のひとつなんです。ベラの作品が大好きで、はじめてシェトランドを訪れたのも、彼女の絵がきっかけでした。そういうわけで、オープニングに招待されたときは、すごくうれしかったですよ。思ったよりも出席者がすくなかったですね。もっと地元の一大行事みたいになるのかと思っていたのですが」

「みんな、夏はすごく忙しいので」どうして自分は言い訳などしてるのだろう、とペレスは不思議に思った。展覧会がたちの悪いいたずらにあったことを、いま明かすわけにはいかなかったが、それでも彼は、シェトランドにフランの作品に興味をもつものがいない、とこの男に思われたくなかった。「会場ですこし取り乱した男のことを覚えていますか？」

「黒い服を着ていた？　もちろんです」ワイルディングが言葉をきり、はじめて、とってつけたような明るい口調が消えた。「彼には同情をおぼえました。わたしも精神的に問題をかかえていたことがあるので、彼の絶望が理解できるんです」

「彼の苦悩は本物だと思ったんですね？」

「ええ。あなたはちがうんですか？　わたしには、ほんとうに苦悩しているように見えましたが」

ペレスはこたえなかった。

「彼がどうかしたんですか？」見知らぬ男に対するこの心配ぶりは、ペレスには不自然に思えた。「病院に入院させられたとか？　鬱の場合、短期的にはそれしか解決策がないときもあります」

「残念ながら、彼は亡くなりました」ペレスはいった。

ワイルディングが顔をそむけた。ふたたびペレスのほうにむいたとき、彼はいくらか自制心を取り戻していたものの、それでもまだ声には動揺があらわれていた。「かわいそうに」

「彼を知らないのは確かですか、ミスタ・ワイルディング？」

「ええ、間違いありません。それにしても、惜しいことを。自殺だなんて。最悪の悲劇だ」

「われわれは自殺とは考えていません。彼は殺されたのだと思います」

沈黙がながれた。「ここに越してきたとき」ワイルディングがようやくいった。「自分は見さかいのない暴力から逃れてきたと思っていたのですが」

そりゃ、どうも。われわれにだって、見さかいのない暴力くらいふるえるんですよ、とペレスは心のなかでつぶやいた。酒と不満にあおられて発生する酒場での喧嘩とか。だが、今回の死は、それとはまったくちがっていた。

「何時ごろにパーティをあとにしましたか？」ペレスはたずねた。

「あなたがたが帰った直後です。あの男が騒ぎを演じたあとで、パーティは気が抜けたようになったので」

「まっすぐここに戻ってきた？」

「しばらく海岸に沿って歩きました。気持ちのいい夜でしたから。岩場までいっただけで、戻ってきました。それから、家のなかにはいった」

「で、そのあとは？」

「コーヒーをいれて、ここの窓辺にすわって飲んだ」

「誰か見かけましたか？　ここからは桟橋がよく見える」

「いいえ。驚くほど静かでした。わたしが散歩していたあいだに、最後の客が帰っていったんでしょう。海岸にいたときは、なにも気づきませんでした。本のことを考えていたので。プロットで上手くいかない部分があって、ここ数日、ずっと悩んでるんです。それに集中していました」

「でも、あなたはコーヒーをもって、ここにいた？　十一時前には？」

「腕時計に目をやった記憶はないのですが、ええ、十一時前にはいたはずです。それほど長いこと歩いてはいなかったので」

「ロディ・シンクレアとマーティン・ウィリアムソンは、十一時ごろに画廊を出ました。かれらに気づきましたか？」

「いいえ」ワイルディングがいった。「でも、だからといって、かれらがそこにいなかったということにはなりません」

「ロディは、かなりうるさくなっていたようなんですが」

「それでも、気づきませんでした。そのときはまだ、心ここにあらずだったので」

「本のことを考えて？」

「ええ。そう、もちろん、本のことを考えて」

家のまえの道路にたたずみながら、ペレスはワイルディングの印象をまとめようとした。彼がここにきた本当の理由は、なんなのだろう？　あの男がシェトランドにしっくり溶けこんでいるところは、想像できなかった。彼を本土にひきとめておくような友人や家族はいないのだろうか？　ワイルディングの視線の激しさ、近所のものを観察するのを楽しむ、そののぞき見趣味的なところには、どこか人を不安にさせるものがあった。

13

マーサ・タイラーは、ウエスト・ヨークシアのデンビー・デイルにある改装した織物工場の最上階のオフィスで、その週のリハーサルのスケジュールをまとめていた。今回の演目のテーマは、〝いじめ〟だった。つぎは、〝人種差別〟あたりだろう。学校は、生徒を楽しませるためにインタ―アクト教育劇団を雇うつもりはないようだった。演し物《だ》には、つねにメッセージがなくてはならなかった。演劇学校を出たばかりの若い俳優たちは、政治的に正しい決まり文句だらけの台本を見ると、目をぎょろりと回してみせる。だが、これは仕事だった。かれらはロイヤル・シェイクスピア・カンパニーや金になるテレビCMの仕事を夢見ているのかもしれないが、インターアクトで働けば俳優組合の組合証が手にはいるし、出演料でビールを飲みつづけることもできた。

織物工場には、劇団のほかにも小さな商売がいくつかはいっていた。地下にあるまずまずの酒屋。銀の装身具を作っている中年女性。鍼師《はりし》。だが、最上階はインターアクトが独占していた。リハーサル用の大きなスペース。オフィスがふたつ。そして、電子レンジと湯わかしをそなえた休憩用の小さな部屋。ここはカークリースのほかの地区でおこなわれたような洒落た改装とは無縁の建物で、階段と水平面があぶなっかしく組み合わさり、床はでこぼこ、窓は隙間だらけだった。

すでに俳優がふたりきていて、休憩室で悪夢のようなハルでの巡業についてしゃべっているのが聞こえた。話のほうは、真偽のほどがだいぶ怪しくなりつつあった。公演中に神経衰弱の発作を起こした教師。ナイフを取りだした生徒たち。陣痛がはじまったと訴えた十四歳の妊娠した少女。どれも誇張されている。それが、この業界の人間の厄介なところだった。役者というのは、自分の作り話を自分で信じはじめてしまうのだ。どこまでが演技なのか、決して見わけがつかない。そこまで考えたところで、マーサはジェレミーのことを思い浮かべた。ジェレミーの話をすべて信じていたら、彼は世界じゅうを旅してまわり、ローレンス・オリヴィエと共演し、すくなくとも半ダースのハリウッドの中堅女優とベッドをともにしてきたことになる。もちろん、マーサはひと言も信じていなかった。そんな男が、どうしてウエスト・ヨークシアくんだりで、けちな教育劇団をやっていたりするというのか？

マーサは携帯電話を確認した。あいかわらず、ジェレミーからは連絡がなかった。はじめはすこしいらついただけだったが、やがてそれは怒りに変わり、いまでは心配になっていた。ジェレミーは傲慢な間抜け野郎で、救いようのない嘘つきだったが、このインターアクト教育劇団を飯の種にしており、その評判を気にかけていた。マーサはアート・マネージメントの高度研修の一環として、この劇団にきていた。ブリストル大学の演劇学科を優秀な成績で卒業したあとで、高度研修は文学修士号よりもいい選択肢に思えた。ささやかながら奨学金がもらえるし、現場で経験を積むチャンスだ。もちろん、ジェレミーはそれをフルに活用した。マーサがここにいるのは、ジェレミーの無給の下働きになるためではなかったが、彼がマーサにすべてをまかせて二、三日姿を消すことも、めずらしくはなかった。

「これ以上の実績はないぞ。履歴書で、それがどんなに映えて見えるか、考えてみるといい」

だが、出かけてから四日たったいまでも、ジェレミーからはなんの連絡もなかった。マーサは彼の携帯にかけてみたが、スイッチが切られているようだった。

今回、ジェレミーがあとを頼んでいくときになんといっていたか、マーサは正確に思いだそうとした。先週、〝ドラッグ問題〟をテーマにした公演のイングランド中部地方巡業の反省会のあとで、パブにくりだしたときのことだった。めずらしく、ジェレミーは気前がいいといえそうなくらい太っ腹になっており、俳優たちに二杯ずつおごっていた。なんだか興奮を抑えているような感じだった。マーサはハッダーズフィールドから列車できていたので、みんなといっしょになって飲んだ。どういうわけか、気がつくと小さなテーブルで、ジェレミーの隣にすわっていた。午後じゅう飲んでいたほかの連中が巡業でやったひどい曲を歌っていたので、ジェレミーのいっていることを聞きとるのは、ひと苦労だった。

「ちょっとあってさ。大きなチャンスなんだ。すこしくらい、きみひとりでやれるよな？　それだけ有能なんだから。ただで、とはいわない。きちんと、その分の給料は払うよ」

大きなチャンスというのはオーディションかもしれない、とそのときマーサは思った。仕事柄、俳優のまわりにいる時間が長かったので、キャリアを一変させるような役をもらえそうで興奮しているときは、見ればわかった。ジェレミーくらいのベテラン俳優でも、その魔法にかかって、理性を完全に失ってしまうのだ。彼女自身は、それを理解できずにいた。一度も演技熱にとりつかれたことがなかったからである。自分の初恋相手は演技だ、とジェレミーはみんなに語っていた。インターアクト教育劇団を立ちあげたのは、請求書の支払いをするため、そして初年度は織物工場の賃貸料が助成金でまかなわれたからだった。だが、いい役がオファーされたら、劇団はすぐにたたむつもりだ、と彼は明言していた。いつだって、おいしい話がまとまりかけていた。テレビ局にいる友人が昼メロの企画をたてていて、ジェレミーにぴったりの役がある。台本校閲人にばったり出会ったら、主役は彼以外に考えられない九十分ドラマがあるといわれた。そのどれひとつとして、実現したためしがなかった。

マーサはジェレミーの演技を見たことがなかったが、彼がリハーサルを指導するところは目撃していた。印象としては、そこそこ仕事にありついているふつうの役者よりもすこし上手いくらい、といったところだった。彼の演技はマーサの注意を惹きつけて放さなかったし、あのどうしようもない台詞に生気を吹きこむことができるのだから、きっとなにがしかの技術をもっているにちがいない。だが、演劇の世界では運がすべてであり、その運がまだジェレミーに訪れていないのだとすれば、この先もあまり期待できそうにはなかった。彼がオーディションを受けにいったのなら、たとえそれがロンドンでも、数日前には帰ってきているはずだった。どうしても欲しかった役がもらえずに酒で悲しみをまぎらしていたのだとしても、もう戻っていていいころだ。万が一、役を獲得していたなら、きっとみんなに吹聴したがるだろう。となると、いったい彼はいまどこにいるのか?

むきだしの木の階段で足音がした。ジェレミーが一段抜かしで階段をかけあがってくることを期待して、マーサはあけっぱなしのオフィスのドアに目をやった。あれだけ深酒しているにもかかわらず、ジェレミーは驚くほど健康だった。だが、あらわれたのは俳優のひとり、エリーだった。マーサは腕時計に目をやった。あと十分で、ジェレミー抜きでリハーサルをはじめなくてはならないだろう。

午後遅くなるころには、マーサは俳優たちからこれ以上なにもひきだせそうにないと悟っていた。彼女はずっと演出をやりたいと考えていた。友人たちからは、根っからの仕切りたがり屋といわれていた。だが、大学で学生の小規模な舞台を演出したときでさえ、これよりも手ご

かして、俳優たちを家に帰した。オフィスに戻ると、ふたたび携帯を確認した。あいかわらず、メッセージはなかった。

自分になにができるか、ジェレミーが消えたことを誰かにいうべきか、よくわからなかった。ジェレミーはひとり暮らしだった。昔結婚していたことがあるのかもしれない、という印象をマーサは受けていたが、子供の話が本人の口から出たことは一度もなかった。デンビー・デイルにある彼の住まいは小さなテラスハウスで、劇団のオフィスがある織物工場にちかかった。村じゅうの人間がジェレミーを知っていたが、そのなかに彼の親しい友人がいるとは思えなかった。パブ〈フリース〉の常連客は、ほぼ毎晩のように彼とおしゃべりしていたが、かれらにしたところで、マーサ以上にジェレミーの私生活や過去について知りはしないだろう。

警察にいくという選択肢は、彼女の頭に浮かんでこなかった。ジェレミーは、誰にも商売のことを穿鑿《せんさく》されたくないはずだ。付加価値税と労働衛生安全基準法の方面で、彼は法律的にかなりきわどいことをしてそうだから。彼が何人かの俳優に出演料を現金で支払っているのを、マーサは知っていた。そもそも、警察にかけこむなんて、馬鹿げていた。ジェレミーは、何日か留守にするといっていた。そして、彼が出かけてから、まだ一週間もたっていない。それでも、彼女はこのなにもできない状況がもどかしくてならなかった。ジェレミーが電話をくれることを願った。

俳優たちは、すでに全員いなくなっていた。リハーサル期間中に滞在している村の下宿に帰っていったのだ。地元の俳優はひとりもいなかった。ジェレミーは巡業ごとに、ちがう俳優を雇った。マーサはオフィスの戸締まりをしているとき、キーホルダーについているジェレミーの家の予備の鍵に気がついた。朝、配管工がくることになっているので、自分の家にきて配管工をなかに入れてくれ、とジェレミーから頼まれたことがあったのである。研修の職務内容記述書には書かれていないたぐいの実習だった。マーサは、そのとき渡された鍵をジェレミーに返そうとしたが、そのままもっているようにといわれていた。

彼の家をのぞいてみるのも悪くないだろう、とマーサは考えた。それで心がやすまる。もしかすると、ジェレミーはすでにいずことも知れぬ出先から戻ってきていて、病気でふせっているのかもしれない。

ジェレミーの住まいは陸橋のそばのテラスハウスのひとつで、伝統的な織工のコテージだった。裏がダーン川に面しており、二階にずらりとならんだ窓から、織工が織機をあつかいやすいように光がとりこめる造りになっていた。間口が狭く、一階にはキッチンと小さな居間、二階には寝室がふたつと浴室があった。彼女は配管工を待つあいだ、家のなかをざっと見てまわっていたのだ。

使い慣れていないので、歩道に面した玄関のドアの鍵をあけるのに、彼女はすこし手間どった。ドアを押したが、なにかがつかえていた。なかの床に郵便物の山ができていたのだ。彼女はそれを拾いあげると、テーブルにおいた。

「ジェレミー！」大声は出さなかった。彼が家にいると、本気で思っているわけではないのだ。ジェレミーは病気になるタイプではなかった――すくなくとも、観客がいないところでは。家は長いこと閉めきられていたみたいに、すごく暑くてむっとしていた。いまになってマーサは、自分が馬鹿なことをしているような気がしていた。近所の人たちに見られているところを想像する。だが、ここまできて、二階を調べずに帰るわけにはいかなかった。家のなかにはいってドアを閉め、窓をあける。陸橋をがたごとと列車が通過していき、足もとにその振動が伝わってきた。

小さなキッチンには、甘く不快な臭いがたちこめていた。ガスレンジには油がこびりついており、グリルの皿には白い脂肪の膜がうっすらとできている。だが、臭いがそこからきているとは思えなかった。発生源がそこだとしても、彼女はジェレミーのために掃除をするつもりはなかった。研修でいい評価をもらいたいのはやまやまだが、ものごとには限度というものがある。ジェレミーがこのまま戻らなかったら、自分はどうなるのだろう？　マーサは、ふと思った。それでも、実習を合格にしてもらえるのだろうか？

なんの気なしに冷蔵庫をあけると、臭いがさらにきつくなった。家の主が出かけるまえから賞味期限切れになっていたと思われる封のあいたソーセージの袋は、いまや胸がむかつくような状態になっていた。彼女はそれを買物袋に入れると、庭につうじている裏口のドアをあけ、ごみ箱に捨てた。これで、ジェレミーに大きな貸しがひとつできた。

主寝室には、ジェレミーがすごくあわてて出ていった痕跡が残されていた。引き出しのひとつはあけっぱなしで、服があふれだしていた。ベッドはくしゃくしゃのままだったが、これにはあまり意味はないだろう。いままで、彼女は起きたあとでベッドを整える男性に出会ったことがなかったからである。彼がどれくらいの旅支度をしたのか、判断するのはむずかしかった。洋服だんすをのぞきこむ。彼のお気にいりの黒い麻のジャケット——たとえよれよれでしわになっているときでも、それを着れば自分がクールに見えると彼が考えているやつ——がなくなっていた。公演をチェックするための一泊旅行で使っている小さなスーツケースは隅の壁にもたせかけてあったが、もっと大きなかばんは見あたらなかった。つまり、彼は最初からかなり長いこと留守にするつもりでいたのか？　彼女にそういわなかったのは、自分が休暇を取ってぶらぶら旅行しているあいだ、仕事の肩がわりをひきうけてもらえなくなると考えたからか？　だとすれば、大当たりだった。まったく、人を馬鹿にして。

彼女の研修を監督している芸術委員会の委員に連絡すべきかもしれなかった。ジェレミー・ブースを窮地にたたせてやるのだ。だが、マーサは自分がそうしないのを知っていた。あの男に好意をもつようになっていたからだ。ジェレミーは彼女を笑わせてくれた。だが、彼が帰ってきたら、きちんと借りを返してもらうつもりだった。オフィスでうしろからのぞきこみながら、彼に口述筆記で思いどおりの評価を書かせ、署名するのを待ってから、それを自分でポストに投函するのだ。

もうひとつの小さな寝室は二階の裏側にあり、そこからは庭とごみ箱、川とそのむこうの庭付きの家と木立が見えていた。ここはオフィスとして使われており、机とパソコン、書類整理ケースと本棚がおかれていた。壁にはコルク板のピンボードがかかっていて、リハーサルにかんするメモ、やらなくてはいけないことのリスト、小さな地方新聞から切り抜いた劇評、ずっともちつづけているとおぼしき色あせた写真が数枚はってあった。

一枚の写真には、まだ年若い男が写っていた。ジェレミーにちがいなかったが、すぐにはわからなかった。写真の男には髪の毛と口ひげがあり、セーターにジーンズという恰好だったからである。ジェレミーがそんなくだけた服装をしているところを、彼女は想像できなかった。だが、顔立ちがおなじだった。長くてまっすぐな鼻、くっきりとした頬骨。男は浜辺にひっくり返しておかれたボートに腰かけていた。二枚目の写真はジェレミーよりも年配の男性のもので、濃紺のつなぎ服を着ていた。ちぢれた灰色の髪で、カメラにむかって頬笑んでいる。男の両脇には、小さな男の子と真剣な顔をした若くて可愛い女性が立っていた。それから、おなじ女性が彼女よりもすこし年上の男性と写っている写真。男は女性の肩に腕をまわしていた。

階段をおりているときに電話が鳴りはじめ、マーサはぎくりとした。電話は居間の壁でみつかり、彼女は留守番電話に切り替わるまえに受話器をとった。

「もしもし。ジェレミー・ブースの家です」

沈黙。

「もしもし？」

「ジェレミーはいますか?」若い女の声だった。

「いいえ。悪いけど、彼はいま出かけてるわ」

電話が切れた。

14

ジミー・ペレスが翌朝起きたとき、外にはまだ濃い霧がたちこめていた。彼の家はラーウィックの埠頭のそばにあった。裏が海に面しており、外壁は高潮線まで緑になっていた。霧のせいで、光がいつもとはちがっていた。海面からの反射がなく、まるで冬に目ざめたときのようだ。ペレスがまず考えたのはフランのことで、捜査のことはそのあとだった。

まえの晩、ペレスはフランの家を訪ねたかったのだが、仕事が終わったときには、すでに夜遅くなっていた。彼はまえもって電話して、フランに説明していた。いま思うと、そのときの謝罪には熱がこもりすぎていた。ひとりで先走りすぎていた。彼女はペレスがくることなど、期待していなかったのかもしれない。フランは本土からきた女性だ。洗練されている。あちらのやり方は、こちらとはちがうのだ。ペレスはベッド脇の時計に目をやった。七時。いまごろフランは、もう起きているだろう。娘が早起きなのだ。フランは笑いながら、母親になるまえの生活がなつかしい、といっていた。日曜新聞とかけらがぼろぼろ落ちるクロワッサンとコーヒーをベッドに持ちこんで、いつまでもだらだらとしていた週末。ペレスの若いころの週末とは、まったくちがっていた。彼の両親は、いつでも小農場での仕事を息子のためにみつけてきていた。日曜日の朝、キャシーが父親のところへいっているときに、フランとベッドにいられたらどんなにいいだろう、とペレスは思った。ベッドにいる彼女に、朝食をはこんでいきたかった。

ペレスはコーヒーをいれようとやかんを火にかけ、シャワーを浴びた。船の調理室みたいに間口の狭いキッチンに戻ると、ラジオをつけた。地元局では音楽がかかっており、そのあとで五分間のニュースがはじまった。よそ者の死が、はじめて報じられていた。

「昨日、ビディスタで観光客が不審な状況で亡くなっているのが発見されました。警察は身元の確認を急いでいます」つづいて、みじかい説明と、死んだ男の身元について心当たりのある方は捜査本部まで連絡するように、という呼びかけがあった。

もしも亡くなったのがシェトランド人なら、アナウンサーの口調はまったくちがっていただろう――そんな考えが、ふとペレスの頭をよぎった。最初に観光客とことわることで、このニュースからは緊迫感がすべて失われていた。まるで、どこか別の土地で起きた事件を報じているような感じだ。よそ者の死は、お楽しみにちかいのだ。

コーヒーをいれてトースターにパンを二枚セットするあいだ、ペレスは天気予報に耳をかたむけていた。霧は昼ごろに晴れるということだった。となると、結局、テイラーとその捜査班は、きょうの飛行機でインヴァネスからやってくるのかもしれなかった。テイラーにとっては朗報だろう。十三時間のフェリーの旅は、彼には苦行だろうから。まさしく、輸送のために檻に閉じこめられたトラだ。ペレスは、テイラーが暗い船室の寝棚にまっすぐ横たわり、リラックスして眠ろうとしているところを想像した。前回いっしょに仕事をしたとき、テイラーはこれまで会ったなかでもっとも落ちつきのない男だ、という印象を彼は受けていた。

家を出るとき、観光船がまだ波止場に停泊しているのが見えた。ふつう、大型定期船はラーウィックにあまり長くはとどまらない。船を降りた乗客は、無料送迎バスで町の中心部へいき、観光案内所とシェトランド・タイムズ書店とギフト・ショップをまわってから、豪華な船へと戻っていく。ときおりペレスは、コマーシャル・ストリートでそういう一団と出くわすことがあった。たいていがアメリカ人だった。かれらはまわりの小さな店や通行人をじろじろとみつめるので、ペレスは自分が動物園の動物になったような気分にさせられるのだった。

オフィスにつくと、彼は港長のパトリックに電話をかけた。〈アイランド・ベル〉号の出港予定はいつなのか？　船が出るまえにペレスが訪問できるよう、手配してもらえるだろうか？

「それなら、急いだほうがいい。あの船は正午の満ち潮のときに出港予定だから」

「いまからいくよ」ペレスはいった。「すぐに手配してもらえないか」

ペレスはモリソン埠頭まで車でいき、海にむかって駐車した。一瞬、つるつるの顔を水面からのぞかせたアザラシに気をとられた。子供のころ、よく父親のショットガンをもちだして、フェア島のアザラシを標的に練習したものだった。やがて、母親にそれをみつかった。

「アザラシがおまえにどんな悪さをしたっていうんだい？」

「あいつらが魚を食っちゃうから漁がさんざんなんだって、ウィリアムはいってる」ウィリアムというのは年上の少年で、当時のペレスにとっては、すべての知恵と知識の源だった。「馬鹿馬鹿しい。魚があまり獲れなくなったのは、何年もまえから人間が北海で乱獲してたからだよ」学生時代にグリーンピースのメンバーだった母親は、いまでも環境にかんして、父親が危険でいきすぎだとみなしている考えをもっていた。

正直いって、ジミー・ペレスはこれ以上アザラシを撃たずにすむ口実ができて、ほっとしていた。弾が命中したときに水面に浮かびあがってくるぬめりとした血が、大嫌いだったのである。ときにはわざとはずそうとしたが、ウィリアムにからかわれるのも嫌だった。

港長のパトリックから観光船のほうに話がとおしてあったらしく、ペレスはすぐに事務長のオフィスにとおされた。グラットネスとフェア島を結ぶ郵便船〈グッド・シェパード〉号に較べると、ノースリンク社のフェリーはやけに大きく思えたものだ。だが、この船はそれよりさらに馬鹿でかかった。そびえたつ白い摩天楼だ。ラーウィックのどの建物よりも高かった。事務長はスコットランド低地地方の出身者だった。どうやらシェトランドは、彼のお気にいりの寄港地ではなさそうだった。

「きのうビディスタで観光客が殺されたことは、すでにご存じですよね？」ペレスは事務長にたずねた。

「いや」その意味するところは、それがわたしになんの関係がある？

「島のそんな西のほうまで出かけていった乗客はいますか？」

「いいですか、警部さん、この船は、いつもだったらこんなに長くラーウィックには停泊しないんだ。いても、あまり意味がない。みんな風光明媚な土地を期待してくるが、現実にはあまりそうとはいえない、でしょ？　灰色の小さな家がならんでいるだけで。海鳥のツアーをして銀細工の見学を終えたら、みんな安堵のため息をついて、オークニー諸島へむかうんです。セント・マグナス大聖堂――写真を撮るんだったら、ああいう建物じゃないと。それに、あそこにはハイランドパークの蒸留所もある」モルト・ウイスキーのことを考えて、たちまち事務長の気分は明るくなったようだった。

ペレスはシェトランドを擁護したい衝動にかられた。ここにはそれなりの美しさがある。その低い地平線と広い空と草木のない巨大な丘を愛して、ここを訪れる人たちだっている……。だが、事務長が考えを変えることは決してないだろう。「今回のツアーでは、どうしてこんなに長くラーウィックに？」

「エンジンのひとつに問題があってね。ありがたいことに修理が終わったから、もう航海をつづけられるというわけだ」

「それでは、行方不明になっている乗客はいない？」

「そういう報告は、一件もないな。その死んだ男がうちの船の乗客だったという証拠でもあるのかな？」

「男は身元を確認できるものを、なにももってませんでした」

事務長はほっとした様子をみせ、立ちあがった。

「乗客は好きなときに船を離れることができたんですよね？」ペレスはいった。「つまり、船に足止めされていたわけではない？」

「もちろんだ。だが、われわれの乗客は年配者が多くてね。計画されたツアーのほうを好む」事務長がふたたび腰をおろした。「いいかな、冒険を求めている人物は、こんな老人病だらけの観光船に乗ろうとは考えないだろう」

「おとといは、乗客をどこへつれていったんですか？」

「午前中は自由行動で町を見学してまわり、午後はバスでサンバラ岬にある王立鳥類保護協会の保護区にいって、ツノメドリを観察した。それから、スカロワーでお茶を飲んだ」

「〈ヘリング・ハウス〉での展覧会がスケジュールにはいっていないのは、驚きですね。ベラ・シンクレアは有名な画家です。乗客のなかには、作者と会いたがっていた人もいそうですが」

「展覧会のことを口にした客は、何人かいた。だから、一泊余分に停泊する必要がでてきたとき、〈ヘリング・ハウス〉までの送迎を手配しようかと考えた。だが、結局、展覧会は中止になった、だろう？」面倒なことをやらずにすんだので、事務長は喜んでいたようだった。

「中止というのは、誰から聞きましたか？」

「べつに、誰からも。すくなくとも、展覧会を企画した連中から連絡があったわけじゃない。だが、町を見学しようとタラップをおりていった客たちに、ちらしをくばっていた男がいた」

「その男を見ましたか？」ペレスはたずねた。

「いや。そのときは、ちょうど非番だったんでね」

「男を見かけた人と、話ができませんか?」

事務長は腕時計に目をやり、ため息をついた。

ペレスはすわったまま、なにもいわなかった。

事務長が立ちあがり、ついてくるよう、ペレスに身ぶりで示した。年配のカップルが上甲板の手すりにもたれかかって、町をながめていた。霧はすでに晴れはじめており、とりあえず景色が見えていた。カップルはふたりともやせていて茶色く日焼けしており、手を握りあっていた。

「新婚旅行中のカップルだ」事務長がふたりにちかづきながらいった。「あの年になったら、もうちょっと分別がついててもよさそうなもんだがね」かれらの耳に声が届くところまでくると、事務長の口調が変わった。「こちらはドクター・ハリデーと、その奥さんです、警部さん。おふたりなら、あなたのお役にたてるでしょう」ペレスがオフィスで顔をあわせてからはじめて、事務長は笑みを浮かべてみせた。

ハリデー夫妻はアリゾナ州フェニックスからきていて、そろって現代美術の蒐集家だった。ベラ・シンクレアの作品も、小さなものを一点所有していた。「展示会のオープニングが中止になったと聞いて、ひどくがっかりしましたわ、警部さん。ここにいるジョージが、〈ヘリング・ハウス〉への送迎タクシーを手配しておいてくれたというのに」

「ちらしをくばっていた男の風貌を説明してもらえますか?」

カップルは顔を見あわせた。

「そうしてもらえると、とても助かるんです」ペレスはいった。どうして、かれらはためらっているのだろう？

「どうも説明しにくくてね」夫のほうがいった。「奇抜な衣装のせいで、それしか目にはいらなかったから」

「奇抜な衣装？」

「ああ。彼は道化師のような恰好をしていた。赤い鼻に、はでな色づかいの服、といったやつではなくて、全身、黒と白で決めていた。ほら、洒落た感じの道化師だよ。コメディア・ディアルテ（十六世紀から十八世紀に流行したイタリアの即興仮面喜劇）に出てくるような」

「彼は仮面をかぶっていましたか？」

「そういえば、そう、仮面をかぶっていた。わたしの子供たちは、小さいころから道化師の仮面を怖がっててね。それで、記憶に残ってるんだ」

ペレスが警察署につくころには、太陽が顔をのぞかせていた。すでにテイラーから電話があり、いまダイスの空港にいて、最初の便に乗る予定だ、と告げられていた。「そっちの空港でおちあったら、そのまま現場につれてってくれ」問答無用だった。

オフィスに戻ると、ペレスは腕時計に目をやった。サンバラの空港にむけて出発するまでに、あと三十分しかなかった。捜査本部をのぞいてみる。サンディは電話でしゃべっており、ペレスに気がつかなかった。ウォルセイ島の友だちと私用電話をしているのは、あきらかだった。どこかでおちあって一杯やりながら女の話をしよう、と打ち合わせている。ペレスは手をのばして、電話を切った。サンディが怒って文句をいいかけたが、途中でやめた。

「仕事がなくてひまなのか、サンディ？　だったら、ちょうどよかった。やってもらいたいことがある。道化師の恰好をした男が、おとといモリソン埠頭で観光船から降りてくる乗客にちらしをくばっていた。ほかにも目撃者がいたはずだ。埠頭で働いてる人間と会って、話を聞いてこい。男としゃべったものはいないか？　男が何者で、どこに滞在していたのかを、つきとめるんだ」

「そいつが小屋でみつかった男だと思うんですか？」

「シェトランドでおなじ日に、ふたりの正体不明の男が道化師の恰好をしてたんだぞ？　偶然にしては、ちょっとできすぎだとは思わないか？」

サンディはばつが悪そうににやりと笑った。「電話がありました」という。「ケニー・トムソンから」

「なんの用だって？」

「知りません。おれには話そうとしなくて。あとでもかまわない、急ぎの用じゃないから、っていってました」

それなら、空港でぶらぶらと待つあいだに携帯からかければいいだろう、と考えて、ペレスはケニーに電話せずに、余裕をもって警察署を出た。サンバラの空港に車でむかう途中、フランの家のまえを通らなくてはならなかった。彼女がスタジオとして使っている寝室の窓に、本人の影が見えた。仕事中なのだ。彼女が画架のまえに立ち、顔をしかめ、まわりのすべてを遮断して作業しているところを想像する。この仕事では集中することが大切なの、と彼女はいっていた。ときおり、彼女は食事のために手をやすめることさえせずに、一日じゅうひとつの作品にかかりきりになっていた。その情熱にペレスは敬服していたが、完全には理解していなかった。彼は一度に二十分以上、集中していられなかった。コーヒーが飲みたくなったり、誰かとおしゃべりしたくなったり、ほかの人からの反応が欲しくなったりした。

ペレスはスピードをあげ、そのまま車を走らせつづけた。サンバラの空港は、霧でシェトランドに足止めされた人たちで混みあっていた。本土へむかう最初の便をめぐって争奪戦がくりひろげられており、乗客のなかには、だいぶいらだっているものもいた。イングランド人の家族連れがいた。両親と乳母車にのせられたよちよち歩きの幼児、そして抱っこひもで抱きかかえられた赤ん坊。「まったく、なんてところかしら」母親がいった。声が大きすぎた。ほかの人たちにも聞かせたいのだ。「ちょっと霧が出たくらいで、なにもかも止まっちゃうなんて。あなたの考える冒険心あふれる休日がこういうものなら、チャールズ、これからはおひとりでどうぞ。来年、あたしたちはまたトスカナにいきますから」

フランは木炭をおいたとき、ペレスの車がとおりすぎるのをちらりと目にした。車がとまるのではないかと思い、一瞬、手をやすめる。だが、車はそのまま走りつづけた。車が丘を下っていくのを、フランはほっとしながら見送った。彼のことは、午前中ずっと頭の奥のほうにあった。だが、いまはそれをつらつらと考えていたくなかった。仕事をする時間は、あまりないのだ。キャシーが学校にいる時間はみじかく、あと数時間もたたないうちに迎えにいかなくてはならない。フランは下絵のほうにむきなおった。いつもより巨大な作品のアイデアがあり、彼女の頭のなかは色と形でいっぱいだった。ペレスのことは、すでに忘れ去られていた。

15

きょうはエディスが休みを取っていた。ケニーはうれしかった。一日じゅう彼女が家にいるなんて、それにまさる喜びはなかった。彼の両親がここで暮らしていたころは、それがふつうだった。母親は一度も外に働きに出たことがなかった。そして、彼自身の子供たちがまだ小さかったころも、そうだった。ケニーは外で働いていても、エディスが家にいるとわかっていると、幸せな気分になれた。

エディスが出勤のために急ぐ必要がなかったので、ふたりはいつもよりもすこし遅い時間に朝食をとった。エディスが自分の好みにあわせてコーヒーをいれた。調理用こんろで温めておいたコーヒーポットに粉を入れ、そこにゆっくりと丁寧にやかんのお湯を注いでいく。そのあいだ、ケニーは午後に思いをはせていた。蕪《かぶ》の間引きをすませ、ふたりで丘を歩いて羊を見てから、セックスする。

マグカップをとろうと食器棚に手をのばしているエディスの背中を見ていると、ケニーはいますぐ彼女をベッドにつれ戻したくなった。彼女の髪はシャワーのあとで結いあげられたままだったので、首がむきだしになっていた。お尻のあたりがぴったりしたジーンズ。仕事用のお洒落な服よりジーンズ姿の彼女のほうが、ケニーはずっと好きだった。中年になっても、彼女の身体はかたくしまっていた。

ケニーは彼女にちかづくと、ざらざらした指で首筋をなでた。エディスがふり返り、頬笑んだ。夫がなにを考えているのか、わかっているのだ。

「いまはだめ」という。「あとでね」

そしてもちろん、彼は待つしかなかった。なぜなら、この手のことでは、女性がつねに主導権を握っているからだ。切り札は、すべて女性がもっていた。無理強いはできなかった。そうあるべきだ、とケニーは考えていたが、それでもときどき、すこしずるいと感じることがあった。

テーブルにつくと、彼はエディスがトーストを食べるのをみつめた。いまでは、いつでも全粒粉のパンだ。エディスはそれをスカロワーのパン屋で買っていた。たっぷり塗ったバターが溶けて、一部が指にたれていた。エディスがそれをなめる。はじめは意識せずにそうしていたが、夫にみつめられているのに気がつくと、ふたたび笑みを浮かべ、反対の手の指をゆっくりと時間をかけてなめていった。ゲームだ。いまでは待たされることに、ケニーはなんの不満も感じていなかった。彼女は一日じゅう、夫のためにこのゲームをつづけてくれるだろう。そして、期待に胸を打ちふるわせているのは、望みのものをすぐに手にいれるよりも、ずっとよかった。そのことを考えるだけで、ケニーはすこし気が遠くなった。そのため、エディスのいっていることが、すぐには理解できなかった。

「あの死んだ男を一日じゅう小屋においとくなんて、間違ってる気がするわ」

「霧のせいで、インヴァネスから警察がこられなかったんだ」まえの晩、ケニーがミドルトンの酒場にいくと、誰もがその話をしていた。彼はビールを一杯飲んだだけで、切りあげた。ちかくに死体があることで客たちがはしゃぐ姿に、違和感をおぼえていた。亡くなったのがかれらの知っている人物だったら、そのふるまいはちがっていただろうが、なかには冗談をいうものまでいた。

「あれは自殺だったんでしょ。それにしては、騒ぎすぎじゃないかしら」エディスがいった。

ケニーはなんといっていいのかわからなかった。梁からぶらさがって揺れていた死体のことを考える。彼が男の死体をみつけたことを話したとき、エディスはすごくやさしかった。彼が大きなショックを受けたことを、すぐに理解してくれた。

「まあ、かわいそうに。そんなもの、見ずにすんだらよかったのに」

介護センターでは、ときどき亡くなる人がいた。いつまでたっても、それに慣れることはないだろう、とエディスはいっていた。だがケニーには、彼女がすべてをしっかりと受けとめ、冷静に対処しているように見えた。

「きのう、アギー・ワットがうちにきた」ケニーは、いまはじめてそのことを口にした。「あの死体がローレンスだってことはないのかって、訊かれた」

「そんなはずないわ」エディスがいった。それから、つづけた。「でしょ？　あなたが自分のお兄さんの顔を見わけられないはずがないもの」

「あれはローレンスじゃないって確信しているが、もう一度、あの仮面なしで見てみたいと思ってる。ずっと、そのことを考えてたんだ」まえの晩、彼はベッドのなかで長いこと横になったまま、頭を悩ませていた。何年もたって、ローレンスは変わっていたのかもしれない。自分はとんでもない間違いを犯したのかも。おそらくエディスは隣で目ざめていたのだろうが、ケニーは自分の不安を打ちあけなかった。アギーが訪ねてきたことさえ、いままで口にできなかった。エディスと話しあうまえに、自分の考えをまとめておく必要があったのだ。「あのフェア島の男、ジミー・ペレスに頼んでみちゃどうかと思うんだ。そしたら、もう一度、あの男を見せてもらえるんじゃないかな？」

エディスはしばらく考えていた。「そうね」という。「頼んでみたらいいんじゃない。あれがローレンスだとは、あたしはこれっぽっちも思ってないけど、それであなたの気がすむかもしれないし」

ペレスには電話で頼もう、とケニーは思った。彼が桟橋に戻ってくるのを待つのは、気が進まなかった。あそこでもう一度死体を見せられるのは、ごめんだ。顔から仮面をはずされ、死体仮置場に横たわっている状態なら、事情はちがってくるだろう。より威厳のある状態の死体なら。

午前中、畑で働くあいだ、ケニーは何度もエディスの姿をちらりと目にした。彼女は山のような洗濯物に取りかかり、霧が晴れると、それを家の裏の紐にかけて干した。ケニーはしばらく手をやすめて、彼女をみつめた。てきぱきと籠からシーツを取りだし、折りたたんでのばしてから、それを洗濯ばさみで紐にとめていく。ケニーは彼女がふり返って手をふってくれるのを待ったが、彼女のほうはケニーの存在に気づいていないようだった。コーヒーを飲みに彼が家に戻ると、エディスはちょうどキッチンの床を洗い終えたところで、たたんだタオルの上に両手両膝をつき、雑巾で最後の隅をふいていた。ケニーは靴を脱ぎ、靴下で張り出し玄関に立っていた。彼がはいってくる音にエディスは気づいていたにちがいないが、ここでもやはりなんの反応も示さなかった。やがて、床を完全にふき終わると、ふり返って、彼に頬笑みかけた。

「乾くまで、ちょっと待っててちょうだい」エディスは彼の足もとにひざまずいたままだったので、首をまげて見あげなければならなかった。

「〈ヘリング・ハウス〉にいかないか?」ケニーはいった。「あそこで、マーティンのいれてくれるお上品なコーヒーを飲もう。もうあいてるはずだ」

「こんな恰好じゃ、いけないわ」だが、ケニーは彼女がこの提案を気にいっているのがわかった。

「どうしてだ? きれいじゃないか。おまえはいつだってきれいだ」

ふたりは手をつないで、小道をいっしょに歩いていった。ケニーは自分も休暇でここにきているような気分になった。ちらりと桟橋のほうに目をやる。警察の車が一台。それに、小屋の入口には誰も立ち入れないようにテープが張られている。だが、あまり大きな動きはなさそうだった。インヴァネスの警官たちは、まだ到着していないのだろう。

〈ヘリング・ハウス〉のカフェは、一日じゅう、ありったけの光を店内にとりこんでいた。海に面した壁には、特別大きな窓がつけられていた。

店内には、ふだんの平日の朝よりも多くの客がいた。ケニーが知っている顔もいくつかあった。なにかあったら見逃すまいと、わざわざミドルトンから出かけてきた老婦人がふたり。このふたりは、事故や災害が報じられるたびに、どこにでも姿をあらわしていた。それに『シェトランド・タイムズ』紙の記者。そのとき、インヴァネスから警官たちをはこんでくる飛行機には全国紙の記者も乗っているにちがいない、という考えが、ふとケニーの頭に浮かんだ。いまになって、ケニーはここにきたことに決まり悪さをおぼえていた。彼とエディスも、ほかの連中とまったく変わらないのだろう。あらたなニュースを求めて、〈ヘリング・ハウス〉にきたのだ。

マーティン・ウィリアムソンが注文をとるためにキッチンから出てきた。その軽やかで踊るような足どりは、ケニーにゲートにはいる直前の競走馬を思いださせた。ケニーはほかの客たちのほうにうなずいてみせた。「それじゃ、とりあえず商売にはよかったわけだ。お隣に死体があるってのは」

マーティンがにやりと笑った。「ああ。でも、連中があれをはこびだしてくれたら、せいせいするね。ひと晩じゅう、あそこにおいとかれたら、なんだか気味が悪くて。母さんなんて、すごくぴりぴりしてる。きのうの晩は、眠れなかったんじゃないかな」

「アギーが動揺してるのは知ってる。きのう、おれに会いにきた」

「お母さんがそうなるのも無理ないわ」エディスがいった。「あなたのお父さんの亡くなり方を考えてごらんなさい。きっと今回の件で、すべてが甦ってきているにちがいないわ」

「インヴァネスの警察がいつ到着するのか、聞いてないか？」ケニーはたずねた。ペレスから折り返し電話がないことを、考えていた。死体がはこびだされたら、それを見せてもらう。そうすれば、死体がローレンスのはずはないと、はっきりわかるだろう。ケニーが兄の顔を思い浮かべようとすればするほど、それはぼやけて、彼から遠ざかっていった。

「アバディーンを発つ最初の飛行機でくるってさ」マーティンがいった。「もうそろそろ、つくころじゃないかな」

ケニーはエディスのためにカプチーノを、自分にはラテを注文した。ここにくると、ふたりはいつもおなじものを頼んだ。休暇にきている気分がまだつづいていたので、ケニーはそれにケーキをふたつつけくわえた。マーティンは踊るような足どりで去っていった。

コーヒーとケーキがなくなりかけたころ、ロディ・シンクレアが登場した。彼がカフェの入口に立つと、客たちがいっせいにそちらをふりむいた。誰もが彼を知っていた。一瞬の沈黙のあとで、会話がふたたびはじまった。ロディはベッドから出てきたばかりのように見えた。髪の毛はくしゃくしゃで、まだ半分眠っているような感じだ。それか、一睡もしてないのか、とケニーは思った。ロディは、テーブルをみつけてマーティンが注文をとりにくるのを待とうとはせず、キッチンのほうへ歩いていくと、戸枠にもたれかかって、奥にむかって大声でいった。「ダブル・エスプレッソ。できるだけ濃いやつを」テーブルで注文とりを待つ客はほかにもいたが、誰もロディ・シンクレアの割りこみを気にしている様子はなかった。いかにもシンクレアの人間らしいふるまいだな、とケニーは思った。あいつらは全員傲慢なのだ。店の反対側のテーブルで、例のミドルトンからきた老婦人のひとりがロディ・シンクレアにむかって頬笑みかけ、小さく手をふった。これまたいかにもだ、とケニーは思った。女性たちはロディ坊やを相手にすると、なんだって許してしまうのだ。

ロディが戸枠から身体を離し、まっすぐに立った。

「ここからの眺めは素晴らしいな」彼はいった。「いつ見ても、息をのむよ」それから、ケニーたちのほうにぶらぶらとちかづいてきた。「合い席させてもらって、かまわないかな?」

「おれたちはすぐにどく」ケニーはそういったが、ロディは聞いていないらしく、そのまま腰をおろした。外ではいまや日がさんさんとさしていた。水平線と陸地のあいだくらいのところにヨットがいた。誰のヨットだろう、とケニーは考え、地元の住人のものではない、という結論にたっした。

ロディがテーブルの上に身をのりだしてきた。「あんたが死体をみつけたんだろ」彼のアクセントは、子供のころとおなじくらいきつかった。夜、グラスゴーの自分のフラットや異国の地のホテルの部屋で練習してるのだろうか、とケニーは思った。それは彼のトレードマークだった。ケニーはうなずいた。

マーティンがコーヒーをはこんできた。ロディは感謝のしるしにうなずいてみせたが、目はケニーから離さなかった。そして、マーティンがいなくなるのを待ってから、その先をつづけた。

「そいつがよそ者だっていうのは、確かなのかい？」とたずねる。「一度も会ったことのないやつだっていうのは？」

ケニーはあえてエスプレッソの香りのほうに、しばし注意をむけた。その味が香りとおなじくらい素晴らしいものなら、そちらに宗旨変えしてもいいかもしれない。彼はエディスのまえで騒ぎを演じたくなかったが、それでもいまここでロディ・シンクレアにむかって、おまえには関係のないことだ、といってやりたかった。そもそも、いったいどんな権利があって、こいつはふたりのあいだに割りこんでくるのか？　彼が妻といる時間を台無しにするのか？

「知らない男だった」ケニーはいった。

「そいつは、ベラのオープニングでここにきてた」ロディがいった。「でも、そのときは、あまり気にとめてなかった」

「彼が生きてるところを見たのか？」

ケニーはもうすこしで、その男がローレンスだった可能性はあるか、とロディにたずねそうになった。だが、ロディになにがわかる？　ローレンスが出ていったとき、ロディはまだほんの子供だった。両親といっしょにラーウィックで暮らしており、ビディスタにいるのはベラを訪ねてきたときだけだった。そのころから、すでに鬱陶しいがきだった。甘やかされており、そこいらじゅう走りまわっていた。

「ああ。そのとき話をしてたらな。そいつが何者で、どこからきたのかわかれば、みんなふつうの生活に戻れるだろう」

おまえさんに〝ふつう〟のなにがわかるっていうんだ、とケニーは思った。だが、その言葉がロディの口から出てきたのは、意外だった。〝ふつう〟とは、この若者がもっとも忌み嫌ってきたものなのだから。彼は劇的なものを求めた。毎晩、ちがう女を。このちょっとした騒ぎを、当然、楽しみそうなものだった。

ロディがエディスのほうをむいた。「あなたは、この件をどう思います?」

「べつになんとも」エディスがいった。「すごく冷たく聞こえるだろうけど、見たこともない男が死んだからといって、べつになんとも感じないわ」

ロディはそれに対してなにかいいかけたが、外の道路をちかづいてくる車の音に邪魔された。車は二台いた。全員の注意が窓へとむけられた。ミドルトンからきたふたりの老婦人は、もっとよく見ようと立ちあがっていた。まったく、恥知らずもいいところだ。だが、そういうケニーも、外の様子が見えるようにと、思わず椅子のなかで身体をねじっていた。

片方の車からジミー・ペレスが降りてきた。頭のてっぺんがはげた、長身でがっしりした男がいっしょだった。この距離からでも、その男が責任者だということがわかった。ほかに男がふたりと女がひとり。それから、ケニーが顔を知っている警官がふたり。ウォルセイ島出身のサンディと、モラグという若い娘だ。突然、ケニーはここにいるのが嫌になった。サーカスにきた子供みたいに、この席から見世物を見おろしていたくなかった。彼は立ちあがり、エディスがそれにならうのを待って、家にむかった。

16

シェトランドに戻ってきたことを自分がどう感じているのか、ロイ・テイラーはよくわからなかった。もちろん、ようやくたどりつけて、ほっとしていた。アバディーンでさんざん待たされて、キレる寸前だったのである。それに、とりあえず移動手段は飛行機だった。チームのほかの連中にはいいたくなかったが――彼は思いやりとわかちあいでチームをまとめていくタイプではなく、リーダーは弱みをみせるべきではないと考えていた――彼はマージー川のフェリーでも気分が悪くなるのだ。シェトランドまで、ひと晩じゅう船に揺られていたら、吐く羽目になっていたのは必至だった。

いま、飛行機を降りる乗客の列の先頭に立ってマージー川のフェリーを思いだしたことで、突然、彼はホームシックをおぼえた。さまざまな情景が、感傷をともなって頭のなかをかけめぐっていく。川から見たリヴァプールの高層ビル街。混みあったパブに響きわたるリヴァプール訛りの声。土曜日の午後にアンフィールド・スタジアムの立見席で声をかぎりに歌ったときのこと。もうそろそろ戻るべきときなのかもしれない、とテイラーは思った。父親はすでに亡くなっており、もはや彼を傷つけることはできないのだ。帰郷する可能性について考えてから、彼はすぐにそれを頭からおいはらった。ほかにも考えなくてはならないことが、山ほどあった。

彼がインヴァネスにいったのは、そこがそのとき故郷リヴァプールからもっとも遠く離れられる場所だったからである。そういう理由でもなければ決して住もうとは思わない、まったく異質の街にいくことには、自虐的な喜びがあった。まるで、あとに残してきた家族だけでなく、自分自身も罰したがっているような感じだった。そしていま、彼はシェトランドに戻ってきた。インヴァネスよりもさらにリヴァプールから遠く離れた、さらに異質な土地に。

飛行機の扉があくと、テイラーは足早にタラップをおりて滑走路を横切り、ターミナルの小さなドアへとむかった。機内に持ちこめる量の荷物しか持参しないようにと、部下たちには指示してあった。ただでさえ、時間を無駄にしてきているのだ。預けた荷物が出てくるまで、また待たされるのはごめんだった。

ジミー・ペレスが迎えにきていた。彼とは前回の捜査で協力しあい、上手くいっていたが、それはおたがいの流儀がまったくちがっているからかもしれなかった。ペレスが彼のチームの正規のメンバーだったら、テイラーはその風変わりな取り組み方、長い髪、緊迫感の欠如に、いらだっていただろう。だが、ここシェトランドでは、ペレスのゆったりとしたやり方が功を奏するようだった。まあ、それも善し悪しだったが。テイラーは昔から競争心が強く、キャサリン・ロス殺害事件の解決がペレスの手柄とされたことで、ペレスに対して親愛の情とともに、いくらかのわだかまりをいだいていた。

とはいえ、彼はにこやかにペレスに挨拶した。

「調子はどうだ、ジミー？」そういって握手をし、背中をたたく。

捜査になわばり意識が介在しないことを、チームのほかの連中にわからせておく必要があった。それに、ペレスにしてみれば、ひじょうに興味深い事件の捜査をよそからきた上級捜査官にひきつがなければならないのは、決して面白いことではないはずだった。テイラーなら、とても我慢できないだろう。

一行は車で北へむかい、それから西に進んだ。シェトランドで唯一テイラーがいくらか親しみをおぼえたラーウィックは、通らなかった。すくなくともラーウィックには、商店や酒場、フィッシュ・アンド・チップスの店やカレー屋があった。自分のまわりのなにもない広大な空間のことを考えると、テイラーはめまいがして、気分が悪くなった。アバディーンの〈ホリデイ・イン〉で、眠れない一夜をすごしたせいだろう。捜査に集中すれば、すぐにまたやる気満満になるはずだった。

調子を取り戻そうと、テイラーは運転しているペレスにむかって、やつぎばやに質問をした。

「それじゃ、こんな小さな島なのに、その男の名前を誰も知らないっていうのか？」ペレスの気に障るような言い方だとわかっていたが、それでもテイラーはいわずにはいられなかった。

すこし間があってから、ペレスがこたえた。「この島には、年間五千人が訪れる。そして、その大半は地元民とほとんど交流をもたない。この男の正体がすぐには判明しなくても、不思議はないだろう」

「そうはいっても、彼がいなくなったことに、いまごろ誰かが気づいてるんじゃないのか。宿屋とか、ホテルとか」

返事はなかった。なにもいうことがないとき、ペレスはこうして黙っていることができた。テイラーには、どうしても身につけることのできない技術だ。

車列がスピードを落とし、小さな桟橋のそばでとまった。まわりになにもない、へんぴなど田舎に見えた。とても村とは呼べないようなところだ。道路沿いに家が数軒。それだけだ。くる途中で、浜辺に面した画廊のまえを通っていた。この地に画廊をかまえるなんて、テイラーには奇妙に思えた。数枚の絵を見るために、わざわざここまでくる人がいるのだろうか？　ペレスが沈黙を破り、生きている被害者が最後に目撃されたのはその画廊だった、と説明した。

「その場に居合わせた」ペレスがいった。「展覧会のオープニング・パーティで」まだなにかつけくわえることがあるものの、まわりに人がいなくなるまで待つことにした、という印象をテイラーは受けた。ふたりきりになったら、忘れずに訊かなくては。

車から降りると、海鳥のかん高い鳴き声、そして海草と鳥の糞の臭いに出迎えられた。数軒の低層住宅のむこうに急斜面の丘がそびえていた。どうしてこんなところに住みたがる人がいるのだろう、とテイラーは思った。この風景は、フォーク・ミュージシャンのロディ・シンクレアを題材にしたドキュメンタリー番組で見たことがあった。番組には、ビディスタで撮影された映像がかなり使われていた。カメラはビディスタを歩いてまわるロディ・シンクレアをおいかけ、彼が小作人たちに話しかけ、店を訪れ、仲間たちと飲むところをとらえていた。それから番組はロンドンとグラスゴーに戻って、音楽とおっかけの女の子たちのことになった。

テイラーは小屋にはいらなかった。ペレスの話からすると、現場はすでにかなり汚染されていた。いまは犯行現場検査官にまかせておけばいい。テイラーは捜査をはじめるまえに、現場の雰囲気をつかんでおきたいだけだった。そして実際、ここにきて正解だったと考えていた。彼はビディスタの全住民にみつめられている気がした。その視線を感じることができた。家のほうに目をやって、窓から人がのぞいているかを確認することはしなかった。その必要はなかった。この感覚は、ペレスと話をしただけではわからなかっただろう。ここは、秘密をもつことなどできないところだった。例の男を殺した犯人を住民が誰も知らないなんて、とても信じられなかった。もしかすると、全員が知っているのかもしれない。全員が大きなひとつの陰謀に加担しているのかも。

テイラーはペレスのほうにむきなおった。「ここは連中にまかせておいて、ラーウィックにいかないか? ふたりだけで。そこで、くわしいことを話してもらえばいいし」彼はそれを提案として口にしたが、実際、ペレスには選択の余地がないことを承知していた。

車のなかで、テイラーは右側にひろがる海を強く意識していたが、注意はすべてペレスに集中していた。「きみは、生きている被害者を最後に目撃した人物のひとりだったんだな。そのとき、彼はなにをしてた?」

例によって、返事はすぐにはかえってこなかった。ペレスは女性が運転する対向車のおんぼろヴァンを通すため、車を待避所に入れた。

「彼は泣いてた」

自分がどういう返事を予想していたのかわからなかったが、これでないのは確かだった。

「泣いてた？　そりゃ、どういう意味だ？　原因はなんだったんだ？」

ふたたび間があく。「本人にも、わかってなかった。というか、そう主張していた」それから、ペレスは自分の体験を語った。よそ者が芸術ぶった催しでいきなり泣きだし、そのあとで自分が何者でどうやってここまできたのかわからないと主張したことを。テイラーは心得ていたので、途中で口をはさまなかった。質問が山ほどあったが、まずペレスのやり方で話をさせなくてはならなかった。

「自殺の可能性を考えたわけが、わかるだろ」ペレスがいった。「もっとも、はじめからあまり信じてはいなかったが」

「男がほんとうに記憶をなくしてたという点にかんしては、信じてたのか？」

ペレスが考えこみ、テイラーは待った。彼はこう叫びたかった。簡単な質問だろ。こたえるのに、どれだけかかるっていうんだ？　じりじりと待つ緊張感で、自分の息づかいが荒くなっているのがわかった。

「いや」ようやくペレスがいった。「完全には信じていなかった」テイラーには、それでじゅうぶんだった。ペレスにはひどくいらつかされるかもしれないが、テイラーの知るかぎり、彼の人を見る目はぴかいちだった。ペレスは動物学者のデイヴィッド・アッテンボローが動物を観察するように、人間を観察した。

「どうして記憶喪失のふりをしたのかな?」

今度は、もっとすぐに返事がかえってきた。「わからない。死体を目にしてから、ずっとそのことを考えていた。彼は展覧会のオープニングを邪魔したかっただけかもしれない。だが、イングランドからきたよそ者が、どうしてそんなことをしたがる? ベラ・シンクレア、もしくはフラン・ハンターに対して、どんな恨みがあったというのか?」

テイラーはその名前に聞き覚えがあった。「いまのは、キャサリン・ロスの死体を発見した女性じゃないのか?」

「そうだ」ペレスのまぶたがかすかに震えた。「それで、会場にいたんだ。彼女とは、まあ、友だちみたいな関係になったんで」

これがほかの相手だったら、テイラーはからかっていただろう。ふうん、それはどんなお友だちなのかな? いっしょに寝たりするような? だが、彼はペレスの機嫌を損ねたくなかった。彼を味方につけていなければ、ここでの仕事が上手くいく見込みはなかった。

ペレスが話題を変えた。「被害者が展覧会のオープニング自体を中止させようとしていた可能性もある。オープニングがとりやめになったと告げるちらしを、ラーウィックでくばってまわった男がいた。その男は、道化師のような仮面をかぶっていた」

「だが、展覧会に出品していたアーティストは、ふたりとも男に見覚えがないんだな?」

沈黙。「ふたりとも、そういってる」ふたたび間があく。「ちらしでは、中止の理由が〝身内の死〟となっていた。まるで、本人が自分が殺されることを予想していたみたいに」

ラーウィックの町は、テイラーの記憶にあるほど陰鬱ではなかった。だが、このまえきたときは真冬だった。きょうは日がさしており、人びとはぶ厚いコートにくるまってはいなかった。水面から光が反射していた。港には劇場に仕立てられた船が停泊しており、船腹に掲げられた赤い防水シートの横断幕が最新の演目を宣伝していた。

テイラーは劇場船のほうにうなずいてみせた。「あれは、まえにはなかったな」

「ああ」ペレスがいった。「あの船は、物心つくころからずっときてるが、ここにいるのは夏のあいだだけだ。このあたりの島を旅してまわってる。観光客には人気がある」

「ああ、腹がへって死にそうだ」テイラーはひどい飛行機酔いに悩まされていたが、それは大昔のことに思われた。

ふたりはフィッシュ・アンド・チップスを買い、海をながめながら、油でべとついた包装紙から直接食べた。ペレスの住まいがここからそう遠くないことを、テイラーは思いだした。

「いまもおなじところに住んでるのか？」

ペレスがうなずいた。

「それじゃ、まだあの麗しのミズ・ハンターといっしょに暮らしてるわけじゃないんだ？」自分には関係のないこととわかっていたが、それでもテイラーはさぐりを入れずにはいられなかった。好奇心は、警官にとって大切な特性だ。そこには嫉妬もすこし混じっているのを、彼は承知していた。

ペレスがチップスを食べ終えた。「そんなんじゃない」それじゃ、どんなのだよ、とテイラーはつっこみかけたが、いまは死んだ男のことのほうが重要だった。

「被害者を殺したのは、誰だと思う？　地元の人間かな？」

「ビディスタには、隠しごとのある人たちがいる」ペレスがようやくいった。「だが、それが殺人だとはかぎらない」

テイラーはうなずいた。それを理解していた。警官が戸口にあらわれれば、誰でもなにかしらやましく感じることがあるものだ。スピード違反。脱税。妻の親友との浮気。刑事は、そのやましさを察知する。そして、それが捜査中の事件と関係あると考えてしまうのは、よくあることだった。

ペレスがチップスの袋をさかさにしてふると、二羽のセグロカモメがやかましく鳴きながら足もとにちかづいてきた。「電話をしないと」ペレスがいった。「もっとまえにかけるつもりだったんだ。死体を発見したケニー・トムソンから伝言があってね」

ペレスは数フィート離れたところまで歩いていった。ペレスが背中をむけていたので、テイラーには会話が聞きとれなかったが、どうせ聞こえても理解できなかっただろう。ペレスが方言を使うと、彼の耳には外国語をしゃべっているのとおなじに聞こえたからである。テイラーは、母親が家族を捨て、北ウェールズに移り住んだときのことを覚えていた。父親がさんざんごねたものの、母親には面会権が認められた。その取り決めは長くはつづかなかったが、それでも一年ちかく、テイラーは月に一度、週末を母親のところですごした。北ウェールズで店にはいると、誰もが彼をみつめた。誰もが彼には理解できない言葉でしゃべっていた。自分のことが話題になっているのがわかった。それと、尊敬すべき教会の管理人とくっついた彼の母親のことが。教会の管理人をたぶらかした女。あばずれ《ハッシー》。その言葉だけは、あきらかに英語だった。

ペレスが電話を切り、通話の内容についてテイラーから質問されるのを待っていた。

「それで?」テイラーはたずねた。

「もう一度死体を見たい、とケニー・トムソンはいっている。たぶん、想像力が暴走してるんだろう。あれが自分の兄貴かもしれない、と彼は考えている」ペレスが言葉をきり、自分の発言を訂正した。つねに正確を期しておきたい男なのだ。「いや、あれが兄貴かもしれない、と考えているわけじゃない。そうではないことを、確認したがっているんだ」

「自分の兄貴を見て、わからないというのか?」

「彼の兄貴というのは旅に出て、もう何年も戻ってないんだ。それに、ケニーは死体をきちんと見たわけじゃない。横からだけだし、そのとき顔には仮面がかぶさっていた。さっきもいったとおり、彼は可能性を否定したいだけだ。どうやら、ずっと気になってたらしい」

「たしか、被害者はイングランド人だといってなかったか」

ペレスが肩をすくめた。「人のしゃべり方は変わる。装うこともある」

「それで、なんていったんだ？」

「きょうの午後、死体が検死解剖のためにフェリーで本土にはこばれるまえに、見にきてもかまわない、と」

テイラーは興奮でわくわくした。事件と直接かかわりあう、はじめての機会だった。彼は遠くから見守るタイプの指揮官ではなかった。

「たちあわせてくれ」テイラーはいった。「かまわないかな？」

ペレスはこたえなかった。いまのが質問ではないと、わかっていたからである。

17

ケニー・トムソンが葬儀屋についたとき、死体の準備はまだできていなかった。彼はふたりの男に出迎えられた。ジミー・ペレス——彼を見るたびに、ケニーはフェア島ですごしたあの夏のことを思いだした。そして、桟橋で車から降りるところを見かけた大柄なイングランド人。三人は狭くて薄暗い待合室で腰をおろした。片隅にシルクの造花を飾った鉢があり、花のような香りがしつこく漂っていた。造花が匂うはずはないので、それがどこからきているのか、ケニーは不思議に思った。

そんなことを考えているときにペレスからイングランド人の刑事を紹介されたので、ケニーは彼の名前と階級をきちんと把握しないまま、会話をつづけることになった。

「それで、これはどういうことなのかな、ケニー？」ペレスがいった。口をひらくまえに言葉を吟味し、熟考しているみたいな、穏やかでためらいがちなしゃべり方。

「たぶん、なんでもない」ケニーはいった。「ただ、思ったんだ。確認しといたほうがいいって。夜ベッドにはいったまま、眠れずにくよくよ考えるよりも」

「ローレンスの話を、ちょっと聞かせてもらえないか」ペレスがいった。「待ってるあいだだけでも」

こうしてケニーは、気がつくとローレンスの話をしていた。自分よりも大きく、力が強く、弟を日陰の存在にしていた兄のことを。「ローレンスは、部屋にはいってくるだけでみんなを笑顔にさせる男だった」ケニーはいった。「あいつが出ていったときは、寂しかったよ。ビディスタのみんなが、そう思った」

「どうして出ていったんだい？　仕事で？」

そのとき、ケニーは気づいた。ローレンスが部屋の雰囲気を明るくしたことなど、かれらにはどうでもいいのだ。かれらが知りたいのは、事実と日付だった。だが、彼にはもっということがあった。

「仕事なら、ここにあった」ケニーはいった。「山ほど。ローレンスはあまり小農場に興味がなかった。農場の仕事に必要な忍耐に欠けてたんだ。すぐに結果が出ることのほうがむいてた。腕のいい大工だった。ジェリー・スタウトの下で働きはじめて、彼から仕事を学んだ。やがてジェリーが死ぬと、その商売をひきついだ。ベラがあの屋敷に越してきたとき、屋根をあたらしくしたのは、ローレンスとジェリーだった。つぎにローレンスは、〈ヘリング・ハウス〉の改装を手がけた。企画と設計はイヴ・ユンソンだったが、実際の作業はすべてローレンスがやった。どっちかというと、奉仕活動にちかかった。ローレンスが、そういってた。オープニングに間に合わせるため、一日十二時間以上も現場につめてた。おれも余裕があるときには、いくらか手伝った。なのに、ベラの払った報酬ときたら、とてもそれに見合う額じゃなかった。画廊が完成すると、ローレンスのもとにはスコットランドじゅうから仕事の依頼がきた。だが、そっちに移り住む必要はなかった。シェトランドにいたまま、仕事のときだけ、あっちにいけば事足りた」

「それなら、どうして出ていったんだい？」

どこまで話すべきか、ケニーは迷った。「わからない。ローレンスが出ていったとき、おれはここにいなかったんだ。あいつはベラにぞっこんだった。彼女に頼まれたことは、なんでもやった。昔からずっと、彼女と結婚するつもりでいた。おれはそう考えてる。心の奥底で、ずっとそれを夢見てたって。ベラにかなう女なんて、いないだろう。ローレンスは、そのときどきでいろんな女とつきあってたが、本気でないのは見ればわかった。〈ヘリング・ハウス〉の改装中、ベラはずっとローレンスに気をもたせてた。そして、それが完成すると、たぶんローレンスに、チャンスはないってはっきりいったんだ。ベラは身勝手すぎて、結婚して落ちつくなんてことはできなかった。あの女は、すでにローレンスから欲しいものを手にいれてたのさ」

自分の言葉が恨みがましく聞こえるのはわかっていたが、それでもかまわなかった。このことを考えるたびに、ケニーははらわたが煮えくりかえった。

「それはいつのことだい、ケニー？」

「おれがフェア島で港の工事をしてた夏だ。声をかけられたのはローレンスだったが、あいつは〈ヘリング・ハウス〉の最終仕上げで、身動きがとれなかった。で、おれにその仕事をまわしてきた。おれが小農場を拡張しようとしてて、金があると助かると知ってたから。おかげで、あいつに別れをいうことさえできなかった」

「出ていくかどうかで、相談はされなかった？」

ケニーは心のなかで、にやりと笑った。ローレンスが誰かに相談したことなど、あっただろうか？

「あいつは、そういうやり方はしない」ケニーはいった。「どっちかというと、衝動的だった。あいつがなにもいわずにふいといなくなったのは、それがはじめてじゃなかった。十九歳のとき、姿を消した。両親に置き手紙だけして。そのときは、バックパックを背負って、オーストラリアをまわってた」

「今回は、どうするつもりだったのかな？」

「商船員にでもなったのかもしれない。ローレンスは、いつでもその話をしてたから。旅して金をもらいたければ、商船員になればいい、って。ローレンスは小さいころからボートになじんでた。ほら、ビディスタのがきは、歩けるようになるとすぐに小船で沖にのりだしていくんだ。あいつにとっては、ごく自然な選択肢だろう」ケニーは、ふと口を閉ざした。ある夏の夜の穏やかな海での体験を思いだしていた。彼とローレンスはサバを釣りに海に出ていた。ボートの錨《いかり》をおろし、波のうねりにまかせて揺られていた。ローレンスはバランスをとりながら立っており、ケニーがいった冗談に笑っていた。

ペレスが黙って彼を見て、話のつづきを待っていた。

「それに」ケニーはつづけた。「海に逃げるなんて、すごくロマンチックな意思表示だろ? いかにもローレンスがとりそうな行動だ」

「最後に彼から連絡があったのは?」

「一度もない。ここを出ていくってメッセージをベラに託したのが、最後だ」ケニーはペレスのほうをむいた。「あいつはフェア島の宿泊所にいたおれに電話することだってできたはずだ、だろ? 別れをいうために。あのころ、携帯電話はなかったが、それでもおれの居所はつきとめられたはずだ。ビディスタにとどまるよう説得されるのを、恐れてたのかもしれない」

「いまでも、顔を見ればわかると?」ペレスがたずねた。

「そのことをずっと考えてた。何枚か写真をもってきた」そのうちの一枚は、彼とローレンスとエディスとベラが桟橋に立ち、カメラにむかって頰笑んでいる写真だった。撮ったのが誰か、ケニーは思いだせなかった。アギーだったかもしれない。もっとも、そのころすでに彼女は結婚していたはずで、実家にはもういなかっただろう。だが、彼女は機会があるたびに、ビディスタに戻ってきていた。決して故郷から離れていられなかったのだ。

「写真があるといっても、ずいぶん時間がたってるからな。それに、人は死ぬとちがって見える」

「ローレンスは、右肩に母斑があった」ケニーはいった。「どんなに外見が変わってても、それでわかるだろう」

「こちらで確認してもいいんだ。もう一度、死体を見たくないのであれば」

だが、ケニーは首を横にふった。万が一、これがローレンスの死体ならば、自分で確認したかった。血をわけた兄弟なのだから。

やがて、死体の準備が整ったようだった。どうして突然、かれらがそう判断したのか、ケニーにはよくわからなかった。誰かが待合室にあらわれ、そう告げたわけでもないのに。死体を見せるのを遅らせていたのは、こうして彼に話をさせるための口実にすぎなかったのではないか、という気がした。

死体は鋼鉄製のテーブルの上に横たわっていた。部屋には、かれらしかいなかった。ペレスがテーブルのそばに立ち、ケニーに顔を見せるために、シーツをもちあげようとしていた。イングランド人の刑事は、ペレスに紹介されたときにみじかい挨拶の言葉を口にしただけで、まだなにも発言していなかった。だが、それでもいっしょにきて、いまはケニーのすぐ隣に立っていた。ケニーは窮屈さをおぼえた。イングランド人の刑事に、すこしさがってもらいたかった。自分のほうをうかがうペレスにむかって、ケニーは準備ができたというしるしに、うなずいてみせた。

顔を見た瞬間、ローレンスでないのがわかった。まったく似てなかった。どうして第一印象に疑いをもつことができたのか、われながら不思議だった。そもそも、アギー・ウィリアムソンの言葉に耳を貸すべきではなかったのだ。彼女のパニックに影響されるべきではなかった。ローレンスのひたいは広くて奥行きがあったし、口もとは笑っていないときでも横に大きくひろがっていた。だが、いま目のまえにあるのはやさ男風の顔立ちで、唇が薄かった。あごのわずかな無精ひげともじゃもじゃの眉毛がなかったら、女性の顔といってもいいくらいだ。ケニーはくすくすと笑いだしたくなった。突然、死体の男が女装同性愛者《ドラッグ・クイーン》の恰好をしているところが、頭に思い浮かんだのである。ときどきテレビで見かける女装同性愛者みたいに、偽のおっぱいとブロンドのかつらをつけているところが。緊張がとけて、ほっとしたせいだろう。

自分がなにかいわなくてはいけないことに、ケニーは気がついた。

「ちがう」彼はいった。「ローレンスじゃない。間違いない」

「念のために、母斑を見ておこうか？　ほら、思いちがいということもあるから」そういって、ペレスがふたたびシーツをめくりあげた。看護師かベッドの点検にそなえる兵士みたいに、すごくてきぱきとしていた。死体の両肩と上半身があらわになった。服はここで脱がされたのだろう。男の胸は、細かい灰色の毛でおおわれていた。人目を気にする男だったわけだ、とケニーは思った。髪の毛に白いものが増えてきたのが嫌で、頭をそったのだろうから。たしかにローレンスも見かけにこだわるところがあったが、死体の肩に母斑はなかった。これはローレンスではなかった。

「やっぱりちがう」ケニーはいった。「生まれてこのかた、一度も見たことのない男だ」

「確かかな？」ペレスがシーツをもちあげたままいった。死体の上に身をのりだす。「パーティの晩に〈ヘリング・ハウス〉から走り去ったのが、この男だった可能性は？」

ケニーは考えた。「そうだな」という。「可能性はある。彼が黒い服を着てたなら。背丈と身体つきは、ちょうどこれくらいだった。だが、はっきりとはいえない。すごく遠くから見ただけだから」

ペレスがシーツをもとに戻し、三人は埃をかぶったシルクの造花が飾られた小さな待合室へとひき返した。これでおしまいだ、とケニーは考えていた。もう帰れるだろう。自宅ではエディスが待っているはずだった。午後の大半を、ここまで車を走らせ、それからこの部屋で待つことで、無駄にしてしまった。

だが、イングランド人の刑事の考えはちがうようだった。「よければ、いくつかもうすこし質問しても？」刑事がジミー・ペレスとケニーのどちらにたずねているのか、はっきりしなかった。

「長くかかるのかな？」ケニーはいった。

「いえ、すぐにすみます」

「それじゃ、外でもかまわないか？」ケニーは正体不明の甘ったるい匂いから逃れたかった。新鮮な空気を吸いたかった。

「もちろんです。どこかで一杯おごりますよ。それが必要でしょう。わたしも一杯やりたい気分だ。こういう仕事についてるから死体には慣れていると思われるでしょうが、いまだにだめで」

というわけで、ケニーは気がつくと〈ラーウィック・ホテル〉にいて、バーの片隅にすわっていた。男がふたり、レストランのテーブルで遅い昼食のあとのコーヒーを飲んでいた。ビジネスマンだろう、とケニーは思った。石油か観光業の関係者だ。地元の人間ではない。それ以外に、客の姿はなかった。

イングランド人の刑事がウイスキーを三つと水のはいった水差しをもって戻ってきた。ケニーは飲み物を注文した覚えがなかったが、たぶんしたのだろう。自分で意識していた以上に、動揺していたのだ。そんな状態でエディスのもとに帰らなくて、正解だった。イングランド人の刑事はケニーのグラスがほとんど空になるのを待ってから、質問をはじめた。

「あの男は、何者かに殺されました」という。「絞め殺され、そのあとで首にロープをかけられ、梁へともちあげられた。そういうことができそうな人物に、心当たりはありませんか?」

「それほど力は必要なかっただろう」ケニーははじめて、この件の実務的な面について考えた。「あの男はすらりとした身体つきで、体重はそんなにない。首にかけるロープは、あの小屋にあった。誰にだってできただろう」

イングランド人の刑事が笑みを浮かべた。頭蓋骨にじかに皮膚をかぶせたみたいな顔で、笑うと、ずらりとならんだ歯が突然あらわれた。「質問したのは、そういうことではなかったんです。もちろん、あなたのおっしゃるとおりですが。先ほどの質問は、肉体的にではなく、精神的にそういうことができそうな人物に心当たりはないか、ということです。誰かいませんか？　被害者のあとをつけ——もしくは、小屋に誘いこみ——殺害し、死体を自殺に見せかけられるような人物です。それくらい冷静な人物は、いませんか？　性根がすわっている人物は？」

ケニーは気分が悪くなった。この殺人が計画されたものであるという考えは、それまで一度も頭に浮かんでいなかったのだ。シェトランドにも暴力的な犯罪はあったが、決してまえもって計画されたものではなかった。べろんべろんに酔っぱらった男たちが女をめぐって、あるいは侮辱されたと思いこんではじめる酒場での喧嘩騒ぎが、せいぜいだった。

「思いつかないな」ケニーはいった。

「そうですか？」イングランド人の刑事が身をのりだしてきたので、その息のウイスキーの匂いがわかった。「聞くところによると、あなたはビディスタの住人のほとんどと幼馴染みだそうですね。誰よりも、かれらについてくわしいはずだ。人を殺しておいて、翌日、しれっと嘘をつける人物といったら、誰が思い浮かびますか？」

「思いつかないな」ケニーはふたたびいった。「こんなふうにかたまって暮らしてると、他人をあまり穿鑿《せんさく》したりしないんだ。おたがい相手の気に障らないようにする。みんないっしょに暮らしていかなきゃならないし、誰にだって自分だけの世界がいくらか必要だ。いってることが、わかるかな？」

「ええ」イングランド人の刑事がいった。「わかるような気がします」

それが最後だった。これ以上質問はありません、とイングランド人の刑事はいった。ご協力に感謝します。もう帰ってもかまいません。

ビディスタにむかって丘を車で下り、きらきらと輝く海を目にしたとき、ケニーは自分がなにをするつもりでいるのかを悟った。今夜、エディと食事をしたあとで、ボートを出して釣りをしよう。まさに釣り日和だ。それから、ローレンスの行方をつきとめるのだ。

彼は兄がいってしまったことを、あまりにも簡単に受けいれていた。ローレンスにたてつかない癖が、身に染みついていたのだ。ローレンスは弟へのメッセージをベラに託していた。

「また出かけるって、やつにいっといてくれ」

だが、いまや状況は変わっていた。ベラはもう老女といってもいいくらいだ。ローレンスが帰ってこられない理由があるだろうか？　それに、ちかごろでは人をみつけるのが簡単になっていた。インターネットがある。インターネットのことならエディスがくわしいから、手伝ってくれるだろう。家にむかって車を走らせながら、ケニーはふたたびローレンスに会える日のことを考えて、わくわくした。船から降りてきたローレンスと再会するところを想像する。フェリーのターミナルで、ローレンスがタラップをおりてくる。そして、ケニーが出迎えにきているのを目にして、頭をのけぞらせて大笑いするのだ。

18

　ペレスがフランの家の戸口にあらわれたとき、キャシーはすでにベッドにはいっていた。彼はまえもって電話してきて、訪ねていってもいいかとフランにたずねていた。「遅くなるかもしれない。迷惑になるようなら……」フランは彼の声が自分にもたらす影響に驚いていた。足もとの床が消えてしまったような感覚をおぼえたのだ。

「いいえ、そんなことないわ」フランはすばやくいった。「いくら遅くなっても、かまわない。あたしは十一時よりまえにはベッドにはいらないし、どっちみち、いまの季節に眠るのは不可能だわ」

　彼がきたとき、フランは玄関脇の白い木のベンチにすわって、レイヴン岬をながめていた。二杯目のワインをおかわりしようかと考えているときに、道路をちかづいてくる車の音を耳にした。ペレスは車を道ばたにとめ、みじかい小道を歩いてのぼってくると、彼女の隣に腰をおろした。すごく疲れているように見えた。

「なにかもってくるわね」フランはいった。「ビール？　ワイン？　ウイスキー？」

「コーヒーをもらえるかな？」それを聞いて、今夜は泊まっていかないのだ、とフランは思った。キャシーのことを考えると、そのほうが面倒がなくていいだろう。展覧会の晩、キャシーは父親のところにいた。目をさましたキャシーが、母親のベッドにジミー・ペレスがいるところを発見する、という事態をフランは避けたかった。まだはやい。そのまえに、まずキャシーに事情を説明しなくては。だが、そうとわかっていても、フランはがっかりしていた。

ペレスをベンチに残して、フランはキッチンでやかんを火にかけた。コーヒーのマグカップを手に出ていくと、彼はまだおなじ姿勢ですわっていた。両手を膝にのせ、すこしうなだれている。まるで、疲れすぎていて動けない、といった感じだ。

「きっと寝不足の影響が出てきてるんだな」ペレスがいった。「不思議だよ。きのうは、そんなでもなかったのに」

「ごめんなさい」フランは立ったまま、身をかがめてペレスのかたわらのベンチにマグカップをおいた。

「いや、そうじゃない」ペレスがいった。「あやまらないで。なにがあったって、このあいだの晩をあきらめたりはしなかっただろう」そういってペレスが顔をあげたので、フランは彼の目の下のくまを見てとることができた。それに、いまはじめて気がついたが、いつでも散髪が必要そうに見える髪の毛には、いくらか白いものがまじっていた。

「あたしもよ」フランは、このあいだの晩が自分にとってどういう意味をもつかを伝える言葉を探そうとしたが、ペレスがそれに割りこんできた。

「いくつか質問しなくちゃならない。仕事で。こんなときに仕事の話をするなんて、すまない」

「この先も、ずっとそうでしょ？」フランはいった。

「かもしれない。サラは、それに上手く対処できなかった」サラはペレスの別れた妻で、いまは医者と結婚して、子供たちや犬といっしょに、イングランドとスコットランドの境界地方で幸せに暮らしていた。

「それが問題になるとは思わないわ」フランはいった。「自分の仕事に情熱をもたない人って、あたしには理解できないもの」

「ぼくには情熱があるのかな？」

「ええ、もちろん」フランはいった。「証言してあげてもいいわよ」

ペレスが笑い、フランはいくらか緊張がやわらぐのを感じた。

「どんどん質問してちょうだい」フランはいった。「でも、そのまえに、もうすこしワインをもらうことにするわ」これまでどおり彼と気楽に接することができて、フランはうれしかった。ふたりのあいだは、なにひとつ変わっていなかった。キッチンから戻ってくると、彼女はふたたびペレスの隣に腰をおろした。

「展覧会のことだが」ペレスがいった。「邪魔することできみを困らせようとするやつがいるとしたら、その理由はなんだろう？」

「わからないわ」フランはいった。「悪趣味な冗談という以外、なにも思いつかない。それに、たとえ悪趣味な冗談だとしても、あたしがその標的にされるとは思えない」

「ロディ・シンクレアのことを考えてるのかな？」

「かもしれない。わざわざあんなことをしそうな人物といったら、彼しか思いつかないわ。芝居がかったユーモア感覚の持ち主だし」

「タブロイド紙によるとね」ペレスがいった。

「そう、そうよね」フランはワインのグラス越しにペレスを見た。「タブロイド紙の書くことは、どれも鵜呑みにはできないもの。ベラをつうじて何度か彼と会ったけど、どういう人なのか、いまだによくわからないわ」

「殺された男は、どうやら展覧会の中止を告げるちらしをくばっていたらしい。すくなくともラーウィックでは、観光船から降りてくる乗客にちらしを手渡すところを目撃されている」

「でも、彼はあかの他人だった。そんな人が、どうしてあたしたちの展覧会を邪魔したがるの？」

「きみにとってはあかの他人でも、ベラはほんとうに彼を知らなかったのかな？」

「知ってたのだとしても、そういうそぶりはみせていなかったわ」

「彼女に敵は？　業界の人間とかで？」

「よしてよ、ジミー。それって、すこしメロドラマっぽくない？　それじゃあなたは、ベラに不快な思いをさせられた同業者が、嫌がらせのためだけに、わざわざそんなことをしたっていうの？」

「彼女はしょっちゅう人に不快な思いをさせてるのかな？」

フランは慎重に言葉をえらんだ。「自分の意見を表明するときに、あまり気をつかう人ではないわね」

「というと？」

「気にいらない作品があると、それをはっきりと口にするの。誰が聞いていようとかまわず、きつい言葉をつかって」

「とくに誰かを怒らせたことは？」

「あたしの知るかぎりでは、最近はないわ。すくなくとも、プロを相手には」

「それじゃ、誰にならあるんだい？」

フランがすぐにこたえずにいると、ペレスが彼女の手をとった。「いいかい、いずれはわかることなんだ。知ってるだろ。ここじゃ、そういったことを秘密にしておくのは不可能だ」

フランはもうすこしで、ダンカンのときはちがったじゃない、といいそうになった。彼女の元夫は、自分の情事をずっと秘密にしていたのだ。だが、実際には、そうではなかった。彼女が知らなかっただけで、島の人間はみんな知っていた。もちろん、おかげでダンカンとの別れは、いっそうフランにとって屈辱的なものとなっていたが。

「聞いてくれ」ペレスがいった。「これは殺人なんだ。友だちへの忠誠心がはいりこむ余地はない」

「ベラを友だちと考えたことはないわ。それって、すごく図々しい気がするもの。アルバート・アインシュタインを〝いいお友だち〟っていうようなものだわ。彼女はスーパースターよ」

「きみがそういうのを聞いたら、彼女はさぞかし喜ぶだろうな」

彼はあたしよりもベラをよく理解している、とフランは思った。そして、はじめからペレスに打ちあけるつもりでいた話をはじめた。「あたしが成人教育の美術教室で教えているのは、知ってるでしょ。クリスマスから教えてるんだけど、なかにはすごく優秀な生徒もいるし、みんな楽しんでやってるわ。それで、あたしたちで真夏に展覧会をひらくことにしたの。ちょっとしたお楽しみに。家族や友人たちに、あたしたちがなにをしているのか見てもらうのよ。サンドウィックで集会場を借りて、終わったあとで、みんなでお祝いの食事会をしたわ。あたしは感想を聞かせてもらおうと思って、ベラを招いたの。それが間違いだった。彼女、あまり気配りがなかったの」

「なにがあったんだい？」

「彼女はひとつずつ作品を取りあげて、批評していった。なにもそこまでいわなくても、と思うくらい、手厳しかったわ。あたしとしては、作品をよくするアドバイスと励ましを期待していたの。まさかベラが生徒たちを攻撃するとは、思ってもみなかった。あとで、すごくおちこんだわ」

「とくに誰かを攻撃したのかな？」

「ある作品をね。水彩画よ。自分が描こうと思うような絵ではなかったけれど、実際、あたしはけっこう気にいってたの。繊細なタッチで細部まで描かれた風景画だった。どういうわけか、ベラはそれがお気に召さなかったの。退屈な作品だ、といったわ。胸糞が悪くなる。これを描いた人は絵をやめたほうがいい。芸術家としてのセンスがまったくない。臆病だ。ほんとうに、すごい剣幕だった。いたたまれなかったわ」

「で、その絵の作者は？」

「ミドルトンの小学校で教えてる先生。ドーン・ウィリアムソンよ」ペレスがちらりと興味を示したのを、フランは見てとった。しばらく黙りこんでいる。あたしにどこまで打ちあけるか、考えているのだろう。

「ドーンの旦那がマーティン・ウィリアムソンだというのは、知ってるね？」ペレスがようやくいった。

「〈ヘリング・ハウス〉でシェフをしている？」

「そうだ。ふたりはビディスタに住んでる。ちょっとした偶然かもしれないが。ベラはマーティンの雇い主だ。彼女がドーンの絵を攻撃したのは、個人的な理由からだと思うかい？」

「それはあり得ないわ。だって、絵には作者の名前がついてなかったもの。ベラにどうやってわかるというの？」だが、それをいうなら、ここは人がいろいろなことを知っている土地だった。うわさは魔法のようにして広まっていくのだ。

「その批判に対するドーンの反応は？」

「あきらかに動揺してたわ。あんな辱《はずかし》めを受けたら、誰だってそうじゃないかしら？　でも、彼女は堂々として、立派だった。つまり、叫んだり、仕返ししてやると脅したりはしなかった。真っ赤になりながらも、作品を見てくれたベラに礼をいったの」

「それじゃ、その時点で、ベラは絵の作者を知ったわけだ？」

「ええ。ドーンはわざわざ立ちあがって、それは自分の作品だといったから」

「ベラは驚いてたかな？　隣人で、雇い人の奥さんでもある人物をぼろくそに批判したことで、決まりが悪そうだったとか？」

「いいえ。彼女がどう感じていたのかは、わからなかった。ベラがどんなだか、知ってるでしょ。突然、彼女は大物アーティストっぽくふるまいはじめた。そういえば、別の約束があった。ロンドンからエージェントがくることになっていた。すぐに帰らなければならない。もしかすると、あれは気まずさを隠すための口実だったのかもしれない」

「その出来事があったのは？」

「十日ほどまえよ」

「そのあとで、美術教室はあったのかな？」

「いいえ。今週は展覧会があるから、休講にしたの」フランはゆっくりとワインをすすった。ふたりとも、いまでは翳《かげ》につつまれていた。なにもかもがソフトフォーカスになって見えた。女性雑誌の安っぽい写真みたいだ、とフランは思った。すべてがぼやけている。アルコールのせいかもしれなかった。「ドーンは、あたしのことをかなり好いてくれてると思うの」フランはいった。「だから、この展覧会があたしにとってどれほど大切なものか、わかっていたはずよ。ベラよりもあたしにとって大きな意味をもつことが。クラスの全員が知ってたわ。いくらベラに仕返ししたいからといって、彼女が展覧会を台無しにするとは思えない」

ペレスから返事がなかったので、フランは彼が背筋をのばしてすわったまま寝てしまったのかと思った。そのとき、ふいに彼がいった。「なかにはいらないか？」

「気がつかなくて、ごめんなさい。寒いの？」

「いや。でも、ここはすこし人目につきすぎる。きょうみたいな夜は、みんなが外に出てくるから」

「あたしたちが友だちだって、みんな知ってるわ」

「ぼくは」ペレスがいった。「それ以上の関係だと思っていたんだけどな」

ペレスがフランの手からグラスを取りあげ、彼女を家のなかへと誘った。

彼はほとんど音をたてず、息苦しさをおぼえるくらい抑制していた。このあいだの晩とは、大違いだった。あのときは家にかれらしかおらず、ふたりとも無責任なティーンエージャーのようにふるまっていた。今夜のペレスは、「これはどうかな？　ほんとうにいいのかい？」ときおりたずねてきた。ふたりはキッチンから移動せず、フランはカーテンを閉めた。もっとも、いまの季節に居間のカーテンを閉めるものなどいなかったが。ペレスの車がとまっているのを目にしたとおりがかりのドライバーは、かれらがなにをしているのか、すぐに見抜くだろう。彼がキャシーのことを考えて控えめにしているのはわかっていたが、そこまで思慮深くなくてもいいのに、とフランは思わずにいられなかった。彼はフランのことを考えているべきだった。彼女のあたえる喜びに夢中になり、理性的な思考など吹っ飛んでいるべきだった。それに、ソファと揺り椅子の背もたれにあった羊皮のひざ掛けは、いざ床にひろげて横たわってみると、見た目ほどやわらかくなかった。ベッドのほうが、ずっと快適だっただろう。

だが、終わってみると、彼女にとってこれまでで最高のセックスとなっていた。なんとも不思議だった。ほんとうに、人の気持ちははかりしれなかった。

フランは自分のグラスにワインのおかわりを注ぎ、ペレスが服を着るのをながめていた。自分が感じていることを彼に伝えたかったが、ペレスは試合のあとで分析するタイプの男ではない気がした。彼女に見られていることに気づいたのか、ペレスは片足をズボンにつっこみ、まえかがみになったまま、ふいに彼女にむかってにやりと笑いかけた。

手もとにカメラがないのが残念だったが、写真などなくても、そのイメージが永遠に自分のなかにとどまりつづけるのが、フランにはわかった。

夜の十一時だった。フランはカーテンをあけた。まだ色が識別できるくらい明るく、地平線とレイヴン岬の輪郭もわかった。巨大なコンテナ船が南へとむかっていた。彼女はさらにコーヒーをいれたが、すでに頭はきょう一日でもっとも冴えた状態になっていた。たったいま起きてきたような気分だった。

「ドーンが人を雇って展覧会を台無しにしようとした、と考えてるの？　それって、すごく練りあげられた計画に思えるわ。まったく彼女らしくない。ドーンはしっかりと地に足のついたヨークシア女よ」

「どうかな」ペレスはこれ以上、仕事の話をしたくなさそうだった。

「それに、彼女がそれを企んだのだとしても、それが殺人とどう関係してくるの？　妨害工作に気づいたベラがその男を絞め殺し、みせしめのために吊るしあげた、とでもいうの？　そんなの馬鹿げてるわ」

　ペレスはなにもいわなかった。

「もちろん、犯人はあたしだって可能性もある」フランはふざけていった。「男のしたことに、気づいてしまったのよ。これはあたしにとって、はじめての大きな展覧会だった。ベラよりも失うものが大きかった」

　またしても、沈黙が返ってきた。彼はこたえるつもりがないのだ、とフランは思った。

「もちろん、きみじゃないのはわかってるさ」ペレスが軽い口調でいった。「きみが犯人であるはずがない――ぼくとひと晩じゅう、いっしょにいたんだから」ペレスはちかづいてくると、フランの肩に手をかけてひきよせ、彼女のひたいにキスした。「あの晩のことは、ずっと忘れないよ。殺人事件が起きたからじゃない。それは仕事で、興味深い事件にはなりそうだけど、それだけのことにすぎない。そうじゃなくて、それがきみとはじめていっしょにすごした夜だからだ」

　ペレスは自分が使ったマグカップを流しでゆすぎ、水切り台の上に丁寧においた。フランは戸口に立ち、彼が車にむかって歩いていくのを見送った。まったく、センチメンタルなんだから、と心のなかでつぶやく。それから、ふと思った――じゃ、彼はあたしとのこと、本気なんだ。そう考えると、すこし怖くなった。彼が車で走り去るまで、フランはもの思いにふけって、レイヴン岬のほうをじっとみつめていた。

19

ペレスは朝の八時十五分にミドルトンの小学校についた。ドーンはもう登校しているはずだが、生徒たちはまだだろう、と踏んでのことだった。理由は自分でもよくわからなかったが、ペレスはマーティンがいるところでドーンと話をしたくなかった。マーティンがいると、深刻な話を避けようとして、彼が会話を軽薄なものにしようとする可能性があるからかもしれない。ペレスとドーンは顔見知りだったが、口をきいたことはなかった。マーティンの父親が溺死したとき、彼女はまだ家族の一員ではなかった。

学校は平屋のモダンな建物で、片側にサッカーのグラウンド、反対側に校庭があった。細長い内海を見晴らす位置にあり、そよ風で水面にさざ波がたっているのがわかった。生徒たちは、まわりの丘に散在する家や遠く海岸沿いの集落からかよってきていた。シェトランドの学校はどこもそうだが、ミドルトンの小学校も設備がととのい、保守管理がきちんとなされていた。石油はいくつかの集落に問題をもちこんだが、同時に島全体にそれなりの恩恵をもたらしたのだ。シェトランド諸島評議会は石油を陸揚げする会社とけっこうな取引を結んでおり、それによって得た収入は、さまざまな地元のプロジェクトに注ぎこまれていた。

学校の構内には車がずらりとならんでおり、中央玄関の鍵はすでにあいていた。オフィスには誰もおらず、ペレスはぶらぶらとちかくの教室まで歩いていった。あごひげをたくわえた若い男が、黒板になにか書いていた。

「ウィリアムソン先生を捜しているのですが」ペレスは教室の入口で躊躇していた。この学校はフェア島で彼が授業を受けていた教室よりもずっと大きかったが、その匂いには馴染みがあった。

「父兄の方ですか？」若い男は、丁寧だがあまり愛想のない口調でいった。学校にいると、なぜこんなに落ちつかない気分になるのだろう、とペレスは考えていた。もしかすると、大人は誰しもおなじように感じるのかもしれない。子供のための空間には、大きすぎて不器用すぎるものたち。おそらく、彼の仕事場にきた部外者も、気おくれをおぼえるのだろう。そのとき、父親になるのは素晴らしいことにちがいない、という考えが頭に浮かんできた。それは彼が昔からずっと望んでいたことだった。父親になったら、保護者会に出たり、キリスト降誕劇を観にきたりする努力を惜しまないだろう。

若い男は黒板からふり返り、ペレスが返事をするのを待っていた。

「いいえ」ペレスはいった。「ちがいます」ドーン・ウィリアムソンに迷惑をかけずに自分の訪問理由を説明するにはどうすればいいだろう、と彼が考えていると、うしろの廊下から足音が聞こえ、こちらにむかって歩いてくるドーンの姿が目にはいった。片手にハーブティーとおぼしき香りのするマグカップをもっている。マーティンよりすこし年上だな、とペレスは思った。三十代はじめといったところか。ちぢれた赤毛。幅広の口。

「ウィリアムソン先生」ペレスはいった。「ちょっとお話しできますか？　お時間はとらせません」彼女がペレスの顔を認識したかどうかは、わからなかった。もしかすると、彼女もやはり彼を生徒の親だと思ったのかもしれなかった。

ドーンは彼を教室につれていった。ペレスは子供用の机の上に腰をおろした。一瞬、悪いことをしているような気分になった。子供のころ、机の上にすわることは禁じられていたのである。

「ジミー・ペレスといいます」彼はいった。「ビディスタの小屋で死体となってみつかった男の件を捜査しています」

ドーンは彼が何者か知っているとでもいうように、うなずいてみせた。「アリスがかぶっていた仮面のことですか？　あなたが興味をもっている、とアギーから聞きました。こちらからご連絡さしあげるべきだったかもしれませんね。そしたら、ここまでご足労いただかなくてもすんだのに。でも、あまりお役にたてるとは思えなくて。重要なことなんですか？」

説明してはならない理由を、ペレスは思いつかなかった。「警察では、この件を不審死としてあつかっています。亡くなった男性は、娘さんがもっているのとそっくりの仮面をかぶっていました。それが彼の身元をたどる手がかりになるかもしれません」

その言葉に、ドーンがショックを受けているのがわかった。突然、顔から血の気がひいた。

「娘さんがどこで仮面を手にいれたか、覚えていますか？」

「ミドルトンの日曜日のお茶会でした」ドーンがいった。「そこで、あの子に買ってやったんです」

日曜日のお茶会は、シェトランドの慣例行事、伝統のようなものになっていた。とはいえ、ペレスが子供のころ、そんなものがおこなわれていた記憶はまったくなかったが。当時は日曜日といえば、教会のため、そして家族ですごすための日だった。だが、いまは夏のあいだ、日曜日の午後になると、地元のご婦人方がいちばんちかくの集会場に集まって、お茶とお手製のクッキーをふるまうのが慣わしとなっていた。持ち寄りバザーの屋台と植木市がつきもので、そこで人びとは友だちと会い、うわさ話を交換し、なにかよい目的のための募金活動をするのだ。

「それを売っていた人物を覚えていますか？」

「知らない女性だったわ。本土で安く仕入れてきたんじゃないかしら。山ほどあったから。ほとんどが動物のお面で、それから道化師の仮面がありました。わたしは猫のお面を勧めたんですけど、あの子はどうしても道化師の仮面がいいといって」

「その日の午後、ビディスタからほかに誰かきていましたか？」

「いいえ、わたしたちだけでした。いつもはアギーがいっしょなんですけど、その日は気分がすぐれなくて。マーティンは〈ヘリング・ハウス〉で働いてました。娘とふたりきりですごせて、ほんとうにいい日でした」

「義理のお母さんがすぐそばに住んでいると、なかなか大変でしょう」ペレスは別れた妻の母親のことを考えていた。恐ろしいくらい有能な女性で、地方都市婦人会を仕切り、自分で繁殖させたスパニエル犬で数々の賞を獲得していた。そして、ここでふたたび彼の思考は、脇へとそれていった。フランは彼の母親と上手くやっていけるだろうか？　前妻のサラは、彼の母親を型破りですこし威圧的だと考えていた。フランなら、そういう女性を好きになるかもしれない。

ドーンが小さく笑みを浮かべた。「そんなことといったら、罰があたりますわ。お義母さんがアリスの面倒をみるといってくれたから、こうして仕事に完全復帰できたんですから。でも、家族というのは、決して楽なものではありません、でしょ？　アギーは、わたしが威張り散らしている、夫に対してもっといい嫁になるべきだ、と考えています。はっきり口に出してはいわないけれど、そう考えているのがわかるんです。マーティンはそれを笑いとばしていて、問題にしていません。わたしもふだんはそうなんですけど、それでも娘とふたりきりでミドルトンにいくのは、いい息抜きでした」

「そこには、誰か知った顔がいましたか？」

「学校関係で知っている家族を何組か見かけました。でも、さっきもいったとおり、ビディスタからは誰もきていませんでした。もちろん、あとからきた可能性はありますけど。わたしたちは、ちょうどはじまったくらいについて、あまり長居はしなかったんです」

すでに何人かの生徒が登校してきており、窓のむこうで男の子がふたり、おいかけっこしたあげくに、おたがいのセーターをつかんで、地面の上を転げまわっていた。男の子というのは、最後にはいつも喧嘩せずにはいられないのだろうか？

「あなたは、どうしてシェトランドに？」おそらく事件とはなんの関係もないだろうが、ペレスは以前から、島に移り住んだ人たちのたどってきた経路に興味があった。

「わたしはウェスト・ヨークシアの大学で教育学の学位をとりました。自宅のすぐちかくの大学だったので、週末ごとに洗濯物を家に持ち帰れるくらいでした。でも、もっといろんなところを見てみたかったので、この仕事の募集を目にしたとき、〝いいんじゃない？〟って思ったんです。ここには二年くらいしかいないつもりでした。それがいまでは、二度とほかの土地で暮らそうとは思わないでしょう」

「それはマーティンしだいなのでは」

「あら」ドーンが笑った。「彼に恋するまえに、わたしはこの島に恋してたんですよ。こちらにはじめて越してきたとき、スカロワーで家を借りました。そのころ、アギーとアンドリューはそこでホテルをやっていて、マーティンはバーで働いてました。彼はわたしを笑わせてくれた。ふたりでデートに出かけるようになって……気がつくと、結婚して、妊娠してました」

「いまの生活が、あっているみたいですね」

「ええ、ほんとうに最高です。こういうところで教えるのは、いまでもまだいろいろと大変なことがありますけど、わたしが教育実習で教えた学校のことを考えると、どうってことありません。それに、マーティンは事実上、〈ヘリング・ハウス〉のカフェとレストランを取り仕切っています。ベラはほとんど口をはさまないんです」

「彼女とは、上手くいっていますか？」ペレスはたずねた。

ドーンは肩をすくめた。「ふだん、あまり接する機会がないんです。彼女は自分が地域社会に根をおろしているという印象をあたえたがっていますけど、実際には、ほとんどこちらにはいません。ベラとアギーは幼馴染みですけど、いまの彼女が郵便局にきてアギーに話しかけるときの口調は、まるで召使かなにかを相手にしているような感じです。さもなければ、すごく恩着せがましい態度をとるので、そばで見ていると吐き気がしてきます」

「彼女はあまり気配りが得意ではないようですね」

その声の調子から、ドーンは彼がなんのことをいっているのか察したようだった。じつに頭の切れる女性だ、とペレスは思った。どんなことでも、いちいち説明してもらう必要はないのだろう。彼女の授業では、生徒たちはなにも見逃してもらえそうになかった。

「それじゃ、美術教室でわたしが彼女にこきおろされたことを、お聞きになったんですね」

それを誰から聞いたのか、彼女がたずねずにいてくれることをペレスは願った。「捜査の過程では、さまざまなことが浮かびあがってきますから」

「あのときは、彼女のほうがすこし馬鹿みたいに見えただけでした」ドーンはいった。ペレスに背中をむけ、しゃべりながら、ホワイトボードになにか書きつけていく。ペレスは彼女の顔を見たかった。話すときの表情を見て、心のうちを推し量りたかった。「あれは素人の展覧会でした。ちょっとしたお楽しみです。どうして彼女は、あんなに本気になったのかしら？」

「あなたは、どうしてだと思いますか？」

「見当もつきません。もしかすると、彼女はそう見せかけているほど、自信満々ではないのかもしれません。わたしたちの欠点をあばくことで、偉大な芸術家という印象をあたえる必要があったのかも。そんな必要、どこにもなかったのに。わたしたちはみんな、自分たちが彼女の足もとにもおよばないことを知っていますから」

「彼女はそれがあなたの絵だとわかっていたと思いますか?」

ドーンがマーカー・ペンをおき、ペレスのほうにむきなおった。「ええ、わかっていたはずです。ある晩、わたしはアリスを寝かしつけたあとで、丘にいってあの絵の下絵を描いてました。すると突然、気がつくと彼女がうしろにきていて、肩越しにその下絵をのぞきこんでいたんです」

「そのとき、彼女はなにかいいましたか?」

「とくには、なにも。たしか、またなにか嫌味なことをいっていたような気がします。主婦業をひと休みして趣味をもつのはいいことだ、とかなんとか」ドーンはここで言葉をきった。「馬鹿みたいに聞こえるのはわかっていますけど、ときどき思うんです。ベラはわたしに嫉妬してるんじゃないかって。わたしには家族がいます。義理の母親とも、たいていは上手くやっている。さっきはあんなふうにいいましたけど、アギーはとてもいい人です。ベラは孤独を感じることが多いんじゃないかしら。あの広い屋敷をひとりでもてあまして」ドーンはためらった。「学校ではまだ誰にもいってないんですけど、二週間ほどまえに、ふたりめの子供をさずかったのがわかったんです。すごくわくわくしています。しばらくまえから努力していたので。ですから、ベラがわたしの絵をまえにして意地悪な六歳児みたいにふるまったからといって、くよくよ悩んでなんかいられませんでした」

「おめでとうございます」サラは一度妊娠したことがあり、ペレスもやはり、すごくわくわくしていた。やがて彼女が妊娠後期で流産したときには、世界の終わりみたいに感じられた。そして実際、それをきっかけに、かれらの結婚生活は終わりへとむかいはじめたのだった。

「どうも」そうこたえるドーンは、大きくにっこりと笑わずにいられないようだった。

「ロディはベラにとって、わが子のような存在だと思いますか？」ペレスはたずねた。

「そうかもしれません。でも、あまり自慢できる息子じゃありませんね、でしょ？」

「たいていの人は、彼が息子なら自慢に思うでしょう」

「ロディは素晴らしい音楽家です」ドーンがいった。「そして、聴衆を惹きつけることができる。彼の演奏を聞いた人は、すぐに彼のとりこになってしまうんです」

「あなたを怒らせるようなことを、彼はなにかしでかしたんですか？」

「とくには、なにも。ここに戻ってくるたびに、うちの夫をべろんべろんに酔っぱらわせることをのぞけば。前回はそれがアリスの誕生日とかさなったので、マーティンは娘のパーティに出られませんでした」

それはマーティンが悪いのだとは思わないか、とペレスはたずねたかった。ロディ・シンクレアは、なにも彼を縛りあげて、喉に酒を注ぎこんだわけではあるまい。だが気がつくと、彼はドーン・ウィリアムソンに対して、すこし畏敬の念をいだいていた。妊娠と、彼女がベラの罵詈《ばり》にまったく動じていないという事実が、そういう気持ちにさせるのだろう。そもそも、これが今回の捜査となんの関係があるというのか？　始業のベルが鳴った。生徒たちが校舎になだれこんできて、教室のドアのまえでぺちゃくちゃおしゃべりしながら列を作った。

「すみません」ドーンがいった。「あまりお役にたてなかったみたいで」

「こちらこそ、仕事の邪魔をして申しわけありません」

　ドーンが子供たちに合図を送ったにちがいなく、かれらは列をなして教室にはいりはじめた。ドアがふさがれたため、ペレスは全員がそれぞれの机につくまで、しばらく待たなくてはならなかった。ドーンと握手をして出ていきかけたところで、声をかけられた。

「フランによろしくお伝えください」ドーンがいった。「彼女は素晴らしい先生です。あの展覧会、すごくよかったですわ」

　ドーンはかれらの関係についてどの程度知っているのだろう、とペレスは思った。フランはどこまで話しているのか？

「オープニングには、いらしたんですか？」ペレスは彼女の姿を目にした記憶がなかった。

「まだあまり人がこないうちに、見てまわりました」

「亡くなった男性を見かけましたか？」

「そんなこと、わかるわけないじゃないですか」子供たちがそわそわしはじめていた。これから出席をとって、朝礼に出ることになっているのだ。もしかすると、それでドーンの返事は、すこしぶっきらぼうに聞こえたのかもしれない。仕事に専念できるよう、はやくペレスにいなくなってもらいたいのだ。

「いきなり泣きだして、ひと騒ぎ起こした人物です」

「きっとそのまえに、わたしは会場を出たんでしょう」ドーンは机の引き出しに手を入れ、縦長で薄っぺらい出席簿を取りだすと、手にペンをもって、それをひらいた。「そういう場面は見ていませんから」

「家に帰る途中で、まだ外にいたのなら、あなたは彼が到着するところを目撃していたかもしれない。ほっそりした身体つきで、頭をそっていて、黒い服を着ていた男です」ペレスはドアのところに立ち、自分がもう帰ろうとしていることを伝えた。それに、自分が急いでいることを示すため、早口でしゃべった。この最後の点について彼女が返事をしても、時間はほとんどかからないだろう。

ドーンはじっと立ちつくし、出席をとろうかペレスの質問にこたえようか、迷っていた。

「見たような気がします。その男は車から降りてくるところでした」

「本人が運転していましたか？」

「いいえ。誰かの車にのせてもらってました」

「あなたの知っている人でしたか？」

「いいえ。運転していたのは若い男性でした。すごいおんぼろ車です。それから、いいえ、ナンバープレートは見ていませんし、車種はわかりません。たしか、白だったと思います。でも、泥だらけでした」

ドーンはペレスがもっと質問したがっているのを見てとったが、それをさえぎっていった。

からないと」

「すみません。ほんとうに、もうこれ以上お話しできることはないんです。それに、仕事にか

ペレスは廊下から彼女をながめていた。ドーンは生徒の名前を読みあげながら、ひとりずつに頬笑みかけていた。廊下の先のほうでは、すでにほかのクラスが朝礼のために集合しつつあった。ひげをたくわえた先ほどの男がピアノをひいていた。ペレスが車につくころには、生徒たちの最初の歌がはじまっていた。

ペレスは車でビディスタに戻った。まえの晩、殺された男の顔のスケッチが全国紙にいきわたるよう、テイラーが手配していた。被害者の身元が確認できるまで、捜査はまえに進めない、とテイラーはいった。ペレスはこの発言を、彼自身の無能さを示すものとして受けとめた。彼はこの二日間、小農場のキッチンで紅茶を飲んですごすのではなく、被害者の身元確認に専念すべきだったのだ。とはいえ、いまではテイラーも、この集落に住む人びとのことをくわしく知りたがっていた。

西にむかって車を走らせる。太陽が背後にあったので、運転は楽だった。すくなくとも、彼はテイラーに報告できるものを手にいれていた。被害者をのせてきたおんぼろの白い車だ。車をみつけるのは、サンディにやらせよう。それが彼の知りあいの車でないとしても、夜までには誰のものかわかっているだろう。

土地がやや傾斜していたので、ペレスは南からつづいている幹線道路と、そのむこうにあるビディスタを見おろすことができた。ビディスタの全住人の家が視界におさまっていた。桟橋

のところにある三つの小さな家、ベラの屋敷、そしてケニーが暮らしている小農場のスコールズ。すでに彼は、自分の近所の人たちよりもここの住人のことのほうを、くわしく知るようになっていた。そのとき、ケニーの妻エディスとまだ話をしていないことに気がついた。死体が発見されたとき、彼女は勤めに出ていた。おそらく、きょうもそうだろう。これでまた、テイラーの批判の矢面に立つことになりそうだった。

20

マーサは緑豊かなハッダーズフィールド郊外にある、王立診療所ちかくのコインランドリーの上のフラットに住んでいた。大学を卒業後、ここでひとり暮らしを満喫していたが、いまみたいなときには、不安をわかちあう同居人がいてくれたら、と思わずにはいられなかった。そんなのは杞憂だといってくれる人、あるいは、警察や病院に電話をかけるあいだ、いっしょにいてくれる人だ。きょうは木曜日で、依然としてジェレミーからは連絡がなかった。あすはリハーサルの最終日で、その晩から——もしくは、俳優たちの言い分がとおった場合、その日の午後から——出演者たちは週末休みで家に帰り、月曜日から巡業がはじまることになっていた。

これまで、ジェレミーがまったく手をくわえずに上演された演目は、ひとつもなかった。彼はいつでも最後の通し稽古を仕切り、さまざまな指示を出した。俳優たちでさえ、彼の不在を口にしはじめていた。リズという中年女性の常連俳優がいた。彼女はお楽しみと小遣い稼ぎのために、インターアクト教育劇団の舞台に出演していた。子供たちはすでに大学生になって家を出ており、旦那はどうやら死ぬほど退屈な男性らしかった。インターアクト教育劇団で俳優の仕事をしていると、ふたたび若くて無責任だったころの気分にひたれるのだろう、とマーサは考えていた。そのリズから、すでに質問が出はじめていた。

「ねえ、いったいジェレミーはどこに消えちゃったの？　あたしたち、きちんと出演料を払ってもらえるんでしょうね？」

金もまた問題だった。ジェレミーは当座の軍資金として現金で二百ポンドをオフィスにおいていったが、ヴァンの燃料費と劇団が巡業に出ているあいだの生活費を考えると、それだけではあまり長くもちそうになかった。

マーサはハッダーズフィールドから劇団のあるデンビー・デイルまで、ペニストーン線でかよっていた。車があったが、オフィスにいくときは使わないようにしていた。帰るまでに、いつ故障するかわからなかったからである。列車は樹木の茂る峡谷を抜けていった。いくつかある途中の小さな駅には、ごてごてした花の籠がぶらさげられていた。オフィスのはいっている織物工場についてみると、リズがすでにきており、インターアクト教育劇団のドアのまえで待っていた。彼女はマーサのあとからオフィスにはいってくると、こう切りだした。

「あなた、あたしたちになにか隠してるんじゃない？　ジェレミーは姿をくらましたんじゃないでしょうね？　たしか、まえにもやってるし」

「どういうこと？」

「あたしの聞いた話じゃ、彼は二十代の半ばまで、そりゃもう、まっとうな生活を送ってたらしいわ。結婚して、子供がいて。それが、ある朝、家族を捨てて、演劇の世界に飛びこんだの。なにもいわずに、家族のまえから姿を消してね。そのまえにアマチュア演劇のグループに参加して、それをきっかけに、芝居熱にとりつかれたらしいわ。あたし、まえからいってるのよ。ああいうアマチュア演劇のグループには、〝健康被害があります〟って警告書をつけとくべきだって」

「それはいつのことなの？」マーサは、ジェレミーの家に家族の影がまったくなかったことを考えていた。家族に関係のありそうな写真は、一枚もなかった。もっとも、彼があの浜辺の写真にうつっていた女性と結婚していたのなら、話は別だが。でも、いくらジェレミーでも、自分の子供の写真くらい、とっておくのでは？　これだから、俳優というのは困るのだ、とマーサは思った。いまのもきっと、リズの作り話のひとつだろう。俳優はみんな嘘つきで、自作自演したがるものなのだ。

「あら、ずっと昔の話よ」リズが言葉をにごした。彼女があやふやな知識しかもっていないのは、あきらかだった。「それに、いまとなっては、誰にもわからないんじゃないかしら。彼はまったく家族と会わないの。子供にさえね。きっと、もうすっかり大きくなってるはずよ。彼には孫がいる可能性だってある。考えてみると、ぞっとするけど」

「家族のことなんて、あたしにはなにもいってなかったけど」

「誰にもしゃべったりしないのよ。酔っぱらって、泣き上戸になるとき以外は。そうなると、いっぺんにあふれだしてくるの。まあ、すべてではないだろうけど。そんな状態になっても、彼が口にしないことがあるような気がするわ」リズはずっとドアにもたれかかっていた。「で、どう思う？　またしても彼はストレスに耐えきれなくなったのかしら？　あたらしい人生をはじめるために、どこかにとんずらしたとか」

「もちろん、そんなはずないわ。彼が住んでるのは持ち家よ。大きな財産だわ。それに、持ち物をすべて残して逃げだしたりはしないでしょ」

「あの家がめいっぱい抵当にはいっていたとしても、驚かないわね」

「アホらしい」だが、マーサはその口ぶりほど確信があるわけではなかった。帳簿に目をとおしていたので、彼女は学校側が教育水準局の監査に合格するためにどれくらい劇団に支払う用意があるのかを把握していた。だが、俳優とオフィスとミニバスにかかる費用は、決して小さくなかった。「これは、もうかってるビジネスよ。そして、ジェレミーはお金が嫌いじゃない。だから、きっと戻ってくるわ」

その日の午後遅く、全員がいなくなったあとで、マーサはひとりでオフィスにすわっていた。一日じゅう、俳優たちの質問をはぐらかし、ジェレミーから連絡があったふりまでしていた。彼は仕事の売りこみに出かけている。来週のはじめには戻ってきて、あたらしい巡業の計画を発表するだろう。リズがその説明をひと言も信じていないのがわかったが、彼女はなにもいわず、ほかのものたちは納得していた。

なにも問題ないみたいにふるまうことに、もはやマーサは耐えられなくなっていた。そこで、受話器を取りあげ——仕事の電話以外には使わないこと、ときつくジェレミーからいわれていたが、そのジェレミーはいったいどこにいるのか？——親友のケイトと話をした。

「町で一杯やらない？　店が混みあうまえに。仕事が終わってすぐはどう？」

ケイトは『ハッダーズフィールド・エグザミナー』紙の見習い記者だった。中年俳優の失踪など、ほかに誰も興味をもたないかもしれないが、ゴシップ好きな彼女なら、きっとマーサの不安に耳を貸してくれるだろう。すべてをぶちまけるだけで、マーサは肩の荷をおろした気分になれるはずだった。

「きょうの新聞、見た？」ケイトはウエスト・ヨークシアの地方紙よりも上のキャリアを目指しており、全国展開の高級紙を定期購読し、毎日目をとおしていた。

「いいえ」忙しくて、そんなひまなかったわ。突然、マーサは自分が不憫になった。このいまいましい公演を巡業に送りだすことで、手一杯だったのだ。

「警察が、ある男の身元をつきとめようとしてるの。どこか北のほうで死体となって発見された男よ。〝疑わしい状況〟ってあったから、殺されたってことね。で、その男の似顔絵が新聞に載ってたんだけど、それがあなたのボスにそっくりなのよ」

ケイトの声にはしのび笑いがふくまれていた。〝これって、すごい偶然じゃない〟といっているような感じだが、本気でそれがジェレミーだと信じているわけではないのだ。マーサはなにもいえなかった。気がつくと、ほとんど息ができなくなっていた。

なにかがおかしいことに、ケイトは気づいたにちがいなかった。「マーサ、どうしたの？」

「ボスのジェレミーだけど、彼、消えちゃったみたいなの」

「なんですって！　そこを動かないで。これからすぐにいくから」ケイトがただ友だちを支えるためにここにくるのではないことを、マーサは承知していた。彼女は一マイル先にある特ダネの匂いをかぎつけ、ほかの連中に気がつかれるまえに、自分のものにしたがっているのだ。

21

ロイ・テイラーをいらつかせ、そわそわと落ちつかない気分にさせているのは、捜査にまったく緊迫感が欠けているように思える点だった。やるべきことは山ほどあるのに、地元の連中ときたら、時間ならいくらでもあると考えているらしい。自分の管区だったら、テイラーは怒鳴りつけ、わめきたて、ただちに部下たちを行動に移らせていただろう。そして、そうやって鬱憤を晴らすことで、気分がよくなっていたはずだ。ここではかんしゃくを抑える必要があるとわかっており、それでいっそう、ぴりぴりといらだたしい気分になるのだった。

彼がビディスタについたとき、ペレスとおちあう約束の時間まで、あと十五分あった。だが、それでも相手がまだきていないことに、テイラーはいらだちをおぼえた。桟橋の現場からはテープが取り除かれており、すでに地元の人間が誰でも小屋にはいって、釣り道具をもちだせるようになっていた。ペレスの到着を待ちながら、釣りは自分にとって拷問のようなものだろう、とテイラーは考えていた。小さなボートに乗って、海に浮いているのだ。動きまわれず、静かにしていなくてはならない。そして、陸地を離れた途端に襲ってくるであろう吐き気。彼には耐えられそうになかった。動きたいがためだけに、水に飛びこんで逃げだすのがおちだ。そのとき、ペレスの車がすでに隣にとまっていることに気がついた。約束の時間よりも五分はやい。一瞬、テイラーはがっかりした。たとえ心のなかだけでも、難癖をつける口実があればよかったのだが。彼はペレスに愛想よくしなければならず、それが苦痛になっていた。

ふたりはしばらく、道路沿いの低い壁に腰かけていた。

「なにか報告することは?」ここでもやはりひねくれた考え方から、テイラーは成果がないことを期待しながらたずねた。彼にとっては、どんな関係も一種の競争であり、たとえ協力しあうのが仕事の一部であるいまのような場合でも、勝利をおさめたかった。前回の事件では、結局はペレスが地元の英雄になった。テイラーはおもてに出すつもりはなかったが、いまでも悔しさをおぼえていた。そうなるはずではなかった。突破口をひらいて事件を解決するのは、彼のはずだった。よそ者がやってきて、町をきれいに掃除する。子供のころにテレビでよく見た西部劇みたいに。テイラーの優秀な仕事ぶりは警察内部で広く知られていたが、それでもどうしようもなかった。テイラーはがきっぽくて情けない考え方だとわかっていたが、それでもどうしようもなかった。だが、事件はどれも競争の場であり、彼は毎回勝たなくては満足できなかった。

「ふたつほど」ペレスがいった。

「素晴らしい」テイラーは自分が満足していることを示すために、大きくうなずいてみせた。「被害者がここで車から降りるところを目撃したかもしれない証人をみつけた。車を運転していた人物を、サンディにつきとめさせている。それを目撃した女性が、被害者の顔にあったプラスチックの仮面についても情報をもっていた。彼女の話によると、仮面はミドルトンの日曜日のお茶会で、先週売られていたものかもしれない」

「日曜日のお茶会？」

しばらく考えてから、ペレスがいった。「イングランドでいうところの、村祭りみたいなものかな」

「リヴァプールには、あまりそういうのはなかった」自分にはどちらがより異質に感じられるのか、テイラーにはよくわからなかった――海に囲まれたこのさいはての地か、牧師館と自転車をのりまわすオールドミスとアヒルのいる池のそろったイングランドの村か。どこへいっても自分は故郷にいるみたいに心からくつろげたことがないな、とテイラーは思った。一度、マージーサイドに里帰りしてみるべきかもしれない。長い週末のあいだだけでも。それでどう感じるのか、確かめてみるのだ。ずっとそこに移り住むことを検討できるかどうかは、そのあとで考えればいい。

「きょうは、どんなふうに捜査を進めていくつもりだ？」テイラーはいった。おうかがいをたてないわけには、いかなかった。自分が責任者だということはさておき、この捜査を仕切るのはペレスだった。ここは彼の管区なのだ。それに、誰から順番に話を聞いていこうと、もうどうでもよくなっていた。とにかく彼は、行動に移りたかった。

ペレスがためらっていたので、テイラーがかわりに決断を下した。我慢できなかった。

「例のアーティストに会いにいこう。ベラ・シンクレアに」これまでに聞いた話を総合すると、どうやら彼女が事件の中心にいるようだった。巣の中央に陣取る太ったクモだ。被害者は、殺される直前に彼女のパーティにきていた。そして、パーティに人をこさせまいとする活動にかかわっていた。ベラ・シンクレアがほんとうにこの男を知らないとは、とても信じられなかった。

反応を求めて、テイラーはペレスのほうを見た。もしかすると、求めていたのは彼の承認だったのかもしれない。テイラーが自分の部下たちに期待するのは、それだった。それがいちばんですね、ボス。だが、ペレスが本当はなにを考えているのかは、決してよくわからないだろう。ようやくペレスが腕時計に目をやり、笑みを浮かべていった。「いいんじゃないかな?」そして、つづけた。「ちょうど、起きだしてくるころだろう。あと一時間もしたら、ロディ・シンクレアとも話ができるかもしれない」

もしもひとりだったら、テイラーはすこしでもはやく目的地につこうと、車を使っていただろう。だが、ペレスが道路を歩きはじめたので、彼もあとにつづいた。歩きながら、ペレスがゆったりとした口調で、ざっと説明していった。

「これは郵便局を兼ねた店だ。アギー・ウィリアムソンがやってる。彼女の結婚前の旧姓はワットで、ビディスタで育った。息子のマーティンは、パーティの晩に〈ヘリング・ハウス〉で働いてた。被害者が車から降りるところを目撃したかもしれないと考えているのは、マーティンの妻のドーンだ」

テイラーは熱心に耳をかたむけ、頭のなかに細かい点をとどめておこうとした。ここで事件を解決しようと思ったら、こうした情報をしっかりと把握しておく必要があった。あとで書きとめるつもりでいたが、こうして集中して記憶することで、この事件の関係者がよりいっそう身近に感じられた。彼はこれらの人びとを、自分の家族や友人よりもくわしく知らなくてはならなかった。自分の人生の一部としなくてはならなかった。ペレスはすでにかれらをよく知っており、そのぶん優位に立っていた。

説明がつづいた。「通りのいちばん端の家は、ワイルディングというイングランド人の作家が借りてる。ピーター・ワイルディング。彼もパーティにきていた。話をしたが、なにも見たり聞いたりしていないそうだ。とはいえ、ほとんどの時間を、あの窓から外をながめてすごしているらしい」

ペレスが言葉をきった。

「彼の話を信じていないのか？」テイラーはたずねた。

「わからない。あの男には、どこかおかしなところがある。たんに個人的に虫が好かないだけかもしれないが。どことなく、ぴりぴりしてるんだ」

「どんなジャンルの作品を書いてるのかな？」

「ファンタジーだそうだ」

「つまり、フィクションってことだな。架空の物語だ」テイラーはフィクションの存在理由がよくわからなかった。彼が本を読むとしたら、歴史関連の本か自叙伝だった。なにかを学んでいると感じるのが好きなのだ。それなら、ただ時間を無駄にすることにはならない。ピーター・ワイルディングの家のまえをとおりすぎるとき、テイラーは窓のほうを見あげて、そこに男の上半身と顔があるのを認めた。黒い髪。やせてむっつりとしたタイプが好みなら、ハンサムといえそうな顔立ち。男は窓に面した机にすわっていたが、外を見てはいなかった。集中していて、心ここにあらずといった感じだった。こちらの存在に気づいていないのだ、とテイラーは悟った。となると、あまり理想的な目撃者とはいえなかった。ペレスもおなじ懸念を抱いたのだろうか？　テイラーは確認のために、こっそりペレスのほうをうかがった。だが、ペレスはまったく別のところを見ていた。海のほうを。

「あれはケニー・トムソンのボートだ」ペレスがいった。「しばらくは彼から話は聞けないだろう」

テイラーはベラ・シンクレアの家に感銘を受けた。富と贅沢のひけらかしに心を動かされてなるものか、そのふたつを自分は軽蔑しているのだ、と自らに言い聞かせていたものの、心の奥底では羨望の念をおぼえていた。この屋敷、この眺望が自分のものなら、最高だろう。ときおりテイラーは、ふと気がつくと、家をテーマにしたテレビ番組を見ていることがあった。例のどうしようもない模様替えの番組ではない。あの野暮ったい装飾。お手軽にすませた修復。

数日でばらばらになるとわかる手造りの家具。彼が好きなのは、そういう番組ではなく、大がかりな建築計画、見事に甦ったフランスの大邸宅、素晴らしい集合住宅に改造された織物工場や倉庫を取りあげた番組だった。もしもリヴァプールに戻ることがあれば、彼はふたつある大聖堂のちかくのテラスハウスに住みたかった。そのあたりはトックステスの大暴動の現場となったところだが、そんなふうに荒れていたころでさえ、あの一帯の優雅さはじつに印象的だった。

ペレスが呼び鈴を鳴らし、ふたりはしばらくそこに立って、なかに入れてもらうのを待った。ペレスは両手をポケットに入れ、すこしまえかがみになっていた。テイラーは意識して背筋をのばした。召使のような人物に出迎えられても彼は驚かなかっただろうが、ドアがあいた瞬間、相手が家の主にちがいないということがわかった。彼女には、それだけの風格があった。

「ジミー」ドアをあけた女性がいった。「今度はなんの用なの？　ちょうど仕事に取りかかろうとしてたんだけど」絵の具の飛び散ったゆったりとしたブルーの上っ張りにジーンズという恰好で、首には幅広の銀のチョーカーをはめ、それとおそろいのイアリングをつけている。

ペレスはその質問に直接こたえなかった。彼がこの女性を好きではないことが、テイラーにはわかった。どうしてわかったのかは、謎だった。ペレスは完璧に礼儀正しい態度をとっていたのだから。

「こちらは、インヴァネスからきたロイ・テイラー主任警部です」ペレスがいった。「今回の捜査を指揮しています」

女性がテイラーのほうをむいて、じっとみつめた。子供がすごく太った人とか奇形の人をみつめるときのようなまなざしで、率直かつ好奇心にあふれていた。

「スタジオにいきましょう。そこで準備をしながら話せばいいわ」

スタジオというのは角の寝室のひとつで、テイラーが想像していたような巨大ななにもない空間ではなく、やや雑然としていた。窓がふたつあり、北側の窓は丘に、西側の窓は海に面していた。天井に届きそうなくらい背の高いヴィクトリア朝の整理だんす。下のほうの引き出しのひとつが半分あいており、大量の白い紙が見えていた。たたんで壁に立てかけてある画架。それとは別の壁には、取りつけられたばかりのように見える鋼鉄製の流し。彼女はこれみよがしに仕事の準備を進めていったが、テイラーの目には、あまり集中しているようには見えなかった。これは自分の時間がいかに貴重かを訪問者たちに印象づけるためのものなのだ。だが、そのじつ彼女は、かれらがここにきた目的をひどく知りたがっていた。

「なにか進展があったのかしら?」ベラ・シンクレアがたずねた。「あのかわいそうな男性が何者か、もうわかったの?」

部屋のなかですわるところはひとつしかなく——座席の下に引き出しのついた、流木で作ったシェトランド椅子だ——そこにはすでに黒と白の模様の猫がまるくなっていた。全員が立ったままだったので、会話はぎごちなく、せかされているような感じがあった。まるで、通りでばったり出くわし、すれちがおうとしている人たちのようだ。

「その男は、あなたの展覧会が中止になったといううわさを広めるのに、ひと役かっていたと思われます」テイラーはいった。「あかの他人なら、ふつうそういうことはしないでしょう」

ベラが好奇心いっぱいのまなざしのまま、テイラーをみつめた。

「もうジミーには説明したけど、あたしはあの男を知らないわ」

「では、どうして彼はそんなことを？」テイラーは食いさがった。「わたしには、恨みを抱いた人物がとりそうな行動に思えますが」

「その男が恨みを抱いていたのなら、その相手はあたしではなかったんじゃないかしら」

「というと？」

「これは、あたしだけの展覧会じゃなかった。共同プロジェクトよ。新進アーティストと組んでいた――フラン・ハンターと」この会話のあいだ、彼女がずっとペレスのほうを見ていないことに、テイラーは気がついた。彼が気がつくように、仕向けていたのだ。

ベラがつづけた。「フランはイングランド人よ。あの謎の男も、イングランド人じゃなかったかしら。だとすると、彼女のほうが、あたしよりも彼を知っていそうなものだけど」

ここでペレスが口をはさんだ。「フランは男を知っているようなそぶりをみせていましたか？」

「彼女が男に気づいていたかどうか……。彼女、ピーター・ワイルディングと話をするのに夢中になってたから」

沈黙がながれた。この気まずさの原因が、テイラーにはよくわからなかった。ペレスはなにを隠しているのだろう？

「ロディはいますか？」ペレスがたずねた。「テイラー主任警部は彼とも話をしたいでしょうから」

「ロディはきょう出発するわ」ベラがいった。「はじめから、みじかい滞在の予定だったの。来週はオーストラリアにいくの」

「彼がいなくなると、寂しくなるでしょうね」ペレスが本気でそういったのかどうか、テイラーには読めなかった。ベラをあざけっているようにも聞こえたが、ベラはすなおにこたえた。

「ええ、寂しくなるわ。つぎにあの子がいつ帰ってくるのか、わからないし。あの子は帰郷するたびに、ここに違和感をおぼえるようになっているみたい。あの子にとっては、シェトランドから離れているときのほうが、シェトランド人でいるのが楽なのかもしれない」

「彼はいまどこに？」ペレスがたずねた。

「荷造りをしてたけど、出ていくのが聞こえたような気がするわ」ベラが言葉をきった。「墓地かもしれない。ときどき、あそこへいくの。たいていは出発の直前に、父親に別れをいうために」

22

ロディ・シンクレアは、ベラがいっていたとおりの場所にいた。墓地は吹きさらしで荒涼としており、海のすぐそばなので、風の強い日には波しぶきでびしょぬれになり、海鳥もよく飛来してそうだった。テイラーはここを終《つい》の住処にしたいとは思わなかった。墓石の大半はすごく古くてへりが欠けており、乱杭歯のように見えた。ロディは墓石からすこし離れた低い空積みの壁のそばに立っており、海をながめていた。鮮やかな黄色のスウェットシャツの背中には、アルバムのジャケットからとったとおぼしき絵柄がついている。テイラーはすぐに彼がわかった。しなやかな金髪。にこやかな笑み。どこへいっても人に知られているというのは、どういう気分がするものなのだろう？

北側の浜辺で、若い男が子供と遊んでいた。女の子の両手をもち、身体をふりまわしている。遠く離れていても、女の子の笑い声が聞こえた。ペレスが小声で、あれは〈ヘリング・ハウス〉でシェフをしているマーティン・ウィリアムソンだ、といった。一瞬、テイラーはそちらに注意を奪われた。ここにも容疑者がまたひとり。さぐりを入れる必要のある人生がまたひとつ。ロディはこの会話がまったく耳にはいっていない様子で、そのまま思い出にひたっていた。テイラーに声をかけられて、はじめてふり返った。

「お邪魔して申しわけありません」ここは下手に出るのがいちばんだろう、とテイラーは考えた。彼がはじめてロディ・シンクレアを見たのは、テレビのトーク番組でだった。サッカーの試合中継を探してチャンネルを回していたときに、なんとなく会話にひきこまれたのだ。若者は打ちあけ話をしていると観客に錯覚させるようなしゃべり方をしていた。二カ月後、彼はふたたびテレビに登場した。今度はドキュメンタリー番組だった。テイラーは有名人になることにあこがれていた。あんなふうに注目を浴び、さまざまな役得と贅沢を享受できるというのは、ひじょうに魅力的だった。そして、不本意ながら、有名人に魅了され、すこし畏怖の念さえ抱いていた。

「こちらはテイラー主任警部だ」ペレスがいった。「桟橋で男が殺された事件の捜査を指揮している。あまり時間はとらせない」

「かまわないよ」若者が頰笑んだ。テイラーの目には、実際の年齢よりもずっと若く、少年のように見えた。まだ酒を飲んだり、車を運転したりできないくらいの男子生徒だ。彼のCDを買う人びとにとっては、それが魅力の一部なのかもしれなかった。「ときどき、ここに親父に話をしにくるんだ。馬鹿みたいだろ?」

「仲がよかったんですか?」

「ああ。ぼくはひとりっ子だった。そのせいもあるのかもしれない。それに、親父は長いこと病気だった。あまり仕事にいけなかったから、お袋よりも家にいる時間が長かった。本をたくさん読んでくれたよ。いっしょに演奏もした」

「お父さんの仕事は?」

「石油会社で、技師として働いてた。シェトランドに戻ってくるまえは、すこしばかり旅してまわってた。たいていは中東を。親父が皮膚癌になったのはそのせいだ、って考えてる人もいる。すごく肌が白かったんだ。診断が下されたころには、癌はもう転移してた。しばらくは元気そうだった。昔とまったくおなじで、すごく長い休暇を取ってるような感じだった。それから、ひどく衰弱して、やせ細った。でも、いよいよ最期ってときになるまで、とりあえずいっしょに遊ぶことができた」

自分もこんなふうに父親との時間を愛情をこめて思いだすことができたらよかったのだが、とテイラーは思った。ふたたび浜辺にいる父娘に目をやる。ひき潮で、たいらできめ細かな砂浜がひろがっていた。父親は赤い箱形凧を組み立てて、空に飛ばそうとしていた。かれらが見守るなか、父親は娘に糸を渡してうしろに立ち、凧をコントロールするのを手伝っていた。

「マーティンは最高の父親だよ」ロディがいった。「そのときがきたら、ぼくもあれくらい上手くやれたらいいんだけど」

昼メロに出演している脚線美の女優の姿が、ふとテイラーの脳裏に浮かんだ。たしか、ロディが彼女とデートしていてプロポーズまでした、という記事があったのでは？　アバディーンの空港で霧が晴れるのを待っていたときに手にしたタブロイド紙に、写真が載っていた。ふたりともあきらかに酔っぱらっており、ナイトクラブからよろめきながら出てくるところだった。そのふたりがシェトランドの吹きさらしの浜辺で幸せな家族を演じているところは、なかなか想像できなかった。

ロディはテイラーのそんな気持ちを読みとったのかもしれなかった。「いますぐ腰を落ちつけようってわけじゃないんだ。親父は若くして亡くなっただろ。ぼくも早死にするんなら、そのまえに人生を満喫しておきたいからね」間があく。「親父がここに埋葬されて、よかった。ラーウィックよりもビディスタのほうが、いつだってぼくにはわが家みたいに感じられてたから」

「ベラといっしょに暮らすようになるまえから、ビディスタにはよくきていたんだ?」ペレスが、例によってためらいがちに質問をした。口をはさみたくはないが、すごく興味があるのであえてそうした、とでもいうように。テイラーは邪魔されて、すこしいらついた。この事情聴取は、彼が仕切っているのだ。

「ああ。ぼくはあまりあつかいやすい子供とはいえなくてね。元気があり余ってた。ほとんど眠らなかった。親父の面倒をみなくちゃならなかったお袋にとっては、楽じゃなかっただろう。それで、週末と休日は、たいていベラの家にきてた。最高だったよ。いつだって、なにかが起きてた。いろんな人が泊まってた。画家。ミュージシャン。ぼくがパーティの魅力にとりつかれたのは、このときだったのかもしれない。それに、ぼくは注目の的で、いつもちやほやされてた。手品のすごく上手い男のことを覚えてるよ。ぼくだけのために、手品のショーをやってくれたんだ。帽子からウサギを取りだしたり、カードのトリックをやったり、なんでもありだった。あとで気づいたけど、ぼくのためというより、ベラのためだったんだな。連中はみんな、ベラを喜ばせたがってたから。でも、そのときは、とにかく最高だった。ここには、町では絶対に味わえない自由があった。ベラは寝る時間や食事の時間にすごく甘くて、ぼくは好きなだけ歩きまわれたし」

「そのあとで現実の生活に戻るのは、つらかっただろうな」ペレスがいった。

「まあね。それ以来、ずっとそのときの魔法を追体験しようとしているような気がする」ロディが自嘲気味の笑みを浮かべた。「いまだに、それに匹敵するものにはめぐりあえていないけど」

「ベラは訪問客の誰かと真剣につきあっていたのかな？」

「真剣につきあってたってことは、絶対にないね。もちろん、寝てたのかもしれないけど、その点についいては、よくわからないな」

「お母さんとは、よく会ってるのかな？」ペレスがたずねた。

「最近じゃ、上手くやってるよ。もっと若いころは、お袋にすごくつらくあたってた。悲しみをぶつけてただけかもしれない。どうしてお袋が別の男とくっつくことができるのか、理解できなかったんだ。ぼくと義理の父親とのあいだは、いまでもちょっとぎくしゃくしてる。でも、お袋のために、おたがいどうにか礼儀正しくやってるよ」

「亡くなったイングランド人ですが」テイラーはいった。「あなたの叔母さんの展覧会を妨害しようとしたのは、その男だと思われます。彼がそんなことをした理由に、心当たりはありませんか？」

「まったくないね」

「叔母さんに敵はいない？」

「袖にした取り巻きなら、大勢いるけど」ロディがいった。「ベラは昔から男にもててた。さっきもいったとおり、ぼくが子供のころ、ビディスタには彼女にべた惚れしていると思いこんだ男どもが、大勢押しかけてきてた。にきびづらの学生から、いい年した真面目な知識人まで。すごく面白かったよ。子供にとっちゃ、大人が馬鹿を演じる以上に楽しめることはないからね。

いままでも、ベラのまわりには人が集まってくる。ベラのほうも、そうやって注目されるのを楽しんでるけど、ときどき、彼女はすごく孤独なんじゃないかって思うことがある。でも、この先もベラが結婚して身をかためることはないだろうな」

「最近の取り巻きは？」

「ぼくの知るかぎりじゃいないけど、しばらく帰ってなかったから、知らないだけかもしれない」

「本人は、なにもいってませんでしたか？」

「たとえば、髪がなくて、みんなのまえでよく泣くイングランド人の男につきまとわれているとか？　いや、警部さん。それに、たとえそんなことがあったとしても、ベラは殺さなくても、そいつをおっぱらえただろう。有無をいわさぬ強さがあるから、暴力に訴えなくても、自分の意志をとおせるんだ」

浜辺では風向きが急に変わったらしく、凧がくるりと回って砂浜に激突した。女の子が糸を放して、凧のほうへとかけていった。両手をひろげ、凧が墜落したときのジグザグの動きを真似ている。ケニー・トムソンのボートが岸にむかって戻ってこようとしていた。

ロディがつづけた。「パーティでの騒ぎがベラを傷つけるためのものなら、あまり成功したとはいえないんじゃないかな？　あれで展覧会がぶち壊しになったわけじゃない。ベラのロンドンの友だちは全員きてたし、連中は騒ぎに関係なく批評を書くだろう。絵はそれぞれの画廊に戻される。あれはただの意思表明にすぎなかった。拍子抜けもいいところだ」ロディがふたたび頬笑んだ。「パーティの中止を告げるちらしの黒幕としてペレス警部に疑われていたみたいだけど、ぼくが展覧会を妨害しようと思ったら、もっと上手くやってたよ」

「叔母さんの話では、シェトランドを発つ予定だとか」

「今晩のフェリーに乗るつもりだったけど、もう無理そうだな。支度が間に合うとは思えない。荷造りをはじめたものの、急になにもかも面倒くさくなって、ここにきたんだ。それとも、まだ時間はあるかな。船のほうが好きなんだ。だめだったら、朝いちばんの飛行機に乗るよ。それなら、あとひと晩ビディスタにいることになるから、ここの人たちにきちんと別れをいえるだろう」

「なにか急用で本土へ？」

「もちろん、いつだって仕事が待ってる。けど、それよりも、ここにとどまる理由がないってことのほうが大きいかな」

この若者は老人みたいな口をきくな、とテイラーは思った。ひどく醒めていて、なげやりなところがある。ロディは壁にもたれかかり、さらに質問されるのを待って、ふたりの刑事を見ていた。テイラーは、これ以上訊くことを思いつかなかった。

「質問がもうないなら」ロディがいった。「荷造りのつづきをするよ」返事を待たずに壁の切れ目をかけ抜け、草の斜面を浜辺のほうへとおりていく。かれらが見守るなか、ロディは波打ちぎわを走っていき、ウィリアムソン父娘に合流した。そして、女の子をもちあげて肩車をすると、三人でいっしょに家のたちならぶほうへと歩いていった。

テイラーがふり返ってみると、ペレスはある墓石のそばに立っていた。

「これがそうだ。ここに彼の父親が眠っている」

墓石は、ほかのものほど風雨にさらされてくたびれているようには見えなかった。刻まれている文句がまだ鮮明に残っており、簡単に読むことができた――〈アレキサンダー・イアン・シンクレアのあまりにも若すぎる死を追悼して〉。

おなじことが死体仮置場のテーブルに横たわるあのイングランド人にもいえるな、とテイラーは思った。もっとも、彼のために嘆き悲しむものは、まだ誰もいないようだが。

23

ロディ・シンクレアとのやりとりをどう考えたらいいのか、ペレスにはよくわからなかった。ある意味では、犯罪者としゃべるのに似ていた。警察に何度も尋問されているのでやり方を心得ている、年季のはいった前科者を相手にしているような感じだ。ロディはマスコミから具合の悪い質問をぶつけられ、それをかわす経験を積んできていた。自分がどういう印象をあたえたいのかわかっており、話に一貫性があった。フランはこのミュージシャンと何度か会っていたが、それでも彼のことをほんとうに知っている気がしない、といっていた。もしかすると、本人もマスコミの大騒ぎで、自分の本当の姿を見失っているのかもしれない。テイラーがあの場にいたのは、残念だった。ロディはもっとなにかいいたかったのに、テイラーの直接的な質問に邪魔されて思いとどまった、という気がした。

「これからエディス・トムソンと話をしてくる」ペレスはいった。ふたりは桟橋にとめてある車にむかって、道路を歩いて戻るところだった。「ケニーの奥さんだ。あの晩、〈ヘリング・ハウス〉のパーティにはきてなかったが、家にいたから、なにか見てるかもしれない。それに、ベラのことを何年もまえから知っている」

「老人ホームで働いてる女性じゃなかったか？」

「介護センターだ」ペレスはいった。「そこで話を聞こうと思っている。いっしょにくるか？」

「ふた手にわかれたほうが、理にかなっているだろう」テイラーがいった。「わたしはここに残って、もうすこしこの土地の感触をつかむことにするよ。マーティン・ウィリアムソンと話ができるかもしれないし」

ペレスは相手の声に動揺の色を認めた。テイラーは老人や身体機能の衰えた人と会うのが好きではないのだろう。自分もいつかは死ぬということを、思いださせられたくないのだ。ペレスはひとりでエディスと話をする機会ができて、ほっとしていた。ケニーといっしょにいる彼女と何度か会ったことがあるが、自負心が強く、物怖じしない女性のようだった。テイラーの直接的なやり方とは、そりがあわないかもしれない。

介護センターは、はじめからその目的のために建てられた平屋で箱形のモダンな建物で、長い窓からは入江の先の海まで見晴らすことができた。おもてに車椅子用の昇降機がついた特別仕様のミニバスと職員の車が数台とまっていた。建物にはいると、ペレスはいきなり熱い空気と、こういう施設につきものの消毒液と床磨きの匂いにつつみこまれた。その下には、案外おいしそうな料理の匂いもしていた。まだ十一時半だったが、食堂のテーブルにはすでにランチの用意がしてあり、ナイロンのつなぎ服を着た女性が明るい色のプラスチックのコップに水を注いでまわっていた。女性がちらりと顔をあげ、ペレスに頬笑みかけた。正面玄関をはさんで反対側には長い窓のある社交室があり、壁に沿ってぐるりとおかれた背もたれの高い椅子に人びとが腰かけていた。何人かは居眠りしているようだった。テーブルで三人の男がカードをしていた。ビディスタにあるいまのピーター・ワイルディングの家でかつて暮らしていたウィリー・ジェイミーソンを見かけたような気がして、ペレスは手をふってみた。だが、その老人はペレスのほうをぼんやりとみつめ返しただけだった。

「なにかご用でしょうか？」

エディス・トムソンがうしろに立っていた。黒いパンツにブルーのコットンのブラウスという服装は、こざっぱりとして、プロらしく見えた。ペレスが誰だかわかっていないのはあきらかで、その声は礼儀正しかったが、ややよそよそしかった。ペレスは手をさしだした。

「ジミー・ペレスです。ビディスタで起きた殺人の件で」

「ああ、そうよね。ジミー」相手の正体がわかって、エディスはすこしリラックスしていた。これは仕事関係の訪問ではなかった。彼は利用者の親戚でも、ソーシャルワーカーでもないのだ。「それじゃ、殺人と断定されたのね？」

「不審死としてあつかっています」

「うちの人もかわいそうに」エディスがいった。「死体をみつけて、すごく動揺してたわ。それから、その死体がローレンスかもしれないと考えはじめたりして」

彼女は夫とちがって、ストレスを感じてはいないようだった。彼女なら、こちらの質問にてきぱきと効率よくこたえてくれるだろう。だが、ペレスはそういう直接的なやり方があまり役にたつとは考えていなかった。人は会話の主導権をあたえられると、より多くの情報を提供してくれるものだ。そうすると、その人の偏見が垣間見えたり、避けたいと思っている話題がわかることがあった。

「ここで働くのは、面白いでしょうね」ペレスはいった。「いろんな人から、いろんな話が聞けて」

「それを記録に残しておこうとしてるの。博物館にテープを保存して。ここの暮らしは急激に変わろうとしているから」

「あそこにいるのはウィリーじゃありませんか？　昔は通りで会えば声をかけあうくらいの仲だったんです。彼がビディスタに住んで、道路工事で働いたりしていたころには。でも、こちらのことがわからないようだった」

「調子の悪い日は、誰のこともわからないの」エディスがいった。「彼からもいろいろな話が聞けるけど、ときどき完全に支離滅裂になるわ。聞いてるほうはわけがわからなくて、彼はそれにすごくいらつくの。アルツハイマー病よ。すごく進行がはやかった。ほんとうに気の毒だわ。彼はいつだって溌剌《はつらつ》としていたし、保護住宅に移ったころでも、まだたいていのことはひとりでこなせていたのよ」

「あとで彼と話せますか？」

「もちろんよ」エディスがいった。「話し相手ができて、喜ぶわ」

「そのまえに、まずあなたにいくつか質問しなくてはなりません」

「ええ、どうぞ。オフィスにきてちょうだい。コーヒーは？」

オフィスはそこの主同様、きちんとしていて能率的だった。きれいにかたづいたブナ材の机とパソコン。背の高い書類整理戸棚。色付きの星で印がしてある壁の予定表。彼女とケニーの夫婦仲はどうなのだろう、とペレスは考えた。ケニーは妻が仕事で一日じゅう小農場を留守にしているのを、嫌がってはいないのだろうか？　エディスはおそらく夫よりも稼いでいるだろう。彼女はここのスタッフにするように、夫に対しても仕切ろうとするのだろうか？　隅の小さなテーブルにはフィルター式のコーヒーメーカーがあり、耐熱ガラスの容器に半分はいったコーヒーが保温されていた。エディスはそれをマグカップに注ぎ、ペレスに渡した。

「例のイングランド人が亡くなった晩のことを話してください」ペレスはいった。

「それがいつなのか、正確には知らないんだけど。ケニーが死体をみつけた日のまえの晩かしら？」

「彼は〈ヘリング・ハウス〉でパーティがひらかれた晩に亡くなった、とわれわれは考えています。でなければ、翌日の早朝ではないかと」

「話すようなことは、なにもないわ。お役にはたてません。パーティにはいかなかったので」

エディスは自分の机のうしろにすわって、両手を膝にのせていた。身がまえてはおらず、興味を示してはいたが、たいていの人が殺人事件の捜査にかかわることで感じるらしい興奮は、どこにも見られなかった。

「けれども、あなたの家からは浜辺までよく見えます。もしかすると、パーティを抜けだす人を見かけたのでは？」

「わたしは庭にいたの」エディスがいった。「毎年、今年こそは野菜をいっぱい育ててやろうと考えるんだけど、そのうち西風と塩で全滅しちゃうのよね。でも、いまでもまだあきらめていないから、草むしりと水やりをつづけているの。そこからだと、〈ヘリング・ハウス〉は見えないわ。そのあとで、家に持ち帰った仕事をすこしした。予備の寝室をオフィスにしてるの。介護センターにいるあいだに書類仕事をすべてすませていたら、ここの利用者の相手をする時間がなくなってしまうから。予備の寝室は家の裏手にあって、そこからだと丘くらいしか見えないわ」

「ケニーは、誰かが小道を屋敷のほうへかけていくのを見たような気がする、といってました」

「それじゃ、見たんでしょう。あの人は作り話をするような人じゃないから。それに、ケニーは丘にいた。あそこからなら、よく見えたはずよ」

「ローレンスが突然出ていった理由は、なんだと思いますか？」

いきなり質問の方向が変わったので、エディスは不意をつかれていた。すこし表情が曇った。

「ケニーの話だと、死んだ男がローレンスである可能性はないってことだけど」

「わかっています。興味があるんです。すごく劇的な行動に思えて。あんなふうにいきなりいなくなって、そのあと二度と連絡してこないなんて」

「芝居がかったことが得意な人だったから」エディスがいった。「やることが大げさなの。あのあとでしばらく時間がたつと、戻ってきづらくなったんじゃないかしら。自分がすごく馬鹿みたいな気がして」

「彼が出ていった理由について、なにか心当たりは？」

「ケニーは、すべてベラのせいだと考えたわ」エディスが顔をしかめていった。「たしかに、そうだったのかもしれない。でも、そもそもローレンスは、地に足のしっかりついた人というわけではなかった。彼に会ったことは？」

ペレスは首を横にふった。「ないと思います。ローレンスとベラは、つきあっていたんでしょうか？」

「よくは知らないわ。ベラは昔から魅力的な女性だった。すこしわがままだけど、男の人たちはあまり気にしなかった。もしかすると、ベラはローレンスに気をもたせていたのかもしれない。取り巻きをはべらすのが好きだったから」エディスが言葉をきり、にやりと笑ってペレスのほうを見た。「彼女、あいかわらずそうなんでしょうね」

ペレスはすこし考えてから質問した。「いま現在、ベラに取り巻きはいますか？」

エディスは肩をすくめた。「わかりっこないわ。彼女はすっかりお偉くなって、わたしたちとはつきあいがないから」

「でも、うわさが耳にはいってくるはずです」ペレスには確信があった。たとえいまではビディスタの住人とつきあいがなくても、ベラは話の種にされているだろう。そして、エディスの自尊心がうわさ話にくわわることを許さなくても、情報は介護センターの職員や彼女が世話する利用者やその身内をつうじて、自然と耳にはいってくるものだ。

「彼女とあのピーター・ワイルディングって作家のあいだにはなにかある、ってうわさになってたわ。彼はベラをおいかけて、ここまでやってきたとか、彼女のそばにいたい一心で、ウィリーが住んでた家を借りたとか」エディスがふたたびペレスのほうを見て、反応をうかがった。「なんだか、薄気味悪い行動に思えるわ。わたしなら、他人につきまとわれるのなんてごめんだもの」

「ベラがそれについてどう考えているのか、うわさではなんと？」

「男がそこまでしてくれて、喜んだって」エディスはそういうと、すこしのあいだ黙って考えていた。「ベラが本気で誰かとつきあうことができるかどうかは、疑問だわ。だって、そういう関係は、彼女にとっていちばん大切なものの邪魔になるだろうから」

「いちばん大切なもの？」

エディスがちらりと意地の悪い笑みを浮かべた。「ベラ・シンクレアその人よ。その作品と、その評判」

「そのなかで、ロディはどういう位置を占めているんでしょう?」

「彼はベラに自己満足を味わわせてくれる存在ね。それに、彼女の評判にとっても、決してマイナスにはならないわ」

「その言い方からすると、彼のことをあまり好きではないようですね?」

「それって、今回の事件と関係あるのかしら?」

「おそらくないでしょう。でも、あなたの意見に興味があるんです」

「彼は、なにもかも簡単に手にいれてきた」エディスがいった。「容姿、才能、金。若者にとって、それがいいことだとは思えないわ。彼はうちの子供たちのまえで、自分のもっているものをひけらかした。でも、これって嫉妬しているだけかもしれないわね。ケニーとわたしの場合は、なにを手にいれるにも懸命に働かなくてはならなかったから」

「ケニーの話では、ロディはあなたたちの娘さんと何度かデートをしたとか」

「ロディはいつだって女性を連れ歩かずにはいられないの。その点では、ローレンスとよく似てるわね。もっと可愛い娘があらわれて、うちの子は捨てられたわ。ほんとうに腹がたった」

「彼は子供のころに父親をなくしています。それに、ある意味では母親も」ロディは孤独なのだ、とペレスは思った。人気者みたいに思われているが、本当の友だちはひとりもいない。

一瞬、エディスは考えこんだ。「そうね」という。「アレックのことは、よく知らなかった。わたしがケニーと結婚したときには、すでにビディスタにいなかったから。でも、あなたのいうとおりだわ。あまりきつくロディにあたるべきではないのかもしれない」

「彼は父親が病気だったとき、ビディスタで多くの時間をすごしました。あなたのお子さんたちと、ちょうどおない年くらいだった。お子さんたちに、いろいろとみせびらかしていたということは、小さいころは、おたがいよく知っていたんですか？　彼が娘さんとつきあうまえから？」

「ロディはときどき小農場に遊びにきてたわ。うちの子供たちは、屋敷にいかせないようにしていたの。ロディの奔放なところを真似てほしくなかったし、ベラはしばしばあまり好ましくない人たちを泊めていたから。ウィリーが三人をボートでつれだしてくれることもあった」間があく。「子供たちは、みんなウィリーが大好きだった。彼はハーメルンの笛吹き男みたいな存在で、彼が家にいると、子供たちがまとわりついて離れなかった。さっきもいったとおり、彼はいろんなお話を知っていたの。自分の子供はいなかったけど、子供がまわりにいるのを楽しんでいた。ビディスタの子供のほとんどは、彼からボートの扱い方を教わったのよ。ケニーも子供のころ、彼につれられて海に出たといってたわ。ローレンスなんて、まだ歩けるか歩けないかのうちから、ボートに乗ってたそうよ」

オフィスのドアのむこうで、人が動きまわり、食器類がぶつかりあう音がしていた。

「ランチタイムだわ」エディスがいった。「一日のハイライト。ここを利用する人のなかには、食事のためだけにくる人もいるの。あなたもいっしょにどう、ジミー？　せめてスープの一杯くらい、食べていきなさいよ」

そういうわけで、気がつくとペレスは、ウィリー、グレタというダウン症の女性、それにエディスといっしょにテーブルを囲んでいた。ウィリーは、誰かほかの人にえらんでもらったような服を着ていた。介護センターのなかは暖房がよくきいているにもかかわらず、格子縞のシャツに厚手のセーターという恰好だった。その日の朝にひげをあたっていたが、あまりきちんと剃れていなかった。ふさふさとした縮れ毛には、まだ黒い髪がいくらか残っていた。

「いまはどこで暮らしてるんだい、ウィリー？」ペレスはたずねた。

ウィリーが顔をあげ、ペレスを見た。スプーンをもつ手が止まり、口もとがかすかにあいていた。

「わしはビディスタの男だ」

「でも、いま住んでるのは、そこじゃないでしょ」エディスがやさしくいった。「いまはミドルトンの保護住宅で暮らしてるのよね」ペレスのほうにむきなおる。「一日に二度、訪問介護の人がくるの」

ウィリーがまばたきして、スプーンを口もとにはこんだ。

「昔のビディスタの話をしてもらえないかな」ペレスはいった。「ボートをもってたんだろ？」

「〈マリー・テレーズ〉号だ」ウィリーが急きこんでいった。うつろでぼんやりしていた目が、生き生きとなった。「いい船だ。ビディスタのどの船よりもでかかった。魚がとれすぎて、箱をもちあげるのがやっとってこともあった」

「魚をとりにいくときは、誰といっしょに？」

「みんな、わしといっしょにいきたがった。男の子は、みんな。ケニー・トムソン、ローレンス・トムソン、アレック・シンクレア。女の子もだ。ベラ・シンクレア、アギー・ワット。もっとも、アギーは臆病な子で、みんなからさんざんからかわれていたが。ベラは船の上でも男の子とおなじくらい強かった。怖いもの知らずだった」ウィリーが遠くを見る目つきになった。ボートで海に出かけた真夏の夜のことを思いだしているのだろう、とペレスは考えた。笑いながら競いあっている子供たち。彼がついにもつことのなかった家族だ。

「子供たちとは、ずっと仲良くしてたんだろ、ウィリー？　みんなが大きくなってからも？」

ウィリーには聞こえていないようだった。彼は皿の上のロールパンをちぎると、それをスープにひたした。

「ロディ・シンクレアもいた」ウィリーがいった。「屋敷に泊まりにきたとき、魚をとりにいきたがった」

「それは、あとのことでしょ」エディスがいった。「ロディは、ケニーやローレンスよりも若いわ。その三人がいっしょにあなたと釣りにいくことは、なかったはずよ」

ウィリーはそれについて考えようとした。セーターの前身ごろに、パンからスープが滴《したた》り落ちた。エディスが身をのりだし、紙ナプキンで丁寧にそれをぬぐう。ウィリーは頭のなかの光景をはっきりさせようとするみたいに、かぶりをふった。

「イングランド人と友だちになったことは、ウィリー？」ペレスはたずねた。

ふいにウィリーが大きくにやりと笑った。「イングランド人と出かけるのはよかった。連中は食料をたっぷりつめこんだバスケットと缶ビールをたくさんもってきた。ときどき、あとで浜辺で火をおこして、魚を調理した。いつだってウイスキーのボトルがあった。あんたも覚えてるだろ、エディス？　ローレンスとわしで、イングランド人たちを魚釣りにつれてった夏のことを？」

「ローレンスがいつでも飲むのが好きだったのは、覚えてるわ」エディスがいった。

ウィリーがふたたびにやりと笑った。

「そのイングランド人たちの名前は？」ペレスはたずねた。

「ありゃ楽しかった」ウィリーがいった。「ほんとに、あのころはよかった」彼は食事に戻り、いきなりがつがつと食べはじめた。浜辺にこしらえた流木のたき火で、その日にとれたばかりの新鮮な魚を料理したときの味を、ふたたび思う存分味わっているのだろう。

ペレスはエディスのほうをむいた。ウィリーを現在に――はねちらかした食事と、つきることのないカードゲームからなるみじめな現在に――つれ戻したくなかった。「彼が誰のことをいっているのか、わかりますか？　ビディスタにくり返しきていたイングランド人は、いましたか？」

エディスは首を横にふった。「ウィリーは釣りをする観光客のために、自分の船をよく貸しだしてた。でも、くり返しきていた人は、記憶にないわ。わたしがビディスタにくるまえのことだったのかもしれない」

ウィリーがはっと夢想からさめた。「イングランド人が質問しにきた。ついこのあいだだ」という。「だが、わしはなにもいわなかった」

「そのイングランド人というのは？」ペレスはエディスにたずねた。

「地元の言い伝えを聞いてまわっている、ワイルディングという作家がいるの」エディスがいった。「いま執筆中の本に関係があるとかで。きっと彼のことにちがいないわ」

ペレスは午後じゅう、ここですごしたかった。窓からさんさんと降りそそぐ陽光のなかにすわり、釣りやビディスタの子供たちについて語るウィリーの声に耳をかたむけたかった。だが、そんなことは許されない、とわかっていた。その時間を、テイラーになんと説明すればいい？エディスがテーブルから立ちあがり、ドアまでペレスを見送った。

「またきてちょうだい」という。「いつでも」

ペレスが車にのりこむと、いきなり携帯電話がまたつうじるようになった。警告音が鳴り、受けそこねた通話が二本あることが表示される。二本ともサンディからだった。ペレスは彼に電話した。うしろで捜査本部のざわめきが聞こえていた。サンディはなにかほおばっているらしく、その言葉をペレスが理解するのに、すこし時間がかかった。

「例のイングランド人を車にのせてきた男をつきとめました。スチュアート・リースクです。ノースリンク・フェリーのターミナルのデスクで働いてて、午後はずっとそこにいるそうです」

24

フランは浜辺でみつけた流木と魚網の切れ端を題材にした静物画に取りかかっていた。売るための絵というより、習作のつもりだった。デッサン力をのばす必要性を、強く感じるようになっていたのである。美術学校に在籍していた当時でさえ、彼女はそれにじゅうぶんな注意を払っていなかった。

電話が鳴ったのは、ちょうどひと休みして、紅茶をいれるためにやかんを火にかけたときだった。ペレスだろう、とフランは思った。彼女の恋人であり、ここ何ヵ月か、ずっと心の片隅にいつづけた男性。だが、電話線のむこうからイングランド人の声が聞こえてきたとき、フランは悪いことをしているような、わくわくする興奮をおぼえた。彼女はインターネットでワイルディングのことを調べていた。彼は自分のウェブサイトをもっており、そこに書評がいくつか掲示されていた。ベストセラーになるほどの人気作家ではないかもしれないが、独創性のある注目すべき作家として認められているようで、短篇のひとつが映画化されているところだった。その名声には、ロディやベラをつつみこんでいるのとおなじ華やかさがあった。

「なにをしてるんですか？」ワイルディングの声はさりげなく、すこし面白がっているような響きがあった。

「仕事よ」

「それじゃ、ランチをいっしょに、と説得するのは無理ですかね？」

この誘いは、都会の生活の一部である〝思いつきの行動〟というやつをフランに思いださせた。友人から電話がかかってきて、ワインバーでおちあったり、いっしょにコーヒーを飲んだりする。そこでうわさ話に興じて笑ってから、またオフィスに戻って、その日の仕事をやり終える。ここでは、そう簡単にはいかなかった。ラーウィックでなら可能かもしれないが、それでも店の選択はかぎられていた。フランの住むレイヴンズウィックともなると、まわりになにもないので、もっと複雑で大変だった。友だちづきあいは各個人の家でおこなわれ、目新しさは皆無だった。

「レンタカーを借りたんです」ワイルディングがいった。「迎えにいきますよ。三十分後に」

「娘を学校に迎えにいくから、三時までには帰っていなくてはならないの」そう口にした瞬間、フランは自分がその誘いを受けるつもりでいることに気がついた。

「問題ありません。それじゃ、あとで」そういって、電話は切れた。じつに簡単だった。フランはすでに不貞を働いたみたいに、心浮き立つ罪の意識を感じていた。

仕事に戻ったものの、集中できなかった。彼はどこへつれていくつもりだろう？　もちろん、彼女は知りあいにばったり出くわすだろう。ペレスの友だちにも。あるいは、ダンカンの友だちに。フランは言い訳を頭のなかで考えはじめた。彼は絵を注文したがってるの。話をしないわけにはいかないでしょ。ただのビジネス・ランチよ。いますぐペレスに電話して、状況を説明しておくべきだろうか？　だが、そんなことをすれば、このランチに必要以上の意味をあたえてしまうことになる。それに、なにを着ていけばいいのだろう？

完全に支度が整うまえにワイルディングが到着したので、フランはあわてた。待っていてもらうために彼を家に招きいれなければならず、部屋の狭さを意識した。彼の目をとおして、窓枠の枯れた鉢植え、そこいらじゅうの床に散らばったキャシーのおもちゃが見えてきた。フランが寝室にかけこんでバッグをとってくるあいだ、ワイルディングは立ったままだった。彼女はそれなりにお洒落をしていた――ジーンズに、このまえ本土にいったときに買ったシルクのトップス。化粧をするつもりでいたが、そのまえに彼が到着していた。ワイルディングの見ているまえで化粧をするなんて、考えられなかった。

谷の下のほうでは、レイヴンズウィック小学校がお昼休みをむかえていた。校庭をかけまわる子供たちの姿が、かろうじてわかった。

彼女はキャシーのことをいっておきたかった。うちの子はあのなかにいるの。もしかすると、見えるかもしれない。赤いカーディガンを着てる子よ。だが、それを口にする間もなく、フランは車にのせられて出発していた。ちかくに家がなくて近所の人に見られずにすむことを、フランは感謝した。

レイヴンズウィックから離れると、フランの罪悪感は薄らいできた。すこしくらい自分だけの時間をもって、なにが悪いというのか？　展覧会の準備期間中、ずっと働きづめだったのだ。

車はレイヴンズウィックを出ると、彼がえらんだレストランがありそうなラーウィックとは逆に、南へとむかった。

「どこへいこうとしてるのかしら？」

「ついてからのお楽しみです」ワイルディングが彼女のほうをむいた。「素敵だ」という。

「ほんとうに」

かつてのフランなら、こういうお世辞を気のきいたひと言で軽くあしらうことができた。だが、いまは自分が赤くなるのがわかった。

車はサンバラにむかう道路から西へそれ、フランが一度も通ったことがないような気がする狭い小道を進んでいった。家畜脱出防止溝を通過し、菖蒲の生えた湿地を抜けると、その先に細長い湖があり、つきあたりに四角い石造りの家が立っていた。シェトランドの家にしては大きく、二階建てだった。家のむこうは絶壁になっているらしく、そのため家は湖と海を仲立ちするような恰好になっていた。一瞬、フランは不安をおぼえた。いったい、どこへつれていかれるのだろう？　よく知らない男の車にのりこむなんて、自分はなにを考えていたのか？

「どこへいくのかしら？」声を平静に保ったまま、フランはふたたびたずねた。「このあたりに食事するようなところがあるなんて、知らなかったわ」

「あとすこしの辛抱です」ワイルディングがいった。「すぐにわかります」

あの家はホテルとしてあたらしくオープンしたのかもしれない、とフランは思った。だが、それなら耳にはいってきていたはずだし、幹線道路には看板もなにもなかった。それに、さらにちかづいていくと、そこが空家で、ほとんど廃屋になっているのがわかった。屋根のスレートがところどころなくなっていたし、窓枠は腐っていて、ペンキが完全にはがれ落ちていた。窓にはぼろぼろのカーテンがかかっていた。

フランは、ワイルディングがもっと質問されるのを待っているのを感じた。この家について、ここでなにをしているのかについて、もっといろいろと訊いてもらいたいのだ。彼女はなにもいわなかった。

小道の終点は、小さな庭への入口になっていた。背の高い両開きの門はさびており、すこしあいたままだ。門の奥では、植物が驚くほど緑豊かに大きく育っていた。西風の虐待をどうにかして生きのびたオアシスだ。ここにも菖蒲が生えており、ところどころにシャクナゲが群生していた。

彼は道を間違えたのだろうか？　だが、車をUターンさせるかと思いきや、ワイルディングは運転席側のドアをあけようとしていた。

「さあ」という。「つきましたよ」いまでは、見るからに興奮していた。まるで、あらたにやりとげたことをみせびらかしたくてたまらない子供のようだった。

フランは彼のあとについていった。ほかにどうしようもなかった。ワイルディングが体重をかけて門を押し、フランがすり抜けられるくらいの隙間を作った。門のむこうに背の高い草が生えていたので、それ以上はひらかなかった。散歩道をたどっていくと、低い崖のてっぺんにもっと小さな門があり、その先に岩をけずってこしらえた階段がつづいていた。崖の下にひろがる砂浜は小さく、完璧な半月形をしていた。沖合いに、草ぼうぼうの平坦な島があった。

「それで？」ワイルディングがたずねた。「ご感想は？」

いったいどこで食事をするのだろう、とフランは考えていた。どうしてワイルディングは彼女をここへつれてきたのか？　彼の誘いがどういう性質のものか、彼女は思いちがいをしていたのだろうか？

ワイルディングは、そんなフランの考えを読みとったのかもしれなかった。

「ピクニックの用意をしてきたんです」という。「車からとってきます。浜辺で食べたらどうかと思って。それでかまいませんか？」

「ええ、もちろん」フランはいった。「素敵なアイデアだわ」

「この場所は、ほんの二、三日前にみつけたばかりなんです。誰かに見せたくて。完璧で、非の打ちどころがない」

「秘密の花園ね」フランは相手のはしゃぎぶりに安心しながらいった。彼はよく知らない男ではなかった。有名な作家なのだ。彼の写真が、本のカバーといっしょにウェブサイトに出ていたではないか。

「そう！　まさにそれだ！」ワイルディングはこぼれんばかりの笑みを浮かべていた。「でも、あなたはすでにご存じだったんでしょうね。なんのかんのいっても、地元の人ですから」

あら、とんでもない、とフランは思った。あたしは一生、地元の人にはなれやしないわ。

「ここにくるのははじめてよ」フランはいった。「つれてきてくれて、ありがとう」ワイルディングが彼女に自分とおなじくらい興奮してもらいたがっているのがわかった。そういわれてみると、先ほどのフランの口調は、いきたくもないのに外に食事につれていかれた礼儀正しい子供みたいだった。とはいえ、このランチ・デートは彼女が予想していたのとはあまりにもちがっていたので、どう反応すればいいのか、よくわからなかった。彼女は混みあったレストランでランチをとり、芸術や本の話をするところを想像していたのだ。浜辺でのピクニックは、想定外だった。

食料は保冷バッグにはいっており、ワイルディングはそれといっしょに織った敷物を車からもってきた。敷物を肩に羽織ったところはまるで仮装しているみたいで、フランが感じていた非現実感がますます強まった。

「じつをいうと、ずるをしたんです」ワイルディングがいった。「これは〈ヘリング・ハウス〉のマーティン・ウィリアムソンに頼んで、かわりに用意してもらったものです。それでもいいですよね」

ワイルディングは返事を待たずに、崖をけずって作った階段をおりはじめた。

砂浜は風から守られており、とても暖かく感じられた。シェトランドでこんなに暖かいと感じたのは、フランの記憶にあるかぎりでははじめてだった。砂は白くて、きめが細かかった。沖合いの島の先端にある岩場で、アザラシたちが日なたぼっこをしていた。ワイルディングが敷物をひろげた。フランは肘をついて横むきに寝そべり、ワイルディングがピクニックの食事を取りだすのをながめた。まずワインのボトルがあらわれた。まだよく冷えており、水滴がついていた。ぎょうぎょうしい手つきでポケットからコルク抜きが取りだされ、ワインの栓が抜かれる。本物のガラスのグラスが用意されていた。だが、フランはすでに暑さとまぶしさのせいで、すこし酔ったような気分になっていた。

「この場所は、どうやって？」

「家を探してたんです」

「ここは売り家なの？」

「正確には、ちがいます」突然、ワイルディングが大きくにやりと笑った。「いまはもう」

「あなたが買ったのね？」その場の思いつきの行動としては、じつに驚くべきことに思われた。彼はそれほど長くシェトランドにいたわけでもないのに。フランはペレスのことを考えた。将来、どこで暮らすかについて、さんざん悩み抜いているペレスのことを。人生を変えてしまう決定をこうも簡単に下してしまえるワイルディングの決断力に、フランは感心した。

「ひと目見て、手にいれずにはいられなくなったんです。所有者をつきとめて、買いたいと申しでました。とてもいい値段で。彼女はことわらないでしょう。この家はパースに住む年配の女性に遺贈されたもので、彼女はほとんど訪れたことがないんです。家のなかを案内することはできません。まだ鍵をもらっていないので。来週のはじめには、はっきりとした返事をもらえるはずです。あなたの考えをうかがいたくて。これは一大プロジェクトになります。デザインにかんして、アドバイスしてもらえればと思っているんですよ」

そうなると、さらに何度も会う口実ができるわけね、とフランは考えた。自分がそれについてどう感じているのか、依然としてよくわからなかった。もちろん、彼はフランとすごす機会を得るためだけに家を買ったわけではないが、それでもまだ自分が操られているという感覚を払いのけることができなかった。家とおなじく、彼女もワイルディングのプロジェクトのひとつであるような気がした。

敷物の上には、すでに料理がひろげられていた。四角いパテ。サラダを盛りつけた小さなボウル。チキンとハムと自家製のパン。

「あなたが菜食主義者でなければいいのですが」ワイルディングがいった。「先にうかがっておくべきでしたね」彼が頰笑むのを見て、フランは相手がすでにこちらの好みを承知しているのを悟った。訊いてまわったにちがいない——ベラかマーティンに。ランチを用意するのに多大な努力を払ってくれたことを喜ぶべきだと思ったものの、そこまで念入りに計画されると、落ちつかない気分になった。それに、これらの料理は電話をかけるまえに注文されていたはずだから、ワイルディングは彼女が誘いをうけていっしょに食事をすると最初から決めつけていたことになる。だが、フランはさらにワインを飲むと、太陽のほうに顔をむけた。いまは喧嘩をふっかける気分ではなかった。

「あの殺人は、じつにひどい事件だ」ワイルディングがいった。「警察はもう被害者の身元をつきとめたんですか？」

「さあ、どうかしら」フランはいった。「きょうはまだニュースを聞いていないから」

「でも、あなたの耳には、われわれよりもはやく情報がはいってくるのでは？」ワイルディングが彼女のグラスにおかわりを注ごうと手をのばした。「あなたは警部の親しい友人なんですよね」

フランはワインをすすった。寝そべったのは失敗だった。彼の足もとに横たわっていては、反論するのはむずかしい。彼女は上半身を起こし、脚をかかえこんで、彼とむきあった。

「誰から聞いたの？」

「おっと」ワイルディングが両手をあげ、降伏するしぐさをした。「あなたにはつきあっている相手がいるのか、ベラにたずねたんです。彼女はあの警官の名前をあげた。それだけです」

「それでも、わたしをランチに誘うのをやめなかった」

「ただのランチですよ。この場所のことを、誰かに話したかった。それに、あなたは誘いをうける必要はなかった」

突然、フランは自分が馬鹿みたいに感じた。「ごめんなさい」という。「ランチタイムに飲むべきじゃないわね。いつだって間違いのもとだわ。ここはなにもかも素敵ね」

「それじゃ、本当なんですか？　あなたとペレスは……」

ワイルディングが陽光に目をすがめながらフランをみつめた。

「それは」フランはきつい口調でいった。「あなたには関係のないことじゃないかしら」

「それじゃ、わたしにもまだチャンスがあるってことですか？　あなたの愛情を勝ち得るチャンスが？」

フランは彼を見た。相手の真意が読みとれなかった。こちらをからかっているのか？　これは罪のないいいちゃつきなのか？　それとも、もっと剣呑な下心があるのか？

「いいえ」フランはきっぱりといった。「わたしには、きちんとつきあっている相手がいます」

「それは残念。あなたの人生にはお楽しみが必要だが、ペレス警部はあまり楽しそうな人物には見えない。わたしなら、あなたが楽しむのに手を貸してあげられるんだが」

フランはそれにはこたえなかった。ワイルディングがオート麦のビスケットにサバのパテを塗り、それをフランに手渡した。

「ペレスはあなたに仕事のことを話すんですか？」

「ふだん、話題にするような事件はあまり起きないの」フランはいった。「興味がわくような事件は」

「でも、これは殺人だ。誰だって殺人には興味がある」

「わたしはちがうみたい。もちろん、犯人には捕まってもらいたいわ。でも、わたしは被害者を知らなかったし、この事件にはまったくかかわりがない。これはジミーの仕事で、わたしにはなんの関係もないわ」ワイルディングが彼女をここへつれてきたのは捜査に興味があったからなのだろうか、という疑問がフランの胸にわいてきた。

「わたしは興味津々ですね。あなたもそうかと思ってました。だって、以前はジャーナリストだったんでしょう？　それに、芸術とは究極を体験することだ。そうは思いませんか？」

「いまはリラックスしすぎてて、なにも考えられないわ」フランは雰囲気を明るくしようとして、頰笑みながらいった。

ワイルディングは、しつこく食いさがっても成果はあがらない、と悟ったようだった。「どこかにすごく美味しいチョコレートケーキがあるはずなんだが」そのあと、彼は出版社のパーティや有名な作家の性的素行にかんする話でフランを楽しませつづけたので、彼女はふたりのあいだにいくらか気まずい雰囲気があったことなど、ほとんど忘れていた。

そろそろ戻らないとキャシーの迎えに遅れるのでは、と切りだしたのは、ワイルディングのほうだった。フランは時間があっという間にすぎていたことに気がついて、驚いた。立ちあがって、食べかすと砂を服から払い落とし、ワイルディングのあとについて、家につうじる階段をのぼっていく。

「それじゃ、ひきうけてくれますね？」ワイルディングがいった。「家の件ですけど」

「インテリア・デザインはやったことがないの」フランはいった。

「それは関係ありません。あなたにはアーティストとしての目がある。きっと上手くやれるでしょう」

フランは家をながめ、自分ならどうするかを想像した。完成したところを思い浮かべる。潮騒と海鳥の鳴き声にむかってあけはなたれた窓。新居披露パーティで家を埋めつくす人びと。それは彼女のかつての生活を垣間見ることでもあった。これ以上に彼女の興味をそそる提案をワイルディングが思いつくことは、不可能だっただろう。

フランは笑って、はっきりした答えをワイルディングにあたえなかった。「この家があなたのものになってから、もう一度話しあいましょう」

25

介護センターを出たとき、ペレスはビディスタに戻ろうかと考えていた。ベラの屋敷を訪ねて、ロディとふたりきりで話ができないか、やってみるのだ。彼はロディを以前よりもよく理解しているように感じており、あの若者が捜査の役にたつ情報をもっているという印象をぬぐえずにいた。だが、被害者をのせてきた車をつきとめた、とサンディから報告があったので、それはできなくなった。そちらの捜査をあとまわしにしたら、理由はどうあれ、テイラーに言い訳がたたないではないか？

ペレスがホルムスガースにあるフェリーのターミナルについてみると、スチュアート・リースクはチェックイン・デスクで勤務についていた。まだ若く、すきっ歯で、髪はぼさぼさの赤毛だった。ターミナルは静まり返っており、音がよく響いた。人びとが乗船を許可されるまで、あと三時間あった。

「話はここでもかまわないかな？」スチュアートがいった。「クリッシーがランチから戻るまで、ぼくしかいないんだ」

ペレスはデスクにもたれかかった。「サンディ・ウィルソンの話によると、きみは〈ヘリング・ハウス〉でパーティがあった晩に、ビディスタまで男を車にのせていったそうだな。そのときのことを話してもらえないか？」

「ちょうど仕事を切りあげようってときに、そいつがターミナルにはいってきたんだ。ほら、〈フロッシー〉号はとっくの昔に出港してたし、もう帰るところだったんだけど、いちおう、なんの用か訊いてみた。そしたら、男はレンタカーのことを知りたがった。ちょっと遅すぎたね、っていってやったよ。レンタカーのオフィスには翌朝の八時まで誰もいない、って」

「男の見た目は？」

「やせてたな。けっこう愛想がよかった。イングランド人だ。黒いズボンに、黒いジャケット。ちょっとくしゃくしゃだったけど、もともとそういう服って感じだった。それから、はげてたけど、そっちもわざとそうしたって感じがした」

「問題がありそうには見えなかったかな？　つまり、気が滅入ってたり、混乱しているようには？」

「ぜんぜん。ビディスタにいく車をつかまえそこねたのも、べつにどうってことない、って思ってるみたいだった」

「それじゃ、彼は誰かにつれてってもらう手配をしてたんだ？」

「うん。タクシーを予約しといたけど、その男があらわれなかった、っていってた」

「それでもまだ、どうしてきみが彼をのせていくことになったのか、よくわからないんだが」

スチュアートが決まり悪そうな表情を浮かべた。「ぼくのほうから声をかけたんだ。わかってる。おめでたい、っていうんだろ。恋人のマリーに、いつもいわれてるんだ。あなたは人がよすぎて、いつもつけこまれてる、って。でも、彼は感じのいいやつだったし、こっちはその晩、なにも予定がなかった。それに、彼はタクシー代とおなじくらいの金を払ってくれたんだ」

「ここから、まっすぐビディスタに？」

「そうだよ。でも、まず彼のかばんを取りにいかなくちゃならなかった」

「彼はかばんをもっていたのか？」

「大きな黒い革の旅行かばんみたいなやつをね」

「彼をどこでひろった？　ホテル？　B&B？」

スチュアートがにやりと笑った。「はずれ。ヴィクトリア埠頭さ。彼はそこに停泊してる船に泊まってたんだ。劇場みたいになってる〈モトリー・クルー〉号って船、知ってるだろ？」

「ビディスタまでは、かなりの長距離ドライブだ。ふたりでなにをしゃべったのかな？」

「彼は面白い男だったよ。俳優で、自分が演じたいろんな役のことを話してくれた。舞台、映画。そりゃ、なかには嘘っぱちもあったかもしれない。誰某《だれそれ》と会ったことがある、とかね。でも、楽しませてもらったから、あまり気にしなかった」

「シェトランドでなにをしているのか、いってたかな？」

「訊いてみたんだ。ここで芝居に出てるんなら、観にいこうかと思って。でも、ここには昔の友だちを訪ねるためにきた、っていってた」

「話をしているあいだ、彼はまともそうに見えたかな？　気分がよくないとかは、いってなかった？」

「べつに、そんなことはなにも。すごくいい話し相手だった。小遣い稼ぎとしちゃ、ほんと悪くなかったよ」

「で、彼は間違いなく、かばんをもっていたんだ？　きみの車のトランクに残していったりはしなかった？」

「間違いないよ。変だな、って思ったんだ」

「というと？」自分でスチュアートから話を聞くことにしてよかった、とペレスは考えていた。テイラーだったら、いまごろいらついて、頭に血がのぼっていただろう。

「ビディスタで彼を降ろしたあとで、車のむきを変えるために、桟橋までいったんだ。そしたら、彼が浜辺の防潮壁の真下にかばんを押しこんでるのが見えた。あそこなら、すごく安全だっただろうね。満潮時の波打ちぎわよりずっと上だし、道路からは見えないし。ただ、不思議だったんだ。だって、友だちのところに泊まるつもりなら、かばんをもってくはずだろ？」

「彼は〈ヘリング・ハウス〉でひらかれていた展覧会のオープニングに出席しようとしてたんだ」ペレスはいった。

「それにしたって、かばんはもってくんじゃないかな。きっと預けるところがあるはずだし」

スチュアートは、男が殺された理由よりも、この些細な点が気になって仕方がないようだった。

「その晩どこで寝るつもりなのか、いってたかな？」

「友だちのところに泊まるんだと思ってた。町に戻る車のことは、まったく心配してないようだったから」

「その友だちというのが誰なのか、話してくれた？」

「いや。訊いてみたんだ。あそこで郵便局をやってるアギーは、うちの遠い親戚だから。お祖母ちゃんの従姉妹かなにかなんだ。でも、彼はそれにはこたえないで、そのまま別の話をはじめたから、結局わからずじまいだった」

「自分の名前くらい、教えてくれたんだろ」ペレスはいった。

「ファーストネームのほうだけね。あんな名前、はじめて聞いたよ。本土のほうで人気のあるものにあやかった名前なのかもしれないな。それか、ニックネームか」

「で、その名前というのは？」そろそろペレスの忍耐もつきかけていた。

「ジェムだよ。ジムじゃなくて、ジェム」


フェリーのターミナルからヴィクトリア埠頭にむかうまえに、ペレスはサンディに電話をかけ、かばんについてたずねた。ビディスタの桟橋周辺では捜索がおこなわれていたが、範囲が浜辺のどこにまでおよんでいたのか、ペレスは正確なところを知らなかった。かばんが見落とされたとは考えにくかったが、いちおう確認しておく必要があった。

彼はスピードを出しすぎのまま、車を町なかにのりいれた。ふいにパニックに見舞われていたのだ。埠頭についてみたら、劇場船はすでに出港していた、ということになるのではないか……。だが、船はまだ埠頭の先端ちかくに停泊していた。木造の船腹には巨大なあたらしい横断幕が掲げられており、〈最終公演は土曜日〉と宣伝されていた。

若い女性が甲板にすわって、猫みたいに日なたぼっこをしていた。七分丈のジーンズに、裾の長い赤いセーター。のっぺりした顔と黒いアイライナーでふちどられた切れ長の緑の瞳は、どことなく猫っぽかった。女は船室にもたれかかり、膝の上に台本をのせていたが、読んでいるようには見えなかった。

「失礼します」

女が顔をあげ、笑みを浮かべた。「今夜のチケットが欲しいの？　まだ何枚か残ってると思うけど。観ても損はないわよ」

「あなたは俳優のひとりですか？」

「俳優、セット・デザイナー、表方担当のマネージャー、なんでもありの雑用係よ。ちょっと待ってて。いまチケットをとってくるから」

「いや」ペレスはいった。「きっと素晴らしい公演なんでしょうが、そのためにここにきたのではないので」ペレスは〈モトリー・クルー〉号に乗りこみながら、年季のはいった美しい船だ、と考えていた。風雨にさらされて、材木が蜂蜜色になっている。「ジミー・ペレスといいます。シェトランド警察のものです」

「ルーシー・ウェルズよ」女がすわったままいった。

「今週はじめにビディスタで男が殺されたのを、知っていますか？」

「いいえ。嘘でしょ」

「ニュースで大きく報じられたんですよ。その男は、ビディスタのボート小屋で梁からぶらさがっているところを発見されました。絞め殺されたあとで」

「はちゃめちゃなの」女がいった。「船の上の生活って。カプセル形の無菌室のなかで暮らしてるみたい。昼間はつぎの公演のリハーサルで、夜は本番。国が戦争に突入してても、気づかなかったでしょうね」

「ここの俳優が、ひとりいなくなってませんか？」

「いいえ」

ペレスは死んだ男がこの劇団の一員だと確信していたので、その返事に意表をつかれた。

「中年の男性です。頭をそっている」

「ジェムのことみたいだけど」女がいった。「彼は劇団に所属してたわけじゃないわ。正式には。どちらかというと、居候《いそうろう》みたいなものだった。上のほうの人たちのお友だち。それに、行方不明になったわけじゃない。彼が出ていくのは、みんな知ってたもの」

「その彼が先ほどいった絞め殺された男かもしれない、とわれわれは考えています」ペレスはいった。「写真で確認してもらえますか？」

女はうなずいた。ペレスは彼女が泣きだしていたことに気がついた。

「大丈夫ですか？」

「ごめんなさい。ショックを受けただけよ。彼のこと、それほど好きでもなかったのに。ちょっと邪魔くさかった。彼のせいじゃないのよ。愉快な人だったし。でも、ここの宿泊設備はただでさえ狭苦しいのに、そこへひとり余計に押しつけられたから。彼が死んだなんて、ほんとにひどい。あたし、彼がいなくなるのが待ちきれなかった。だから、なんだか自分のせいみたいな気がするの。願いがかなってしまったみたいな気が」

「ジェムのフルネームは？」

「ブース。ジェレミー・ブースよ」

「どうして彼は、あなたたちとくることに？」

「さっきもいったとおり、彼は上のほうの人たちのお友だちなの。旗揚げメンバーのひとりだった。〈モトリー・クルー〉号は、ずいぶんまえからスコットランドの海岸を巡業してまわってるの。ジェムは泊まるところが必要だった。それで、あたしたちが宿を提供するように命じられた、ってわけ」

「彼はシェトランドでなにを？」

「さあ、知らないわ。あたしたち、彼のことをあまり気にとめていなかったから。うぬぼれが強くて、やたらともったいぶった男だった。わけありの用事で自分はここにきてるって、うそぶいてた。一生に一度のでかい取引のためだって。そんなのたわごとだってみんな考えてたから、彼がいなくなって、とにかくうれしかった」

「その取引について彼がなんといっていたか、正確に思いだせますか？　そうしてもらえると、ひじょうに助かるんですが。ほんのちょっとしたことでも、かまいません」ペレスは言葉をきった。

一瞬、沈黙がながれた。女は台本を伏せて、注意深く甲板においた。それから、目を閉じた。

「不思議な偶然について話してたわ。ほら、オールディーズの曲を紹介するときの決まり文句があるでしょ――〝過去にタイムスリップして、墓場で踊りまくろう〟。そう、そんな言い方をしてた。わけ知りで、自分を茶化しているけど、そのくせ自分はまだいけてるって考えてる人の口ぶりで。まともに相手なんかしてられなかった。ほら、よくいるでしょ。あまり笑えない冗談ばかりいってる人。その取引で上手く立ちまわれば、数年間は遊んで暮らせる、っていってたわ」

「人の名前を口にしたことは？」

女は首を横にふった。「なにもいってなかったのは確かよ。さっきもいったとおり、彼は謎めかすのを楽しんでたから」

「彼はいつ合流してきたんです？」

「二十二日よ。〈モトリー・クルー〉号がラーウィックに到着して二日後」そして、彼が観光船の乗客に〈ヘリング・ハウス〉での展覧会が中止になったというちらしをくばる二日前だ。

「彼は飛行機できたんですか？　それともフェリーで？」

「フェリーよ。彼が渡ってきたときは海がすこし荒れてて、彼、気分が悪くなっちゃったの。ほんと、すごく大げさにいってたわ。それからつぎの日、どこかへ出かけていった。そして、その晩戻ってくると、あとは二度と見かけてないわ」

彼がフェリーできたのなら、スチュアート・リースクからこの男のくわしい個人情報を手にいれられるだろう、とペレスは思った。一時間後には、フルネームと住所、電話番号、それにクレジットカードの番号が手にはいっているはずだ。被害者は、もはや身元不明人ではなかった。突然、捜査がいままでよりもやりやすくなった。よりふつうのものになった。

「どこからきたのか、彼はいってましたか？」ペレスは、被害者が自分自身のことをどういっていたのかに興味があった。それがどれくらい真実にちかかったのかを、知りたかった。

「ウエスト・ヨークシアで教育劇団をやってるって、そういってた。〝まえまえから地域密着型の演劇こそ本物だって信じてたんだ。ほんと、これ以上やりがいのある仕事はないよ〟。つまり、ふつうの劇団は、どこも雇ってくれなかったってことよね。それで、芸術委員会をまるめこんで金を出させ、自分の劇団を立ちあげたってわけ」

「すごくシニカルな見方だ」ペレスはいった。

「それがこの業界よ。あたしたちは、誰もがロイヤル・シェイクスピア・カンパニーで働くことを夢見て俳優になる。でも結局は、俳優労働組合の最低賃金をもらって、耳がろくに聞こえない三人の老女を相手に、くだらない台詞をまくしたてることになるのよ」

「途中であきらめることもできるでしょう。あなたはまだ若い」

「ええ、まあね」女がいった。「でも、あたしはまだその夢を捨てきれずにいるの。ウエスト・エンドの劇場のネオンサインに自分の名前が輝いてるところが、まだ目に浮かぶのよ」

彼女が冗談をいっているのかどうか、ペレスにはよくわからなかった。手すりから身体を離して、まっすぐに立つ。

「ちょっと待ってて」女がぱっと立ちあがり、甲板の下へと消えていった。戻ってきたときには、その手に数枚のチケットが握られていた。「土曜日の無料招待券よ。都合がつくようなら、観にきて。あたし、ほんとうにけっこういけてるのよ」

彼女のしゃべり方には、どこか必死なところがあった。彼がチケットをことわれば、彼女は自分が拒絶されたと感じるだろう。ペレスはぎごちなくチケットを受け取り、それから、すごく忙しいけど、都合がついたら観にくる、とぼそぼそといった。

ペレスが車にのりこむときも、女はまだ彼のことを見ていた。

ペレスは署に電話をかけ、まずサンディと話をした。

「被害者のかばんについて、なにかわかったか？」

「浜辺にないのは間違いありません」

ペレスは、テイラーにつないでくれと頼んだ。「被害者の身元がわかった」

「こっちもだ」テイラーがいった。その声に、ペレスは得意げな自己満足の響きを聞きとった。「ジェレミー・ブース。ウエスト・ヨークシアのデンビー・デイル在住。なんとかいう劇団を運営している。たったいま、彼といっしょに働いてた女性から電話があった。全国紙のひとつで、写真を見たんだ」

ペレスがつけくわえることは、なにもなかった。ここはテイラーに花をもたせておこう。とにかく、被害者の身元が確認されたのは朗報だった。

「誰かが、あちらにでむくべきだな」テイラーがつづけた。「彼の家を調べ、同僚たちから話を聞くんだ。きみがやりたいか？」

ペレスは心惹かれた。イングランドは、いまだに彼にとっては異国の地だった。知らないところを探索するスリルが味わえるだろう。だが、これはシェトランドで起きた殺人だった。被害者はよそ者かもしれないが、その答えはここにあるだろう。

テイラーは、あきらかにいらだってきていた。返事を待たされるのが嫌いなのだ。「それで？　それとも、わたしがいったほうがいいかな？」

そのときペレスは、テイラーがこの仕事をやりたくて仕方がないことに気がついた。これこそ、テイラーが警察業務のなかでもっとも好きなことなのだ。追跡。彼は大喜びで、あわただしく旅行の手配をし、飛行機にぎりぎりで飛びのることだろう。夜どおしのドライブ。人気のないガソリンスタンドで飲む大量のコーヒー。そして、ひとたび現地につくや、矢継ぎばやに質問して、すぐに答えを手にいれる。そのエネルギーで、疑念をすべて吹き飛ばして。

「まかせるよ」ペレスはいった。「そっちのほうが、ずっと上手くやれるだろう」

26

テイラーはその日の最終便でシェトランドを飛びたち、それから満員の英国航空の便に無理やりもぐりこんで、アバディーンからマンチェスターにむかった。その便には、油田労働者の一団が乗っていた。かれらは石油掘削装置での勤務を終えたばかりで、浮かれ騒ごうと決めており、すごくやかましかった。そのなかにリヴァプール出身者が何人かいて、一時間のフライトを睡眠にあてようと考えていたテイラーは、生まれ故郷に対する昔ながらの反感が甦ってくるのを感じた。とはいえ、そこには奇妙な同胞意識のようなものも混じっていたが。

マンチェスター空港につくと、彼はレンタカーを借りた。そして、M62号線にのったところで、故郷までほんの半時間でいけることに気がついた。わきの下にウイスキーのボトルをかかえ、兄弟たちがパブから戻ってくるまえに実家につけるだろう。ハンドルを西に切れば、兄弟たちがパブから戻ってくるまえに実家につけるだろう。馬鹿みたいな笑みを浮かべて訪ねていったら、どんな反応が返ってくるだろう？　やあ、おれを覚えてるかな？　今夜、泊めてもらうわけにはいかないか？

警官になることは、裏切りとみなされていた。彼は階級闘争で敵側についたのだ。階級の境目があやふやになったいまでも、それが許されるとは思えなかった。

テイラーは東にハンドルを切った。あたりは暗く、車がペナイン山脈をのぼっているとわかるのは、景色からではなく、明かりがまったくないからだった。高速道路はいつになく空いており、テイラーは気がつくと、頭のなかでいろいろな想像をめぐらせていた。ブースが自宅から遠く離れた土地で殺される原因となった事実や人間関係を、自分がつきとめるところ。リヴァプールの親戚たちが、この事件の犯人逮捕を報じる全国放送のテレビのニュース番組で自分の姿を目にするところ。彼は落ちついて謙虚にふるまうだろうが、それでも事件の解決が彼のお手柄だということは、みんなに知れわたるのだ。

ハッダーズフィールドの手前で、〈トラヴェル・イン〉にチェックインした。たまたまキャンセルで空いていた最後の部屋だった。隣のパブではすでに料理を出す時間がすぎていたので、部屋にあったビスケットを食べつくしてから、ベッドにはいった。彼にしてはめずらしく、すぐに眠りに落ちた。夜が暗くて、ほっとしていた。シェトランドは自然に反している、と彼は思った。あのずっと消えない不気味な薄明かりには、頭がおかしくなりそうだった。だから、まえの晩はほとんど眠れなかったのだ。あそこの人びとがあんなにおかしいのは、陰鬱な冬と眠りのない夏という両極端のせいかもしれなかった。彼は決して、あそこでは暮らせないだろう。

テイラーはすごく早起きして、六時前には出発していた。トラック運転手が利用するカフェでベーコン・サンドイッチを手にいれ、運転しながらそれを食べた。地元の刑事の携帯電話の番号を教えてもらっていたが、かけるのは七時まで待った。ジェブソンという女性刑事だった。

「到着は、もっとあとかと思ってました」ぶっきらぼうでとげとげしい口調だったが、ジェブソンが電話で起こされたのではないことが、テイラーにはわかった。

「それが、もうついたんだ。ブースの家で会えるかな？」

「お望みなら」ジェブソンはあまりわくわくしているようには聞こえなかった。「でも、つくのは八時半すぎになります」うしろで子供の声がしていた。警察で働く女性の問題はこれだ、とテイラーは考えた。彼女たちは、決して仕事を最優先にしない。いつでも男か子供が最初にくる。テイラーはひと言いいかけて、思いとどまった。怒りっぽい女性からの苦情ひとつで、彼のキャリアは台無しになるのだ。まえにそういうことが起きるのを、目にしていた。そして、ちょっとした注目を浴びようとしているいま、それだけはごめんだった。「わかった」彼はいった。「それじゃ、八時半に」

デンビー・デイルにつくと、テイラーはジェブソンから聞いていた道案内に従って、ブースの家をみつけた。〝劇団の演出家〟というといかにも偉そうなので、もっと立派な家を想像していたが、実際には通りに面したテラスハウスの真ん中の家だった。彼は足をのばして場所の雰囲気をつかむために、車から降りた。

近所の女性が牛乳の瓶を取りこもうと、すこしだけドアをあけた。その狭い隙間から、女性がガウンを羽織っているのが見えた。ガウンがはだけて、片脚があらわになる。顔はわからなかった。戸口の上がり段にむかって、腕だけがのびてきた。

「すみません、警察のものです。ちょっとよろしいですか？」

女はぎくりとした。牛乳の瓶をそのままにして、ドアをもうすこし広くあけると、ガウンをしっかりと身体にまきつけた。年はそこそこいっていたが、身なりはよかった。

「お話をうかがえないかと思って」テイラーはいった。「お時間はとらせません」

家畜の飼料を積んだトラックがとおりすぎ、あたりに発酵したような異臭が漂った。「はいってちょうだい」女がいった。「通りで立ち話をするような恰好をしてないから」

女はマンディといって、ハッダーズフィールドの図書館で助手をしていた。離婚して、子供たちは全員成人しており、きょうは午後からの勤務だった。

「それで、彼はどんな人物でしたか？　隣に住んでいた男性は？」

テイラーは小さなキッチンのテーブルのまえに腰かけていた。女がすごく濃い紅茶を出してくれ、トースターではパンが焼かれていた。

「どうして？　彼になにかあったの？」女は煙草に火をつけていた。「きょうの一本目よ」そういって、じっくりと味わう。煙草をやめなければよかった、とテイラーは思うことが何度かあった。

「新聞で、彼の似顔絵をごらんになっていないんですか？」

「ちかごろは、新聞に目をとおしてないから」

「彼は亡くなりました」テイラーはいった。「シェトランドで、絞殺体となって発見されたんです」

「どこですって？」女は興味を示していたが、隣人の死にそれほど動揺しているようには見えなかった。

「シェトランド諸島です。スコットランドよりもさらに北にある」

「ああ」女は煙草を吸い終えると、紅茶茶碗の受け皿でもみ消した。「このところ姿を見かけないと思っていたけど、生活が不規則な人だから。家は売りに出されるんでしょうね。つぎに越してくるのが、騒がしいろくでなしでなければいいけど」

「ミスタ・ブースは騒がしかったんですか？」

「そうでもなかったわ。ときどき、夜遅くに友だちをつれてきてたけど。話し声が聞こえたり、音楽がすこしかかったり。でも、うるさくはなかった。文句をいうほどでは」

「彼はどれくらいあの家に？」

「五年くらいよ。あたしが越してきたあとだった」

「その間、ずっとひとり暮らしでしたか？　ガールフレンドは？　あるいは、ボーイフレンドとか？」

「彼はゲイじゃなかった」女が真面目な口調でいった。「すくなくとも、あたしにはそうは見えなかった。彼、昔結婚してたのよ。それに、子供がひとりいた。でも、妻子を捨てたの。なんのまえぶれもなしに」

「どうして、そこまでご存じなんですか」

「本人が話してくれたの」女がいった。

「彼とは親しい間柄だった？」

「いいえ。おたがい無干渉だったわ。あたしはご近所の人たちとべたべた仲良くするタイプじゃないし、彼もそうだった。でも、ある晩、彼が自分の家から締めだされたの。鍵はすべて仕事場にあった。彼の下で働いてるハッダーズフィールド在住の女性がいて、彼女が鍵をひとそろいもってたんだけど、なかなかつかまらなくて。それで、彼はあたしのところで待つことになったの。ちょうどワインのボトルをあけたところで、結局ふたりで飲んだわ。そのときだけよ。彼とまともに話をしたのは。そこで、奥さんのことを聞かされたの。彼、なにもいわずに蒸発したことを後悔してたけど、奥さんは彼の夢を理解してくれなかったんですって」女が言葉をきって、テイラーを見た。「夢！　あんたたち男は、みんなおんなじね。自分勝手なクソ野郎だわ」

　自分の経験からいうと、夢見がちなのは女性のほうだ、とテイラーは反論したかったが、なにもいわなかった。「それじゃ、今回出かけることを、彼から聞いてはいなかった？」

「ええ。さっきもいったとおり、そういう間柄のご近所さんじゃなかったから。ただ、ここ何日か姿を見かけてないな、って思っただけよ」

　トーストからパンが飛びだし、女がそちらにうなずいてみせた。「あなたも食べる？」

だが、テイラーにはこれ以上話すことがなかったし、このテーブルについて彼女と礼儀正しく世間話をするところなど想像できなかった。それはむしろ、ペレスのやり方だった。テイラーはその誘いをことわり、彼女に礼をいった。テイラーを送りだすとき、女はすでにつぎの煙草に火をつけようとしていた。

　通りに戻ると、十代の若者たちが家から出てきて、通学のためにぶらぶらとバス停のほうへとむかっていた。ブースの子供は、いま何歳なのだろう？　被害者が結婚していたことをジェブソンがさぐりだしていたとして、すでに妻の居所はつきとめられているだろうか？　みじかい編成の列車が、まがりくねった陸橋を通って谷を横切っていった。日差しはすでに、上着を着ていると暑いと感じるくらい強くなっていた。

　ジェブソンは時間どおりにやってきた。テイラーは新聞販売店に立ち寄ったあとで、車のなかにすわって紙面に集中しようとしているところだった。ジェブソンはがっしりした体格で、黒ぐろとした髪に黒い眉毛をしていた。テイラーには百ヤード先からでも彼女が犯罪捜査部の刑事だとわかっただろうが、どうしてわかるのかは謎だった。テイラーは車から降り、ブースの家の戸口で彼女に合流した。ジェブソンがバッグから鍵束を取りだした。

「それはどこで？」

「ブースの助手のマーサ・タイラーから手にいれました。彼女は一度、家にはいってます。彼が戻ってこなかったときに、心配になって。ほんの二、三日で戻る、と彼はいってたので、なにか事故でもあったのかもしれない、と彼女は考えたんです」

家のなかは、いかにも独身男の所帯といった雰囲気が漂っていた。それなりにかたづいているが、あまり清潔ではない。テイラーの住まいも、似たりよったりだった。部屋のまえにくるたびになかをのぞきこみ、すばやく家じゅうを見てまわる。電子レンジがいちばん目立っている小さなキッチン。ソファとコーヒーテーブルのある居間。コーヒーテーブルの高さは、テレビのまえにすわってテイクアウトの料理を食べるのにちょうどよかった。

「奥さんは、もうみつけたのか？」テイラーはたずねた。

「奥さん？」

テイラーはちくりと満足感をおぼえた。ここにきてまだ一時間しかたっていないのに、もうヨークシアの連中に仕事のやり方を教えてやることになるのだ。

「ご近所の話によると、彼は妻と子供を捨てたらしい。何年かまえのことだ。ミス・タイラーはなにもいってなかったのか？　被害者の遺族について、たずねたはずだが」

ジェブソンが肩をすくめた。「個人的な連絡先はひとつも知らない、と彼女はいってました」

突然、テイラーはこの狭い家にいるのが耐えられなくなった。ひどく気が滅入るし、あまりにも身につまされる点が多すぎる。もしも自分が突然死んだら、連絡先を知っているものがいるだろうか？「それについては、捜索チームにまかせたほうがいいな」テイラーはいった。「われわれは邪魔になるだけだろう。まっ先に確認すべきは、電話とEメールだ。仕事場のコンピュータと自宅のパソコンがある。彼は理由があって、シェトランドにいった。そこに知りあいがいたが、いまのところ、自分がそうだと名乗りでてきたものはいない。今回の旅行を手配するにあたって、彼はその人物と接触していたはずだ。それから、銀行口座を調べる。彼は妻と子供を捨てたかもしれないが、金銭的にふたりを援助しなければならなかったはずだ。児童援助庁に問い合わせれば、記録があるだろう」

「上のほうに確認をとってもらわないと」ジェブソンがいった。「上司の考えでは、この事件はうちの管轄ですらないんですから」

「そういわれても、シェトランドから捜索チームを呼びよせるわけにはは……」

ジェブソンがふたたび肩をすくめた。

歩道に出るころには、テイラーは自分がやり方をあやまったことを悟っていた。だが、ペレスとその部下たちを相手に、甘い顔と魅力をすべて使いきっていたのだ。「悪かった」彼はいった。「さっきは先走りすぎていた。じつに厄介な事件だよ。だが、ブースのことをもっとくわしく知る必要があるのは、わかるだろう。それには、きみたち地元の警察の協力が必要だ」

「さっきもいったとおり、上のほうにひと言いっておいてください」ジェブソンは腕時計に目をやった。「マーサ・タイラーは、きょうは早めに仕事場にいくといってました。もう、ついてるころでしょう。わたしは九時半に出廷しなければなりませんが、繊維工場までの行き方を教えておきます」

マーサ・タイラーはオフィスでコーヒーを飲んでいた。髪をひとつにまとめて三つ編みにしており、それが背中の半分くらいまでたれていた。古めかしい髪型で、ぴっちりしたグリーンのベストにジーンズという服装とはちぐはぐに見えた。テイラーがリハーサル室をよこぎっていくと、それに気づいた彼女が立ちあがった。大変な一夜をすごしてきたように見えた。

「劇団をどうしたらいいか、わからなくて」マーサ・タイラーがいった。「月曜日から、学校での巡業がはじまるんです。予定どおりにつづけるべきでしょうか？」

「ミスタ・ブースに会計士はいましたか？　弁護士は？　法的な立場について、そういった人たちの確認をとったほうがいいかもしれませんね」

「わからないんです。ここには実習みたいなものできているだけなので」オフィスに戻ると、彼女は机の奥に腰かけ、テイラーに別の椅子を身ぶりで勧めた。「ここに腰かけていること自体、おかしな気がするわ。ここはジェレミーのなわばりだったから」

「彼のことを話してください」いかにもペレスがしそうな質問で、事件に関係のある情報にはなかなか到達しそうにないので、テイラーは注意力散漫になった。

「彼は俳優でした」マーサ・タイラーがいった。「そのことを覚えておいてください。彼が本気なのか演技をしているのか、真実を話しているのか作り話をしているのか、いつもはっきりとはしませんでした。本人には嘘をつくつもりがなかったのは、確かです。ただ、彼は自分なりに脚色したバージョンがいちばん好きだった。面白くて親切な人でしたけど、いつでも仮面のかげに隠れてました。実際にはなにを考えているのか、誰にもわからなかった」

「劇団をはじめるまえ、彼はなにをしていたんですか？」

「俳優として、小さな役にいろいろついていたみたいです。共演した俳優が大勢いました。なかには、ほんとうに共演した人もいるのかも。でも、この仕事はすごく厳しいんです。たとえ才能があっても、すべては運しだい。わたしがいちばん気の毒に思うのは、才能があるのに成功しなかった人たちね」

「それで、それ以前は？　演劇学校にいた？」

「よくは知りません。そうじゃないと思います。演技の学位はもってるけど本物の舞台に立ったことのない若者がここに仕事にきたとき、すごくけなしてましたから」

「自分の私生活について、話したことは？」

「一度もありません。仕事の話だけです」

「つきあっていた女性は？」

「ちょっとしたおつきあいは、何度かあったのかもしれません。酔って彼のたわごとに惑わされた若い女優とか。彼は若い女優といっしょのところを見られるのが好きでした。きっと、自尊心を満足させられるからでしょう。もっとも、決して長つづきはしませんでしたけど」

「女性が彼の正体を見抜いたから？」

「いいえ。ふるのは、いつでも彼のほうでした。すごく彼に熱をあげてた娘も、何人かいました。彼はすごくやさしかったし、けっこう恰好よかったですから」

テイラーの携帯電話が鳴った。リハーサル室に移動してからとると、相手はジェブソンだった。

「裁判が休廷になったので、あなたのために何本か電話をかけてみました。社会保障省で、これまでの職歴がわかりました。彼はこの十五年間、俳優としてフリーでやってます。収入にかんしては、いま税務関係の人からの連絡を待っているところです」

「それ以前には、なにを？」

「教師として、チェスターの学校で教えてました」

「助かったよ」

「あとひとつ。奥さんの居所をつきとめました」

27

ケニーは金曜の夜が好きだった。エディスは土日が休みなので、金曜の夜に介護センターから帰ってきた彼女を、それから二日間は家でひとり占めにできるからである。

金曜日はたいていそうだが、エディスは遅く帰宅した。疲れて、すこし神経がはりつめているように見えた。訪問介護で、午後じゅう外に出ていたのだという。世話をする相手よりも、その家族のほうが手がかかる、とエディスはよくこぼしていた。ケニーは彼女の車の音を聞きつけると同時に冷蔵庫からワインのボトルを取りだし、栓を抜いてグラスに注いでおいたので、彼女が家にはいってきたときには、すでにそれが作業台の上に用意されていた。週の終わりの儀式だ。彼女は床にバッグをおいてジャケットを脱ぐと、ケニーに軽くキスしてから、ワインのグラスを手に、風呂をいれにいった。これもやはり儀式のひとつだった。浴槽に湯が満たされていく音が聞こえてくる。風呂からあがってきたとき、彼女はもとのエディスに戻っているだろう。ジーンズにセーター姿で、もっと落ちついてリラックスしているはずだ。

エディスが帰宅するまえに、ケニーは友人たちに電話をかけ、羊を丘からおろして毛を刈りとる作業の手伝いを頼んでいた。予報では、あしたの天気は晴れだった。彼は毛刈りの現場の雰囲気が好きだった。それは真夏を象徴する一日だった。みんなで横一列になって丘を進み、前方の羊たちを防壁においつめてから、小農場までおろしていく。そうしていると、子供のころに戻った気がした。住民が総出でおこなう作業がもっとたくさんあった時代に。羊の皮膚を傷つけずに――ただし、一日かけているひまはないのでペースを落とさずに――毛をまるごと刈りとろうと、たがいにひやかしあいながら競争するのは、楽しかった。それから、夜になると全員が家にきて、ビールを飲み、ウイスキーを何杯かやり、ときには音楽がくわわったりもする。

風呂あがりで全身がバラ色になったエディスが、キッチンにはいってきた。服は身につけておらず、大きな白いタオルを身体にまきつけているだけだった。肩幅がすごく狭く、首がやけに長く見えた。彼女はグラスのワインを飲みほすと、おかわりを注いだ。

「考えてたの」エディスがいった。「まだ服を着るのは、はやいかなって」

おれは世界一の幸せものだ、とケニーは思った。

しばらくしたあとで、ケニーはまえの日にとってきたタラを焼いた。エディスはテーブルについて、ケニーが魚のうろこを落とし、頭を切りとり、腹を裂き、内臓を取りだすのを、注意深くながめていた。彼が想像していたとおり、ジーンズにセーターという恰好だった。

「きょうは仕事がきつかったのか?」ケニーはエディスがすこしぴりぴりしているのに気づいていた。

「ウィリーのことが心配なの」エディスはいった。「なんだか不安そうにしてるから。すごく落ちつかなくて、混乱してるの。そんな彼を見てるのは、つらいわ」

「ジミー・ペレスに質問されたのが、よくなかったのかもしれない」

「そのせいだとは思わない」エディスがいった。「ジミーは老人のあつかいがうまいもの。聞き上手だし、物腰はやわらかいし」間があく。「彼が警察の仕事にむいてるかどうか、疑問ね。どう思う?」

そういえば、ジミーの母親も物腰がやわらかかった、とケニーは思った。だが、彼女のことは考えたくなかった。フェア島で働いていたあの夏に経験した奇妙なのぼせあがりのことは。「午後遅く、ピーター・ワイルディングがウィリーを訪ねてきたの」突然、エディスがいった。もしかすると、そのことがずっと頭にひっかかっていたのかもしれない。それで、冴えない顔をしていたのかも。

「そいつは親切だな」

「どうかしら」エディスがいった。「あの作家の目的がなんなのか、さっぱりわからない。やたらとしつこく質問するし、ウィリーはすぐに動揺するし」

「ウィリーを本に登場させたいんじゃないのか」

「そうかもね。でも、なんだかウィリーの生気を吸いとる寄生虫みたいな気がして」エディスが言葉をきった。彼女が震えているのを見て、ケニーは驚いた。「ブネスにある家を買いとるつもりだ、と彼はいってたわ」エディスがつづけた。「シェトランドにとどまりたいけど、ビディスタにあるウィリーのぼろ家じゃもの足りないってわけね。〝シェトランドは創作の源になるんです〟。そんなことをいってた」

ケニーは、なんといっていいのかわからなかった。一度、マーティン・ウィリアムソンといっしょにワイルディングを釣りにつれていったことがあり、そのとき、ひよわですぐにびびるやつ、という印象を受けていた。ワイルディングはボートのへりをつかんで、真っ青な顔をしてすわっていた。あの作家が島の南のほうに引っ越しても、彼は残念に思わないだろう。ウィリーの古い家に若いシェトランド人の家族がはいれるようになるのなら、そのほうがいい。このあたりに子供が増えるのは、好ましかった。アリス・ウィリアムソンに友だちができる。あの子は、ひどく寂しい思いをしているにちがいなかった。

エディスが魚のつけあわせにする新じゃがを掘りだしに庭へ出ていき、水切りに入れて戻ってきた。そのてっぺんには、レタスがのっていた。両手についた土を蛇口の下で洗い落とす。

「おれがセンターにいって、ウィリーと話をしてみようか?」ふたりが席について食べはじめようとしたとき、ケニーはたずねた。「ウィリーには、ずいぶんご無沙汰してる。ふたりで昔話ができるし、ウィリーはいつだって、魚のとれ具合やおれのボートの調子を知りたがる。おれは生気を吸いとったりしないよ。約束する」

エディスが顔をあげて、彼にむかって頬笑んだ。「彼、すごく喜ぶわ。あなたって、ほんとうにいい人ね、ケニー・トムソン」

エディスは四分の一に切ったレモンをタラの上でしぼると、うやうやしいといっていいくらいの真剣さで魚を食べた。なにをやるときでも彼女はそうだ、とケニーは考えた。

食事のあとで、ケニーは丘を散歩しないかとエディスを誘った。彼女がいっしょにくるのはときどきだが、いつでも大歓迎だった。夜の丘を歩きまわれば、彼女も仕事の心配をすこしは忘れられるかもしれない。エディスはこたえるまえに、一瞬、ためらった。その誘いに心惹かれているのがわかったが、結局は首を横にふった。

「イングリッドのために、編み物をすませておきたいの。なにがあっても大丈夫なように」

娘のイングリッドは妊娠中で——かれらにとっての初孫だ——出産予定日は十日後だった。

エディスは、陣痛がはじまったらすぐにアバディーンに飛んでいけるように、休暇をためていた。赤ん坊のためにショールを編んでいたが、すごく手がこんでいて、彼の祖父母の時代に使われていた結婚式のベールみたいに見えた。極細の糸を使って、結婚指輪にとおせるくらいのベールを編みあげなくてはだめだ、というのが当時の女性たちの口癖だった。

「あの娘に電話でもしてみようかしら」エディスがつづけた。「様子を訊くために」

ケニーは理解した。出産がちかづくにつれて、イングリッドはシェトランドへの望郷の念をつのらせるようになっていたのだ。それまでは、シェトランドを恋しがる様子を両親にまったくみせていなかった。本土であたらしい生活をはじめて友だちを作り、結婚をした。ところがいまになって、ときどき夜、涙ながらに電話をかけてくることがあった。ホルモンのせいだ、とエディスはいっていたが、ケニーは娘が赤ん坊をシェトランド人として生みたいのだと考えていた。

戸口でブーツをはくと、彼は犬のヴァイラを呼んだ。小道をのぼっていくあいだ、いろいろなことを考えていたので、ふと気がつくと、丘のてっぺんちかくで海を見おろしていた。一羽のオオトウゾクカモメが急降下してきて、帽子のぎりぎりのところを通過していった。ひながいるこの時季、オオトウゾクカモメはつねに攻撃的だった。だが、ケニーはそれに慣れていたので、足どりを乱すことなく進んだ。足をどこにおろせばいいのか、心配する必要はなかった。この丘は勝手知ったる場所であり、毎晩おなじ道を通っているのだ。たとえ一週間つづけてブーツにペンキをつけてのぼってきても、決して脇にそれることがないので、草には足跡がひと筋しか残らないだろう。

よく晴れた晩で、あたりは静まり返っており、丘のふもとの岩場にあたってくだける波の音が聞こえるような気がした。〈ヘリング・ハウス〉のまえに車が数台とまっていた。金曜の夜は、ディナーのためにカフェがあいているのだ。すぐちかくで殺人があっても、客の入りには影響がなさそうだった。

今夜は、いつものコースをはずれて、もうすこし先まで歩いていこう、と考えていた。〈ビディスタの穴〉のまわりにどれくらい羊がいるか、確認するのだ。丘を知りつくしていたので、ケニーの心はまたしてもあちこちさまよいはじめた。

ジミー・ペレスのお袋さんとは、浮気する一歩手前のところまでいっていた。真夏のフェア島のノース・ヘイヴンの白い浜辺にすわって、彼女の手を握った。温かくてしょっぱい唇。おたがいに愛を打ちあけあった。

もうすこしでエディスのもとを去るところだった。いまではいちばん大切なものとなっている人を捨てるところだった。そう考えると、ケニーははっと息をのんだ。

自分はジミー・ペレスの義理の父親になっていたかもしれないのだ。

彼はあの夏のことを、すっかり忘れていた。もう何年も考えていなかった。だが、よそ者が殺され、ジミー・ペレスがふたたび彼の人生にあらわれたことで、記憶が甦ってきていた。彼は当時のことをエディスに話していなかった。打ちあけるべきだろうか？　だが、もう昔の話で、いまではなんの意味もなかった。彼女を傷つける必要がどこにある？

ケニーはいまや丘のいちばん高いところ、崖っぷちのちかくまできていた。あいかわらず風はなく、楽に歩くことができた。だが、膝の筋肉が張っていたし、ときおり鈍い痛みが走った。それに、すこし息切れしていた。五年前なら、もっとはやくここまで歩いてこられただろう。彼は足を止め、自分の土地をふり返った。見慣れた風景であるにもかかわらず、誇らしさがこみあげてきた。

このあたりの草は、羊やウサギに食べられてみじかくなっていた。ところどころに岩が雑然と積みあがっていたが、それが自然にできたものなのか、彼よりまえの土地の所有者たちが残していったものなのかは、不明だった。〈ビディスタの穴〉と海にはさまれた岩の橋の上に立つ。〈ビディスタの穴〉は地面にぽっかりと大きな口をあけている穴で、海面とおなじ高さまで深くえぐれていた。子供のころ、ウィリーからその穴がどうやってできたのかを聞かせてもらったことがあった。シェトランドの娘に心を奪われた巨人がこしらえたのだ。娘は相手に悪意がないことに気づかず、巨人におびえて逃げだし、崖から転落した。巨人は悲しみと怒りのあまり、岩に手をつっこんで穴をあけ、えぐりとった岩屑を海に放り投げた。そして、それが海岸から沖合いにむかって点々とつづく岩礁となった。どちらかというと、この穴は芯をくり抜いたでっかいリンゴみたいに見える、とケニーは思ったが、恋にわずらう巨人の話のほうが子供たちにはうけた。ウィリーはこういったお話で、何世代もの子供たちを楽しませつづけてきていた。

穴の内側は、すべて切り立っているわけではなかった。たしかに、海にちかい側はほとんどでこぼこのない岩だらけの絶壁で、岩棚にミツユビカモメの巣があるだけだった。だが、陸地側はいちばん下まで草でおおわれており、ピンクのハマカンザシが生え、あちこちにウサギが通るけもの道があった。穴の底には海岸までつづく水平の洞穴があり、満潮時には、そこからなだれこんできた海水が激しくかきまわされて泡立ち、しぶきがてっぺんちかくまで吹きあがってきた。子供のころは、みんなでよくこの穴で遊んだものだった。いちばん下まで草の斜面をすべりおりていったので、ズボンには緑の染みがつき、膝は泥だらけになった。だが、高潮のときは、決してそういう遊びはしなかった。腹ばいになって、穴のなかをのぞきこむだけだった。

いま穴をのぞきこんでみると、そこには、どうにかして底のほうまで降りていった一頭の雌羊がいた。岩棚で、身動きがとれずにいる。馬鹿だから、むきを変えて戻ってこられないのだ。ときどき、この世でいちばん頭の悪い動物は羊ではないか、とケニーは思うことがあった。雌羊は毛むくじゃらで、その重みで毛が背中からはがれ落ちそうに見えた。あす、ほかの羊といっしょに毛を刈りとってやらなければなるまい。

ケニーはすこしずつ斜面を降りて、雌羊にちかづいていった。うしろにまわりこんで、自力でよじのぼらせるつもりだった。草は濡れていなかったが、それでもすべりやすかった。ハマカンザシがざらざらしていて踏ん張りがきくので、助かった。突然、自分でも驚いたことに、すごく幸せな気分になった。膝の痛みは忘れ去られた。天気のいい夏の夜。エディスは週末ずっと家にいる。そして、彼はいまでも子供のころのように、〈ビディスタの穴〉を這いおりていくことができるのだ。

羊をおびえさせてはならないので、すごくゆっくりとうしろにまわりこんだ。これ以上、羊が下まで降りていったら、地上につれ戻すのは不可能だろう。ようやく羊のまうしろにたどりつくと、おなじ岩棚に立って両腕をひろげ、羊が脇を通り抜けられないようにした。

「ほら、いけ。のぼるんだ」

羊がいきなり地上にむかってかけだした。降りてきた道すじを無視して、まっすぐてっぺんを目指していく。羊はもたつきながらも、どうにか足をすべらさずにのぼりつづけ、その間ケニーに見えるのは、泥だらけの尻とゆるくカールした羊毛だけだった。やがて、羊が穴のへりを越えて見えなくなった。

ケニーはその場に立ったまま、視線を下にむけた。このあたりは、すべてが翳《かげ》につつまれていた。太陽の位置が低すぎて、光がここまでさしこまないのだ。この光景を目にしたことがあるものは、世界でも数えるほどしかいなかった。いまビディスタにいる子供はアリス・ウィリアムソンだけで、彼女は丘を自由にかけまわることを許されていなかった。彼女が穴にちかづいたりしたら、両親は発作を起こすだろう。とはいえ、ベラがはじめて穴の底まで降りていったのは、アリスとそう年のちがわないころだった。ベラは男の子たちに負けないくらい、むこうみずだったのだ。穴の底には潮がひいたあとに残された淡海水の水たまりがあり、満潮のときに穴にはこびこまれたまるみをおびた大きめの石がいくつか見えていた。

そのとき、灰色の岩のなかに鮮やかな色がまじっているのが目にとまった。ちょうどアリスのことを考えていたので、ケニーはそれが彼女かもしれないと思い、一瞬、心臓が止まりそうになった。ついに両親の庇護から逃れたアリスが丘をかけのぼってきて、足を踏みはずしたのだ。少女が斜面を転がり落ち、大岩にぶつかった頭が卵の殻みたいにぱっくりと割れるところが頭に浮かんだ。

だが、あそこにあるのが子供の死体のはずはなかった。それにしては、大きすぎる。目の錯覚にちがいない。眼鏡をかけなさい、とケニーはエディスからつねづねいわれていたし、本人もそれを自覚していた。そろそろ自尊心を捨てて、ラーウィックにいって目の検査を受けたほうがいいだろう。たぶん、あれは肥料のはいっていたブルーのビニール袋だ。ケニーはそれに背をむけ、犬が寝そべって主人の帰りを待っている草地まで斜面をのぼっていきたかった。

だが、そう考えながらも、彼はさらに下まで降りていった。あたりはますます薄暗くなり、腐った海草の臭いが鼻をついた。

ロディ・シンクレアが死んでいた。眼鏡などなくても、ケニーにはそれがわかった。身体がねじれ、頭が岩にぶつかって割れていた。ちょうど、アリスがそうなるところを想像したとおりに。できるだけはやく地表に戻らなくてはならないとわかっていた。家にかけ戻って、ジミー・ペレスに電話するのだ。だが、とてもできそうになかった。脚に力がはいらなかったし、全身がだるかった。とはいえ、ここであの若者の無残な死体のそばにいるのは恐ろしく、それでようやく彼の身体は動きはじめた。

28

ペレスは一日じゅうラーウィックにいて、徒労感をつのらせながら電話をかけ、メールを出しまくって、シェトランドに到着してからのブースの足どりをたどろうとした。捜査本部は風通しが悪く、暖房がききすぎていた。被害者の身元が判明したことで捜査にははずみがついていたが、それでも午後遅くなるころには、ペレスはほとんどなにも成果をあげていないように感じていた。仕事のあとで、彼はフランの家へとむかった。まえもって電話しておらず、おかしなくらい緊張していた。朝からずっとフランに会うのを待ち望んでいたくせに、いざそのときがくると、自分は相手の期待にこたえられないのではないか、というものの不安がこみあげてきた。

キャシーはキッチンのテーブルで教科書を読んでいた。集中して、顔をしかめている。頬に絵の具がついており、大きくなったら母親そっくりになりそうだった。自分は邪魔なのではないか、きたのは間違いだったのではないか、と考えて、ペレスはぎごちなく戸口に立っていた。

「お邪魔だったかな?」

「とんでもない」フランが脇によって、彼を家のなかに入れた。「紅茶にする? それとも、ビール?」

ペレスはキャシーの隣にすわって学校の様子をたずねたが、そのあいだもフランのことを考えていた。彼女もすこし落ちつかないようだった。いつもは自信たっぷりという印象があるので、どうしてそわそわしているのかが気になった。フランはやかんを火にかけてから、今夜はもうじゅうぶん予習したから、ごほうびにDVDでも観たら、とキャシーにいった。

キャシーがテレビのまえに陣取ると、大人たちは飲み物を手にして外に出た。

「殺された男の身元がわかった」ペレスはいった。「あすのニュースで大きく報じられるだろう。きみにいっておきたかったんだ。彼は俳優だった。名前はジェレミー・ブース」

フランは首を横にふった。「まったく聞き覚えのない名前よ」

「ヨークシアからきた」

「ごめんなさい。それでも、さっぱりだわ」

ふたりは黙ってすわっていた。うしろの丘のほうで、シャクシギが鳴いていた。

「きのう、ピーター・ワイルディングと会って、ランチをとったの」ついにフランが口をひらいた。両手で紅茶のはいったマグカップをこねくりまわしている。彼女がぴりぴりしていた原因がそれだということが、ペレスにはわかった。どう反応すべきかよくわからなかったので、結局、なにもいわずにいた。

「彼はシェトランドにとどまるつもりよ。ブネスにある家を買いとろうとしている。知ってる？　浜辺のすぐそばにある大きな家だけど」

「すごくいいところだ」それから、相手がもっとなにかいってもらいたがっているのを察して、つづけた。「住めるようにするには、かなり手を入れなくてはならないだろう」彼の頭は質問ではちきれそうだった。いったいなにがあったのか？　そもそも、どうして彼女はワイルディングと出かけたのか？　だが、そういったことは、余計なお世話なのかもしれなかった。

「どうして彼からランチに誘われたのか、よくわからないの」フランがいった。「捜査にかんする情報をあたしから聞きだせるかもしれない、って期待してたんじゃないかしら。そんな印象を受けたわ」

「それに、きみのパンツを脱がせたいのさ」ペレスはいった。「そういうことかもしれない」

フランは大きくにやりと笑った。「そうかもね」という。「でも、それ以上のものがあったわ。質問するときのあの熱のはいりかたからすると」

「なんらかの形で彼がジェレミー・ブースの死にかかわっている、と思うのかい？」

「いいえ」フランがすばやくいった。「そうはいってないわ。彼は作家よ。生まれつき好奇心が強いの。きっと、それだけのことね」

ワイルディングが犯人なら自分にとっては好都合だな、という考えが、ふとペレスの頭に浮かんだ。あの男がここからそう遠くないブネスに住むというのは、すごく気にくわなかった。だが、こんなふうに考えるのは危険だ、とわかっていた。捜査である特定の結果を望むと、客観性を失い、ありもしない影を目にして、ほかの可能性を無視するようになるからだ。

「食事は、もうすませた？」フランがたずねた。「キャシーをベッドに入れるまで待てるようなら、あたしの分といっしょに用意できるけど」

「そいつはいいね」

ふたりがテーブルで食事をしているときに、電話が鳴った。家の電話にかかってきたので、ペレスはそれが自分への電話とは考えもしなかった。パンをスライスし、サラダをとる。そのあいだにフランが電話に出たが、彼女は顔をしかめると、受話器を彼にむかってさしだした。

「サンディよ。あなたに」

サンディの最悪の面があらわれていた。子供っぽくて、すごく得意げだ。「まず自宅にかけてみたんです。それから携帯にかけたけど、電波が届かなかった。で、もしかしたらミセス・ハンターのところじゃないかと……」

「なんの用だ?」テーブルのむこうで、フランが彼にむかっておどけた顔をしてみせていた。

「また死体が出たんです」サンディが言葉をきった。このところ、彼は芝居がかった言動を身につけてきていた。

「誰の死体だ?」

「ロディ・シンクレア。ケニー・トムソンが〈ビディスタの穴〉の底でみつけました。ホワイトネスにいる新人巡査のロバートを確認にやりました。間違いなくロディ・シンクレアです。事故かもしれません」

「偶然にしては、すこしできすぎだな」このまえロディがなにかいいたそうな様子をみせていたことを考えると、やはり事故とは思えなかった。桟橋の小屋で死体が発見された日に、ロディと丘をのぼっていったときのことを思いだす。ロディはあそこで育っていたし、足もとはすごくしっかりしていた。〈ヘリング・ハウス〉のパーティで、夜の日の光を浴びたロディが踊りながらフィドルを演奏していた姿を思い浮かべる。彼は断崖に棲む野生のネコ科の動物みたいにしなやかで、すばしこかった。ペレスはあの若者に好感をもっており、その死に喪失感をおぼえた。

「ベラは知ってるのか?」

「まだです」サンディがいった。「まず先に、あなたに知らせるべきかと思って」

「よくやった。ベラには、わたしから伝える」ロディはベラの秘蔵っ子だった。その死に、彼女は打ちのめされるだろう。一瞬、ペレスは同情をおぼえたが、すぐに思考を仕事モードに切り替えた。捜査が開始されて以来、ベラは彼を相手にゲームをしていた。甥っ子の死にショックを受けて、なにか話す気になるかもしれない。

「それなら、急いだほうがいいですよ。ニュースがどんなふうに広まっていくか、知ってるでしょ」

「ケニーがベラに電話するとは思えないな。あのふたりはそれほど親しくないし、ケニーはニュースをふれまわるような男じゃない。だが、わたしが彼女と話をするまでは、誰も丘にはやらないでくれ。待つようにいうんだ」

「このことを誰にもいわないよう、ケニーには念を押しときました」自分ですでに思いついていたので、サンディはすごく誇らしげだった。

ペレスは頬笑んだ。「よくやった」という。「お手柄だ」

「つぎはテイラー警部に電話しといたほうがいいですかね。いろんなことが起きてるときに自分はイングランドにいると知ったら、かんかんになるだろうな」

「そうだな」ペレスはいった。「電話しておいたほうがいいだろう」

フランは食事をつづけていたが、フォークをもつ手を途中で止めて、食べるのをやめた。

「いかなきゃならないんでしょ？　そして、くわしいことは話せないのね」

「ロディ・シンクレアが死んだ。ケニー・トムソンが〈ビディスタの穴〉で彼の死体を発見したんだ」

「気の毒なベラ！」フランの目は潤んでいた。「じつの息子みたいにロディを愛していたのに」

「これから彼女に知らせにいく。いっしょにいてくれる人が必要なら、きみがここにいる、と彼女にいってもいいかな？　たしかにベラは生まれも育ちもシェトランドだが、あまり友だちがいなそうだから」

「もちろん、かまわないわ」

こんなに多くのことを話してもらえてフランが喜んでいるのが、ペレスにはわかった。ワイルディングにはなにもいわないように、という警告が舌の先まで出かかったが、間一髪のところで自制した。

「ロディはいつだってエネルギーに満ちあふれてた」フランがいった。「内側から光り輝いてるようだった。その彼が死んだなんて、想像できないわ」間があく。「また死者が出たのね。ここはいったいどうなってるのかしら？　マスコミが大騒ぎするのは、わかってるわよね？

彼は本土でも有名人だった。うわさが洩れた途端、ジャーナリストが大挙して押し寄せてくるわよ」

「それじゃ、プレッシャーはゼロってわけだな」地元からのプレッシャーももっと強くなるだろう、とペレスは考えていた。ロディはシェトランド人だった。世界にむかってシェトランドを代表する人物だった。人びとは彼を殺した犯人の逮捕を望むだろう。見知らぬイングランド人が屋根からぶらさがっているのを発見されたときとは、わけがちがった。

「ジミー？」

ペレスはすでに戸口におり、彼女のほうをふり返った。

「事故じゃなかったんでしょ？」

「ああ」ペレスはいった。「事故とは思えない」

「自殺かしら？　あのイングランド人を殺したのはロディで、その罪の重さに耐えられなかったとか？」

「かもしれない」彼は崖のてっぺんでシロカツオドリのように両腕を大きくひろげて立っていたロディの姿を思いだしていた。空中に飛びだして自殺するというのは、いかにも彼が好みそうなはでな行為だ。空を飛んでみせるのに、もっともちかい。だが、ロディなら観衆を欲しがるだろう。観衆がいなければ、それはいかなるパフォーマンスにもなり得ない。

「用事がすんだら、戻ってきて」フランがいった。「どんなに遅くなっても、かまわないわ。無理にとはいわないけれど」

ペレスが屋敷についたとき、ベラは庭にいた。家の脇のテラスに錬鉄製のテーブルと椅子がおいてあり、彼女はそこにすわっていた。光が拡散して乳白色になっており、時刻がすでに十時をまわっていることにペレスは気がついた。テーブルには本があったが、ベラは読んでいなかった。うとうとしていたのかもしれない。本の隣に、ワインのはいった大きなグラスと半分空になったボトルがあった。

「ジミー」ベラが目をあけるといった。「素敵な晩じゃない？　すごく静かで。こんなふうに穏やかにすごせる日は、めったにないわ。いっしょに飲みましょう！」

ペレスは彼女のそばにある壁に腰をおろした。

「ロディから最後に連絡があったのは、いつでしたか？」

「お昼どきに、あの子を見かけたわ。本土にむかう飛行機の最終便に乗ることになってたの。きのう出発する予定だったんだけど、若い人たちがどんなだか、知ってるでしょ。かれらにとって、時間はなんの意味ももたないの。いくらでもある、とでもいうようにね。電話をくれると思ってたんだけど、きっと友だちとばったり出会うかなにかしたんでしょう」

これを楽にできる方法などない、とペレスは思った。ちかしい人が亡くなったら、自分ならそれをずばりといってもらいたいだろう。決まり文句やごまかしは一切なしに。「ロディは亡くなりました、ベラ。今夜、〈ビディスタの穴〉で死体が発見されたんです」

ベラの目が大きく見ひらかれた。「うそ。うそよ」という。「なにかの間違いだわ。あの子は飛行機に乗ったんだもの」

「彼をサンバラまで送っていったんですか？」

「きょうの午後は、ラーウィックで人と会う約束があったの。あの子は自分で空港にいくといってたわ」

「車を運転して？」

ベラは立ちあがり、テラスをいったりきたりしはじめた。手にグラスをもったままだった。

「そうするつもりだ、と思ってたわ。でも、戻ってみると、あの子の車はまだここにあったから、友だちの車にのせてもらったんだと思ったの」

「彼の車を調べさせてもらえますか？」

「もちろんよ、どうぞ」自分の正しさが証明されるとベラが自信たっぷりでいるのが、ペレスにはわかった。ベラ・シンクレアは、これまでの人生で一度もおのれの間違いを認めたことがなかった。ロディはアバディーンのどこかの酒場で取り巻き連中に囲まれている、と確信していた。だから、無事についたという電話がまだかかってきていないのだ。

ロディの車は修復された古い黒のビートルだった。おそらくその値段は、ペレスの新車のセダンよりも張るのだろう。鍵はかかっていなかった。トランクにはかばんがあった。荷造りのさいちゅうに嫌気がさして父親の墓参りにいくことにした、とロディが語っていたかばんにちがいない。そのてっぺんに、ヴァイオリンがのっていた。ペレスはベラをテラスに残してきていたが、いまその彼女がうしろからちかづいてきた。足音がしたあとで、かすれたような悲鳴があがる。はっと息をのんだだけ、といった感じの小さな悲鳴だった。「それじゃ、本当なのね」ベラがいった。「あの子は死んだんだわ。ロディがヴァイオリンをおいていくはずがないもの」ベラは両腕で自分を抱きかかえると、身体をふたつに折って泣きはじめた。

ペレスは彼女を家のなかへつれていき、キッチンにすわらせた。いまでは光がほとんどなくなっていた。黒ずんだ木の長椅子にすわっているベラは、日曜学校にきている子供みたいに、小さくてかよわく見えた。

「これはいったいどういうことなんです、ベラ？　画廊のオープニングをめぐるいたずらどころの騒ぎではない。ロディは殺された。それほどまでにあなたを憎んでいるのは、誰なんです？」

ベラが顔から両手を離したので、その大きな目が泣き濡れて真っ赤になっているのがわかった。

「わからない」ベラがいった。「ほんとうにわからないのよ」

部下のモラグがラーウィックから到着するまで、ペレスはベラにつきそっていた。そのあいだ、彼女は質問を受けつけようとはしなかった。「いったでしょ、ジミー。あたしはなにも知らないの」フランの家まで車で送ろうか、とペレスは申しでたが、ベラは自分の家にとどまりたいといった。「あたしはここにいないと」ペレスはがっかりした。ベラがフランになにか打ちあけるかもしれない、と期待していたのである。

ペレスが丘についたころには、すでに夜のいちばん薄暗い時間帯がすぎて、太陽がふたたびじりじりと地平線からのぼりはじめていた。とりあえずは、これも夜明けにはちがいなかった。ペレスが屋敷を出たとき、庭では一羽のミソサザイがさえずっていた。警察のランドローヴァーは崖っぷちにとまっており、遠くからでも大勢の人が穴のへりにいるのが見えた。ペレスは穴に降りていかずにすむことを願っていた。あそこは犯行現場だ。ちがうか？　だとすれば、保存しなければなるまい。穴のなかへ這いおりていくのは、まわりになにもない崖っぷちに立つのほど恐ろしくはなかったが、それでも避けられるものなら、それに越したことはなかった。

ブースの死を殺人と断定した若い医師と話をしていたサンディが、ペレスがちかづいてくるのを見て、手をふった。

「死体をひきあげるのに、沿岸警備隊の応援を要請しました」という。「かまわないですよね？」

ペレスはサンディの機転に驚かないよう努力した。「もちろんだ。下での作業が終わったならな」

「おれもドクターといっしょに下まで降りたんです」サンディがいった。「で、こいつをみつけました。ポリエチレンでくるんだから、指紋はつけてません。でも、海のほうにむかってのびてる裂け目のそばに落ちてたんで、外に流されていくんじゃないかと思って」サンディは証拠を動かしたことで怒鳴られるかもしれないと考えており、不安そうにペレスを見た。

「わたしもまったくおなじことをしただろう」それは黒い革の旅行かばんで、スチュアート・リースクがジェレミー・ブースの所持品として説明していたものとそっくりだった。

「どう思います？」

「おそらく何者かがブースを殺して自殺に見せかけたあとで、警察に身元をつきとめられまいとして、かばんをここに投げ捨てたんだろう」

「シンクレアのほうは？」

「彼が犯人だったのかもしれない。かばんを別のところに移そうとして、あるいは見えないところにあることを確認しようとして、穴に降りていった。そして、その途中で足をすべらせた」

「でも、そうは思ってないんでしょ？」

「ああ。おそらく犯人は、ロディ・シンクレアとここで会う手はずをととのえたんだろう。ロディは崖っぷちに立つのが好きだった。突き落とすのに、大して力はいらなかったはずだ。だが、どうして彼を殺さなければならなかったのかな？　ロディはブース殺しについて、なにか知ってたのかもしれない。とにかく、彼はそうやって殺されたにちがいない」

ペレスはしばらく黙って立ち、どんな感じがするのかを想像していた。背中を押され、なにもつかむものはないと悟って、パニックに見舞われる。そして、それから地面にたたきつけられるのを待つ。サンディにみつめられているのに気づいて、ペレスはいった。「あとは、いまの説をどうやって証明するかだな」

29

ロイ・テイラーがジェレミー・ブースの妻を訪ねていったとき、彼の隣にはステラ・ジェブソンがいた。ブースの妻が住むウィラル半島は彼女の管区外だったが、どういうわけか同行したがったのである。みんなとおなじように、彼女も自宅から遠く離れた地で謎めいた死をとげた男に興味をひかれたのかもしれなかった。その謎がどう解明されるのか、見届けたいのだ。

「内国税収入庁から返事がきました」ジェブソンがいった。「ブースの所得申告がだいたい正確だとするならば、彼の劇団は破産寸前でした」

そいつはきちんと調べてみないとわからんぞ、とテイラーは思った。自由業の人間が実際の収入の一部しか申告しないのは、なにもいまにはじまった話ではない。だが、ブースがほんとうに金に困っていたのなら、どうして劇団を学生と大してちがわない人間にまかせて、自分はシェトランドに雲隠れしたのだろう？　そこで金を手にいれられるあてでもあったのか？

テイラーは子供のころ、ウィラル半島にきたことがあった。まだ彼がすごく小さくて、母親が家にいたころ。母親が愛人といっしょに北ウェールズに逃げだすまえの話だ。ホイレークやウエスト・カービーの浜辺ですごした時間は、幸せな記憶として残っていた。ピクニック。アイスクリーム。竹ざおの先の小さな網でつかまえた岩場の水たまりの魚。父親がいっしょにいたことは、一度もなかった。ウィラル半島にむかって車を走らせるあいだ、彼はこうしたことをジェブソンに話さなかった。他人の思い出話くらい、退屈なものはないからだ。

ブースの妻はアマンダといい、教師をしている男性と再婚して、〝ブース〟から〝ステープルトン〟に姓が変わっていた。わざわざここまで足をのばしてくる価値があるのかどうか、テイラーには確信がなかった。ブースが妻子を捨てて逃げだしたのは、何年もまえのことだ。これだけ時間がたったあとで、元妻が彼の殺害にかかわる理由があるだろうか？　間違いなく、彼女にとっては失うものが大きすぎる。とはいえ、ブースの出奔はほんとうに突然だった。人生の進路を完全に変え、子供とのつながりを一切絶っていた。家族がいつまでもつきまとう場合があることを、テイラーは知っていた。時間の経過とともに恨みが大きくなる場合があることも。そもそも、この夫婦関係は、どうしてここまで劇的な形で崩壊したのだろう？

ステープルトン一家は、アロー・パーク病院のそばの一九五〇年代風の家がたちならぶ快適な住宅団地に住んでいた。まっすぐな並木道に個性のない二戸建て住宅がつらなる通りだ。ここなら簡単に姿をくらませそうだったが、車をとめたとき、テイラーはむかいで庭仕事をしている老婦人にチェックされるのを感じた。となると、人目につかずに行動するのは、思っていたほど楽ではないのかもしれなかった。

すでに日が暮れていたが、アマンダ・ステープルトンはひとりで家にいた。家が建てられたのとおなじ時代に属しているような感じの女性だった。気どりのないブロンド女性で、袖なしのサマードレスにサンダルという恰好をしている。テイラーは、大きくひろがったスカートをはいて髪にパーマをかけた女性たちのことを連想した。彼の母親は映画好きで、午後にテレビでよく古い映画を観ていた。目のまえにいる女性は、あまり有名でない映画スターといっても通用しそうだった。

「お時間をさいていただいて、ありがとうございます」テイラーはいった。「いろいろとおありでしょうに」

「かまわないんですよ。専業主婦で、ずっと家にいますから」アマンダ・ステープルトンがいった。「子供たちも大きくなったし、そろそろ働きに出ようかと思っているんですけど、子供たちが学校から帰ってきたときに家にいてやりたくて。去年、夫が教頭に昇進したので、それでもやっていけます」

すでにブースの死は伝えられていたが、彼女はなんの感慨も抱いていなそうだった。それを話題にもしないのではないか、という気がテイラーはした。テイラーとジェブソンは家の裏手にある居間へと案内された。庭につうじるドアが、あけっぱなしになっていた。

「紅茶をいれますね」

彼女が戻ってきたとき、はこんできたトレイには、自家製のビスケットのならんだ皿、ティーポット、ミルク入れ、砂糖つぼがのっていた。

「今夜は息子たちのクリケットの練習日なんです」彼女がいった。「夫が仕事のあとで、あの子たちをひろってきます。いつもは、こんなに静かじゃないですよ」

「お嬢さんは？」

「ああ、ルーシーはひとりで帰宅します。もう最終学年ですから。すっかり大人になって。というか、本人はそのつもりでいます。じきに帰ってきますわ。あの子には、まだ父親が亡くなったことを知らせていないんです。どう受けとめるか、見当がつかなくて」

アマンダ・ステープルトンは背もたれのまっすぐな椅子に腰をおろした。きちんと足首を交差させ、膝の上にバランスよく紅茶茶碗の皿をのせている。「ジェレミーとは、あの人が真夜中に姿を消して以来、十六年以上会ってません。彼はスーツケースひとつで出ていきました。娘をかかえたわたしを残して。それと、書き置きがありました。とてもすまないと思っているけど、これは自分の望む人生ではない、といった内容の書き置きが」彼女が顔をあげて、ふたりを見た。「彼の死を悲しめといわれても、無理ですわ」

「なんのまえぶれもなしに出ていったんですか？」

「ええ」

「ほかに女がいたとか？」

「書き置きには、なにも書かれていませんでした。でも、いたのかもしれません。あの人は魅力的な男性でした。なんのかんのいっても、わたしだってあの人に恋したわけですから」間があく。「あれは一生に一度の恋でした」

テイラーは目のやり場に困った。気まずさで自分が赤くなっているのがわかった。彼はむきだしの感情というやつが苦手で、いま目のまえにいる女性はひどく抑制がきいているように見えただけに、これには意表をつかれた。

ジェブソンがアマンダ・ステープルトンのほうに身をのりだした。「ジェレミーのことを話してください」という。「彼をほんとうに知っていた人物に、われわれはまだ出会っていないんです」

「その点では、わたしもお役にたてるかどうか。ジェレミー自身も、自分のことがわかっていたかどうか疑問です。あの人の場合、すべてが夢であり、物語でした。自分が生みだしたドラマのなかで、主役を演じていた。もちろん、どれも現実ではなく、頭のなかでだけでしたけど」アマンダ・ステープルトンは外のちりひとつ落ちていない庭をみつめた。「あの人なら、さぞかしこれを楽しんだでしょうね。これだけ注目の的になって」

「どこで出会ったんです？」

「職場です。わたしたちはどちらも教師でした。彼は英語を教え、わたしは技術科目の手工芸と料理を担当してました。このことは、じつによくわたしたちをあらわしています。わたしは実用的で、彼が得意とするのは作り話、言葉だった。彼はその言葉で、わたしの心を奪ったんです。ひまな時間に、彼は校内の学生演劇を指導してました。あの人がほんとうにやりたかったのは、それだったんです。学生のころ、彼は役者として何度も舞台にたち、実用科目中心の中等学校に進みました。でも、奨学金がもらえなくて、中等学校をあきらめなくてはならなかったんです。そのことを、すごく苦々しく思ってました」

「あなた以外にご遺族をみつけられずにいるのですが、ほかに彼の死を伝えなくてはいけない人がいますか？」

アマンダ・ステープルトンは首を横にふった。「彼はひとりっ子でした。それも、典型的な。すごく甘やかされて、好き勝手にさせてもらっていた。わたしたちが結婚したとき、彼の両親はかなり高齢でした。おそらく、ふたりとももう亡くなっているのでしょう」

テイラーは事情聴取の主導権が自分の手から離れつつあるのを感じていた。ジェブソンをつれてきたのは見学のためであって、事情聴取をのっとらせるためではなかった。

「十六年前に出ていって以来、ミスタ・ブースとは会っていないということですが」テイラーはいった。「まったく連絡を取っていなかったんですか?」

「あの人は娘の扶養料を払ってました。定職についたことがなかったので、大した額ではありませんでしたけど。教育劇団を設立してからは、状況はすこし好転しました。わたしはお金のことで騒ぎたてたくなかったので、その件で彼とじかに接触したことはありません。あの人は、わたしたちのことを考えたくないみたいでした」

「彼がいなくなったとき、捜そうとしましたか?」

「もちろんです! わたしは彼に夢中でした。でも、あの人は学校の仕事も辞めていた。黙って職場を放棄したんです。なんの通告もなしに、推薦状をもらおうともせずに。わたしは彼がノイローゼみたいになっているにちがいないと考えて、精神病院、警察、救世軍をあたりました。彼が路上やどこかの木賃宿で寝ているところを想像して」

「家を出たあとで彼がどこへいったのか、結局、わかったんですか?」

「パパとママのところです」ひどく苦々しい口調だった。「とてもじゃないけど、ロマンチックとはいえませんよね？　おびえた子供みたいに家に逃げ帰るなんて。もちろん、わたしはあちらの両親と連絡を取っていましたが、息子からはなにも聞いていない、といわれてました。あの人が嘘をつかせていたんです」

「それで、彼が出ていく引き金となるようなことは、ほんとうになにもなかったんですか？」

「あれは娘が生まれたころでした」アマンダ・ステープルトンがいった。「そのころから、いろいろなことが変わりはじめたんです」

彼女はここでひと息入れた。さっさと要点にはいってくれ、とテイラーは心のなかで叫んだ。彼のいらだちを察知したのか、ジェブソンが横から口をはさんだ。これほど大柄で不器用そうな女性にしては、すごくやさしい声をしていた。

「どんなふうに変わったんですか、ミセス・ステープルトン？」

「あの人がなにを期待していたのかは、わかりません。わたしが妊娠に気づくと、彼はすごく興奮しました。理想の家族生活でも思い描いていたのかもしれません。父親を敬愛する子供とか。おむつや泣き声、家に帰ると待っている、急に要求がましくなった疲れた妻のことでなかったのは、確かです。そして、そのあと生まれたルースは、彼が勝手に思い描いていた完璧な赤ん坊ではなかった」

「どんなところが完璧ではなかったんです？」

「娘は生まれたとき、口蓋裂だったんです。いまでは、見てもわかりません。ふつうの若くてきれいな娘です。でも、そうなるまでに何度も入退院をくり返しました。そして、はじめて家につれ帰ったときには、不細工な赤ん坊でした。あの人は、その姿に嫌悪感をおぼえたのだと思います。そして、そんなふうに感じた自分が厭わしかった。それで、いろんなことがいっきに爆発したのかもしれません。あの人は現実を直視できなかった。もはや芝居の世界に我を忘れることができなかった。だから、ただ逃げだしたんです。娘など生まれなかった、というふりをして」

「誰かが彼を殺したいと思うとしたら、その理由はなんでしょうか？」

「わたしは彼を殺していたでしょう」アマンダ・ステープルトンがいった。「もしもあのとき、彼が両親の家にいることをつきとめていたら。わたしが家の用事で悪戦苦闘しているときに、自分は両親に世話してもらっていたことを知ったなら」

「彼はシェトランドに家族か友人がいましたか？」

「家族はいません。あそこに友人がいるとしても、それはわたしと別れたあとに知りあった人でしょう」

アマンダ・ステープルトンは紅茶のおかわりを勧め、ビスケットをさしだした。そして、自分はもうまったく気にしていないことを示すために、頬笑んでみせた。ドアで鍵の回る音がした。

「ただいま、ママ」

「おいとましましょうか？」テイラーはいった。「娘さんとふたりきりで話ができるように？」

「いいえ。あの子にはいろいろと質問があるでしょう。あなたがたのほうが、わたしよりもきちんとこたえられますわ」

ルースは母親の言葉どおり、若くてきれいな娘だった。黒い髪。豊かな胸。満面の笑み。ドアのところに立ち、母親とふたりの客を見ている。ジーンズにゆったりとした白いトップスという恰好で、身体の線はわからなかった。ふたりの客の正体に興味をもっていたが、失礼になるので訊けずにいた。

「こちらの方たちは刑事さんよ」アマンダ・ステープルトンがいった。「あなたのお父さんのことで、知らせることがあるの」

少女はぎょっとして、かれらを見た。「どうしたの？　なにがあったの？」

ステラ・ジェブソンが立ちあがって、少女のそばにいった。「すわったら？」という。「悪い知らせよ」

少女はいちばんちかくの椅子の腕にちょこんと腰をおろした。「どういうこと？」

「お父さんが亡くなったの」ジェブソンがいった。母親からは伝えにくいだろう、と察したのかもしれなかった。「ほんとうに残念だわ」

「どんなふうに死んだの？　病気で？」

「殺されたの。わたしたちがここにいるのは、お父さんを殺した犯人をみつけだすためよ」

少女は大きくしゃくりあげながら、しくしくと泣きはじめた。悲しみのせいか、それともショックのせいかは、よくわからなかった。生まれてから一度も会ったことのない父親だというのに、やけに大げさな反応だ、とテイラーは思った。だが、十代の少女というのは、そういうものだった。やたらと騒ぎたてる。母親が立ちあがり、ぎごちなく娘の肩に腕をまわして抱き寄せると、髪の毛をなでた。

「あなたは捜査の助けにはならないだろう、といっておいたわ」アマンダ・ステープルトンがいった。「でも、あなたがなにか知りたがるかもしれないと思って、残っていただいてたの」

テイラーは、またしても目のまえで感情があらわにされたことで、自分が当惑するのを感じていた。「そろそろ失礼します」という。「電話番号をおいていきますので、なにか思いついたら、連絡してください」

テイラーとジェブソンが車のところにいると、ルースがあとをおって戸口からかけだしてきた。母親が表側の窓辺に立ち、かれらをながめていた。

「話があるの」ルースがいった。目が真っ赤だった。「でも、ここじゃだめ。母がいるところでは」

「それじゃ、どこで?」

「ヘスウォールのメインストリートに、コーヒーショップがあるの。七時まであいてるわ。そこで、一時間後に。母には、ボーイフレンドに会ってくるといっておくから」

あと一時間もウィラル半島で待たされるなんてテイラーはごめんだったが、少女のなみなみならぬ熱意をまえに、ことわることができなかった。

少女は約束の時間よりも十分遅れてあらわれた。げっそりとやつれた顔をしていた。コーヒーショップはチェーン店のひとつだった。茶色い革張りのソファ。有線放送のあたりさわりのない音楽。しゅーっと音をたてる機械。テイラーは立ちあがって、少女のためにコーヒーを買いにいった。カウンターからカプチーノをもって戻ってくると、少女はすでにジェブソンと話しこんでいた。

「ルースは最近、お父さんと連絡を取りあっていたそうです」ジェブソンがいった。「そのことを話したかったんです」

「どうしてお父さんは連絡してきたのかな?」テイラーはたずねた。

「そうじゃないの。あたしがみつけたんです」

「どうやって?」

「父がやってるインターアクトって劇団が、うちの学校で公演したから。ドラッグ問題をあつかった劇。よくあるでしょ。父はきてなかったけれど、名前が宣材のいたるところに出ていて、電話番号が載ってた。父が演技の道に進んだのは知ってたし、たぶん偶然だろうと思ったけれど、とにかく電話してみたんです。午後の授業がないときに、勇気をふるいおこして、まわりに誰もいないのを確かめて。母にはいいませんでした。頭に血がのぼっちゃうってわかっていたから。母は、あたしが父にいいかげんにあしらわれるんじゃないかって、心配なんです。それに、あたしは義理の父のジョンを傷つけたくなかった。すごく愛してるんです」

「お父さんに電話したとき、なんていったの?」ほんとうに興味がありそうな口調で、ジェブソンがたずねた。

「〝あなたはあたしの父親かもしれない〟って。そんなふうなこと。どうせなら、ずばっといったほうがいいと思って」

「電話をもらって、お父さんは喜んでた？」

「ショックを受けてたみたいだった。でも、ええ、うれしいっていってました。すごく長いこと電話でしゃべって、電話代がすごくかかっちゃった。あたしは携帯からかけてたんだけど、父は自分のほうからかけなおすなんて思いもつかなかったから。いかにもでしょ」

「どんなことをしゃべったの？」

「ほら、いろいろとつもる話があったから。父がなにをしてきたのか。あたしの学校での成績はどうか。将来の計画はどうなっているのか。そういったことを」

「お父さんの将来の計画は、どうなっていたのかな？」テイラーはたずねた。

「出かけるっていってました。シェトランドに。いったことがあるかと訊かれたから、ないってこたえました。正直いうと、それがどこにあるのかも、よく知らなかった。あとでコンピュータで調べたんです。美しいところだって父はいってました。すごく荒涼としてるけど、美しくて、戻るのが待ちきれないって」

「なにをしにいくのかは、いってたのかな？」

「ビジネスだって。ふだんはひきうけないような仕事をするけど、ちょうど昔の友だちを訪ねることができるからって」

「その友だちの名前は？」

「いってなかったと思う。いってたとしても、覚えてないわ」少女はすごい早口でしゃべっており、テイラーの質問にも間髪をいれずにこたえていたが、ここで言葉をきった。「あたしたち、会うことになってたんです。父がシェトランドから戻ってきたら、ここにくることになってた。父は、きちんとした父親としてやりなおしたい、あたしの夢をかなえる手助けをしたい、っていってました」少女が顔をあげ、ふたりに頬笑んだ。「父はそういうしゃべり方で、そういうことをいう人だったんです。あたしは父にわかるように、自分の顔写真をメールで送りました。父の写真は、劇団のウェブサイトに載ってました。長いこと父親の顔を想像してきたあとで実際にそれを目にするのは、すごく不思議な感じがした。あたしたち、似てるでしょ？父娘だって、すぐにわかる」

間があいた。「何日かまえ、父の家に電話したんです。もう戻ってるころかと思って。そしたら、女の人がでました」

ヨークシアに戻る途中でテイラーはサンディ・ウィルソンから電話をうけ、ふたたび死者が出たことを知らされた。彼はジェブソンをハッダーズフィールドで降ろすと、北にむかって車を走らせた。またすぐに行動に移れるのでわくわくしていたが、自分がその場にいて指揮をとれないことに腹だちをおぼえていた。

30

ペレスはテイラーを出迎えるために、フランの家からサンバラの空港に直行した。風の強い日で、雨が降ったりやんだりしていた。ぱっと日がさしたかと思うと、すぐにまた黒い雲が滑走路のまわりの平坦な土地の上を吹きながされていく。グラットネスの海は荒れており、風で生じた何千という小さな波がきらきらと光っていた。だが、飛行機に遅れが出るほどの風ではなかった。ペレスはすこし早めに空港に到着し、ターミナルにすわってコーヒーを飲んでいた。日本人観光客の一団が搭乗を待っていた。

このまえの日、ペレスはロディの遺体が担架にのせて穴からひきあげられるまでビディスタにとどまっていた。あの若者には、それくらいして当然という気がした。遺体袋をあけてじかに死体を見たとき、彼ははじめて生身のロディ・シンクレアを見たような奇妙な感覚に襲われた。それまでは、すべてがイメージだった。雑誌の広告みたいに、体裁がよくて非現実的なイメージだ。ペレスがレイヴンズウィックのフランの家についたのは朝の四時すぎで、あたりはすでに真昼のように明るくなっていた。フランは眠っていた。悪夢にうなされていたらしく、上掛けを払いのけ、よじれたシーツの上に裸で横たわっていた。寝室の窓には白いブラインドがかかっており、そこからさしこむ光のなかで、彼女の姿がなんとなくぼやけて見えた。ちょうど、彼女の描く絵のようだった。

ペレスはシーツをまっすぐにのばすと、端をひっぱって彼女にかけた。それから、自分も隣にもぐりこんだ。許しがたいプライバシーの侵害のようにも思えたが、彼はフランを起こしたくなかったし、すごく疲れていた。彼女の肌は冷たくて、すべすべしていた。彼女は身じろぎし、ペレスに頬笑みかけると、身体をまきつけてきた。ふたりとも熟睡し、隣の部屋のテレビの音で目がさめたときも、まったくおなじ姿勢で横たわっていた。キャシーが土曜日の朝の子供番組にあわせて歌っていた。

「わかってるわよね」フランがいった。「月曜日の朝には、このことがレイヴンズウィック小学校じゅうに広まってるわ」

「すまない。考えが足りなくて」ペレスはいまや、なにをどう考えたらいいのかわからなくなっていた。きのうの晩、家にくるように誘ったのは彼女のほうだった。それなのに、ふたりがこうして会っていることを世間に知られたくないのだろうか？

「心配しないで。どうせあたしは、すでにふしだら女と思われてるから」そういうと、フランはジーンズとスウェットシャツを身につけ、紅茶をいれにいった。

朝食はシロップとチョコレートソースをかけたパンケーキだった。まだパジャマ姿のキャシーはこの目新しいごちそうに興奮し、はしゃいでいた。だが、そのあいだもペレスは、フランがなにを考えているのか正確に知りたい、とずっと考えていた。自分が従うべきルールでもあればいいのだが。彼にとってこの関係はひじょうに大切なものなので、どんな間違いも犯したくなかった。結婚を申しこむべきなのかもしれない。ふと、そういう考えが頭に浮かんだ。そうすれば、とりあえず自分の立場がわかるようになる。その考えはひどく魅力的であると同時にすごく馬鹿げていたので、気がつくと彼はにやにやしていた。なに笑ってるの、とフランが訊いてきた。

「べつに」ペレスはいった。「幸せなんだ。ただそれだけだよ」

空港ターミナルにはいってきたテイラーは、驚くほど元気でエネルギーにあふれているように見えた。本人いわく、ダイスのホテルで数時間眠ったので、あとはカフェインと炭水化物さえとれば、準備万端ととのうという。そこで、ペレスは彼を〈サンバラ・ホテル〉につれていった。バーは静かだった。バーテンはシェトランドに長くいるせいで地元の人間みたいにしゃべるようになったやせたイングランド人で、脚の長いスツールにすわっている老人と低い声でおしゃべりしていた。テイラーはハンバーガーとコーラを注文し、食べ終えると、休むことなくしゃべりつづけた。ペレスは、砂糖と食品添加物をたっぷりとって家のキッチンではしゃぎまわるキャシーを連想した。

「ブースの奥さんと娘をみつけた。いい娘だよ。父親が出ていってから、娘は彼とは一度も会ってなかったが、最近、連絡を取りあうようになっていた。母親が知らないところで」

「娘が父親をみつけたのを母親が知らなかったのは、確かなのか？」ペレスはためらいがちにいった。「父親が娘と接触するのを止める方法としてはやりすぎの感もあるが、それでも、その可能性を考慮すべきだろう」

テイラーはしばらく黙りこんだ。外を流れていく雲の影のように、さまざまな考えが彼の顔の上をよぎっていった。

「どうかな」ようやくテイラーがいった。「その可能性は考えてなかった。もしも母親がかかわっていたのなら、彼女はブースよりもずっと上手い役者だな。自分で手を下すことはできなかったはずだ。家にいて、家族の面倒をみてたんだから」

「娘からは、ほかにどんな情報を?」

「シェトランドにブースの友人がいるのは間違いない。本人がそういってたんだ。彼は仕事にお楽しみをからめて、友だちを訪ねていくつもりでいた」

「彼が劇場船で働いてたときに、ここで出会った人物かもしれないな」ペレスはいった。「〈モトリー・クルー〉号の経営者に連絡を取った。ブースは九〇年代のはじめに何度か北のほうの島々をまわる巡業に参加している。妻を捨てた直後にちがいない。それ以降、彼がここで劇団の公演に参加した記録はない。だが、彼は劇団との連絡を絶やさなかった」

「彼がベラ・シンクレアとつきあっていた可能性は?」テイラーがいった。ずっと考えていたのだろう、とペレスは思った。おそらく飛行機のなかで、さまざまな角度からそのシナリオを検討していたのだ。テイラーの声は熱をおびてきていた。「ありそうな話だろ。ふたりとも同世代だし、芸術家肌どうしだ。理由はわからないが、どうやらその関係は上手くいかなかったらしい。とにかく、それがわれわれの探していた結びつきかもしれない」

「それで、彼はベラの展覧会を邪魔しようとしたと?」ペレスは声をどっちつかずに保った。

テイラーはすぐにむっとなるし、反論されるのを嫌うからだ。「そんな昔のことなのに、いまだに恨みを抱いていた？」

「人間なんて、そんなものさ」テイラーがいった。「だが、たしかにそうだな。彼がここに戻ってきたのは、なにかあったからにちがいない。だが、それはなんなんだ？」

「ブースのところにシェトランドから連絡は？　電話とか、メールとか」

「自宅の電話には、なにもなかった。それは確認済みだ。メールについては、まだ報告がない。その点を確かめる必要があるな」テイラーは椅子の背にもたれかかると、携帯電話に番号を打ちこんだ。テーブルの反対側から見ていたペレスは、最優先でその情報を入手しろ、とテイラーがウエスト・ヨークシアのあわれな刑事を叱責するあいだ、すこし気まずさをおぼえていた。おそらく、これでこの案件は山のいちばん下へとおいやられるだろう――腹いせに。あんな口のきき方をされたら、誰だって面白くないはずだ。

「それで、そのシナリオのどこにロディ・シンクレアはあてはまるんだ？」ペレスはたずねた。テイラーはわめき散らしたあとで急に静かになり、椅子のなかでおとなしくしていた。「ブースが前回ここにきたとき、ロディはまだほんの子供だった」

「ロディの死が殺人だというのは、確かなんだな？」

「間違いない」ペレスはそういいながら、その返事がひどく傲慢に聞こえかねないことに気がついた。「ロディは転落し、頭を強く打って死亡した。それが殺人か、自殺か、事故かを判断するのは、法医学的には不可能だ。だが、彼はあの崖を知りつくしていた。あそこで育ったんだ。それに、本土にむかう飛行機に乗る準備をすませていた。彼がその話をしてくれたとき、いっしょにその場にいただろ。彼の車には荷物が積みこんであった。なにか事情があって、ロディは丘に出かけていったにちがいない」

「犯人がそこで彼とおちあう手はずをととのえた？」

「そうにらんでいる」

「その日の午後、誰もロディを見かけていないのか？」

「みんな見てないといっている。けさ、サンディがビディスタにいって、住人たちから話を聞いてきた」

「もう一度、自分であたってみたいな。まだ、あの土地の感触をつかみきれていない気がする」テイラーがいつものはりきった状態に戻って、まえに身をのりだした。「いっしょにきてくれ、ジミー。きみなら、わたしひとりでいくより多くのことを連中からひきだせるだろう」

そういうわけで、ペレスはふたたびビディスタに戻って、〈ヘリング・ハウス〉のそばに車をとめていた。そこで暮らす三組のふつうの家族と、彼が説明のつかない反感を抱くにいたったピーター・ワイルディングに全神経を集中して。


土曜日は、〈ヘリング・ハウス〉がもっとも混みあう日だった。外には観光バスがとまっており、年配のアメリカ人の団体が降りてきて、ぞろぞろと画廊にはいっていった。別の観光船がラーウィックに停泊しているのだろう、とペレスは思った。二階のカフェは満員だった。ひと目なかをのぞいて、いまマーティン・ウィリアムソンの注意をひくのは無理だということがわかった。死者に敬意を表して〈ヘリング・ハウス〉は閉まっているとペレスは予想していたのだが、おそらくベラは画廊のことまで気がまわらず、マーティンは予約客の数を考えると営業したほうが面倒がすくないと判断したのだろう。

郵便局を閉めた直後で、アギーは家にいた。庭で紐から洗濯物を取りこんでおり、ペレスは両腕をいっぱいにひろげて、彼女がシーツをたたむのを手伝った。一瞬、ふたりはぴんとはったシーツをはさんで黙って立った。そんなふたりを、テイラーは儀式の踊りでも見ているみたいにながめていた。家にはいると、アギーがやかんをホットプレートにのせた。

「ロディのことは、もう聞いてますね」ペレスはいった。アギーはすごく疲れているように見えた。いままで以上に、おどおどしたネズミみたいな感じがした。

「亡くなったってことは。でも、くわしいことはなにも。けさ、あのウォルセイ島出身の若者が話をしにきたけど、質問するばかりで、なにもこたえてくれなかったから」

「ロディは〈ビディスタの穴〉の底で発見されました。それは知ってますね。彼がどうしてそうなったのかは、わかりません。つきとめる必要がある。そうでしょう、アギー？」

「ええ、そうね」アギーがいった。「かわいそうなベラ。宙ぶらりんの状態で生きるのがどういうものか、あたしは知っている。でも、世の中には、最後まではっきりとわからないことがあるわ」

「きのう、彼を見かけませんでしたか？」

「丘の上では見てないけれど、午前中に郵便局にきたわ」

「なにをしに？」

「飛行機に持ちこむキャンディを買いにきたの」アギーがいった。「ほら、すごく甘いものが好きだったから。まるで子供みたいに」

「なにか言葉をかわしましたか？」

「今度はいつ戻ってくるのか、たずねたわ。彼に反感をもってる人がいるのは、知ってます。ドーンは、彼がラーウィックでのパーティにいつもマーティンをつれだすのが気にくわなかった。若い娘はみんなロディの気をひこうとしてたから、マーティンがそれにまきこまれるのを心配してたのかもしれない。心配しなくても大丈夫、とあたしはいったわ。マーティンにはもっと分別があるし、あなたをすごく愛しているから、って。友だちがいるのは、あの子にとっていいことよ。ここでは、あまり遊び仲間がいないから。ロディは、六週間後にラーウィックの公会堂で演奏するから、そのために戻ってくる、といっていた。口数がすくなくて、考えこんでるようだったけれど、おちこんでる様子はなかった。ようやく大人になりかけてるのかもしれない、ってそのとき思ったわ」間があく。「ベラには会った？」

「きのうの晩に」

「彼女、どうやってこれをのりきるのかしら」アギーがいった。「ロディは彼女の生きがいだったのよ」

ペレスたちが家を出たとき、アギーはキッチンの揺り椅子にすわって小説を読んでいた。表紙には、頭にショールをかぶって遠くをみつめている若い女性が描かれていた。

隣の家では、ドーンが答案用紙の山をまえにしてすわり、アリスが床におかれたドールハウスで遊んでいた。巨大なドールハウスで、前面が完全にはずしてあるので、すべての部屋を見ることができた。アリスが片手に小さな人形をもち、それを部屋から部屋へと移動させていた。ぶつぶつとつぶやきながら、頭のなかで会話をかわしている。ペレスとテイラーはしばらく歩道に立ち、その様子を窓からながめていた。ドーンは生徒のひとりが書いた解答に顔をしかめていたが、ふとかれらの存在に気づくと、手をふってなかに招きいれた。出迎えるために立ちあがった彼女を見て、ペレスは妊娠の最初の徴候があらわれているように思った。

「ロディのことね」ドーンがいった。「みんな、その話題でもちきりよ。電話が鳴りやまないの。キッチンにいきましょう。アリスには聞かせたくないから」

ペレスとテイラーは彼女のあとについて、アギーのところと広さも形もまったくおなじ部屋にいった——ただし、時代は五十年ほどあたらしくなっていたが。作業台の上には電子レンジがおかれていて、ジューサーとコーヒーメーカーもあった。このキッチンで誰かがパンを焼くところを、ペレスは想像できなかった。

「ロディも殺されたのかしら？」ドアがしまった途端、ドーンがたずねた。声にパニックの色があらわれていた。「これはいったいどういうことなの？　はっきりしたことがわかるまで、アリスをよそにつれていこうかとまで考えてるんです。ここは安全とは思えなくて。もう学期末ならよかったんだけど。そしたら、わたしの両親のところに訪ねていけたのに」

「殺されたのかどうか、わからないんです」テイラーがいった。「はっきりしたことは」

「そのあいまいさが、耐えられないんです」

「梁から吊るされていたブースという男は、あなたとおなじ地方からきていました」ペレスはいった。相手がどう受けとめるかを考えるまえに、ふと頭に浮かんできた考えを口にしていた。

「彼のことなんて知りません！　ヨークシアは広いんです」

「彼は小さな劇団を運営していて、デンビー・デイルという村から仕事場にかよってました」

ドーンは肩をすくめたが、なにもいわなかった。

「きのう、ロディ・シンクレアと会いましたか？」

「その質問なら、もうサンディにこたえたわ。わたしは五時すぎまで仕事をして、帰ってくると、自分とアリスのために夕食を作った。それから、あの子をベッドに入れて、マーティンが仕事から戻ってくるまでテレビを見ていた。夫の行動に興味がおありならいっておきますけど、彼は夜のあいだずっと〈ヘリング・ハウス〉にいました」

ドーンは落ちつきがなく、いらだっているように見えた。気分がすぐれず、疲れているのかもしれなかった。妊娠の初期には、サラもちょうどこんな感じだった。それはいい徴候だ、ホルモンがきちんと働いている証拠だ、とみんなが口をそろえていった。それから、サラは十四週目で流産した。いろいろ質問されても気にする必要はない、とペレスは彼女にいってやりたかった。みんなおなじ質問をされるのだから。だが、いまみたいなときには、彼女の感情などあまり重要ではないのかもしれなかった。

「ロディを殺したいと考える人物がいるとしたら、その理由がわかりますか?」ペレスはたずねた。「彼とマーティンは友だちだった。ロディは悩みごとがあったら、マーティンに打ちあけるのでは?」

「かもしれません」ドーンがいった。「酔っていれば。でも、彼のいうことは、あまりまともに受け取らないほうがいいわ。目立ちたがりの子供みたいな人でしたから」

31

午後をビディスタですごすというのはテイラーのアイデアだったが、すでに彼は自分がここでなにをしているのか、よくわからなくなっていた。紅茶をたくさん飲んだのは、確かだった。ホテルの部屋に戻るころには、五分おきに小便をしているだろう。手はじめにおこなったふたりの女性への事情聴取は、まったく捜査の進展に役立っていないような気がした。彼女たちの生活は、あまりにも平穏で家庭中心だった。ペレスは彼の時間を無駄にしているとしか思えなかった。

ドーン・ウィリアムソンの家を出ると、かれらは作家の家へとむかった。ドアをノックするまえに、ペレスがすこしためらった。このシェトランド人の煮え切らなさは、テイラーの神経に障りはじめていた。まるで、ペレスはこれまで一度も勇気をもって自分の意見を主張したことがないかのようだ。この男はもっと強くなる必要がある、とテイラーは思った。さもなければ、ペントランド海峡のむこうの現実世界では生きのびられないだろう。そのとき、別の考えがふと頭に浮かんだ――この奇怪で荒涼とした木のない土地では、ペレスの風変わりなやり方が実際に成果を生むのかもしれない。

ワイルディングは訪問客を二階の仕事部屋に案内した。コンピュータの隣に紙の山があった。タイプ原稿で、びっしりと書きこみがしてあった。彼の関心はまだそちらにむいているらしく、コーヒーを勧める口ぶりには、あまり熱がこもっていなかった。はやくふたりに帰ってもらって、仕事に取りかかりたそうだった。

「細かい部分にてこずってて」ワイルディングがいった。「でも、それにとらわれていると、語ろうとしている物語の全体像を見失ってしまう」

「われわれがここへきたのは、ロディ・シンクレアのことをうかがうためです」テイラーはいった。まったく、人はどこまで利己的になれるのだろう？　ひとりの若者が命を落としたというのに、この男はおとぎ話のことでいらついているのだ。夢中になるとほかのことを考えられなくなる傾向があるテイラーは、ワイルディングのなかに自分とおなじ徴候を認めていた。

「なにをお聞きになりたいんですか？」ワイルディングは、はじめて訪問者にきちんと注意をむけたように見えた。「ほんとうにひどいニュースだ。ベラの心中は察してあまりある。弔問に訪れたものかどうか、迷っていたんです。どう思いますか？　このあたりの習慣を知らないので」

「あなたから連絡をもらえば、ベラは喜ぶでしょう」ペレスがいった。「とはいえ、一日くらい、あいだをおいたほうがいいかもしれません」

「けさ、あなたの同僚から話を聞かれました。これ以上、お役にたてることはないと思います」

「そのとき質問されたと思いますが、きのうロディを見かけましたか？」

「ええ、午前中に。ここの窓から。彼は郵便局にむかって通りを歩いていた」

「それから、戻ってきた？」

「それには気づきませんでした。おそらく彼はアギーとおしゃべりしてたんでしょう。わたしはそのあと執筆に集中していた。ここ数日、ずっと悩まされているこの問題に取り組んで」ふたたびワイルディングは机の上のタイプ原稿のほうにちらりと目をやった。「彼は戻ってきたはずです。ほかに屋敷につうじる道はない。けれども、わたしは彼を見ませんでした」

「栈橋で殺されていた男の身元がわかりました」ペレスがいった。「名前はジェレミー・ブースです」

一瞬、ワイルディングの表情に反応があらわれたようにテイラーは思った。「彼を知ってるんですか？」

ワイルディングが顔をしかめた。「一瞬、聞き覚えがあるような気がしたんです。だが、昔のエージェントの名前がブースだったので、そのせいかもしれません。彼は首にしなくてはならなかった。名前はノーマンでした。おそらく、被害者とはなんの関係もないでしょう」

「これは真面目な問題です」ペレスの声にはとげがあり、テイラーは驚いた。「この男の名前を聞いたことがないのは、確かなんですか？」

「ええ」ワイルディングがこたえた。「聞いたことはないと思います。すみません。不真面目に聞こえるようなことをいうつもりはなかったんです」

とはいえ、いまのもあやまっているようには聞こえなかったな、とテイラーは思った。

「どうしてビディスタに住むことに？」

「まえにも説明したと思いますが、昔からベラの作品のファンだったんです。何年かまえに熱烈なファンレターを書いたのをきっかけに、彼女と連絡を取りあうようになった」ワイルディングが言葉をきり、説明がもっと必要だということを見てとった。「わたしは最近、恋人と別れました。ふられたんです。突然でした。すくなくとも、わたしにとっては。わたしはふたりの関係が上手くいっていると思っていたんです。だが、彼女のほうは別の男性と浮気していた。わたしは神経衰弱のようになって、二週間ほど入院もしました」ワイルディングはそこでやめ、すわっている訪問者たちのほうを見た。「こういったことはすべて、すでにご存じかもしれませんね。殺人事件の捜査では、関係者の過去を細かく調べるんでしょうから」

それほど細かくでもないな、とテイラーは思った。あきらかな失策だ。彼はいいかげんな仕事に対するいつもの怒りがわきあがってくるのを感じた。

ワイルディングがつづけた。「わたしの行動は、あまりほめられたものではなかったと思います。彼女のあとをつけまわし、花やプレゼントを贈った。彼女に戻ってくるよう説得しようとした。わたしにはそんなつもりはなかったが、彼女の弁護士はそれを嫌がらせと呼んだ。わたしは告訴こそされなかったものの、彼女につきまとってはならないという裁判所命令を出された。それで、彼女から離れたところに引っ越すのがいちばん間違いがないと考えたんです」ワイルディングはふたりの聞き手のなかではるかに自分に好意的と思えるテイラーのほうに、ちらりと頬笑みかけた。「そのときのわたしにとって、シェトランドはさいはての地でした」

　強迫観念や差止め命令について話しているときのワイルディングは、やけに冷静に見えた。誰か別の人間のことを話題にしているような感じだった。

「ガールフレンドの名前は?」テイラーは声を平静に保とうとしたが、内心ではすこし興奮していた。なにかしら動機につながることが出てくるかもしれない。

「ヘレン。ヘレン・アダムズです」

「それで、彼女のあたらしい恋人は?」

「ジェイソン・ドイル。すこし安っぽい名前だと思いました。彼が弁護士をしていると知ったときには、驚きましたよ。がっかりさせて申しわけありませんが、警部さん、彼の名前はブースではないし、ジェイソン・ドイルは都会っ子です。シェトランドにくるようなことは、まずないでしょう。わたしは誰も殺してませんよ」

「この先はどうするおつもりですか、ミスタ・ワイルディング?」ふたたびペレスが質問した。早口で歯切れのいい口調だった。ようやくペレスにも鋭さが出てきたな、とテイラーは思った。相手が個人的にかかわりのないよそ者のせいかもしれなかった。

ワイルディングはすぐにこたえた。「ここに落ちつきたいと考えています。あたらしいスタートを切るんです。彼女とのあいだに子供はいなかったので、もといたところに戻る理由はありません」

「どういういきさつでウィリーの家を借りることに？」ペレスがあとから思いついたような口ぶりで質問した。

「知らなかったんですか？　この家はベラが所有してるんです。数年前に、自治体はこのあたりの公営住宅をすべて売却した。ウィリーには買いとる権利があたえられたが、彼はすでに引退していて、住宅ローンを組めなかった。それで、ベラが彼に金をあたえた。あの老人は安心と家賃のかからない家を手にいれ、ベラはいい投資をおこなった。ウィリーは家族がいないので、最近、保護住宅に移った。わたしがシェトランドでみじかいあいだ借りる家を探しているとベラに相談すると、彼女がここを提供してくれた。まあ、そういうわけです」

どうしてこの事実がもっとまえに明るみに出てこなかったのか、テイラーは不思議に思った。ペレスはここの人たちのことをすべて知っているはずなのに。とはいえ、このことになにか重要な意味はあるだろうか？　またひとつ、地元のつまらない情報が手にはいったというだけのことだ。それが殺人につながる可能性は低かった。そろそろ先に進むべきだろう。

だが、ペレスはそう簡単にワイルディングを解放したくなさそうだった。

「きのうの晩は外出しましたか？」

「丘へはいきませんでした。浜辺を散歩しただけです」ワイルディングはまっすぐペレスを見た。「わたしだって、できればお役にたちたいと思ってるんです、警部さん。ロディのことは好きでした。彼は若くて無責任でしたが、偉ぶったところがなかった。まわりにいる人たちを笑わせた。そしてなによりも、ベラに溺愛されていた。わたしはベラを幸せにするためなら、なんだってするでしょう」ワイルディングの表情がやわらかくなっていた。この男はベラに惚れているのだ、とテイラーは思った。この点でもまた、ほかのことが目にはいらなくなる彼の思いこみの強さがあらわれていた。

ワイルディングはコンピュータのまえの椅子にすわり、もう仕事に戻りたいと思っていることを客人たちに示した。

おもてに出たところで、ペレスが突然、ラーウィックに戻らなくてはならない、といいだした。はずせない用事がある。テイラーがここの住人への聞きこみをつづけたければ、あとで迎えの車を寄越すように手配しておこう。もちろん、サンディがすでに全員から話を聞いているが。その言葉の裏には、テイラーが質問をつづけても、あたらしいことが出てくる見込みは薄く、時間の無駄に終わるだろう、というふくみがあった。

テイラーは、先ほど自分もそれと同じことを考えていたのを忘れていた。これを相手のホームグラウンドで勝利をおさめるチャンスとみなしていた。この勝負で優位にたてるかもしれないと感じていた。「わたしはミス・シンクレアを訪ねてみようと思う」テイラーはいった。「きみがきのう話を聞いたのは知っているが、彼女もいまではもっと落ちついているはずだ。なにか思いだしてるかもしれない」

土曜日の午後遅く。

インヴァネスにいるとき、テイラーは仕事のない週末が大嫌いだった。ひとりでなにをすればいいのか、わからないからだ。インヴァネスには友だちがいなかった。自分はここにとどまらない、とはじめからなんとなくわかっていたので、誰とも親しくなりすぎないようにしていた。突然、スコットランド高地地方で異郷生活を送るのが馬鹿らしく思えてきた。もはやこの世にいない父親に反抗して、なんの意味がある？

こんなことを考えているうちに、テイラーはいつのまにか屋敷についていた。呼び鈴を鳴らすと、なかから耳障りな音が聞こえてきた。ドアをあけたのは、彼の知らない女性だった。やせているが芯が強そうで、こぎれいな身なりをしている。はじめは家政婦か掃除の人かと思ったが、落ちついて堂々としたしゃべり方を耳にして、テイラーはすぐに考えを変えた。

「記者の方でしたら、どうぞおひきとりください」

この女性は、彼がまだ会っていないペレスの部下なのかもしれなかった。テイラーが自己紹介すると、なかに通してもらえたが、お情けでそうしてもらったような感じだった。

「お会いするのは、はじめてですね」女性がいった。「エディス・トムソンです。ベラのそばについてる人が必要かと思って」

「そうですね。こういうときには友だちが必要だ」

エディスが考えこむような目つきでテイラーを見た。「正確には、わたしたちは友だちではありません。でも、こんなときに彼女をひとりにはしておけなかったんです。自分が子供をなくしたらと想像すると」

「ロディは彼女の甥御さんです」テイラーはいった。「まったくおなじというわけではないでしょう」

「彼女にとっては、わが子同然でした」

「あなたのご主人が死体の発見者でしたね。どちらの場合も」

エディスが彼を見て、その真意を見抜いた。そして、彼の言葉の裏にある挑戦を無視することにした。「そうです。あの人は一生、忘れないでしょう。すでに悪夢を見るようになっています」

「ミス・シンクレアと話ができますか？」

エディスが肩をすくめた。「ためしに、どうぞ。彼女はずっと飲んでます」

ふたりはテイラーがまだ見たことのない部屋にはいっていった。家の表側にあるかなり広い居間で、海を見晴らすことができた。長い窓。フランス風の折りたたみ式のよろい戸。古くて、すこしくたびれた家具。ベラは寝椅子に半分横たわるようにしてすわっており、その脇にグラスとボトルののった小さなテーブルがあった。彼女が飲んでいるのはウイスキーだった。

テイラーの姿を見て、ベラが立ちあがろうとした。いつものように魅力をふりまこうとしたのだが、途中でまたすわりこんでしまった。

「警部さん」

「わたしははずしたほうがいいかしら？」エディスがたずねた。

「いいえ、いてちょうだい」ベラが大げさに腕をふりまわしてみせた。「お願いよ。あたしたちは、もう何年もまえからの知りあいなの、でしょ？　あなたがはじめてビディスタにきたときのことを覚えてる？　あたしたちはみんな友だちだった、そうよね？　六人とも？」

「六人？」テイラーはまだこの土地の人間関係を把握しきれずにいた。すべて書きとめておかないとだめだな、と彼は思った。相関図を作るのだ。ワイルディングが机の上に用意していた登場人物リストのようなものを。

「あたしの兄のアレック、アギー・ワット、ケニーとエディス、ローレンスとあたし」

テイラーはエディスのほうをむいた。「ローレンスというのは？」その名前には聞き覚えがあったが、きちんと思いだせなかった。

「ケニーのお兄さんです。何年もまえにシェトランドを出ていった。それ以来、音信不通です」

「そうでした。忘れるなんて、どうかしてるな。あなたのご主人は、天井からぶらさがっていた男がお兄さんかもしれないと考えた。どうしてローレンスはシェトランドを離れたんです？　家族のあいだで、いざこざでも？」

「いいえ」エディスがぎごちなくいった。「そういうわけでは」

「この人たちは、ローレンスが出ていったのはあたしのせいだと考えてるのよ」ベラがいった。演技でもしているみたいに、やけに大きな声だった。「ローレンスは、べた惚れしていたあたしにふられて、失意のあまり逃げだしたのだと」

「それで、どうなの？」エディスがたずねた。「だいたいは、そんなところだったんでしょ？　ローレンスがあんなふうに突然出ていった理由を、ケニーはどうしても理解できなかった。いまでも、お兄さんがいなくて寂しがってるわ。電話が鳴るたびに、ローレンスかもしれないと考えている。あの人はなにもいわないけれど、わたしにはあの人の考えがわかるの」

テイラーは死体仮置場に立っていたケニー・トムソンの姿を思い浮かべた。死体が兄とは似ても似つかないとわかったときの安堵の表情を。

「いいえ」ベラがいった。「ぜんぜん、そんなんじゃなかった」

「それじゃ、話してください」テイラーはいった。「どんなふうだったんですか？」

「あたしはローレンスを愛していた。結婚を申しこまれてたら、受けてたわ。ウェディング・ドレスも、すでに頭のなかでデザインができあがっていた。結婚式で使う賛美歌もえらんであった。でも、プロポーズされなかった。あたしたちはすごくいい友だちだったけど、彼は結婚するタイプじゃなかったのよ。シェトランドよりもっと広い世界を見たがっていた。そして、あたしはここを離れるつもりはなかった。シェトランドはわたしの創作の源よ。それに、ロディのことも考えなくてはならなかった。みんながいうようにローレンスがあたしに夢中だったなら、どうしてあの人はここであたしと腰を落ちつけようとしなかったの？　どうしてあたしと家庭を築こうとしなかったの？」

ベラがふたりの聴衆にむけた苦悩と絶望の表情は、酔いとはほとんど無関係だった。長いこと平気な顔を装うために、彼女はかなりのエネルギーを費やしてきたにちがいない、とテイラーは考えた。ローレンス・トムソンをふったのは彼女のほうだ、とみんなから思われているほうが、彼女にとっては都合がよかった。すくなくとも、それならプライドを傷つけられずにすむ。

「あなたにも、彼から一度も連絡がないの？」エディスがたずねた。

ベラが首を横にふった。涙が頬をつたっていた。「電話が鳴るたびにかすかな希望に胸躍らせるのは、ケニーだけじゃないのよ」

そういって、目もとの涙をぬぐう。心のどこかで、彼女はこの劇的状況を楽しんでいる――気がつくと、テイラーはそんなことを考えていた。どこまでが彼女の本音なのか、わかればいいのだが。

「あなたとミスタ・ワイルディングの関係について聞かせてください」テイラーはいった。

「彼とは、そういう関係じゃないわ」

「彼はあなたから家を借りていますね？」

「そうよ」

「でも、あれはウィリーの家でしょ」エディスがいった。

「ウィリーの家だけど、自治体が彼に買う権利をあたえたとき、お金を出したのはあたしだった。彼は保護住宅に移るときに、家をあたしにくれたわ。すべては合法的で、公明正大な取引よ。あたしは彼に、すこしでも安心して暮らしてもらいたかった。家賃は必要なかった。彼には、あたしの投資物件の面倒をみておいてちょうだい、といっておいたの」

「知らなかった」

「あたしにかんして、みんなが知らないことはいろいろあるわ」ベラはティッシュを目もとにあてた。「あたしは家を買うお金を彼にあげた。自治体から買う権利をあたえられたとき、彼は自分がほうりだされるかもしれないと考えて、すごく心配していた。死ぬまであそこで暮らしたい、といっていた。結局は、ひとりでやっていくことができなくなって、ほんとうに残念だわ。彼に家を買いとるお金をあげるというのは、ロディの思いつきだった。あの子はウィリーを愛してたの。たぶん、おじいちゃんにいちばんちかい存在だったのね。ウィリーの子供のあつかいの上手さは、知ってるでしょ」

「ええ」エディスがいった。「ケニーとローレンスにもよくしてくれたし、そのあとは、うちのふたりの子供にもそうだった。ウィリーが子供たちと上手くやれたのは、彼自身が完全に大人になりきれていないからかもしれないわね」

「どうしてミスタ・ワイルディングにあの家を？」

「ウィリーはもう家を出ていて、あたしはあそこをどうするか決めてなかった。売りたくはなかった。ウィリーが生きてるうちは。いつも彼にいってたの。また調子がよくなったら、いつでも戻ってくればいいって。それに、たぶんあたしは、ロディがそのうちシェトランドに落ちつくことを期待してたのね。あそこは手はじめに住むにはいい家だから。そんなとき、短期間借りられる物件を知らないか、というメールをピーター・ワイルディングからもらったの。彼は具合がよくなくて、静かに暮らせるところを探していた。だから、ちょうどいいと思ったのよ」ベラが言葉をきった。「それに、彼はあたしのファンだった。年をとると、ときおりまわりに取り巻きをおいて、自尊心をくすぐってもらいたくなるものよ」

「ロディはワイルディングと上手くいってましたか？」

「あの子は彼をあまり好きじゃなかったみたい。ときどき、これといった理由もなしに誰かに反感をいだくことがあったから。あの家にウィリーがいないと考えるたびに悲しくなる、とあの子はいってたけど、それはピーター・ワイルディングのせいとはいえなかったし。ロディはウィリーを愛していて、ツアーから戻ってくると、必ず彼の家を訪ねてたわ。ウイスキーのボトルを持参して、夜半まで昔話に花を咲かせるの。ウィリーの話はもう何百回も聞いてるけど、決して聞き飽きない、ってあの子はいってた。ウィリーが保護住宅に移ってからも、連絡を絶やさなかった。マスコミに取りあげられることのなかった、あの子の人生の一面よ」

突然、ベラが立ちあがった。テイラーと話をはじめてから、いまがいちばんしらふにちかい感じがした。彼女はウイスキーのボトルをサイドボードにもっていくと、しまった。「コーヒーをいれるわ」という。「誰か飲みたい人は？　エディス、あなたはここにいる必要ないのよ。だって、あたしはひとりでいるのに慣れてるんだから」

32

ペレスのはずせない用事というのは、〈モトリー・クルー〉号の最終公演を観にいくことだった。ロディの死体が発見されるまえに、フランとキャシーを誘っていたのだ。土壇場で約束をキャンセルしても、フランは理解してくれるだろう。だが、すわってドーンの話を聞きながら、突然、彼はいくべきだと決心した。ここで仕事を優先すれば、今後おなじような状況で仕事関係の急用がはいるたびに、そうすることになる。だが、彼はもう一度、家族の一員になりたかった。

ペレスはふたりをレイヴンズウィックに迎えにいった。キャシーはあたらしいピンクのカーディガンを着ており、フランは化粧をして、誕生日に彼が贈ったイアリングをつけていた。自分ももっとお洒落をしてくるべきだった、とペレスは反省した。彼はもう何日もおなじ服を着ているように見えた。公演会場は甲板の下の大広間だったので、観客は座席にすしづめになっていた。ルーシー・ウェルズがいっていたとおりの大入り満員で、ほとんどが家族連れと観光客だった。会場にはまだ船の匂い――かすかにタールの混じった木の匂い――が残っており、足の下からは水の動きが伝わってきた。

舞台はおもに子供むけで、環境問題をテーマにしていた。当然、劇中歌の内容も熱帯雨林や溶けゆく浮氷だったが、物語の展開がはやくて、キャシーは夢中になって見ていた。ルーシーは緑の妖精を演じていて、小さな羽をのぞくとほぼ全身エメラルド色のスパンデックスという衣装だった。気がつくとペレスは彼女をみつめており、一瞬、みだらな想像にふけった。そして、フランとつきあうことで閉ざされるさまざまな可能性について考えた。

芝居が終わると、俳優たちが低い舞台からおりてきて観客と交流し、作品で取りあげた問題をさらにくわしく説明した。ルーシーがペレスのほうにやってきた。

「きてくれたのね」という。「無理かと思ってたの」ペレスに会えて、すごくうれしそうだった。俳優とはみんなそういうものなのかもしれない、とペレスはどぎまぎしながら考えた。その気はなくても、つい大げさに感情表現してしまうのだ。彼女は首にかけた緑のガラスのビーズをもてあそんでおり、ペレスはその手がふっくらとしてやわらかそうなのを見てとった。

「楽しんでもらえたかしら?」

「とてもね」ペレスは言葉をきり、ほめ言葉が求められているのを察した。「きみはすごくよかった」

「それほど掘りさげが必要な役じゃないから」ルーシーが頬笑みながらいった。「でも、演じてて楽しかったわ」

ペレスは彼女に相手をしてもらって、いい気分だった。話す相手はいくらでもいるのに、彼女はペレスをえらんだのだ。彼女のむこうで、キャシーとフランが友だちと話しているのが目にはいった。

「いつ発つのかな？」ペレスはたずねた。

「あしたの午後よ」その返事を聞いて、なぜかペレスは思った。もしも今夜いっしょにすごそうと提案したら、彼女はのってくるだろう。それも、喜んで。こんな考えが頭に浮かんできたこと自体、すごいショックだった。

「がんばって」ペレスはいった。「なにもかも、上手くいくように祈ってるよ。きみが有名になったら、あの女優には会ったことがあるって、みんなに自慢できるからね」

ペレスはそういって、ルーシーのそばを離れた。そして、フランのところへいって彼女の肩に腕をまわすと、もういこうか、と耳もとでささやいた。あとになって、自分とすごしたがっていた孤独な若い女性から逃げだしてきたのは、それが正しい行為だからなのか、それとも臆病風に吹かれたからなのか、考えさせられた。

その晩、彼はふたたびフランの家に泊まった。彼女が夕食を作るあいだ、キャシーのベッドに腰かけて、本を読んできかせた。物語が終わるころには、キャシーは眠りについていた。ペレスはしばらくその場にとどまり、この子は母親の人生にあたらしい男性があらわれたことをどう感じているのだろう、と考えた。そもそも、自分はどう感じているのか？この子の父親であるダンカン・ハンターは彼のかつての親友であり、いまはあまり好意をもっていない相手だった。そういう男と、この子をわかちあうことになるのだ。

キッチンに戻ると、フランがゆでたお米の水切りをしていた。顔が赤くなっていた。ジャケットを脱いでおり、袖なしの白いTシャツ姿だった。その生地をとおして、ブラジャーのレースの模様が見えた。ペレスはそれに気をとられながらも、ふたたび彼女の元夫のことを考えた。

「ぼくらがしょっちゅう会ってるのを、ダンカンはどう思うかな？」

フランがお米を茶色い陶器のボウルに移した。

「あたしはあなたといるのが好きよ。身体のあらゆる部分をひっくるめてね」

「真面目な話」

「あなたは真面目すぎるわ。あなたをもっと明るくするのが、あたしの使命ね。そもそも、ダンカンがどう考えるかなんて、関係ないんじゃない？　あの人は部外者なんだから」

「キャシーのことでは、部外者とはいえない」

「あたしは彼がキャシーと会うのをやめさせるつもりはないし、あなたもそんなことは考えないでちょうだい」

ペレスにはフランがこう考えているのがわかった――この人はありもしない問題を勝手に作りあげている。ロンドンで暮らしていたとき、フランのまわりには因習にとらわれない形態の家族がいくつもあった。ペレスは彼女から、親しいレズビアンのカップルが里親になって男の子の面倒をみている、という話を聞かされていた。彼女の同僚の多くが離婚して再婚しており、かれらにとって週末とは、共同で親のつとめを果たす時間、訪ねてきた義理の子供たちと楽しくすごす時間だった。ペレスはもっと伝統的な家族の形態に慣れていたが、彼女の判断にけちをつけたくなかった。彼女から偏狭だと思われたくなかった。

このことがひと晩じゅう頭にひっかかっていたらしく、フランは食事が終わるころになって、その話をむし返してきた。テーブル越しに手をのばして、ペレスの手をとる。

「キャシーのことがあるから、あたしはこの関係にすぐに飛びこもうとしなかったの。あたしたちは、ふたりでひとつよ。わかってるわよね？　あたしが欲しければ、あの子もひきうけなくてはならない」

もちろん、わかってるさ、とペレスはいった。それにつづけて、自分のなによりの望みはフランとキャシーといっしょに家族を作ることだ、ともいいたかったが、感傷的に聞こえそうなので、やめておいた。フランは彼がセンチメンタルになるのが大嫌いなのだ。


翌朝はやく、ペレスはフランの家を出て、ラーウィックの水辺にある間口の狭いわが家へと戻った。好天つづきにもかかわらず、ドアの鍵をあけた途端に湿気の臭いが鼻をついた。まるで何週間も留守にしていたような感じだった。彼がこの家を愛しているのは、なによりだった。そうでもなければ、ほかにこの家に大枚をはたく愚か者はいないだろうから。彼は窓をすべてあけはなって潮風をとおし、留守番電話をチェックした。母親がフェア島での出来事をあれこれしゃべっていた。両親に会わせるため、フランをいつ島につれていこうか？　両親は彼女をどう思うだろう？　ふたりとも都会育ちの人間と会った経験があまりなかった。ペレスはコーヒーをいれ、あけはなした窓のそばにすわって、アジサシたちが浅い海に飛びこんでいくのをながめていた。

しばらくして警察署に顔を出したペレスは、ロディ・シンクレアの死体を回収する際に発見されたジェレミー・ブースの旅行かばんにかんする報告書があがってきていないか確認した。サンディがきれいに身支度して出かけようとしていた。両親と日曜日の昼食をとるために、毎週ウォルセイ島に帰っているのだ。

「テレビのニュースを見ましたか？」サンディがいった。「ずっとロディ・シンクレアのことばかりやってましたね」

「いや」ペレスはサンディをひきとめなかった。彼がフェリーに乗るためにヴィドリンにむかうところだと知っていたし、どのみち彼は旅行かばんのことを訊くのに最適の相手とはいえなかった。サンディは細かいことがあまり得意ではないのだ。

捜査本部は静かで、真昼の陽光があふれていた。テイラーが隅にある自分の机でコーヒーを飲んでいた。ひと晩じゅう、そこにいたみたいに見えた。

「きのうの晩は楽しかったかな？」

テイラーがほんとうに知りたがっているのか、それともたんにあてこすっているだけなのか、ペレスには判断がつきかねた。「きのうはビディスタにおきざりにして、すまなかった。あのときにもいったが、どうしても抜けられない用事があったんだ。ベラとは、どうだった？」

「彼女は酔っぱらってた。昔話をしてくれたよ。失恋したことを」

「失恋？」

「ケニーの兄貴のローレンスにふられたんだ」

「うわさではローレンスがベラにぞっこんだったんで、その逆じゃなかった」

「ベラ・シンクレアによると、ちがう」テイラーがポリスチレンのカップを握りつぶして部屋の反対側にあるごみ箱に投げこんだが、勢いあまって外に飛びだした。「ベラの話では、結婚を申しこまれてたら、すぐにでもローレンスといっしょになってたそうだ。だが、プロポーズはなかった」テイラーが立ちあがり、コップを拾いあげた。「ようやく、ケニーの奥さんのエディスと会ったよ。昔の話の予想外の展開に、彼女も驚いてるようだった。あのふたりは親友というわけではないんだろう？」

「ビディスタのようなところでは、悲劇が起きると人びとは結束するんだ」ペレスはあまり深く考えずにいった。

「ブースのときには、誰もあまり気にしているようには見えなかったが」

「彼はよそ者だ。事情がすこしちがう」

「どっちにしろ、過去の話はあまり役にはたたないだろう」テイラーがいった。「〈モトリー・クルー〉号でここにきていたジェレミー・ブースと会っていた人物がいたとしても、まだ誰も名乗りでてきていないし」

「思いだしていないだけかもしれない。人は十五年もたつと変わるから」この事件には過去が関係している、とペレスはまだ考えていた。

「かもしれないな」だが、テイラーの口ぶりは疑わしげだった。

「ブースのかばんの中身について、なにかわかったことは？」

「ちょうど報告書があがってきたところだ。なかを調べたところ、展覧会の中止を告げるちらしをくばったのがブースだったことが確認された。目撃者の証言にあった衣装、それにスパンコールを縫いつけたかばんがみつかったんだ。それ以外は、大して役にたつものはなかった。服がすこしと洗面用具があるだけで、手紙、住所録、携帯電話は一切なし」

「〈ヘリング・ハウス〉で騒ぎを起こしたとき、ブースは携帯をもってなかった」ペレスはいった。「身元を確認できるものを探して、ポケットを調べたんだ」

「旅行かばんといっしょに穴に投げ捨てられた可能性は？」テイラーがたずねた。

「あるかもしれない。穴に落ちたあとで洞穴に吸いこまれた、もしくは海へと流された」

「捜索隊を送りこんで捜させるだけの価値はあるかな？　たとえ携帯そのものは壊れていても、SIMカードは無傷ということも考えられる。電話会社にある彼のアカウントをみつけようとするより、手っ取り早いかもしれない。とくに、彼が例のプリペイド携帯を使っていた場合には」

「クライマーを何人か知っている」ペレスはいった。「捜索のためにひと肌ぬいでもらえないか、たずねてみよう。自分で穴の底まで草の斜面を這いおりていってもいいが、洞穴を抜けていく自信はないし、携帯電話が岸壁の岩棚にひっかかってる可能性もあるから」携帯電話のことは自分がもっとまえに気づいているべきだった、とペレスにはわかっていた。個人的な問題で頭がいっぱいで、集中力を失っていたのだ。

　忘れるといけないので、ペレスはすぐに自分のオフィスへいき、断崖救助隊にボランティアで参加している友人に電話した。きょうは無理だけど、月曜日でかまわなければなんとかする、と彼女はいってくれた。いまは潮の干満が小さい時期なので、電話が底まで落ちていても、どこかへ流されていることはないだろう。

捜査本部に戻ってみると、テイラーはまだ机でコンピュータの画面をじっとみつめていた。まるで、意志の力だけで無理やり答えをひきだすことができるとでもいうように。

「ブースとビディスタの住人とのつながりをみつける必要がある」テイラーがいった。「それさえわかれば、事件は解決だ」くるりと椅子を回転させて、ペレスとむきあう。「一杯やらないか？　ここにすわってると、頭がおかしくなりそうだ」

ペレスはためらった。前回の捜査でふたりはいっしょに働き、ペレスは無尽蔵のエネルギーをもつテイラーとのくだけたつきあいを楽しんでいた。だが、きょうはフランが待っていた。

「ミドルトンでひらかれる日曜日のお茶会をのぞいてみようかと思ってるんだ。例の仮面を売った女性をみつけられるかもしれない。もはやそれほど重要ではないかもしれないが、それでまたひとつ未解決の謎がへる」

自分も同行してかまわないか、とテイラーが訊いてくるのをペレスは待った。テイラーはつねに刺激を必要とする、やたらと元気のいい少年のようなところがあった。だが、日曜日のお茶会というのは彼にとってはおとなしすぎるらしく、テイラーはふたたびコンピュータにむかった。

ミドルトンの集会場は、洒落た校舎があたらしく建てられるまえは学校として使われていた建物だった。ペレスはかつての校庭に車をとめた。すぐ脇に組み立て式のテーブルがずらりとならび、大柄な女性が苗木を売っていた。フランがいっしょだった。キャシーは午後を父親のダンカンとすごしていた。

まえの晩に、彼はフランをお茶会に誘っていた。彼女が興味を示すとは思っていなかった。ふだん彼女はキャシーが留守の日に仕事をしていたし、彼女がいき慣れているのはもっと洗練された催しだと考えていたからである。「馬鹿いわないで。もちろん、いくわ。ショッピングってことでしょ？　あたしは買い物中毒なのに、ここに越してきてからは、すっかりご無沙汰なんだもの」

その言葉どおり、車から降りるやいなや、フランはペレスを苗木のテーブルへとひっぱっていった。レイヴンズウィックにある彼女の家は四方を丘で囲まれていて、庭などないにもかかわらず。

集会場にはいると、さらにいくつも売店があった。がらくた。骨董品。手編みのセーター。会場の反対端のテーブルには、手作りのクッキーを盛った皿と紅茶が用意されていた。エプロン姿のミドルトンの女性たちが巨大な金属製のティーポットを巧みにあやつり、紅茶わかしがしゅーと音をたてている。ペレスは故郷でのダンス・パーティを思いだした。みんなが手作りのクッキーを持ち寄り、女たちがかいがいしく男たちに給仕するのを見たら、フランはどう思うだろう？

ここでもフランは、すぐさま売店をまわりはじめた。陶磁器をもちあげて底のマークを確認し、セーターをひろげてキャシーにサイズがあうか調べ、売り手の女性たちとおしゃべりしている。ドーン・ウィリアムソンがアリスと手をつないで会場にはいってきた。彼女はフランを見かけると、ちかよっていった。いまや会場の騒音レベルはすさまじいことになっていたので、ペレスはふたりの会話がまったく聞きとれなかった。パントマイムを見ているような感じだった。突然、フランが両腕をドーンの肩にまわした。ドーンから妊娠のことを打ちあけられたのだろう。彼女はどう感じているのだろう？　それから、ふたりの女性は別れた。ドーンはお茶のテーブルにアリスをすわらせると、ジュースの箱とビスケットをあたえた。フランが彼のところに戻ってきた。

「ドーンはおめでたなの」フランがいった。

「知ってる。学校に話を聞きにいったときに、教えてくれたんだ」

「よかったわねえ」フランがいった。だが、その言葉にそれほど羨望の念はこもっておらず、ペレスが子作りのプレッシャーを感じることはなかった。

「仮面を売ってる女性は、ここにはいないな」ペレスはがっかりしていたが、すでに旅行かばんが発見されていたので、あまり気にしていなかった。あの仮面をブースがどこで手にいれていても、おかしくなかった。〈ヘリング・ハウス〉のパーティにいくまえに彼が浜辺に隠していった旅行かばんのなかに、はじめからおさまっていたのだろう。殺人犯がそれをみつけて、彼の顔にかぶせた。その行動の裏に隠された動機がなにかというのは、まったく別の問題だった。

「そうね」フランがいった。「彼女がここで装飾小物を売ってたのは、それ一度きりだったの。シェトランドの人じゃないのよ。親戚を訪ねて、数日間きてただけ。ここで売店を出すことができたのは、彼女が子供のホスピスのためにお金を集めていたからよ。あそこでセーターを売ってるのが、彼女の義理のお母さん。彼女に訊けば、仮面を売ってた女性の電話番号を教えてくれるわ。でも、おそらく仮面を買っていった人の名前はわからないだろうって、彼女はいってる。義理の娘さんは、ここの出身じゃないから。でも、興味深いことがひとつあるの。その義理の娘さんはヨークシア在住よ。だから、ブースは仮面をそこで買ったのかもしれない」

「どうやって、それだけのことを?」

「質問したのよ」フランはいった。「それじゃ、紅茶が飲みたいわね。手作りのメレンゲを添えて」

33

ケニーは羊の毛刈りを月曜日に日延べした。ロディの死体を発見した直後の土曜日におこなうわけにはいかなかった。あの若者をあまり高く買っていなかったとはいえ、これは敬意の問題だ。ある種のことは、たとえそれにかかわる人物をどう評価していたにせよ、礼儀にのっとってきちんとおこなわれるべきだ。それとおなじで、土曜日にエディスが屋敷にいってベラにつきそっていたのは、正しいおこないだった。ベラは悲しみに暮れており、そんな状態の彼女をひとりにしてはおけなかった。ビディスタで彼女をなだめられるのは、エディスだけだった。アギーは彼女自身がもろくてぴりぴりしていたし、ドーンはなんでもてきぱきとこなせるが、地元の出身ではないので、なにが必要とされているのかよくわからないだろう。

日曜日に毛刈りをおこなえば、もっと大勢の若者を手伝いにかりだせたはずだった。だが、ケニーは休息日に働くことにかんして、迷信にちかい考えをもっていた。彼が子供のころは、主の日にはなにもおこなわれなかった。女たちは洗濯物を干そうとは考えもしなかったし、夕食の支度はほとんどまえの日にすませてあった。もちろん、農場で働くなど問題外だった。ケニー自身は信心深いほうではなかったが、古い習慣を守っていきたいと考えていた。ウィリーがまだビディスタに住んでいて、日曜日の朝に男たちが一列にならんで丘をよこぎっていくのを目にしたら、仰天したことだろう。ウィリーはミドルトンにあるスコットランド長老教会の信者で、日曜日ごとに会衆のひとりが迎えにきていた。ウィリーはいつも準備をすませて、戸口で待っていた。生地がくたびれて、てかてかに光っているスーツ姿で。保護住宅で暮らすウィリーのところにも、まだ教会から迎えがきているのだろうか？　ケニーはそうであることを願った。

そういうわけで、月曜日に手伝いにこられる人数はすくなくなることが予想された。みんな自分の仕事があるのだ。とはいえ、羊を何頭か逃がしても、ケニーが週の終わりに丘に戻って、とっつかまえればいいだけの話だ。エディスはケニーを手伝えるよう、介護センターから一日休暇をもらっていた。ケニーはそのことで彼女に感謝していた。孫が生まれたらできるだけ長く本土に滞在できるよう、彼女が休暇をためているのを知っていたからだ。

マーティン・ウィリアムソンも参加した。彼は土曜日に〈ヘリング・ハウス〉をあけていた。土曜日はいつもすごく混むし、ベラからそうするなという指示がなかったからである。だが、それを知ったベラは激怒し、今週はずっと画廊とレストランを閉めておくと主張した。べつに給料を払ってもらえるんなら文句はないし、ちょうどひまになったから、喜んで羊の毛刈りを手伝うよ。そう告げるマーティンのうわついた調子に、ケニーは驚いた。マーティンとロディは友だちだ、と考えていたからである。だが、そうやってなんでも軽くうけながすのが、マーティンなのかもしれなかった。そのほかにも、隠退した男たちがいた。趣味でまだ農場の仕事をすこしつづけている連中で、全員アンスト島からきていた。かれらはこういう行事になるとあらわれ、いまも全員がおなじ帽子とつなぎ服という恰好で家のまえに立ち、昔話に花を咲かせていた。足もとでは犬たちがはあはあいっていた。ここにいるのを男たちが楽しんでいるのが、ケニーにはわかった。天気はすごくよかったし、役にたてるのがうれしいのだ。

丘についてからの手順を、すでにケニーは頭のなかできちんと組み立てていた。毛刈りにかんしては、いまここにいる隠退した男たちとおなじくらい経験を積んできているのだ。だが、それでも彼は先輩たちに意見を求め、どの経路がベストかを示唆されると、真剣にうなずいてみせた。エディスが家から出てきて、男たちに合流した。つなぎ服に長靴という恰好で、顔にかからないように髪の毛を結ってあった。この数週間の好天で太陽をたっぷり浴びていたので、ふだん髪の毛に隠れている肌が青白く見えた。彼女の手には、ケニーの父親がいつも使っていた杖が握られていた。

ぎりぎりになって、ピーター・ワイルディングがあらわれた。一行がちょうど小道をのぼりはじめたときに、あとをおいかけてきたのだ。

「なにをするのか、マーティンから聞きました。あとひとり人手が増えるのも悪くないかと思って」

「もちろんだ」ケニーはいった。「人手が多いほど楽しい」丘をカバーする人数が多ければ、羊をかり集めるのがそれだけ楽になるのは、確かだった。はぐれた羊を見逃す可能性がすくなくなる。だが、ケニーはこの男をあまり好きになれなかったので、できればここにいてもらいたくなかった。この作家は寄生虫みたいなところがある、と彼は考えていた。この男がこうして丘にきているのは、あとでそれについて書けるようにするためにすぎない。これが、ケニーの一日を台無しにした最初の出来事だった。

二番目は、ペレスと若いカップルが〈ビディスタの穴〉のへりにいるのを目にしたことだった。かれらの存在が羊をおいたてるのに邪魔になることはなかった。羊は穴とは反対方向へと誘導されていくのだから。だが、ケニーは気になって仕方がなかった。きょうは桟橋の小屋にぶらさがっていた男のことも、ロディ・シンクレアのねじれてずたずたになった死体のことも、忘れていたかったのに。

ほかのものたちが羊をおいたてるために小峡谷の幅いっぱいにならんで列を作るあいだ、ケニーはペレスにちかづいていって話しかけた。若いカップルは登攀《とうはん》用の装具を身につけていた。ケニーはわけがわからなかった。穴の底までいきたいのなら、どうして草の斜面を降りていかないのか？　ふたりとも若くて、鍛えた身体をしていた。

「なにをしてるんだ？」

ペレスがのろのろとケニーのほうをむいた。おそらく、どこまで話したものかを頭のなかで検討しているのだろう。だが、ペレスはこたえるかわりに、その質問を無視した。

「きょうは刈りとりをする日なんだな」ペレスがいった。「こっちがはやくすんだら、手伝うよ」

「ここでなにをしてるんだ？」

またしてもこたえないのではないかと思われたとき、ペレスがいった。「徹底的に捜索したいんだ。壁面と底にある洞穴を。まだみつかっていないものがいくつかある」

「こんなことが、いつまでつづくんだ？」ケニーはきつい口調でたずねた。「いつになったら、そっとしておいてもらえるんだ？」

「なにが起きたのかわかるまでだ」ペレスがいった。「誰がふたりの男を殺したのかわかるまで」

ふたりの若者はこのやりとりを無視して、降下の準備に余念がなかった。女のほうはすでに穴のへりにいて、ナイロンのロープにつかまって身をのりだしていた。ケニーはむきなおった。かれらに背をむけていれば、ここでなにも起きていないふりができるかもしれなかった。

彼はかけていき、丘をゆっくりと進んでいく人の列にくわわった。犬たちが人間のあいだを走りまわり、隙間を埋めていた。男たちが腕を左右に大きくひろげて大声をはりあげ、前方にいる羊たちを移動させていく。その声は薄い空気のなかへと吸いこまれ、列の端から端までかなりあるように感じられた。ケニーの隣にはエディスがいて、杖をふりまわしながら、ほかのみんなとおなじように大声を出していた。

「あそこでなにをやってるの？」男たちと犬と羊のあげる騒音に負けないように、エディスは大声をはりあげなくてはならなかった。

「なにかの捜索だ。よくは知らない。もううんざりだよ。家のすぐちかくで、こんなことがおこなわれてるなんて」

エディスが慰めの言葉を叫んだようだったが、まわりがうるさくてケニーには聞きとれなかった。

かれらは空積みした石壁の輪のなかに羊をおいこんだ。輪の切れ目には切り倒した木をそのまま渡した即席の門があり、そこから羊を一頭ずつつれだしては毛を刈っていった。年配の男たちがあおむけにした羊の前脚をしっかりとつかみ、力強く安定した手つきで毛を刈りとっていく。そのあとで、丸裸にされた羊は放され、どこかへと走り去っていった。男たちの手は茶色く、汚れていて、たこができていた。視線を下にむけたケニーは、自分の手もそうなりつつあるのを見てとった。エディスの手はやわらかいが、日が暮れるまでには水ぶくれができているだろう。だが、彼女は男たちとおなじくらい正確に仕事をこなした。力のほうも、たいてい

た。するとエディスは華奢な黒い雌羊の毛を刈り終えると、羊毛を高だかともちあげてケニーに見せた。

の男には負けてなかった。はさみのあつかいがすごく巧みで、羊をおとなしくさせておくことができた。とはいえ、スピードでは男たちにかなわなかった。男たちはときどき彼女のほうを見て、なんてのろいんだ、とからかった。すると彼女はまったく気にせずに、笑い返すのだった。

お昼になると、エディスが紅茶のはいった魔法瓶とチーズとハムの自家製のサンドイッチをはこびだしてきた。男たちの手は羊毛脂《ようもうし》でまだぬるぬるしていたが――みじかい草に手をこすりつけて、大きな汚れをとっただけだった――みんな、かまわず素手で食べた。ピーター・ワイルディングはいっしょにすわっていたが、あまり会話にはくわわらなかった。彼は毛刈りに挑戦していたが、まるで羊を恐れているみたいに身体から離して作業していたので、結局は途中でエディスがひきついで終わらせた。ケニーの見るところでは、ワイルディングはただ会話に耳をすましていた。頭のなかでメモをとっているような感じだ。しばらくすると、彼は草むらにあおむけに横たわって目を閉じた。おそらく、こういった肉体労働に慣れていないのだろう。

やがて門があけられ、ふたたび羊の毛刈りがはじまった。エディスは華奢な黒い雌羊の毛を刈り終えると、羊毛を高だかともちあげてケニーに見せた。「これを紡いで、毛糸にしようかしら」という。「赤ん坊のために、やわらかいおもちゃを編むのにちょうどいいわ。どう思う?」

エディスはいつでも子供たちになにができるかを考えていた。かれらに故郷を思い起こさせるものをこしらえようとしていた。小農場の小屋には、赤ん坊の寝室用に毛皮が用意してあった。

彼女はそれにみょうばんをこすりつけて保存していた。あとで、やわらかくなるまで櫛で毛をすくのだ。小農場の居間の床には、彼女がおなじようにして作った三枚の敷物が敷かれていた。

毛刈りが終わったのは、午後遅くなってからだった。作業の現場からは、〈ビディスタの穴〉もクライマーたちの姿も見えなかった。家に戻りながら、ケニーはペレスたちがもういなくなっているだろうと考えていた。捜索にどれだけ時間がかかるというのか？　はやくすんだら羊の毛刈りを手伝うというペレスの申し出を、ケニーは本気にしていなかった。だが、土地の隆起した部分をまわりこんで崖が前方の視界にはいってくると、ペレスがまだそこにいるのがわかった。警察のランドローヴァーもとまっていた。小道のできるだけ上のほうまでのりいれている。なにかが起きるのを待っているみたいに、人びとがかたまって立っていた。インヴァネスからきたイングランド人の刑事の姿を、ケニーは認めた。

ふたたび彼はすべてを無視することにして、家にむかって歩きつづけた。ほかの男たちも、それにならった。かれらは崖っぷちにいる集団のほうにちらちらと目をやり、おたがいささやきかわしたが、それについてケニーに話しかけることはしなかった。

だが、ワイルディングは好奇心が強すぎて、黙ってとおりすぎることができなかった。警官たちをみつめていたかと思うと、ぶらぶらとちかづいていった。かれらとおなじく自分にもここにいる権利はじゅうぶんにある、とでもいうように、すごく威張りくさった態度で。

ほかのものたちはすでに小道を半分ほど下って、やりとりが聞こえないところまできていたが、それでも足を止め、そちらのほうをながめた。結局は、ケニーもふり返った。ひとりだけ家にむかってすたすたと歩きつづけていたら、馬鹿みたいに見えるだろう。

イングランド人の刑事が集団から離れて、作家が穴のへりにちかづく手前で止めた。みじかいやりとりのあとで、ワイルディングはおい返された。ぴしゃりとはねつけられたわけだ、とケニーはいくらか満足感をおぼえながら思った。

「それで?」マーティンがたずねた。「連中はあそこでなにしてるんだい? 巨人が惚れた娘でも捜しているとか?」

ワイルディングはこの伝説を聞いたことがないらしく、きょとんとした目でマーティンを見ていた。まわりにいた男たちがくすくす笑った。

「なにも教えてくれようとしないんだ」ワイルディングがいった。「あそこは犯行現場で、立入禁止だ、というだけで。実際、あの男の態度は、すこし失礼だった」

いつもなら、丘で一日すごしたあとのケニーは、外が明るくても、すぐにぐっすりと眠りについた。だが、今夜は落ちつかなかった。エディスはいつものようにもぞもぞしていたが、ようやく寝ついていた。あちこち寝返りを打って彼女の目をさまさせたくなかったので、結局、ケニーは起きあがった。服を着てブーツをはき、外に出る。いまの時季としては、これ以上ないくらい暗くなっていた。なにもかもが灰色の翳《かげ》につつまれていた。彼は丘のほうへとすこし足をのばした。

この時季、夜になるとヒメウミツバメとマンクスコミズナギドリは、崖にあるウサギの古い巣穴に作った自分の巣に戻ってくる。ケニーは小さいころ、ウィリーにつれられて、それを見にいったことがあった。薄闇のなかのコウモリみたいに小さくてぼうっとしたヒメウミツバメの姿を思い浮かべようとする。いまから、またそれを見にいってみようか。だが、崖にちかづくにつれて、穴のほうからぶーんというかすかな機械音がしているのに気づいた。発電機の音だ。きっと警察がまだいるのだろう。夜のあいだずっと、彼は車がつぎつぎと小道を往来する音を耳にしていた。警官たちの相手をする気分ではなかったので、彼は家のほうへとひき返した。発電機の音は小さかったが、それでもケニーは脅威をおぼえた。たとえ家のなかにいても、その音を頭からおいだすことはできないだろう。どうやら、朝まで一睡もできそうになかった。

34

ケニー・トムソンと助っ人たちが丘をよこぎっていくのを、ペレスは羨望の念とともに見送った。毛刈りのために羊を集める作業は、故郷を思いださせた。フェア島。シェトランド諸島のなかで、もっとも南のはずれに位置する島。編み物と海上気象予報で取りあげられる海域として知られているところだ。都会で働いていたころ、ペレスは夜中に目をさましたまま横たわり、ラジオのゆったりとした声に耳をかたむけたものだった。フェア島、フェロー諸島、アイスランド南東、東よりの風5から6、小雨、視程良好。そして、フィールドという小農場で農業をしていたデイヴ・ホィーラーの姿を思い浮かべた。この男は南大西洋海流で働いたあとでフェア島にやってきて、ペレスが物心ついたころからずっと島で気象予報士をしていた。引退するまえは、滑走路の管理人であると同時に、消防士のひとりでもあった。

ひところはペレスも、自分の将来はフェア島にあると考えていた。島の小農場で農業をいとなみ、父親が引退したら、そのあとを継いで郵便船〈グッド・シェパード〉号の船長になる。彼の子供たちは島で大きくなり、そこを彼とおなじくらいよく知るようになる。やがて、今年のはじめに、島に戻るチャンスが訪れた。小農場に空きができて、望めばそれを手にいれられそうだったのである。母親は彼に帰ってきてもらいたがっていたが、彼は申請書を出さなかった。面倒くさかったのかもしれない。水辺の小さな家を離れたくなかったのかも。だが、それ以上に大きな理由があった。彼はまだ、いまの仕事をあきらめる踏ん切りがつかなかった。たとえシェトランドであっても、警察の仕事にはやりがいがあることに彼は気づいていた。それに、まだ出会ったばかりだったが、そのころから彼はフランと結ばれることを夢見ていた。いまの彼は、まったく後悔していなかった。

毛刈りを手伝うとケニーに申しでたのは衝動的な発言だったが、本気だった。捜査のストレスのあとで肉体労働をするのは、楽しいだろう。それで気持ちが落ちつき、筋肉の凝りがほぐれるかもしれない。ペレスはクライマーたちのところに戻りながら、捜索があまり長びかないことを願った。ブースの携帯電話が穴のどこかにあるのなら、すぐにみつかるだろう。捜索エリアは、それほど広くはないのだから。

クライマーのふたりは結婚しているカップルで、ソフィとロジャー・ムーアといった。かれらは学生のときにはじめてシェトランドを訪れて気にいり、そのあとで住みついていた。ソフィはシェトランド諸島評議会の会計係をしていたが、ロジャーがなにをして稼いでいるのかは、ペレスもよく知らなかった。彼が見守るなか、ふたりは順番に穴のへりのむこうへとすべりおりていった。ゆっくりと降下して、岩棚にくるたびに止まり、ハマカンザシの茂みやごちゃごちゃした鳥の巣をさぐって、お目当ての携帯電話が隠されていないかを確かめる。ふたりはここについたとき、簡単ないい練習になる、といっていた。だが、ペレスはこれが時間の無駄に終わると確信していた。型どおりに捜索しているのはテイラーを満足させるためで、彼自身はなにかみつかるとは思っていなかった。こういうとき、あまり大きな期待をもたないようにするのが、彼の験《げん》かつぎのようなものなのだ。テイラーが自分の机でこれまでに得た情報をまとめることにしてくれて、よかった。こんなふうに待たされていたら、あのイングランド人は気も狂わんばかりになっていただろう。彼が穴のてっぺんに立ち、下のクライマーたちにむかって意味のない馬鹿げた指示を怒鳴りまくるところが、目に浮かぶようだった。

クライマーたちの姿が見えなくなると、ペレスは穴の陸地側にまわりこんだ。そちらは草の斜面が底までつづいているほうで、穴の反対側の絶壁にいるかれらの姿がよく見えた。クライマーたちが言葉をかわしていたが、ペレスには聞こえなかった。ふたりはだいぶ下まで降りていた。そのあたりにはミツユビカモメがちらほらいるだけだったが、すごくやかましい鳴き声をあげていた。そのときはじめて、繁殖期の野鳥を邪魔することを禁ずる法律がおそらく存在していることに、ペレスは思い至った。許可をとらなくてはいけなかったのだろうか？　その考えにしばらく気をとられていたので――海鳥の繁殖数は減少しており、彼としても鳥たちに問題を増やしたくはなかった――ふたたび穴を見おろしたときには、すでにクライマーたちは穴の底に到達していた。ペレスは慎重に草の斜面のへりにちかづいて腰をおろし、かれらを見おろした。ここからでも、すこしめまいをおぼえた。パニックのはじまる徴候だ。彼はしょっちゅう、崖っぷちに吸い寄せられて空中を落ちていく悪夢を見ていた。

ロジャーとソフィは、穴と海岸を結ぶ洞穴にはいろうとしているところだった。いまは干潮なので、ふたりが海に流される心配はなかった。洞穴は幅が狭かったが、高さがかなりあり、ゆうに人が立ったままはいっていけた。入口は中央部分がすこしふくらんでおり、ペレスのいる位置から見ると、巨大な針の孔のようだった。〈ビディスタの穴〉と海をへだてている岩の橋は幅が二十フィートくらいあるので、洞穴の長さもそれくらいということになった。なかは暗いと思われるので、クライマーたちは懐中電灯をもっていた。ペレスの閉所恐怖症は高所恐怖症ほど強くはなかったが、それでも、あのふたりといっしょにいなくてすむことに彼は感謝した。ロジャーとソフィが手をふって、洞穴にはいることを彼に伝えた。

ふたりが出てくるのを待つあいだ、ペレスは事件についてじっくりと考えた。日差しが暖かく、ときおり遠くからケニーたちが羊をおいたてる声が聞こえてきた。まずブースが殺された理由をつきとめなければ、ペレスはまえに進めなかった。ロディの死は、彼が最初の殺人――もしくは、それにつながるなにか――を目撃したから、ということで説明がつく。だが、もう何年もシェトランドに足を踏みいれていなかったイングランド人を、なぜシェトランド人が殺したがるのか？　わけがわからなかった。犯人はシェトランド人にちがいない、とペレスはにらんでいた。あの晩、ビディスタにいたよそ者の行動は、すべて確認済みだった。捜査の大半は、そのことに費やされていたのだ。ラーウィックの捜査本部では、捜査班のメンバーが何時間もぶっつづけで電話にかじりついていた。「六月二十四日の晩に〈ヘリング・ハウス〉においでてしたね。そのとき、どなたとごいっしょでしたか？　何時に帰られましたか？　なにか変わったことを目にしませんでしたか？」そのあとで、アリバイが確認され、裏づけがとられた。そして、問題はひとつもなかった。全員がシロだった。

ペレスはうとうとしかけていたにちがいなく、下からの叫び声に、はっと我に返った。突然、自分が穴のへりにいることを思いだして、鼓動がはやくなるのを感じた。脇に生えている草に手のひらをしっかりとついて、自分がきちんと地面に固定されていることを確認する。

「ジミー！　どうやら、あなたにも降りてきてもらったほうがよさそうだわ」ソフィだった。この角度からだと、身体が隠れて、彼女の顔しか見えなかった。ペレスにむかって叫んでいる大きな口。地底の怪物、いや、巨人の愛しい彼女か。ペレスは伝説を思いだして、訂正した。

「どうしてだ？」ふたりが携帯電話をみつけたときのために、彼は手袋とビニールの証拠品袋を渡していた。

「とにかく、ジミー、下にきてちょうだい。草の斜面をつたって、どうにか降りてこられるでしょ？　それなら、ロープは必要ないから」

ロディ・シンクレアの死体が発見されたとき、ペレスは穴の底に降りずにすませていた。そのときは、サンディが犯行現場を取り仕切ってくれたのだ。いまは選択の余地がないことがわかった。ソフィはまだ彼を見あげていた。

ペレスはジャケットを脱いで丁寧にたたむと、それを草の上においた。海に飛びこんで自殺しようと決心した男のような気分に、すこしばかりなっていた。それから、穴のへりを越えて、草の斜面を縦横に走るウサギのけもの道のいちばん手前のやつまですべりおりていった。重心を低く保ち、身体を斜面のほうにかたむけていたので、つねに左右どちらかの手が草についていた。転落する心配はなかった。この程度の斜面だったら、ソフィならかけおりていくだろう。自信たっぷりに背筋をのばしたソフィが、まっすぐまえをむいたまま、かかとで踏ん張るだけで、けもの道からけもの道へと飛び移りながら底まで降りていくところが目に浮かんだ。ペレスは自分がどうしようもないくらいのろのろと進んでいることを意識していた。ときどき立ちどまって、どれくらい降りてきたかを確かめるために、ちらりと上に目をやる。下に目をやるのは、賢明なこととは思えなかった。

底まであとすこしだとわかったのは、ソフィが洞穴のなかにいるロジャーにむかって怒鳴る声が聞こえたからだった。反響していて言葉までは聞きとれなかったが、彼女がすぐそばに立っているのがわかった。そこまできて、ようやくペレスはふり返った。地面までは、あとわずか六フィートだった。彼はお尻をついてすべりおり、ソフィの隣に降りたった。片足がぬるぬるした石の上ですべって、水たまりに落ちた。ここには直射日光がまったくさしこんでいなかった。腐った海草の強烈な臭いはいかにも生ものといった感じで、たっぷりと塩気をふくんでいた。どこか有史以前を思わせる場所だった。彼は現実世界に戻るときのことを考えないようにした。

「なにをみつけたんだ？」

「手をふれたくなかったの。こっちよ」ソフィが先に立って、洞穴の奥へとはいっていった。地面は平坦ではなかった。小石。裂け目や水たまりのできた硬い岩。海岸から流されてきたとおぼしき小さくてすべすべした丸石。遅まきながら、ペレスは二ヵ月前に受け取ったリスク評価にかんする指令を思いだしていた。労働衛生安全基準委員会は、これを見てどう思うだろう？　ロジャーとソフィは被雇用者ですらないのだ。

ここまでくると、まさに洞窟という感じがした。奥にいくにつれて幅が狭まっており、外海につうじる隙間はかなり小さいにちがいない。その証拠に、反対端からは自然光がまったくさしこんできていなかった。ロジャーは懐中電灯をつけたまま、黄色い光につつまれて、かれらを待っていた。洞穴の壁から突きだした岩に腰かけ、チョコバーを食べていた。

「ごめんなさい」ソフィがいった。「ジミーがすこし手間どってて」

「それじゃ、ブースの携帯をみつけたのか？」ペレスはこれをふたりの悪ふざけと考えていた。彼が高いところが苦手なのを知っていて、適当な口実をもうけて、下までわざわざ降りてこさせたのだ。おそらく、海から流されてきたおかしな品物を取りだしてみせ──入れ歯とか、古い長靴とか──ペレスが面白がることを期待しているのだろう。

「いや」ロジャーがいった。「でも、こいつをみつけた」

彼は岩棚に打ちあげられたゴミの山に懐中電灯の光をあてた。魚網の切れ端。貝殻と海草。ビールの四缶パックのビニールリングの半分。そして、クリーム色のすべすべした一本の骨。

「すごく笑えるよ」ペレスはいった。穴から出られなくなった羊が餓死しただけだ。肉が腐って魚やほかの生物に食われるまで、そう長くはかからないだろう。水につかっていないときには、オオトウゾクカモメやネズミのごちそうになる。やがて潮の干満で、小さな骨が岩棚に打ちあげられたのだ。

「なんだと思う?」

「羊かな? 犬かも?」

「もっとよく見るんだ」ロジャーがいった。「ぼくはそうじゃないと思う。思いちがいでなければ、これは人間の太ももの骨だ」

「ロジャーは物理療法士なの」ソフィがいった。「人体については、くわしいのよ」

ソフィがこの状況を楽しんでいるのが、ペレスにはわかった。ここでもまた、説明のつかない死によって興奮がもたらされたわけだ。

「きっと大潮のときに岩棚に押しあげられたんだろう」ロジャーが洞穴の壁に沿って懐中電灯の光を移動させていった。岩棚の半メートル下あたりだった。「ほら、見えるだろう。これがふだんの高潮線だ」

「それじゃ、骨が外海から流されてきた可能性は?」ペレスはいった。このあたりの海で長年のあいだに何人の男たちが行方不明になってきたかを考えていた。海流がすごくはやいため、船が難破しても遺体が回収されずに終わることは、そうめずらしくなかった。この骨はつるつるに磨耗していた。長いこと、ここにあったというしるしだ。

「骨がこうなるまでに、それほど時間はかからないだろう」ペレスの考えを読みとったらしく、ロジャーがいった。「つまり、必ずしも何十年もかからないってことだ。ここにあって、砂と小石の作用を受けていたと考えると」

「最後のいちばん大きな大潮はいつだったのかな？ つまり、骨はいつ岩棚に打ちあげられたと思う？」気がつくと、ペレスの頭のなかではさまざまな考えが勢いよくかけめぐっていた。まるでカフェインを注射されたような感じだった。

「今年にはいってからよ」ソフィがすぐにこたえた。「春分のとき。『シェトランド・タイムズ』紙に載った、あの素晴らしい写真を覚えてない？ スカロワーに打ち寄せる波を撮ったやつよ。骨はそのまえからここにあったのかもしれないけれど、岩棚に打ちあげられたのは、きっとそのときだわ」

「洞穴のいちばん奥までいく必要がある」ペレスはリスク評価のことなど完全に忘れていた。「海側の入口がどれくらいの大きさか、確かめておかないと」

かれらは一列になって進んでいった。ロジャーが先頭、ペレスが真ん中、ソフィが最後尾だった。洞穴の入口は腕をひろげたままでもはいれるくらい幅が広かったが、海岸にちかづくにつれて狭まっていった。前方に自然光の細長い筋があらわれ、海から新鮮な潮風が吹きこんできた。いまや硬い岩の上を這うようにしてのぼらなくてはならず、その隙間にたどりつくまえに、きつすぎて、それ以上は進めなくなった。不規則に縦にのびる割れ目から日の光がさしこみ、きらめく光の筋となって足もとの岩を照らして、そのなかの色をきわだたせていた。

「死体が水の力でここを通ってくるのは無理だな」ペレスはいった。「いくら潮の力が強くても、この隙間じゃ狭すぎる」サンディはブースの旅行かばんを穴に残していくことを心配していたが、それは杞憂だったわけだ。この狭い隙間から海へと流されていく可能性は、まずなかっただろうから。

「死体がすでに海でばらばらになっていたとは考えられないかな？　われわれがみつけた骨くらいの大きさなら、どうにかここを通れるだろう」ロジャーがいった。

ペレスの頭は依然としてめまぐるしく回転していた。「そう、その可能性はある。だが、骨がさらにみつかれば、それを偶然ではかたづけられなくなる。骨が打ちあげられる場所は、ほかにも海岸にはいくらでもあるんだから。それに、みつかった骨がさっきのものよりも大きければ、やはり海から流されてきた可能性はなくなる」ペレスはふたりを見た。「だろう？　この隙間じゃ狭すぎる。ほかにも骨がみつかれば、あるいはもっと大きな骨がみつかれば、死体は穴のてっぺんから落ちてきたことになる。ちょうど、ロディ・シンクレアみたいに。つまり、もっと昔に別の殺人があったというわけだ」

35

フランは月曜日の午後にベラを訪ねていった。週末のあいだ、ずっとそうすべきだと考えていたのだ。自分がどんな力になれるのかわからなかったが、あれほど若くて美しい人物の死にあたって、なにもせずにすませるわけにはいかなかった。なにか格式にのっとった行動が必要だった。ベラもそう感じているはずで、おそらくいまも女王然として、屋敷で弔問客を待っているのだろう。だからといって、ベラの喪失感がそれほど大きなものではない、ということにはならなかった。ベラにとって、ロディはわが子同然だった。彼女はただ、その死をドラマチックに表現し、華麗なアートに仕立てあげたいだけなのだ。

屋敷の入口には少数のマスコミ関係者がたむろしていたが、どれも地元の記者ではなさそうだった。かれらは日なたにすわり、望遠レンズで屋敷の写真を撮るだけで、満足しているようだった。制服警官もいて、かれらと楽しそうに軽口をたたきあっていた。フランがベラに会いにきたというと、警官は手をふって通してくれた。その警官には、まえにダンカンのパーティで会ったことがあるような気がした。そうした日々は、ずっと昔のことに思えた。

ドアをあけてくれたのはベラ本人で、フランの予想どおり、客を迎える服装をしていた。ふだんはは でになりがちなのだが、きょうは濃い紫のモスリンで仕立てた丈の長いゆったりとしたギャザースカートに、刺繍をした白いコットンのトップスを着ている。異国風の装いだ。フラメンコとかジプシーを連想させる。そういったつまらないことに気をとられている自分に、フランは嫌悪感をおぼえた。だが、おそらくベラは気づいてもらいたがっているのだろう。いまここで〝すごく素敵に見える〟といったら、無神経だろうか？　フランはそうだという結論にたっした。それに、ベラはいわれなくても、自分が素敵に見えることを承知しているにちがいなかった。

「家でじっとしていられなくて」フランはいった。「べつになにもできないだろうし、ひとりになりたいのなら、遠慮なくそういって」

「そんなことないわ」ベラが一歩さがると、全身が教会風の古い窓からさしこむ日の光につつみこまれた。「人がいてくれると助かるわ。あまりくよくよと考えこまずにすむから。ランチはもうすませた？　アギー・ウィリアムソンがつぎつぎと料理をもってきてくれるの。自分で作ったものとか、マーティンが調理したちょっとしたごちそうとか。でも、食べる気になれなくて」

そういえば、ベラはすこしやせたように見えた。目に力がなかったし、薄い肌の下にある頬骨がはっきりとわかった。だが、化粧はしていた。ファンデーションをほんのすこしと、目もとにシャドーを入れている。こういう状況におかれたら、あたしもやはり化粧をするだろう、とフランは考えた。自分が完全にくずれてしまうのを防ぐために。

ベラがつづけていった。「なんだったら、お茶にしない？　ケーキを添えてもいいし。キッチンでかまわないかしら？」

フランは最後にふたりでここにすわったときのことを思いだしていた。あのときは展覧会の中止を知らせる偽のちらしについて話しあい、ベラは激怒していた。展覧会のオープニングは、それこそ一大事に思えたものだった。

「ジェレミー・ブースがちらしをばらまいた理由を、警察はもうつきとめたのかしら？」フランはたずねた。

「あたしより、あなたのほうがくわしいはずでしょ」面白がっているような鋭い口調で、一瞬、いつものベラが戻ってきていた。「ジミー・ペレスとつきあってるんじゃないの？」

「あの人は事件のことは話さないの」

「ブースと出会っていそうな機会について、ずっと考えてたの」ベラがいった。「ここ数日、過去のことばかり考えてた。そしたら突然、過去がより生き生きとして鮮明なものになった。現在よりも楽しいし、ロディがいなくなったいま、未来にはほとんどなにも残されていないから。すくなくとも、気にかけるようなものは、なにひとつ残ってないわ。あたしはブースを知ってたのかもしれない」

「あなたには仕事があるじゃない」あたしの場合もそれが支えになるだろう、とフランは考えていた。それと、体裁を保つというプライドが。

「ええ、そうね。いつだって仕事があった」

「ブースとの出会いについて、心当たりでもあるの？」

「ここにはときどき来客があった」ベラがあいまいにいった。「あたしの人生にふらりとあらわれ、数週間ほどするとまたいなくなる人たちがいた。学生やほかのアーティストよ。あたしはそういう人たちのエネルギーが好きで、ときどき滞在していくように勧めてたの。すでにこの大きな家を買ってて、しょっちゅうパーティをひらいてた。あなたの別れたご主人とおなじよ。だから、そのときブースと出会ってても、不思議はないんじゃないかしら?」

「ブースはここにふらりとやってきた客のひとりかもしれない、ということ?」

「もしかするとね」ベラがフルーツケーキをすこしかじった。「ピーター・ワイルディングも、そうだったのかもしれない。いままで気づかなかったけれど、ロディが死んで、過去に逃避して昔の日々を思いだすうちに、そんな気がしてきたの。それがあたしの記憶ちがいでないとするなら、彼の外見はあまり変わってないわ。でも、彼がここにいたと思われる年の夏、あたしはあまり幸せじゃなかった。だから、それ以来ずっと、そのときの記憶を頭から消し去ろうとしてきたの。それに、確信はないわ」ベラは自分がとりとめのない話をしていることに気づいたらしく、顔をあげると、ちらりといたずらっぽい笑みを浮かべてみせた。「いまの話を、すべてジミー・ペレスに伝えるの?」

「そうしないほうがいいかしら?」

ベラは肩をすくめた。「確信があるわけじゃない、というところを強調しておいてちょうだい。それにワイルディングは、ここにきたことがあるとは一度もいってないわ。それって、変じゃない? あたしの絵の大ファンだといってはじめて手紙をくれたとき、そのことにはなにもふれてなかった。もちろん手紙には、ほめ言葉がちりばめられていたわ。誰だって、ほめられて悪い気はしないでしょ。でも、あたしの家に客として滞在したことがあるのなら、なにか書くんじゃないかしら？　遠慮しながらも期待するようなことを。〝覚えていらっしゃらないとは思いますが、ある年の夏に、ご親切にも泊めていただいたことがあります〟とかなんとか。この記憶がどれくらい正確なものかは、わからないわ。なにもかも、ただの思いこみかもしれない。悲しみは人の頭をすこしおかしくするものでしょ。それと、白夜も」

「ジェレミー・ブースとピーター・ワイルディングは、おなじ時期にここにいたのかしら？」

長い沈黙のあとで、ベラがこたえた。

「そうね、そんな気がする。ちょうど、いまくらいの季節だった。例年になく暖かい夏で、屋敷には人があふれていた。ロディの両親はまだラーウィックに住んでたけど、ロディはほとんど週末ごとにここにきていた。それに、アレックが入院していた数週間は、ずっとここで暮らしていた。あの子といっしょに、ここの浜辺で泳いだのを覚えてるわ。あたしが泳ぎ方を教えたのよ。泳げるくらい暖かい日なんて、そうないでしょ。そして夜になると、浜辺でパーティをひらいた。たき火と音楽があったわ。たいてい誰か演奏できる人がいたから。それと、お酒と麻薬がたっぷり。もちろん、六〇年代はとうの昔にすぎてたけれど、あたしたちはその時代の雰囲気を再現しようとしてたのかもしれない。創造性と自由よ。自分たちは若いんだって、信じたかったのね」ベラが言葉をきった。「そして、あたしは恋をしていた。ローレンス・トムソンに。十三歳のときから、ずっとそうだった。たぶん、そのまえからずっと。ミドルトンの小学校で、彼とキスの鬼ごっこをしたのを覚えてるわ。ここにきた男は大勢いるけど、誰もあの人にはかなわなかった」

フランにはいくつも質問があったが、ひかえていた。ベラが無理やり自分を現在にひき戻すみたいに、かぶりをふった。

「もちろん、みんないってしまった」という。「気候が変わって、雨が降りはじめた途端に。あの人たちは、現実のシェトランドでは暮らしたくなかったのよ。口では本物の文化のことを語りながら、その体験には本物のところなんてひとつもなかった」ふたたび、みじかい沈黙がながれる。「ローレンスまでもが、いってしまった」

「そのころの写真は、一枚も残ってないんでしょうね？」

ベラには聞こえていないようだった。「でも、あたしにはロディがいた」彼女はいった。

「あの夏の居候《いそうろう》たちをおぎなって余りある存在だった。そして、アレックが亡くなり、ロディの母親が石油業者といっしょにいってしまうと、あの子はあたしひとりのものになった。あの子がローレンスのかわりになったかって？　それはよくわからないわ」

「写真は？」

ふたたびベラは小さくかぶりをふって、過去のイメージをおいはらおうとした。

「たしか、何枚かあるはずよ」という。「つい最近、ロディが見てたわ」

「わたしにも見せてもらえるかしら？　つらすぎるのでなければ」

「どこにあるのか、よくわからないの。それに、捜すエネルギーが自分にあるとは思えないし」

「わたしが捜すわ」フランはいった。「どこにありそうか、いってもらえれば」フランは気づかないうちに、夏のハウス・パーティのイメージにすっかり魅了されていた。いつまでもつづく白夜。シェトランドに――というか、とくにベラに――惹きつけられたアーティストや俳優や作家たち。かれらをろうそくの光に吸い寄せられる蛾のように惹きつけておきながら、その誰にもまったく興味がなかった女性。彼女が欲しかったのは、ローレンスだった。子供のころの恋人。彼女のヒーロー。素晴らしい映画になるだろう。美しい風景のなかにいる、美しい人びと。

「写真は古い靴箱にはいってるわ」ベラがいった。返事がすぐにかえってきたところをみると、ベラははじめから写真をみつけてもらいたかったのだろう、とフランは思った。ただ、自分で捜す気力がなかったか、そんなことをするのは沽券にかかわると考えていたのだ。「スタジオの戸棚にあるのかもしれない。どこだかわかる?」ベラは椅子の背にもたれかかると、腕をスタジオのほうにふってみせた。

ひとりで屋敷のなかを歩きまわるのは楽しく、フランは半開きのドアからほかの部屋の内部をちらりと見ることができた。こういうときにこっそり手にいれたイメージをとっておいて、あとで自分の絵にいかすのだ。

写真はベラがいっていたとおり、ぼろぼろの靴箱に入れて、黒っぽい木でできた背の高い戸棚においてあった。ベラも写真を見ることがあったのだろうか? 写真はてんでばらばらで、時代がごっちゃになっているようだった。端が折れたり、へりが破けたり、色があせて変色したりと、傷んでいるものが多かった。フランはこの場で床にすわりこんで写真をひろげ、パターンがみつかるまで――あるいは、知った顔にめぐりあうまで――調べていきたい誘惑にかられた。だが、これはベラのものであり、そこまでやるのは図々しすぎるだろう。

ベラはキッチンのテーブルにあったティーポットとマグカップとアギー・ウィリアムソンのフルーツケーキをかたづけていた。「それじゃ」という。「どんな写真があるのか、見ていきましょう」

フランだったら、写真を箱からまとめて取りだして、その山からカードをくばるみたいにひろげていくところだった。だが、ベラは写真を箱のなかに入れたまま、一枚ずつ手にとっていった。一枚目は、子供時代のロディの写真だった。タオルにくるまれ、日焼けして茶色くなった顔に、砂が点々とついている。ほとんどがロディを撮ったもので、フランはそれぞれの写真にまつわる逸話を聞かなくてはならなかった。途中でベラが泣きはじめ、フランは彼女のうしろにまわって肩に腕をまわした。

テーブルのもといた側に戻ったところで、フランはちらりと腕時計に目をやった。もちろんベラには同情していたが、もうすぐ帰らなくてはならなかった。キャシーは放課後に友だちと遊ぶことになっていたが、それでも夕食まえには迎えにいく必要がある。写真のことは、あとでペレスに電話で伝えておこう。実際、これは彼女には関係のない問題だった。もしもペレスとのつきあいを上手くつづけていきたければ、これからは彼の仕事に口をはさんだり質問したりしないことを学ばなくてはならないだろう。

そのとき、箱のなかの山のてっぺんに、大人たちの集合写真があらわれた。みんなパーティ用の服装をしており、屋敷を背にして、庭で撮影されていた。全員きちんとかしこまっているように見える。屋敷のむこうには雲ひとつない空がひろがっていた。そして、どの手にも仮面があった。どれも柄のついた凝った作りの華やかな仮面だ。ふいにフランは背筋が冷たくなるのを感じた。

ベラは仮面のつながりに気づいていないようだった。山のてっぺんにある写真を、手にとらずにみつめていた。

「この晩のことは、覚えてるわ」という。「ほとんどの人が発つまえの晩だった。それを記念して、本格的なディナー・パーティをひらくことにしたの。あたしはみんなに盛装させて、ダイニングルームに大きなテーブルを用意した。それから、なにか特別な趣向が欲しくて、仮面舞踏会を思いついた。さぞかし気どって見えたことでしょうね。あたしは自分たちがすごく洗練されてると考えていた。この写真を見て。みんな、それほど若くはないわ、でしょ？　あたしはこれを若いころの記憶としてもっているけど、実際は大違いだわ」

「仮面はどこで調達したの？」

「劇団から借りたのよ。いまでも毎年、船でラーウィックにきている劇団。そこの俳優のひとりと友だちになったの」

「それって、いつの話なのかしら？」

ベラが遠くをみつめた。「十五年前？　そのつぎの日が、ロディの六歳の誕生日だった。あの子がここにプレゼントを受け取りにきたとき、まだ残っていた連中は、あたしもふくめて、みんなすごい二日酔いだった」

「この写真を見て、誰が誰だかわかる?」

ベラが写真を手にとった。ほかのがほとんどスナップ写真であるのに対して、これはそれよりも大判で、靴箱からはみだしそうになっていた。

「これがあたしね。いちばんまえにいる。当然だけど」ベラは赤いシルクのホールターネックのドレスを着ていた。髪の毛はすごくみじかく、きょうとほとんどおなじ髪型だ。フランは、〈ヘリング・ハウス〉のパーティでジェレミー・ブースが見入っていたベラの自画像を思いだした。

「きれいだわ」

「気合を入れて準備したから」ベラがいった。「そりゃもう、はりきってたわ。その晩にローレンスからプロポーズされると思いこんでたから」

「この写真に彼は?」

「いないわ」ベラがそっけなくいった。「ディナーに招待したけど、あの人はあらわれなかった」

「この人、ピーター・ワイルディングじゃないかしら?」フランはまっすぐ見ようと、写真を自分のほうにむけた。「あなたの隣に立ってる、この男の人」髪が黒ぐろとした、むっつりした感じのハンサムだった。

「そうかしら？　だとすると、いまはすこし体重が増えてるわね。そうねえ、いわれてみれば、そうかもしれない。鼻の形がおなじだもの」

「彼が家を借りるためにあらわれたとき、ほんとうにわからなかったの？　それほど変わったようには見えないけど」

「そう思う？　あたしにはわからなかった。さっきも説明したけど、この年の夏のことを思いだしたくなるような理由なんてなかったし、過去をふり返る必要もなかった。あたしにはロディをとおして未来があったから」

ベラはあの若者にじつに多くのものを託していたのだ、とフランは思った。その幸せのすべてを。「このなかにジェレミー・ブースはいるかしら？」

ベラがふたたび写真を自分のほうにむけた。「よくわからないわ。そうでしょ？　彼のことは、このあいだの晩に〈ヘリング・ハウス〉でちらりと見かけただけだもの。そうねえ。これが彼かもしれない」

「どの人かしら？」

「これよ。あの男性は面長で、けっこう鼻筋がとおってたでしょ。もちろん、この写真の男の人にはもっと髪の毛がある。あのころでさえ流行遅れといえそうなくらいの長髪だもの。それに、彼はひげをたくわえてる。いかにもボヘミアンって感じね」

「それで、この男性のことは、ほんとうになにも覚えてないの？　名前すら？」

「そう長くはここにいなかったはずよ。ほんの数日だったのかもしれない。よくいたの。すこしいて、また出ていく人が。あたしは芸術学校のときの講師を訪ねて、よくグラスゴーにいっていた。いろんなパーティで酔っぱらっては、シェトランドに泊まりにくるように人を招待してたわ」

ベラが目を半分閉じて、椅子の背にもたれかかった。あの夏を頭のなかで追体験しているような感じだった。

「この人はマジシャンかもしれない」ベラがいった。「ロディのために手品のショーをやってくれたの。あの子はすっかり夢中になってた。すごく親切に思えたわ。待って。マジシャンじゃなくて、俳優だって気がしてきた。あたしに恋してるといってくれた人よ」まるでそれが日常茶飯事で、取るに足りないことだとでもいうような口ぶりだった。間があく。「彼がよく悪ふざけをしてたのを覚えてるわ。それも、いつも趣味のいい悪ふざけとはかぎらなかった。パーティの中止を告げるちらしというのは、いかにも彼がやりそうなことだわ。仕返しのために。でも、なんでいまごろになってそんなことを？　あたしに嫌がらせするためだけにシェトランドにきたとは思えないし」ベラの声には満足げな響きがあった。こんなにも長く自分のことが男性の脳裏を離れなかったと考えると、悪い気はしないのだろう。

「この人たちが屋敷にいたときに、もめごとでもあったの？」フランはたずねた。「何年もたったあとで、これだけ暴力的な犯罪をひき起こすようなことが？」

「いいえ」ベラがいった。「この写真を撮った晩は、あっけないくらい何事もなく終わったわ。みんなで盛装して、食事をしただけ。翌朝、あたしは二日酔いと汚れた皿の山とともに取り残されていた。大騒ぎするようなことは、なにもなかったわ。なにもね」

「この写真をジミーに見せたいの。借りられるかしら？」

「ええ、どうぞご自由に」

もはや気にかけることなどなにもないとでもいうような、すごくなげやりな口調だった。

36

テイラーは朝の八時から机にむかっていたが、どうしても集中できずにいた。子供のころから落ちつきがなく、いまにして思うと、彼の父親はそわそわして注意をひきたがる息子に閉口していたにちがいなかった。父親は波止場で現場監督をつとめており、それなりに敬意を払われることに慣れていた。だが、子供時代のテイラーは、そんなことおかまいなしだった。

ウィラル半島を訪ねてから、テイラーは家族のことをよく考えるようになっていた。もっとまえに家族に連絡を取り、せめて自分が元気で無事にやっていることを知らせるべきだった。乳飲み子をかかえた妻を捨てたジェレミー・ブースのことを、誰もが利己的なクソ野郎だと考えていた。もしかすると、自分もそういわれているのかもしれない。息子は死んじゃいないって、母親に電話してきてもよさそうなもんだがな。今回の事件は、彼自身の人生とあまりにも共通点が多すぎた。ブースだけでなく、ローレンス・トムソンもやはり黙って姿を消してしまったようだった。ここでの生活に退屈していたのか、それとも女房をもらって家庭を作れというプレッシャーを感じていたのか。あるいはたんに、自分で決断を下して自分の好きなように人生を送るための空間が必要だっただけかもしれない。

テイラーは警察署を出ると、通りを歩いた。運動と新鮮な空気とまともなコーヒーが必要だった。あらたに入港しようとしている巨大な観光船がブレッサー島を視界から隠し、手前にひろがる町なみを威圧していた。船旅は自分にとっては地獄とおなじだろう、とテイラーは思った。無理やりいっしょにさせられた大勢の人間と船に閉じこめられ、逃れることもできずに、愛想よくしていなければならないのだ。家族みたいに。そのとき、テイラーは気がついた。もう何年も身内と話をしていないにもかかわらず、彼は決して完全には家族から逃れられてはいなかったのだ。彼の野心をあおり、まわりの人たちを遠ざけてきたのは、彼のなかでふつふつと煮えたぎる父親への怒りだったのだから。

テイラーは路地を通って、〈ピーリ・カフェ〉にむかった。前回のシェトランド滞在中にペレスときた店だ。ふたりはコーヒーを飲みながら事件について意見をたたかわせ、殺人犯がすでに捕まったという世間一般の見方に、一致団結して対抗した。あのときの気のおけない関係がなつかしかった。ふたりのあいだには笑いがあったような気がした。かれらはライバルというよりも友だちだった。どうして今回は、まえよりもペレスに対していらだちをおぼえるのだろう？　ペレスがフラン・ハンターとつきあっているからか？　それで自分は嫉妬しているのか？　ペレスが魅力的な女性を手にいれたから？

カフェで列にならんだテイラーのまえには、ふたりの中年女性がいた。歩行器をつけたイングランド人観光客だ。スコーンにクリームを添えてもらうのはすっごくいけないことかどうかで彼女たちがもめているあいだ、テイラーはいらいらしないように努めた。きびすを返して出ていきたくなったが、コーヒーの香りが彼をひきとめた。

ちょうど注文し終えたときに、ペレスから電話がかかってきた。

「いまビディスタにいる。こっちにきてもらったほうがいいかもしれない」このシェトランド人が緊迫感のあるしゃべり方をすることは決してなかったが、それでもテイラーはその声を耳にしたとき、これが重大事であることを感じとった。「クライマーたちが穴の底で……」先ほどの中年女性たちがカウンターに戻ってきており、テイラーの肘のあたりをうろつきながら、ナプキンのことで大騒ぎしていた。おかげでテイラーは、ペレスの言葉がよく聞きとれなかった。

「いまからそっちへむかう。ついたときに、くわしく話してくれ」

テイラーはコーヒーを持ち帰り用の厚紙のコップに移すように頼み、大人でよかった、とつくづく思った。いまの彼にはやるべき仕事が——行動する口実が——あった。これで、すくなくとも数時間は退屈せずにすむだろう。車にのりこむと、彼はなにも考えられないくらいの大音量でレッドツェッペリンをかけ、まだ熱すぎるコーヒーを飲みながら、片手で運転した。自分は生まれてからずっと、退屈を恐れる気持ちにつき動かされてきたような気がした。

テイラーは小道のできるだけ上まで車をのりいれてから草地に駐車し、残りを歩いていった。

ペレスとクライマーたちは、〈ビディスタの穴〉のまわりにすわって彼を待っていた。顔を太陽のほうにむけ、あおむけに寝そべっている。そのリラックスした姿に、テイラーはふたたびいらだちをおぼえた。ほかにもっとやることはないのか？　ペレスは殺人事件の捜査を、この風吹きすさぶ荒涼とした地における退屈で決まりきった警察業務から解放される機会としか考えていないのか？

「どうしたんだ？」テイラーは自分の立場の弱さを感じた。徒歩で丘をのぼってきたので、息が切れて汗だくになっていたからである。「ブースの携帯電話をみつけたのか？」

「いや」ペレスがいった。「それはみつからなかった」

「それじゃ、なにをみつけた？」

「人間の骨だ」ペレスが顔をしかめた。「古い。すくなくとも、つい最近のものではない。専門家に意見を聞く必要があるだろう。つぎにどうすべきか、あんたの考えを聞きたかった。許可をとってからでないと、先には進めないと思ったんだ」

テイラーはかんしゃくを起こさないように努力した。なにも考えずに怒りを爆発させ、ペレスの無能さを責めたてたら、どんなにか気分がすっきりするだろう。ロディ・シンクレアの死体が発見されたあとで現場の指揮をとっていたのは、このシェトランド人なのだ。どうして事件の直後に徹底した捜索がおこなわれなかったのか？　どうしてテイラーから提案されるまえに、それに着手していなかったのか？　テイラーは自分の正しさに酔いしれていた。結局のところ、きょうは彼にとっていい一日になりつつあった。

「ここでなにがあったというんだ？」穏やかで理性的な声を保ってたずねる。道徳的な高みからおりてきてはならなかった。こういうところでさえ、彼はほかのものに負けたくないと考えていた。

「別の殺人だ」ペレスがいった。「それが最近の一連の事件の原因、もしくは引き金になったのかもしれない。発見された骨は海から流されてきたものだろう、とはじめは考えた。このあたりの海では、昔から大勢の男たちが命を落としている。骨が流れついても、不思議はない。だが、そのあとで別の骨がみつかった。むこうずねの一部らしい。この調子でいくと、もっとみつかりそうだ」

テイラーはペレスを見た。ふたつの骨のかけらから殺人がおこなわれたと推測するのは、論理に大きな飛躍があるように思えた。ペレスは仮説を打ちたて、ここでなにが起きたのかわかったつもりでいた。だが、それが正しいとはかぎらなかった。

「死体が海から流されてきて穴のなかでばらばらになったというのに、誰もそれに気がつかなかったというのか？」

「死体が人目にふれることはないだろう」ペレスが強調するようにうなずいた。「穴のなかに人が降りていくことは、めったにない。それは確かだ。このあたりに子供たちがもっといて丘をかけまわっていたころなら、話はちがっていただろうが」

「それじゃ、さっきいったようなことは起こりうるのか？」

「いや。海につうじている隙間が狭すぎて、そこから穴のなかに死体が流されてくることは不可能だ。子供の死体でも無理だろう。そして、みつかったのは大人の骨だ」

「なにがいいたいんだ、ジミー？　こっちはひまじゃないんだ。さっさと話してくれ！」

「この死体は、殺されたあとで〈ビディスタの穴〉に投げこまれた被害者のものだろう。ロディ・シンクレアの殺害方法、および死体の処理法とおなじだ」ペレスが陽光にむかって目をすがめた。「となると、おなじ犯人ということになるんじゃないかな？」

「だが、ジェレミー・ブースはまったくちがうやり方で殺された。つまり、彼を絞め殺したのは別の犯人だというのか？　殺人犯はふたりいると？」

「その点はよくわからない。はっきりとしたことは」

ここでなにがあったのかわかったつもりでいるんだろ、とテイラーは心のなかでつぶやいた。そのくせ、はっきりそれを主張するつもりはないわけだ。

「ロディ・シンクレアの死体が発見されたときに、犯行現場を徹底的に捜索すべきだったな」これくらいのことはいっても許されるだろう、とテイラーは思った。控えめで、抑制のきいた発言だ。だが、ペレスはそこにふくまれている批判に気づくはずだった。

「そのとおりだ。徹底的に捜索すべきだった」ペレスが言葉をきった。「これからどうしたものかな？　本土から専門の捜索チームがくるのを待つか？　予報では高潮の心配はないから、すでに失われた以上のものが現場から消えることはないだろう」

きちんとした専門家を集めて本土から呼びよせるのにどれくらい時間がかかるか、テイラーは見当をつけようとした。

「ほかに選択肢は？」

「あたしたちがいるわ！」クライマーの若い女性だった。彼女と連れの男性はすこし離れたところにすわっていて、あきらかに盗み聞きしていたものの、そうではないふりをしていたのだ。

「きょうは、このあともずっとひまなの。なにをすればいいのかいってくれれば、やるわよ。もしも心配なら、そちらで専門家をひとり用意して、あたしたちに指示をあたえるようにすればいいじゃない」女はちぢれた金髪の頭をぐいともちあげ、テイラーに訴えかけていた。袖なしのベストの上にフリースを羽織っており、テイラーはその下にある彼女の胸からなかなか目をそらすことができなかった。「そもそも、あたしたちがいなければ、穴の底になにかあるなんてわからなかったんだから」

結局、テイラーは同意した。ひとつには、手持ち無沙汰のままさらに時間をつぶすのかと考えると耐えられなかったからであり、ひとつには、外部からチームをつれてくると、そこにはまたリーダーがいて、テイラーがすべてを取り仕切れなくなると思われるからだった。このカップルにとっては、彼が専門家だった。ふたりには、彼のいうとおりに動いてもらうとしよう。

「そうだな」テイラーはいった。「そうするか」

若い女は興奮して、小さな女の子みたいにテイラーににっこり頬笑みかけた。

テイラーがペレスのほうにむきなおると、彼もまた共謀者めいた笑みを浮かべていた。ふたりで体制側に対抗していた、あの冬の日々が戻ってきたような感じだった。

実際に捜索がはじまってみると、テイラーはシェトランドのクライマーたちが専門家に負けないくらい注意深く几帳面であることを知った。彼はペレスとともに穴のてっぺんにとどまり、クライマーたちが底面を紐で四分割し、指を使って小石や海草をふるいにかけていくのをながめていた。すぐに、あらたな骨がみつかった。ほんの小さなかけらで、ペレスは動物の骨かもしれないといったが、ロジャーは人間のものだと考えているようだった。それから長いこと、なにも起きなかった。テイラーは下のふたりにむかって声をかけた。

「そっちは順調か？」

「おなかが減って死にそうだってことをのぞけば」

テイラーは迷った。なにも見逃したくなかったが、だいぶまえから退屈してきていた。「かれらのためにコーヒーと食料を調達できないか、ちょっといってみてくる」彼はペレスにいった。「それと、われわれにも」

「わたしがいこう」

「いや。きみは地元の人間だ。ここに残ってくれ」

〈ヘリング・ハウス〉は閉まっていたが、なかで動きまわる音がしていたので、テイラーはドアを強くたたいた。返事はなかったが、しつこくたたきつづけた。

「まったくもう。字が読めないの？　画廊はお休みよ」テイラーの予想に反して、あらわれたのはマーティン・ウィリアムソンではなく、彼の母親のアギーだった。彼女を〈ヘリング・ハウス〉で見かけるのははじめてだったので、一瞬、テイラーは相手が誰だかわからなかった。

「わかっています」彼はいった。

アギーは来訪者の正体に気づいて赤面した。それから、自分がここにいる理由を説明する必要があると感じたようだった。

「月曜日の午後は、郵便局を閉めてるの」という。「ここが休みのあいだに春の掃除をするというから、すこし手伝ってるのよ」

「こんなときにミス・シンクレアが商売のことを考えているとは、驚きですね」

「ベラの考えじゃないわ」アギーがいった。「マーティンに頼まれたの。ベラはレストランをマーティンにまかせているから。あの子はきょう、丘の羊を集めるケニー・トムソンの手伝いに出かけているから、なかをかたづけるにはちょうどいいと思って」アギーはやけに落ちつきがないように見えた。ドアをしつこくたたかれて、おびえたのかもしれない。ビディスタの住人は全員、殺人犯がみつかるまでは、大きなもの音や不意の訪問者にびくつくことになるのだろう、とテイラーは思った。

「魔法瓶にコーヒーを用意してもらうことはできませんか?」テイラーはたずねた。「それと、サンドイッチもいくらか。もちろん、お代は払います」

「どうかしら。ここはマーティンの仕事場だから」

「多少のサンドイッチくらいで、彼は騒いだりしないでしょう」

テイラーのとげのある口調に、アギーはたじろいだ。

「きっと、なにか作れると思うわ」

テイラーはなかに招かれなかったが、アギーのあとについてレストランを抜け、キッチンまでいっしょにいった。アギーはキッチンを使い慣れているようだった。「よくマーティンの手伝いをするんですか？」

「あの子が忙しいときは。催し物の用意とかで」

「ミス・シンクレアの展覧会のオープニングのまえにも手伝いを？」

「午後に、テーブルのセットだけ。ナプキンをたたんだりとか、そういったことを。夜はいなかったわ。屋敷でパーティがひらかれてたころは、よくベラを手伝ってたけれど、いつも裏方だった」

人見知りするので、みんなのまえで給仕するのは気が進まないのだろう、とテイラーは思った。「どんなパーティだったんですか？」彼はたずねた。「きっと豪勢だったんでしょうね」

「それが、まったく予想がつかなかったわ」アギーが小さく笑った。「シャンパンとカナッペを出すパーティかと思ってきてみると、みんなでキッチンのテーブルを囲んで、ビーンズをのせたトーストを食べるだけのこともあったりして。ゲストがどう感じていたのかは知らないけれど」

「記憶に残っているゲストはいますか？」

「いいえ、これだけ時間がたってしまうとね。大がかりなパーティがひらかれてたのは、ずっと昔のことだから」だが、すごい早口でそういったので、テイラーはその言葉を信じていいものかどうか迷った。

「ビディスタのほかの住人も、みんなそのパーティにきてたんですか？」

「招かれてたのは、ほとんどが男性だったわ」アギーがいった。「もちろん、まだ元気だったころのアレック。ベラのお兄さんよ。それから、ケニー。でも、彼はあまり乗り気じゃなかった。それと、ローレンス。ベラは昔から男性といるほうが好きだったの」

「どういう感じなんですか」テイラーはいった。「こういう土地で育つというのは。わたしにはどうもぴんとこなくて。みんなに自分のことを知られているわけですよね」

「あら、みんなちょっとずつ秘密をもってるのよ。でなければ、とても正気ではいられないわ」

そういったあとで、彼女はざっくばらんに話したことで気恥ずかしさをおぼえたらしく、大きな冷蔵庫の扉をあけた。「チーズのサンドイッチとハムのサンドイッチができそうだわ。それに、お望みならパテもいくらか」

「どれも多めに作ってもらえますか？　数名いるので」

「丘での作業は終わったのかと思っていたけど」アギーはパンを切っていた手を止め、ナイフを宙に浮かせたまま、返事を待ってテイラーを見ていた。

「まだです」テイラーは軽い口調でいった。それから、相手の反応を見るためだけに、こうつけくわえた。「発見があったので」

「どうしてまた？」アギーがすばやくたずねた。「なにがみつかったの？」

「申しわけありませんが、誰とも捜査の話をするわけにはいかないんです」テイラーは相手を安心させようと笑みを浮かべてみせた。自分でその反応をひきだしたくせに、アギーがあまりにも心配そうにしているので、不安を取り除いてやりたくなったのである。彼女のストレスが伝染病みたいにテイラーにも伝わり、彼もぴりぴりしはじめていた。「われわれが知っておくべきだと思うようなことが、なにかありますか？」

アギーがサンドイッチのほうにうつむいたので、テイラーにはその顔が見えなかった。「いいえ」彼女がいった。「もちろん、なにもないわ。あたしたちはただ、これがはやく終わってほしいだけよ」

もうひと押しすべきだろうか、とテイラーは考えた。この谷の住人全員が共謀して沈黙を守っている構図のことが、ふたたび頭をよぎる。だが、アギーは完全に彼に心を閉ざしてしまったように見えたので、しつこくたずねても無駄だと思われた。

アギーは紅茶とコーヒーを魔法瓶に一本ずつ用意し、サンドイッチをホイルにつつんだ。そして、ブリキ缶にあったフルーツケーキを半分添えた。金は受け取ろうとしなかった。「ベラはきっと、警察の捜査を助けたいと思っているだろうから」

アギーは画廊の入口に立ち、テイラーが道路をのぼっていくのを見送っていた。彼がほんとうにいなくなったことを、きちんと確認したいとでもいうように。

テイラーが丘に戻ってみると、歯が二本ついた顎骨の大きな断片が発見されていた。だが、クライマーたちによると、捜索はまだはじまったばかりだった。ペレスが電話をかけ、発電機とライトの手配をした。作業は夜更けまでかかりそうだった。

37

ペレスがレイヴンズウィックにあるフランの家についたとき、時刻はすでに午前零時半をまわっていた。だが、フランはまだ起きていた。寝ないで待っている――ペレスはテイラーがそばで聞き耳をたてるなか、電話で彼女からそういわれていた。丘の上は携帯電話の受信状態が悪く、みじかい会話をかわすあいだ、フランの声はずっとひびわれていた。

「あなたに話があるの」彼女はいった。「どんなに遅くなってもかまわない。きょう、ベラに会ってきたの。重要なことよ」

なにが気がかりなのか電話でも訊けただろうが、ペレスはそうしたくなかった。いまは漂流物をよりわけているクライマーたちのことで頭がいっぱいで、はやく会話を切りあげたかった。それでなくても、テイラーから批判的な目で見られているのだ。そして、それは当然だった。ペレスはロディの死体が発見されたときに、崖と穴の底をもっと徹底的に捜索させるべきだった。いまは個人的な会話をかわしているときではなかった。

ペレスが家についたとき、フランはテーブルで本を読んでいた。音楽はかかっておらず、家は静まり返っていた。彼女の姿が窓越しに見えた。顔の片側がテーブルランプに照らされている。彼の車の音を心のどこかで意識していたはずだが、フランは読むのをやめなかった。ページの文字に集中して、顔をしかめていた。彼がドアをたたいてなかにはいっていくと、ようやくふり返った。それから立ちあがると、彼の首に両腕をまわしてひきよせた。

「身体が冷えきってるわ」という。「お風呂にはいりたければ、お湯があるわよ」

「さっきは話せなくて、ごめん」ここにくる道すがら、話とはいったいなんだろう、とペレスは考えていた。不吉な予感がした。「話があるの」彼と別れるとき、サラはそう切りだした。すごいショックだった。気づいてしかるべきだったのかもしれないが、彼にとっては青天の霹《へき》靂《れき》だった。サラが不幸せなのは知っていたが、それは流産のせいだと考えていた。いずれ時がたてば、彼女ものりこえるだろう。ペレス自身、折り合いをつけるまでに、いくらか時間がかかっていた。自分が問題だったとは、思ってもみなかった。

「事件のことなの」フランがいった。「重要かもしれないと思って」

ペレスはほっとし、それからいらだちをおぼえた。今夜はもう事件のことは忘れたいと思っていたのだ。

「ベラに会ってきたの。やっぱり彼女はジェレミー・ブースを知ってたみたい」

「名前で気づいたのか？」

「それもあったのかもしれない。でも、それよりも、過去に逃避していたことのほうが大きいと思うわ。ベラはロディの死から逃れるために、思い出のなかで生きていたの。それで、ブースに会ったことがあるのを思いだした。たぶん、彼女の記憶はすごく視覚的なのね。ブースの外見はかなり変わっていたけど、顔の造作にぴんとくるものがあったの」

「ベラはどこで彼を知ってたんだ？」

「シェトランドでよ。ある夏、ベラはビディスタの屋敷を芸術家たちのコミューンみたいにしてたらしいの。彼はそこにあらわれ、滞在していった。どういう経緯で彼を招待したのか、ベラは覚えてないみたい。ただ、彼がいたって記憶があるだけで。それと、彼が俳優で、悪ふざけが好きだったってことと」

「いつの話なんだ？」

「十五年くらいまえよ。ベラはそういってたけど、細かい点はすごくあやふやだった」

「どうしてそんなにたってから、ブースはベラの展覧会のオープニングを邪魔しようと考えたんだ？　ベラに心当たりは？」

「どうやらその昔、彼はベラに愛を告白していたみたい。でも、それ以来、彼からはなんの連絡もなかった。ベラは展覧会の夜に彼を見ていたけど、誰だかわからなかったそうよ」

「その言葉を信じるかい？　いまになってその夏の記憶が甦ってくるなんて、ちょっとおかしくないか」

「ベラはちょっとおかしな人よ、でしょ？　とくにいまは、ロディが亡くなった直後だし。あの夏のことは思いださないようにしてた、といってたわ。ローレンスが出ていったのが、ちょうどそのころだったからみたい。よくは知らないけど。彼女はいま、もっと幸せだったころ、かつての輝かしい日々のことを思い起こしているの。ロディが子供だったころ、ありとあらゆる男たちが彼女に夢中だったころのことを。悲しみからの逃避ね」

「でも、ビディスタの住人は、ほかに誰もブースのことを覚えていない」

「十五年前の話よ。その夏、ベラの屋敷には奇妙な人たちがしょっちゅう出入りしていた。彼のことを覚えてる人がいたら、そっちのほうこそ驚きだわ」

ペレスは自分があまり疲れていないことに驚いていた。いつもどおりの仕事を一日こなしたあとで、フランの家まで車を飛ばすあいだ、彼の心は澄みわたっていた。夜はまだはじまったばかり、とでもいうように。

「一杯もらえるかな？」ペレスはたずねた。

「もちろんよ。なににする？　ワイン？　ビール？　ウイスキー？」

「白ワインを」夏の午後の飲み物だ。遠い過去に屋敷でひらかれていたハウス・パーティのことを、ペレスは想像してみた。ベラの招待客たちは庭にすわり、よく冷えた白ワインを飲みながら、絵画や政治について論じていたのだろう。

「ベラの話にはつづきがあるの」冷蔵庫には、すでに栓を抜いたワインの瓶がはいっていたようだった。フランがふたりのグラスにワインを注ぎながらいった。「ピーター・ワイルディングもその夏に屋敷にきていた、と彼女は考えてるわ」

「あの女性はなにを血迷ってるんだ？　くだらないゲームでもしているつもりなのか？」

「まさか」フランがいった。「それはないと思うわ」

「だって、あまりにも突拍子もないじゃないか。おたがいなんの関係もないと思われていた人たちが、突如として、みんなおなじ時期におなじ家にいたことがあると判明するなんて。そして、誰とも知りあいではないといっていたベラが、まるで魔法みたいにそのことを思いだすなんて」

「わかるわ」フランがいった。「でも、ベラのいうことも理解できるの。彼女は現在を生きるのに忙しくて、過去をふり返る理由なんてどこにもなかった。彼女が自分の世界に没頭する人なのは、知ってるでしょ。その感覚が、あたしにはわかるの。仕事中は、あたしもそんな感じだから。ほんとうに頭にあるのは、絵のことだけになる。キャシーに本を読んで聞かせているときでも、あなたといっしょにいるときでも、つねに頭のどこかに絵のことがある。あなたも大きな事件に取り組んでるときは、そうでしょ。ベラには過去のことを考える理由がなかった。でも、いまは過去の記憶がすごく鮮明になってきている。そうすることで、彼女はロディの身に起きた悲劇を頭から締めだしているのよ」

「それでもまだ、無理があるように思えるな」ペレスはワインをすこし飲んだ。「子供の遊びにつきあわされてるような感じだ。行列のあとのアップ・ヘリー・アーの祭りみたいな感じといってもいい。行列に参加する仮装者たちは、仮面をかぶって集会場から集会場へと練り歩く。その行列に参加していなければ、いろんな人と鉢合わせしても、なんとなく見覚えがあるような気がするだけで、相手が誰なのか、はっきりとはわからない。いまは、ちょうどそんな気分だ。どこまでが本物で、どこからが偽物なのか、見わけがつかない」

「わかるわ」フランがふたたびいった。

「くだらないことを、ぐだぐだといってるだけかな?」

「あなたのいいたいことは、わかるような気がする」フランが言葉をきった。「写真があるの。

それが、いろんなことをはっきりさせるのに役立つかもしれない。しかも、その写真には仮面も登場してるの」フランがテーブルの上に色あせたカラー写真をおき、きちんと光があたるようにランプのむきを調整した。

「ディナー・パーティのために、みんな盛装してるわ」フランがいった。「ある意味では、仮装パーティでもあるわね。かれらが手にしている仮面には、重要な意味があるはずよ。ちがうかしら？」

　そいつは間違いない、とペレスは思った。だが、それがどういう意味をもつのかは、よくわからなかった。自分がすこしずつ事件の解決にちかづいているような気がしていたのだが、それは思いちがいだったのだろうか？

「これはワイルディングだ」ペレスは黒髪の男を指さしていった。「ほとんど変わっていない。これでどうして、ベラにはわからなかったんだろう？」

「ずっと昔のことで、状況もちがっていたからよ。でも、彼のほうは、ここにいたことを覚えていたはずよ。どうして家を貸してくれと頼んだときに、ベラになにもいわなかったのかしら？　それがいちばん不思議だわ」

「そして、これがベラだな。このころの彼女は、いつでも赤を着ていた。それが一種のトレードマークだったんだ」

「当時、彼女を知ってたの？」

「彼女のことはね。もちろんだよ。あのころですら、地元の有名人だったんだ」

「ベラは、これがブースだと考えてるわ」フランがうしろの列にいる人物を指さした。長髪とあごひげとややほっそりとした顔のせいで、その男はルネッサンス期に描かれたイエス・キリストみたいに見えた。『最後の晩餐』といったところだ。

「ほかは、どういう連中なのかな？」

「さあ。彼女はなにもいってなかったし、あたしもたずねなかったから。でも、ローレンスはその写真のなかにいないわ。ベラは彼がくると考えていた。その晩、彼からプロポーズされると。でも、彼はあらわれなかった。それって、悲しくない？」

「その話が本当ならね」

「彼女の言葉を信じないの？」

「さっきもいったとおり、誰を、あるいはなにを信じていいのか、わからないんだ」ペレスはさらにワインを飲んだ。すするのではなく、たっぷりと口にふくんで。「テイラーに話さないと」

「もう寝てるんじゃない？」

「あの男は眠らないんじゃないかな」ペレスはワインをもうひと口飲んだ。「彼をここに呼んでもかまわないかい？　きみたちの邪魔はしないから」

フランはためらわなかった。「もちろんよ」

ペレスの考えを裏づけるかのように、テイラーは二度目の呼び出し音で携帯電話に出た。その声はいつもと変わらず力強かったが、電話越しに聞こえてくるアクセントは、なぜかふだんよりもきつかった。ペレスは自分がすこし口ごもり気味なのを意識しながら、できるだけの説明をした。「写真がある」という。「興味深い写真だ。朝まで待ってもいいが、お望みなら、こちらにきてもらってもかまわない。フランの住まいは知ってるな」

一瞬のためらい。ペレスは一蹴されるのにそなえて身がまえた。そのとき、テイラーのさらに力強さを増した声がこういった。「いまからいく。三十分後に」ふたたび間があく。「ありがとう」

フランはテイラーがくるまえに寝室にさがった。かれらのために食べ物の皿を用意していった——チーズとオート麦のビスケットとブリキ缶にはいった手作りのビスケット。

「そんな必要ないのに」ペレスは手をのばして、彼女の手にふれた。

「どうやら、シェトランドでの客のもてなし方が身についてきたみたい」

ペレスはフランが寝室で動きまわる音を耳にしながら、彼女が服を脱ぎ、長いイアリングをとり、首のうしろに手をまわしてビーズのネックレスの留め金をはずすところを想像した。やがて彼女は、ペレスがまえに見たことのない白いコットンのネグリジェ姿でドアのところに立った。

「あなたがベッドにくるまえに、眠ってると思うわ」フランはいった。「悪いけど」

「悪いのはこっちさ。テイラーを呼ぶなんて」

こんなふうに関係をはじめるのは間違ってる、とペレスは思った。ふたりともその意味をきちんと理解できないくらい疲れきっているときに、白夜をうろつく幽霊みたいに、おたがいの人生にふわふわとはいりこんでいくなんて。サラなら我慢できなかっただろう。彼女はもっと多くの関心とエネルギーをペレスから注いでもらいたがった。フランもきっと最後には、仕事に対する彼の執着ぶりに愛想をつかすだろう。だが、それをいうなら、本人がいっていたとおり、彼女自身にも執着しているもの、絵があった。

ペレスはうとうとしていたにちがいなく、車の音に気づかないうちに、ドアをノックする音を耳にしていた。外では夜のいちばん暗い時間帯がすぎようとしており、東からの灰色の光がレイヴン岬の黒い影を浮かびあがらせていた。ペレスはやかんでお湯をわかし、コーヒーをいれた。ふたりはささやき声で会話をはじめ、ベラの写真がテーブルの上におかれた。

「ほら、仮面だ」ペレスはいった。

テイラーが顔をしかめた。「それじゃ、仮面には意味があったんだな。メッセージか？」

「もしかすると。だが、誰からのメッセージだ？　仮面をつけてちらしを手渡していたブースか？　それとも、殺人犯か？」

ふたりはしばらく黙って考えていたが、結論は出なかった。

「この男はジェレミー・ブースだと思うか？」ペレスは写真を指さしてたずねた。「そう見えるし、ベラは確信しているようだ。劇場船の経営者に日程を確認したら、ブースがシェトランドにきていたのは、ちょうどこの年の夏だったそうだ。ベラとブースがどうやって出会ったのかは、彼女が話してくれないかぎり、こちらで立証するのはむずかしいだろう。ベラは舞台を観にいったのかもしれない。この劇団は家族連れをターゲットにしているんだ。ちょうどこのころ、ロディはまだベラの屋敷で暮らしてはいなかったものの、彼女といっしょに多くの時間をすごしていた。可愛がっている甥っ子を叔母さんが劇場につれていくというのは、いかにもありがちなことだ。それに、ベラが役者を全員ビディスタの屋敷につれていくところも、目に浮かぶようだ。ディナーに招待するとか、公演の終了後に数日間滞在するよう勧めるとかして」

ペレスは若手女優のルーシーのことを考えていた。芝居がはねたあとで役者たちが陽気に浮かれ騒ぎたくなる気持ちが、わかるような気がした。あれだけの緊張と興奮のあとなのだ。「それに、フランがベラから聞いた話では、写真のなかの仮面は劇団からの借り物だそうだ。これもひとつのつながりになる」

「この写真を劇団の経営者に見せたらどうかな」テイラーがいった。「ここに写っているほかの連中の身元もわかるかもしれない。その線をたどっていけば、ブースがそこにいたことを確認できる」

「これはまず間違いなくワイルディングだ」ペレスは黒髪の男を指さした。「彼はブースほど外見が変わっていない」

「それじゃ、ベラ・シンクレアは嘘をついてたのか?」

ペレスは肩をすくめた。「それか、ほんとうに忘れていたのか。彼女はこの夏のことをフランに話す必要はなかった。隠すことがあるなら、どうしてそんな真似を?」

「だが、彼は覚えているはずだな」テイラーがいった。「その他大勢といっしょに家にすこしだけ滞在していた客をベラが忘れていたというのは、納得できる。だが、わざわざシェトランドまできて、尊敬するアーティストのそばで何日かすごしていたとなると……。そう、そのことがワイルディングの記憶から抜け落ちているなんてことは、あり得ない」

テイラーの声は大きくなってきており、いつキャシーが目をさましてふらふらと部屋にはいってきても、おかしくなかった。

ふたりは外に場所を移すと、白いベンチにすわり、食べ物をあいだにはさんで会話をつづけた。それぞれ足もとには、いれたてのコーヒーのマグカップがおかれていた。外はまだ寒く、ふたりともコートのなかでちぢこまっていた。

「それで、その夏になにがあったんだ?」テイラーがたずねた。「どうして、ふたりの人間が死ぬことになった?」

「殺人があったんだ」ペレスには確信があった。「〈ビディスタの穴〉の底にあった骨が、その証拠だ。どれくらい古いものか、わかればいいんだが。鑑定は可能かな?」

「どうかな。最終的には、身元はつきとめられるだろう。血縁者とのDNA照合とかで。それに、残っていた歯も役にたつ」

「身元については、すでにわかっていると思う」ペレスはいった。「ローレンス・トムソンは、その夏に姿を消した。ベラにはシェトランドを出ていくといっていたが、それ以来、音信不通だ。弟のケニーの話を聞いているとローレンスは聖人に思えてくるが、実際には喧嘩で逮捕された前科があった」そのことも確認済みだった。

「なにを考えているんだ?　飲みすぎて喧嘩となり、それがいきすぎた結果として、死体を

〈ビディスタの穴〉に投げ捨てる羽目になったというのか？　それから、かかわったもの全員が沈黙を誓ったと？」

「考えられなくはない」実際、あながち無茶な話ではなかった。いろいろなことがかさなって、頭に血がのぼったのだ。異常に暖かい夏。外からあらたにやってきたよそ者たちのもたらす興奮。ベラの関心を惹こうと競いあう大勢の男ども。よそ者と地元民のあいだに芽生える対抗心。そして、沈黙の約束が結ばれる。

「それで、なにが変わったんだ？　そいつらは人を殺して、上手く逃げおおせた。いまになってそのときの骨が発見されたとしても、それは海から流されてきたものだと考えられるだろう。ずっと昔に死んだ船乗りの骨だと。ジェレミー・ブースとロディ・シンクレアの死がなければ、われわれだって一顧だにしなかったはずだ」

「そのうちの誰かが欲を出したのかもしれない」ペレスはいった。

「脅迫か？」

「もしかすると」

「ジェレミー・ブースが脅迫に手を染めるところは想像できるな。けっこう思いきったことをするやつのようだったから。だが、もう一度訊くが、どうしていまなんだ？　やつはいつも金に困っていたが、劇団の経理に目をとおしてみると、かろうじてだが赤字にはなっていなかった。それに、娘と再会したばかりだった。どうして、それらすべてを危険にさらすんだ？　ロディ・シンクレアにかんしていえば、彼が金に困っていたとは考えられない。脅迫に訴える必要はなかっただろう」

「ワイルディングがここに戻ってきたことが、一連の事件の引き金になったのかもしれない」ペレスはいった。「最近になってビディスタで起きた変化といえば、やつがここに住むようになったことくらいだ」

「いわれてみると、そうだな。それに、ワイルディングは展覧会のオープニングに出席していて、ブースが例の騒ぎを演じるところを目撃していた」間があく。「そもそも、あの騒ぎはいったいなんだったんだ？　警告？　脅し？　やつがくばっていたちらしにあった〝身内の死〟というのは、〈ビディスタの穴〉で発見された骨のことを指しているのか？　だが、ローレンスは身内じゃなかった。だろう？」

「たしかに、身内とはいえないな」ペレスは言葉をきった。「その夏の終わりに、ロディの父親が亡くなっている。怪しいところはなにもなかった。それなら身内の死にあたるだろう。だが、彼の死因は癌だった。彼はベラの兄だから、彼の墓は見ただろ。〈ヘリング・ハウス〉からすこしのぼったところにある浜辺の墓地で。うちの親父は遠い親戚で、フェア島からわざわざ葬儀に出席した」ペレスはいまになって、そのことを思いだしていた。ローガンエアの飛行機で飛びたつ黒いスーツ姿の父親を。ずっと隠れていた記憶が、あることをきっかけに、ふと甦ってくることがあるものなのだ。ペレスはテイラーに対して、サンバラの空港で出迎えたときよりも気がおけなくなっていた。そのせいで、つぎのようなことを唐突に口走ったのかもしれなかった。「親父が何日か家を留守にするのが、すごくうれしかった。家のなかがすこし静かになるから。不思議だよ。親父が家にいないほうが、いつだってずっと平穏だった」

「うちの親父も、いるとえらく厄介だったよ」ふたりは似かよった体験に思いをはせ、しばらく沈黙がつづいた。

「それで、これからどうする?」テイラーが立ちあがった。朝の四時だというのに、やる気満満でドアを連打し、電話口にむかって怒鳴りまくりたがっているのが、ペレスにはわかった。だが、そのあふれ返るようなエネルギーにもかかわらず、テイラーがほとんど立っていられないくらい疲れているのは、あきらかだった。

「まず睡眠をとろう」ペレスはいった。「これからホテルまで車を運転して帰るのは無理だから、ソファで寝てくれ。フランは気にしないだろう」今夜、彼はフランとの距離をいくらかちぢめていた。そして、それと同時に、ふたりはおたがいをまえよりもよく理解するようになっていた。「そのあとでワイルディングのところへいき、どうして嘘をついたのかを説明してもらおう」

「ワイルディングには、きみから話を聞いてくれ」テイラーがいった。「ふたりでいって、あまり圧迫感をあたえたくない。きみは、自分が友だちだと相手に思わせるのが上手い。みんなから好かれるんだ」

ワイルディングの場合はちがうが、とペレスは思った。あの男には好かれていない。だが、ペレスはうなずいた。ワイルディングとさしで話をする機会がもてることを歓迎していた。

38

翌朝、ペレスはワイルディングに電話をかけ、訪問の約束を取りつけた。きちんと手順を踏むことで、相手により大きなプレッシャーをあたえられるかもしれない、と考えたのである。あらかじめ訪問を知らせておくと、ワイルディングには話を用意する時間ができるかもしれないが、ペレスの到着を待つあいだに、間違いなく不安はいや増すはずだった。〈ビディスタの穴〉で骨が発見されたことは、すでに知っているものと思われた。たとえビディスタのうわさ話をまだ耳にしていなくても、その情報はけさマスコミに発表されていた。内容はあたりさわりがなく、あやふやなものだったが、穴に死体があることをワイルディングがまえから知っていたのなら、ペレスが訪ねていくころには、その死体が発見されたことを確信しているだろう。

ペレスとフランが起きだしたとき、テイラーの姿はすでに消えていた。彼はペレスに無理やり家のなかへ押しこまれたあとで、ソファに倒れこんでいた。そのころには夜があけ、ふたりとも寒さでぶるぶる震えていたが、それでも気分は高揚していた。かれらの関係はふたたび申し分ないものとなっていた。テイラーはすぐに眠りについたらしく、ペレスは歯を磨いているときに、小さないびきを耳にした。彼がフランの隣にもぐりこんだとき、ほとんど反応はなかった。彼はフランを起こしたくなかった。そばに横たわっていると、それだけで胸がどきどきした。彼女にふれるつもりはなかったが、そのことを考えるだけで喜びがこみあげてきて、なかなか眠れなかった。セクシーなイメージが頭のなかをかけめぐるなか、ブラインドのむこうの光が灰色からぼんやりとした黄色に変わっていった。それから、ようやく彼も眠りに落ちた。テイラーは足を忍ばせて出ていったらしく、家のものは誰もそのことに気づかなかった。キッチンのテーブルの上に書き置きが残されていた。ありがとう。幸運を祈る。

ワイルディングはすぐに電話に出た。

「もしもし？」電話を待ちかまえていたような感じだった。

「ペレス警部です。よろしければ、そちらにおうかがいしたいのですが。いくつか質問がありまして……」

みじかい沈黙があった。ワイルディングが待っていたのは、あきらかにペレスからの電話ではなかった。

「申しわけないが、きょうは都合が悪いんです、警部さん。ちょうど出かけるところなので。ブネスに家を買ったんです。これから建築業者といっしょに現地へいって、住めるようにするために必要な工事について調べることになっています」

「そちらにうかがうのでもかまいません」ペレスはいった。「場所ならわかりますから」

「そうでしょうね、警部さん。うっかりしてました。シェトランドには秘密は存在しない」ワイルディングが小さく笑った。「けっこうです。わが新居でお会いしましょう。あなたは最初のお客様ということになる。でも、建築業者や配管工との打ち合わせに、一時間ほど時間をくれませんか。かれらのまえで警察に尋問されて、そのうわさがあっという間に広まるのは、ごめんですから」ワイルディングはペレスの反応を待っていた。もしかすると、笑い声を待っていたのかもしれない。あるいは、これはお決まりの手順で、あなたは容疑者ではありません、といった安心させてくれる言葉を。だが、ペレスはなにもいわなかった。「それでは」ワイルディングがぎごちなくつづけた。「あとでお会いしましょう」

ペレスが受話器をおいたとき、キャシーを学校に送り届けてきたフランがはいってきた。丘をのぼってきたせいで、頬が赤くなっていた。

「あなたがまだいてくれて、よかった」フランがいった。「もう帰ったかと思っていたの。ヒルヘッドで、ばったりマグナスに会っちゃって。彼がなかなか解放してくれないのを、知ってるでしょ」

ペレスはそのおしゃべりをキスで封じると、ふたたび彼女をベッドへといざなった。

しばらくして、ペレスはコーヒーをいれ、フランのところへもっていった。「きょうの予定は？」

「仕事よ」フランがいった。「あなたは？」

「仕事だ」どこまで彼女に話すべきか考える。「ワイルディングに会いにいく。彼の新居で」

「気をつけて」フランがいった。「あの人、すこし気味が悪いわ。のめりこむタイプなんじゃないかしら。いつまでたっても完全には大人になりきれない人よ。十代の若者みたいにのぼせあがるだけで、本物の関係をもてないの」
「きみにも、のぼせあがったのかな？」
「あたし。ベラ。もしかすると、そのときの彼の理想にあう女性になら、誰にでものぼせあがるのかもしれない。でも、彼の新居を手がける仕事は、すごく魅力的だったわ。素敵なところだから」

南にむかって車を走らせながら、ペレスはワイルディングにかんする情報を色眼鏡で見ないように努めた。彼が作家であるのは、まぎれもない事実だった。インターネット書店のサイトで確認したのだ。奇抜で、おかしくて、それでいてダークな部分をあわせもつファンタジーを書いている小説家だ。書評もいくつか出ていた。それ以外のことも確認済みだった。ワイルディングはガールフレンドに捨てられたあとで、地元の総合病院の精神科病棟に短期間入院していた。ガールフレンドに執着するあまり、問題となるような行動をとったからである。だが、暴力をふるったことは一度もなかった。苦情の通報を受けた警官たちからテイラーが聞いた話では、ガールフレンドはワイルディングを怖がってはおらず、ただうんざりしていただけだった。ワイルディングはひよわで、無力で、ガールフレンドに害をおよぼすことはなかっただろう、とその警官たちは考えていた。

ふだんなら、ペレスはこうした過去に同情をおぼえるところだった。まえの職場では、〝頭のいかれた連中に手ぬるいやつ〟として有名だったのだ。だが、彼はワイルディングを好きになれなかった。反感の源は金かもしれなかった。大金持ちには同情しにくいものだ。彼がインターネットでみつけた記事のひとつに、ワイルディングの最新作に支払われた前払い金の額が載っていた。この男が脅迫に訴える必要がないのは、あきらかだった。

南にむかう幹線道路からそれて家畜脱出防止溝を越えると、ペレスは海とつながっている細長い入江沿いに車を走らせた。きょうもまた、よく晴れていた。このまま雨の降らない暑い夏がつづくのかもしれなかった。いつしかペレスは、屋敷の庭で撮られた集合写真のことを考えていた。洒落た服に身をつつんだ男たち。赤いセクシーなドレス姿のベラ。そのうしろにひろがる雲ひとつない空。あの年の夏も、暑かった。そのときはじめて、ペレスは写真のなかにいる女性がベラひとりであることに気がついた。もちろん、見ればわかることだが、あたりまえのこととして、いままで見過ごしていたのだ。あれから年齢をかさねたいまでも、ベラはたいていの集まりで男たちに囲まれていた。

反対方向から白いヴァンがやってきたので、ペレスは車を道路のへりに寄せて相手を通した。運転手に手をふる。建築業者のデイヴィ・クラウストンだった。ワイルディングは彼に家の改装を頼もうとしているにちがいない。賢明な選択だった。クラウストンは腕がよかった。安くはないが、信頼がおけた。ワイルディングはどうやって、こんなに急に彼をここへひっぱりだすことに成功したのだろう?

作家はいまひとりで新居にいて、客の到着を待っているはずだった。打ち合わせのあとでビディスタに戻ってペレスと会うこともできたのに、そうしなかったのは、素晴らしい家をみせびらかしたいのかもしれなかった。

錬鉄製の門があいていたので、ペレスはそのままドライブウェイにのりいれることができた。敷きつめられた砂利のあちこちから雑草や花が生えており、まるで岩山植物園のようだった。ペレスは家のまえに車をとめた。玄関の階段にワイルディングが立っていた。さしずめイングランド人の大地主といったところだな、とペレスは思った。コーデュロイのズボンにツイードのジャケットという服装が、その印象を完璧なものにしていた。ワイルディングは満面に笑みを浮かべており、事情聴取に不安を感じているのだとしても、それを上手く隠していた。

「さあ、どうぞ」ワイルディングがいった。「この家が自分のものになって、すごく興奮してるんです。見た瞬間、ここに惚れこみました。ほかに悲しんでいる人たちがいるときにわくわくするなんて、不謹慎なのはわかっています。でも、はじめてベラの絵を見たときから、シェトランドに自分の家をもつのが夢だったんです。もちろん、こんな素晴らしいところが手にはいるとは、思ってもみませんでしたが」ワイルディングが両開きのドアをあけ、ペレスを広い玄関へと招きいれた。陽光のなかで細かい埃が舞っていた。「とりあえず必要なものはもってきてあります」ワイルディングがいった。「コーヒーとビスケット。それに、スイッチを入れたら電気がつくようにしておきました」

ペレスがつれていかれた部屋には、埃よけのカバーのかかった正体不明の家具がひとつあるだけだった。こうして見ると、それほど大きな家ではないのがわかった。海に面した居間がふたつ。裏にキッチンと浴室。二階にはおそらく寝室が三つ。ベラの屋敷よりも小さいのは間違いない。ワイルディングは床のちかくにある古いソケットに湯わかしのコンセントをさしこんで、その上にかがみこんでいた。スプーンでコーヒーをジャグに入れ、慎重にお湯をくわえる。

「ブラックですよね、警部さん？　ほら、覚えてた」ワイルディングはシャツでマグカップをぬぐうと、目の細かい漉《こ》し器をとおしてコーヒーを注いでいった。「ここではこれが精一杯ですけど、きっと美味しいと思います。せっかくこれだけ天気がいいんだから、外で飲みませんか？」

ふたりは空積みの石壁に腰をおろし、浜辺とそのむこうの湾の入口にある平坦な島を見おろした。

「以前にもビディスタにきたことがあるのを、どうして話してくれなかったんですか？」ペレスは水平線を見ながらいった。

「たしか、訊かれませんでしたけど」

「ベラにも、まえに会ったことがあるのをいわなかった？　彼女の家に客として滞在したことがあるのを？」

「それは女性に対してすこし失礼かもしれない、と考えたんです」ワイルディングがペレスのほうをむいて頬笑んだ。「あなたの記憶力は衰えつつある、とほのめかすことになりかねない。あるいは、実際そうでないことはあきらかなのに、わたしが彼女にとってもっと大きな存在であったとほのめかすことに。それに、彼女はあの夏のことを忘れたがっているのかもしれない、とも考えました」

「どうして彼女が忘れたがると?」

「あのころは、みんなかなり、はちゃめちゃでしたから。乱れきっていた。いまのわたしたちには、もうすこし体面というものがある」

「どういういきさつでベラのところに?」

「彼女に招かれたんです。列車で出会ったときに。当時、ロンドンとアバディーンのあいだには夜行列車が走ってました。もしかすると、いまでもあるのかもしれない。わたしは作家たちがつどう昼食会で講演するために、ダンディーにむかうところでした。そして、彼女はシェトランドに帰る途中だった。ふたりとも寝台を予約していなかったので、ひと晩じゅう飲んでおしゃべりしました。人生を変えるような、忘れられない不思議な出会いでしたよ。〝どうぞ泊まりにきてちょうだい。あたしは創造的な人が大好きなの〟。いまでもそうですが、彼女にはすごいカリスマがあった。その点は否定しませんよね? わたしは魅了されました。そこで、ダンディーで講演をすませると、彼女の言葉を真に受けてアバディーンまでいき、北へむかうフェリーに乗ったんです。昔の〈セント・クレア〉号です。バーでは油田労働者たちが酒盛りをし、甲板では若者たちが寝袋で寝ていた。屋敷にあらわれたわたしを見たベラは、このときも相手が誰だかわからなかったんじゃないかと思います。列車では、かなり飲んでましたから。わたしは、ふたりのあいだにかよいあうものがあったからこそ家に招かれたのだと考え、それが恋愛関係に発展することを期待していました。ところが、屋敷には人があふれていた」

ワイルディングがペレスのほうをむいて頬笑んだ。「すこしばかり屈辱をおぼえましたよ。

シャンパンとチョコレート持参で訪ねていったのに、招きいれられるまえに、ぽかんとしたまなざしが返ってきたんですから。おなじ体験を二度とくり返したくないと考えたのも、無理ないでしょう？　二日前でもほとんど覚えていなかったのに、十五年ちかくたったいま、ベラがわたしのことを覚えているとはとうてい思えなかった」

「その夏、ほかには誰が屋敷に滞在してましたか？」

「よくは知りません。若い男がふたりいました。グラスゴーからきていた美術の学生です」

「ジェレミー・ブース」ペレスはいった。「彼もそこにいました」

「ビディスタの桟橋で死んだ男ですか？」ワイルディングは、ほんとうに驚いているようだった。「彼が屋敷にいた？」

「彼のことを覚えてませんか？」

「ええ」

ペレスはふたりのあいだの石壁の上にベラのパーティの写真をおいた。「もしかすると、これで記憶が甦るのでは」

ワイルディングは写真を見た。「こいつは驚いた。こんな写真を撮られたことさえ、覚えてない。この写真を見るのは、たぶんはじめてだと思います。このときのベラは素晴らしくないですか？　でも、すこし不幸せそうに見える」

「これはあなたですね」ペレスは列にいる黒髪の男を指さした。

「ええ、もちろん、そうです。いまでも頭のなかの自分はこの姿をしているので、鏡を見るたびにショックを受けるんですよ」

「この仮面はなんだったんです？」

「ベラの思いつきです。彼女の考える〝洗練された夜〟というやつですよ」

ペレスはふたたび写真を指さした。「これがジェレミー・ブースではないかと、われわれは考えています。わかりますか？」

ワイルディングはじっくりと考えていた。「そういわれてみれば。ほら、最初にあなたから彼の名前を聞かされたとき、なんとなく知っているような気がしたんです。そのときのあなたの説明どおり、この男は俳優でした。そして、あの夏あそこにいた。でも、それほど長くはなかった。わたしはベラに夢中になっていたので、ほかの連中が全員帰るまで屋敷を離れられなかったが、この男は数日しかいなかった。わたしの滞在がちょうど終わるころにきたんです。彼もわたしとおなじようにしてベラと出会い、ビディスタにくるように誘われていた。おそらくロマンスを期待していたという点でも、わたしとおなじだったんでしょう。ロマンスとまではいかなくても、性的な関係を期待してビディスタを訪れ、そこでやはり失望を味わわされた。彼は恋わずらいの子犬みたいに、ベラのあとをおいかけまわしてましたよ。けれども、誰も彼のことをまともに取りあわなかった。そのころの彼は、新聞に載っていた写真や〈ヘリング・ハウス〉で騒ぎを演じた男とはまったくちがっていた。長髪だったんです。ジェム。そう、たしかそう名乗ってました。彼とは、けっこううまがあったんです。ベラが彼のことを覚えていたなんて、信じられないな。あれだけ大勢の取り巻きがいたのに」

「この写真は彼女がもっていたんです。そのなかのなにかが、彼女の記憶を甦らせた」

「これはお別れの夕食会のときの写真です」ワイルディングがいった。「みんな、おたがい口では去りがたいといってましたが、ほとんどのものが、これでおしまいだとほっとしているような感じでした」

「それなのに、十五年たったいま、あなたはここに戻ってきた。あなたにとって、この土地はなにか重要な意味をもっているにちがいない」

「ああ、そのことでしたら、今回はまったく別のものを求めてシェトランドにきたんです。わたしは平穏な時間が欲しかった。ガールフレンドから逃れたかった。とりあえず、ガールフレンドに対する自分の執着から。ヘレンと出会ったのは、ベラの屋敷に滞在していた直後のことでした。彼女はベラとは正反対の女性です。かよわくて、どちらかというと内気で。それなのに、やはり彼女のことが頭から離れなくなってしまった」

「あまりそうは見えませんね」プロにあるまじき発言だったが、自信たっぷりな態度で石壁にすわり、チョコレート・ビスケットとコーヒーを手に、正確ないいまわしで尊大なことを口にするワイルディングに、そういった感受性があるようには見えなかった。

「強くなる必要があったんですよ、警部さん。これを切り抜けるには、強くなるしかないということを学んだ」

「でも、どうしてビディスタに？　シェトランドのどこだって、かまわなかったでしょう」

「そのことなら、まえに説明したと思いますが。わたしはいまでもベラの絵の大ファンです。

彼女は年をとるにつれて、ますます力強く、ますます素晴らしい作品を生みだしてきた。そこで、メールを送って、ふたたび彼女に接触したんです。もちろん、わたしの名前に気づいてくれないかと期待はしていましたが、そうはならなかった。わたしがシェトランドで休暇を取りたいと書くと、彼女はビディスタにある家を貸そうと申しでてくれました」

しばらくのあいだ、ふたりは黙ってすわっていた。

ペレスが先に口をひらいた。「あなたは介護センターにウィリーを訪ねていきましたね。そのとき、あの夏のことを話しましたか？」

「ご冗談でしょう、警部さん。ウィリーは先週の出来事さえ思いだせないんです。わたしは彼の話を聞くのを楽しみにしている。それだけです」

「十五年前のあの晩に、なにがあったんです？　この写真が撮られた晩に？」

「警部さん、ほんとうにそれが現在の捜査となにか関係があるんですか？」

「あると考えています。ジェレミー・ブースが戻ってきた理由をあきらかにしてくれるかもしれないと」

「全員が飲みすぎて、羽目をはずしてました」間があく。「途中で、ベラが泣いていた。あんなふうに彼女が自制心を失うところを見るのは、それがはじめてでした。ぼろぼろと涙を流して、顔が真っ赤で、染みだらけになっていた。彼女は醜かった。おぞましい光景でした。ほかのみんなといっしょにここを去ろうとわたしに決心させたのは、おそらくそのイメージだったんでしょう。わたしは彼女が人間だということを知りたくなかった」

「どうしてベラは泣いてたんですか?」

「知りません。誰かに腹のたつようなことをいわれたのかもしれません。彼女はすぐに気分を害することがありましたから」

「喧嘩があったんですか? 口論とか?」

「いいえ。みんな、しこたま飲んでラリっていたので、喧嘩どころではありませんでした」間があく。「翌日、われわれは彼女と顔をあわせませんでした。彼女がベッドから起きてこなかったんです。きっとすごい二日酔いなんだ、とみんなで冗談をいいあいました。でも本当は、あんなふうに取り乱したところを見られてベラは恥ずかしかったのではないか、とわたしは考えています。われわれは、いとまごいもせずに立ち去りました」

「彼女が病気ではないことを、誰も確認しようとしなかったんですか?」

「ちょうど、男の子がいました。ロディです。たぶん、まえの晩から屋敷に泊まっていたんでしょう。どんちゃん騒ぎがはじまるまえに、ベッドにはいっていた。あるいは、午前中に両親が送り届けてきていたのか。よくは覚えていません。あの夏、ロディはしょっちゅう屋敷にきていました。まだすごく小さくて、頭のいい子でした。われわれは彼をベラの寝室にいかせて、様子をさぐらせました。ほんと、そろいもそろって腰抜けばかりだ! 彼女の顔を見る勇気もないなんて。あの子はキッチンに戻ってくると、すわって待っていたみんなにこういいました。〝おばさんが、みんなとっとと消えうせろ、ってさ〟。いかにもベラがいいそうなことでしたから、われわれは良心のとがめをおぼえることなく退散しました。いつも、彼女にいわれたとおりに行動してたんです」

「ブースもあなたといっしょに？」

「正確には、いっしょではありませんでした。彼はラーウィックまで、ウィリーのヴァンにのせてもらったんです。わたしもウィリーのヴァンにのせてもらったことがありますが、後部にはきちんと座席と呼べるようなものはなかった。あざだらけになったのを覚えていますよ。わたしはさっそうとビディスタを去るつもりでいたので、ラーウィックからタクシーを呼びました」

「〈ビディスタの穴〉で、別の死体が発見されました」

ワイルディングがさっとふり返った。「骨がいくつかみつかったという話は聞きました。何十年もあそこにあった骨ではないんですか？」

「それが誰のものか、心当たりはまったくありませんか？」

「もちろんです！」

「それに、ブースが〈ヘリング・ハウス〉で騒ぎを起こしたときに彼のことがわからなかったというのも、確かなんですね？」

「十五年前にちょっとだけいっしょにいた人物を、あなたなら覚えていますか？　それに、彼の外見はすっかり変わっていた」

「彼が連絡を取ってきたことは？　あなたはいまではかなりの有名人だ。それに、シェトランドに移り住むことを自分のウェブサイトに書いている。もしかすると、メールでも。〝今度シェトランドにいくから、会って昔話でもしないか？〟とか。彼はここにいるあいだに友人たちを訪ねるつもりでいたことがわかっています」

「その相手はわたしではありませんよ、警部さん」

ワイルディングなら、なんであれ、自分が口にした話に固執するだろう、とペレスは思った。それを信じさえするかもしれない。そして実際、それが作り話ではない可能性もあった。ペレスは立ちあがった。「お時間をさいていただいて感謝します、ミスタ・ワイルディング。もしもなにか思いだしたら、ご連絡ください」

「もちろんです」ワイルディングは、ふたたび愛想のいいもてなし役を演じていた。ペレスのマグカップをもって、車のところまでいっしょに歩いてくる。そして、そこで一瞬、足を止めると、意地悪くにやりと笑った。「フラン・ハンターに、この家の内装デザインをやってもらえないかと頼んだんです。彼女以上の適任者を思いつかなくて。どう思いますか？」

「ええ」ペレスはいった。「わたしも彼女以上の適任者は思いつきませんね」

39

ケニーはスコットランド・ラジオをつけて朝食の皿洗いをしているさいちゅうに、〈ビディスタの穴〉で骨が発見されたというニュースを耳にした。エディスはすでに仕事に出かけていた。まえの晩に大勢の人間が崖のところに集まっていたわけを知ったケニーは、そのニュースを聞いて以来、ずっと家にいて、警察がくるのを待っていた。骨はローレンスのものに間違いないのではないか？　それで、彼が突然いなくなったことの説明がつく。たしかにローレンスは、ベラに対してシェトランドを去ると告げたのかもしれない。だが、フェリーか飛行機に乗るまえに、なにかが起きたのだ。事故ではない。ローレンスは子供のころからあの崖にかよっており、誰よりも地形にくわしかった。自殺でもない。ケニーはローレンスを知っていたので、そんなことはあり得なかった。そう、暴力がふるわれたのだ。だから兄は姿を消したまま、ずっと手紙も電話も寄越さなかったのだ。

死体がみつかって、ケニーは喜びにちかい感情をいだいていた。兄が溝にはまった羊の死骸みたいに数本の骨だけになってしまったと考えると気分が悪くなったが、それでも、ある意味ではほっとした。ローレンスが姿を消して以来、ケニーをいちばん傷つけてきたのは、連絡も寄越さないくらい兄が自分のことを気にかけていない、という思いだった。彼は、ローレンスが見知らぬ町で――いや、さらに遠く、見知らぬ国で――あたらしい家族といるところを想像していた。ブロンドの妻（ローレンスはブロンドが好きだった）。息子がふたり。年をとって白髪がまじっているものの、ローレンスのウェーブした髪の毛はまだふさふさしている。一家は夕食のテーブルについてローレンスのくだらない冗談に笑っており、シェトランドにいる家族のことなどまったく頭にない。だが、もしもローレンスがシェトランドを離れるまえに死んでいたのなら、そんな完璧な家族も笑い声もなかったことになる。

十時になっても、事件を担当している刑事たちから連絡はなかった。ケニーはラーウィック の警察署に電話をかけ、ジミー・ペレスと話がしたいといった。ペレス警部は出かけています、と若い女性がいった。ほかの警察官におつなぎしましょうか？　ケニーは別の誰かに——たとえば、あの大柄なイングランド人に——ローレンスのことを話すところを想像しようとした。だが、そう考えるだけで、ぞっとした。できるだけはやく電話をくれるようペレス警部に伝えてくれ、とケニーは若い女性に頼んだ。そして、彼女に自宅と携帯の電話番号を教え、念のためにそれを復唱させた。

「緊急の用件だ」ケニーはいった。「そういってくれ」

昼がきてもペレスからは音沙汰がなく、ケニーはすこし出かけて、ふたつ目の蕪《かぶ》の畑の間引きをすませてしまうことにした。そこなら携帯の電波が届くとわかっていたし、なおかつ谷の端まで道路を見渡すことができたからである。ペレスは電話をかけるのではなく、車でここまで出向いてくるつもりなのかもしれない。骨がローレンスのものだと判明したなら、警察はケニーから直接話を聞きたがるだろう。いま感じている興奮を、ケニーはきちんと説明できなかった。小屋にぶらさがっていた男の死体を見せてくれと頼んだときとは、ちがっていた。あのときは、心の奥底ではそれがローレンスでないことを知っていたし、たとえそうであったとしても、自分が兄から見捨てられたという意識を消し去ることはできなかっただろう。ところが今回は、待つことに——そして、自分ははねつけられたという感覚に——ほんとうに終止符を打てるかもしれないのだ。

もう一度警察署に電話をかけようと、ケニーは家に戻った。だが、そうするかわりに、気がつくと介護センターにいるエディスにかけていた。電話に出た彼女はいつものように落ちついていて、仕事用の事務的な声でこたえた。

「エディス・トムソンです」

ケニーは、オフィスにいる彼女の姿を思い浮かべることができた。机のうしろにすわり、その奥の窓枠にはイングリッドとエリックの写真が飾ってある。それと、彼女がいちばん気にいってるといっていた彼の写真——彼が自分のボートを水のなかへと押しだしているところを写したもの——も。

電話をかけたはいいが、ケニーはなにをいったらいいのか、よくわからなかった。

「いっしょにお昼をどうかと思ってさ」ふいに彼はエディスに会いたくなった。女性をデートに誘う若者みたいに、すごくびびっていて、落ちつかなかった。ジミー・ペレスの母親のそばにいたときも、ちょっぴりこんな感じだった。

「なにかあったの？」心配そうな声。仕事中の彼女をケニーがランチに誘うのは、これがはじめてだった。彼女の誕生日やふたりの記念日にさえ、なかったことだ。ケニーは彼女がセンターの利用者と食事をするようにしているのを知っていた。センター内の様子を把握できるから、と彼女はいっていた。

「ラジオのニュースを聞いてないのか？」

「ええ」エディスがいった。「きょうは、すごく忙しかったの。ほとんどオフィスから出てないわ」集中して顔をしかめながらコンピュータのキーボードをたたいているエディスの姿が、ケニーの脳裏に浮かんだ。

「また死体がみつかった」ケニーはいった。「古い死体だ」

電話線のむこうで沈黙がつづいた。

「それで、あなたはそれがローレンスかもしれないと思っているのね？」

「間違いないと思う」

「センターを抜けられないわ」エディスがいった。「でも、なんだったら、あなたがこっちにきたら。そうよ、それがいいわ」

だが、彼女と話をしただけで、ケニーはもう落ちついていた。「あとでいくかもしれない。ランチタイムは忙しいんだろ。わかってるよ」ケニーは受話器をおきながら、結局のところ、心配することはなにもないのだ、と考えていた。なにも変わってはいない。そう、ローレンスの身になにが起きたかという彼の臆測をのぞいては。昼に食べるものを探して、ケニーは冷蔵庫のなかをのぞいた。だが、食欲をそそるようなものがなかったので、店にいって、なにか買ってくることにした。パイとか、ハンバーガーとか。それと、ケーキだ。アギーは一時まで店をあけているから、ぎりぎりで間に合うだろう。たとえすこしのあいだでも小農場から離れるのは、いい気分転換になるはずだった。

店には客がおらず、アギーはひとりのときはいつもそうしているように、すわって本を読んでいた。彼女はケニーを見て驚いた。

「あら、ケニー、いらっしゃい」ふたりは赤ん坊のころからおたがいを知っていたが、それでもアギーは、いつでも彼と一定の距離をおいていた。ある種の堅苦しさがあった。子供のころも、彼女はずっとこんなふうだっただろうか？

「昼に、なにかうまいものを食いたくてね」ケニーはいった。「エディスが買ってくるのは、身体にいいものばかりだ。きょうは、すこしちがうものを食べたい」

「〝なつかしの味〟で自分を甘やかそうってわけね」アギーがそういって、頬笑んだ。

そのときケニーは、警察が発見した骨にかんして、彼女が自分とまったくおなじことを考えているのを知った。

アギーが腕時計に目をやった。「もうお客はこないだろうから、あたしといっしょに隣にくる？　ソーセージと卵料理とチップスなら出せるわよ。それでかまわなければだけど？」

招待されて、ケニーはびっくりした。クリスマスとか新年のちょっとしたパーティでアギーが彼の小農場にくることはあったが、彼女から家に招かれたことは一度もなかったからである。アギーとエディスは昔から仲良くやっていたが、すごく親しいわけではなかった。すくなくとも、ローレンスがいなくなってからは。まるで、ローレンスがビディスタ全体をひとつにまとめていたかのようだった。

「そいつはうれしいね」ケニーはいった。「あまり面倒でなければ」

「面倒なんかじゃないわ」アギーが頬笑み、ケニーは彼女がなかなかの美人であることに気がついた。「あたしも〝なつかしの味〟は嫌いじゃないから」

アギーはチップスを揚げているさいちゅうに、ローレンスの話題をもちだしてきた。彼女の調理方法は昔ながらの油を入れた大きな平鍋とバスケットを使ったもので、揚げるときにはでな音がした。彼に背中をむけて作業をしていたので、アギーがなにを考えているのか読みとるのはむずかしかった。フライパンから、ソーセージのものすごくおいしそうな匂いが漂ってきていた。ケニーはブーツを脱いだ恰好でテーブルのまえにすわり、キッチンについてすぐにアギーがいれてくれた紅茶を大きなマグカップで飲んでいた。アギーが再婚しなかったのはもったいなかったな、とちょうど彼が考えていたときに、彼女がしゃべりはじめた。

「警察から、もう連絡はあったの？」

「〈ビディスタの穴〉でみつかった骨のことでか？　いや。けさジミー・ペレスに電話したが、やつは出かけてた」

「ローレンスだと思っているのね？」

「そう考えるのが自然だろ」

「警察のほうで、それを確認できるはずよ」アギーがいった。「いろいろと本で読んだことがあるの。鑑識でね」

「おれはただ知りたいだけなんだ」ケニーはいった。

アギーはフライパンのへりで卵を三つ割り、ソーセージにつけくわえた。そして、チップスのバスケットを油からもちあげて平鍋の上で静止させると、ケニーのほうにむきなおった。

「アンドリューが溺れ死んだとき、あたしもおなじように感じたわ」という。「でも、ときどき思うの。知らずに希望をもちつづけるほうがいいんじゃないかって」

「ローレンスが姿を消した夏のことを覚えてるか?」ケニーはたずねた。「おれはここにいなかった。仕事でフェア島にいってた」

アギーは調理用こんろのオーブンで温めておいた二枚の皿を取りだすと、ソーセージと卵を注意深く取りわけてから――ふたつを彼に、ひとつを自分に――チップスの油をふり落として皿に盛った。

「そのころ、あたしはここにいなかったから。スカロワーに住んでた」アギーがテーブルの上にあったナイフとフォークをケニーのほうに押して寄越した。彼女がいまの質問をどうとらえているのか、ケニーには判断がつきかねた。彼女がなにを考えているのか、まったくわからなかった。「熱いうちに食べて」

「でも、ここで起きてたことは、スカロワーにいても耳にはいってきただろ。みんな、なんていってた?」

「あのころからずっといわれつづけてきたことと、おなじよ。ローレンスはベラ・シンクレアに結婚を申しこんで、ことわられた。それで、すごいかんしゃくを起こして、島を出ていった」アギーは指でチップスをつまむと、息を吹きかけて冷ましてから口に押しこんだ。「それから、顔をしかめてつづけた。「彼はかんしゃく持ちだった。それは知ってるでしょ、ケニー。子供のころ、彼が校庭でつかみあいの喧嘩をしたのを覚えてるわよね。先生があいだに割ってはいらなくちゃならなかった。彼はいつだって、いちばんじゃないと気がすまなかった。いちばん強くないと。いつだって、競争してた。あなたとさえ」

ケニーは、蕪の間引きをどちらがはやく終わらせられるかで競いあったときのことを思いだしていた。はやいのはローレンスのほうだったが、きれいに間引きしてあるのはケニーの列だった。それが競争と呼べるほどのものかどうかはわからなかったが、たしかにローレンスはいつでも勝ちたがっていた。

「ほかにはなにも耳にしなかったのか？　やつが仕事で喧嘩したとか、誰かと仲たがいしたとか？」

この件がすべて終わったら、ベラにあやまる必要があるのかもしれない――ふと、そういう考えがケニーの頭に浮かんできた。もしかすると、彼女はローレンスが姿を消したこととは、まったく無関係だったのかもしれない。

「いいえ」アギーがいった。「そういう話は聞かなかったわ」

40

家に戻ると、ケニーはキッチンにある自分の椅子にすわって、うとうとした。昼に重たい食事をとることに慣れていなかったのだ。電話の音で、ぎょっとして目がさめた。ジミー・ペレスからだと思って急いで玄関にむかったが、かけてきたのはエディスだった。ケニーは腕時計に目をやり、もう午後の三時だということを知った。

「大丈夫、ケニー？　なにかあたらしいことはわかった？」

そう訊かれて、ケニーは罪の意識をおぼえた。彼女に電話すべきだった。エディスは午後じゅう、彼のことを心配していたのだろう。

「あたらしいことは、なにも」彼はいった。「それに、こっちは大丈夫だ」アギーが料理してくれた大盛りの揚げ物料理のことはいわなかった。その食事をすごく楽しんでいたので、なんだかそれが罪深い秘密のように感じられた。アギーなら誰にもしゃべらないとわかっていた。

「まだ、こっちにくる気はある？」

「ああ」ケニーはいった。もはやうろたえてはいなかったが、アギーとお昼を食べたせいで、人恋しくなっていた。

巨大な両開きのドアを通って介護センターにはいると、日あたりのいい部屋に老人たちがすわり、居眠りしたりおしゃべりしている光景が目に飛びこんできた。ここで人生を終えるのも、そう悪くないのかもしれなかった。自分がよく知っている人たち、いっしょに育ってきた人たちとともに、最後の日々をすごすのだ。ウィリーがみんなからすこし離れたところにすわって窓の外をみつめており、ケニーはそちらにむかって手をふった。ウィリーが無邪気ににっこり笑って、手をふり返してきた。ケニーは手ぶりで、あとでおしゃべりするために戻ってくると伝えた。

エディスが玄関ホールまで出てきて、彼を出迎えてくれた。自分は彼女にとってさぞかし世話のやける存在にちがいない、とケニーは思った。ときには、夫というよりも子供みたいに思われているのではなかろうか。

「オフィスにきて」エディスがいった。「紅茶をいれるよう、サンドラに頼んでおいたから」

ケニーは彼女の机のむかいにある安楽椅子に腰をおろした。彼女に身内の面倒をみてもらっている人たちが問題を相談するとき、ここにすわるのだろう。もしかすると、その身内が亡くなったときにも。そういう場合、エディスはお茶をはこんできてもらうように手配する。そして、トレイにのっている陶磁器のティーポットから、身内を亡くした人たちのために紅茶を注ぐのだ。つまり、彼女もあの骨がローレンスのものだと考えているのだろう。彼を嘆き悲しむ近親者とおなじようにあつかっているのだから。

「ペレスが電話してきて、いまどうなってるのか教えてくれたらいいんだが」ケニーはいった。

エディスが手をのばして、彼の手をつかんだ。「確認がとれるまで、彼はあなたと話をしたくないのかもしれない。数片の骨から死体の身元を特定するのは、そう簡単にはいかないだろうから」

ケニーはそれについて考えた。ときどきテレビで観る刑事ドラマでは、数時間以内に検査結果が戻ってくるみたいに描かれていた。だが、そうしたドラマの舞台はシェトランドではなかった。もしかすると、ここにはそういう検査をできる人がいないのかもしれない。標本を本土に送らなければならないのかも。そうだとすると、時間がかかるだろう。

ケニーは、自分の大きな手のなかでいまにも壊れてしまいそうに見える茶碗を口もとにはこぶと、紅茶をすすった。砂糖をまぶした小さな四角いビスケットがならぶ皿から一枚とって、紅茶にひたす。ココナッツの味がした。

「ローレンスが姿を消したときのことを、なにか覚えてるか？」ケニーはたずねた。

エディスが自分の茶碗に紅茶を注いだ。「あなたから電話をもらってから、ずっと考えてたの。ベラは大勢の人を屋敷に泊めてた。ときどきウィリーが、かれらを釣りにつれだしてたわ。戻ってくると、浜で火をおこして魚を料理するの。みんな飲みすぎてた。ローレンスは、かれらとよくつるんでいた。彼がすごいパーティ好きだったのは、知ってるでしょ」

ケニーはうなずいた。

「あのころ、あたしはすごく忙しかった」エディスはいった。「子供たちとあなたのお父さんの面倒をみながら、小農場をなんとかやりくりしようとしてたから。あなたはフェア島だった。楽じゃなかったわ」

「フェア島にいったのは間違いだった」ケニーはいった。「いまにして思うと、それがわかる」

エディスが小さく笑った。「あたしたちにはお金が必要だった。ふたりでいろいろと計画をたててたのを忘れた？　それに、苦労するだけの価値はあったわ、でしょ？　いまでは、あの素敵なわが家があるんだもの」

ローレンスがいなくなったときのビディスタにいられるのなら、その素敵なわが家を喜んであきらめるだろう、とケニーは思った。彼がフェア島にいったのは、エディスのあと押しがあったからだった。彼女は子供たちに、自分が両親からあたえてもらえなかったものを、あたえたがっていた。

「待つしかないわ」エディスがいった。「なにかわかったら、ペレスはすぐに連絡してくるはずよ。これだけ長いこと待ったんだもの。あと数時間くらい、我慢できるでしょ」

彼女のいうとおりだとわかっていたが、それでもケニーは、これから小農場に戻り、電話が鳴ることを願いながら、じっとすわって待つことに耐えられなかった。

「ウィリーと話をしてくるよ。彼を元気づけられるかもしれない」

「そうしてちょうだい。でも、きょうの彼はすごく支離滅裂で、すこし興奮してるの。あなたのことがわからなくても、気にしないで」

「ワイルディングがまた会いにきたのか？」

エディスの表情が曇り、ケニーはワイルディングの介護センターへの訪問を彼女がひどく迷惑がっていたことを思いだした。「センターにはきてないけど、週末に保護住宅のほうに訪ねていった可能性はあるわね」

「ワイルディングのところに寄って、ウィリーになんの用があるのか訊いてみたほうがいいかな？」

「たぶん、あたしの気にしすぎよ。なんでもないわ。ただの作家の好奇心ね。彼の狙いに興味はあるけど、あなたひとりで彼に会いにいってほしくないわ。彼がここにきてから、あれだけいろんなことが起きてるんだもの。マーティンがいっしょにいけるときまで、待って」

「ワイルディングは軟弱野郎だ。やつが人を殺すところなんて、想像できない」

「どうかしら」エディスがいった。「いちばん暴力的になるのは、弱い人間だとは思わない？」

ドアをノックする音がした。「ごめんなさい」エディスがいった。「もういかないと。会議があるの。どうしても先延ばしにできなくて。上司がラーウィックからきてるのよ」

ケニーは机の上に身をのりだして、彼女の頬に軽くキスした。「それじゃ、また家で」

社交室にいくと、ケニーはウィリーの隣にすわった。職員たちがワゴンを押して、ひとりずつ順番に紅茶の茶碗をくばっていた。ウィリーのところにくばられていた茶碗は手つかずのまま、脇のテーブルの上におかれていた。ウィリーのあごは胸についており、目は半分閉じられていた。部屋のなかはとても暖かく、センターの利用者のなかに一日じゅう船をこいでいるものがいるのも無理ないと思われた。ケニー自身も、うたた寝してしまいそうだった。彼はウィリーの目をさまさせようと――もっとも、熟睡しているわけではなく、うとうとしているだけのようだったが――その手を軽くたたいた。手はひどく冷たく感じられ、ケニーははっとした。

「やあ、ウィリー。ケニーだ。ビディスタの。覚えてるだろ？ ボートについておれが知ってることは、みんなあんたから教わった」

老人はすごく時間をかけてふり返ると、目をあけて頬笑んだ。

「もちろん、覚えてるさ」

「調子はどうかと思って、ちょっと寄ってみたんだ」

「いまいちだな。ちかごろじゃ、頭のなかがごちゃごちゃで。年なんて、とるもんじゃないぞ。なんも楽しいことはないからな」

「最高だったよな、だろ、ウィリー？　夏がくるたびに、みんなを釣りにつれてってくれた。みんないっしょだった。ベラとアレックのシンクレア兄妹。アギー・ワット。ここでいまあんたの世話をしているおれの女房のエディス。それに、おれとローレンス」

ウィリーはじっとすわったまま、すごく集中している様子で宙をみつめていた。

「ローレンスを覚えてるよな、ウィリー？　おれの兄貴のローレンスを？」

ウィリーは黙って宙をみつめていた。

「やつはシェトランドを出た」ケニーはいった。「みんなそう思ってた。ベラ・シンクレアにふられて、島を出たって」

「ちがう」ウィリーがきっぱりといった。「あいつはまだここにいる」震える手をもちあげて、紅茶の茶碗をつかむ。「あいつはどこへもいかなかった」

「それじゃ、いまどこにいるんだい？」

だが、ウィリーにはその質問が聞こえていないようだった。「あいつは魚をとるのがすごく上手かった」老人はそういうと、ふたりのイングランド人をつれてボートを出したときのことを話しはじめた。ベラが盛大なパーティをひらくので、客に出す魚を欲しがったのだ。彼がベラのためにわた抜きをして、頭を切り落としてやった。ウィリーはその様子を、ケニーが一度もわた抜きをしたことがないみたいに、こと細かに説明した。最後のほうは、ケニーも半分聞きながしていた。

「その晩、ローレンスもいっしょだったのかい？」おしまいにケニーはそうたずねた。ジミー・ペレスが小農場のほうに直接訪ねてくるかもしれないので、家に戻りたかった。

「そりゃ、いたさ。あいつも魚を欲しがってたから」

ウィリーがふたたび目を閉じた。それから、ゆっくりとあけた。「あのイングランド人が会いにきた」という。「質問をいっぱいもって。だが、あいつにはなにもいわなかった」

ケニーは老人を現在につれ戻すため、もう一度ウィリーの手にふれようとした。そのとき、ポケットの携帯が鳴りはじめた。もたもたと携帯を取りだし、メッセージ・サービスが割りこむ直前に電話をとる。ジミー・ペレスだった。ケニーは立ちあがり、携帯をもって外の駐車場に出た。ウィリーはケニーが出ていくのに気づいていないみたいで、ほかのものたちも彼が去るのを関心がなさそうに見送っていた。二羽のカモメがパンの切れ端をめぐってやかましい小競り合いをくりひろげており、一瞬、ケニーはそちらに気をとられた。実のある情報がなにもないことは、すぐにわかった。

「電話するのが遅くなって、すまない」

「穴で骨がみつかったと聞いたが」

「あんたに知らせるために訪ねていくべきだったが、きのうの晩は作業が終わったのがすごく遅くて、そんな時間に邪魔したくなかったんだ。それに、けさはずっと捜査にかかりきりだった」

「ローレンスなのか?」

「それがわかるまで、まだしばらく時間がかかるだろう」

間があいた。ペレスがその先をつづけようとしているのがわかったが、それでもケニーは口をはさまずにはいられなかった。「DNAで、どうにかできないのか?」

「標準的なDNA検査をやるには骨髄が必要だが、骨がみつかった場所が場所だけに、それは残ってなかった。歯があるので、象牙質がいくらか手にはいるが、それはまた別の検査になる。ミトコンドリアDNAを調べるんだ。それは母系の遺伝子だから、あんたとローレンスのものは一致するはずだ」ケニーは集中してすべてを理解しようとしたが、頭のなかがくらくらしていた。ウィリーもきっとこんなふうに感じているのだろう。まわりで起きていることについていけずに、きちんと把握できないのだ。ケニーはふたたびペレスの話に無理やり耳をかたむけた。

「あんたからDNAの標本を採取させてもらえないかな? わかるか、ケニー? あんたのお兄さんかどうかを確認するのに、あんたのDNAがいるんだ」

「もちろん、いいとも」ケニーは自分も役にたてるとわかって、馬鹿みたいにうれしかった。

「今夜、標本を採取しにいくつもりでいるが、遅くなるかもしれない。なんだったら、かわりのものをやっても……」

「そんな心配はいらない、ジミー。おまえにきてもらったほうがいい。おまえがくるまで、起きて待ってるよ。いくら遅くなっても、かまわない」

「それから、ケニー、答えが出るまでには、われわれが望むよりも長く時間がかかるだろう。標準的な検査ではないから、だいたい二週間くらいだ。すまない」

ケニーはしばらく、その場に立ちつくしていた。社交室に戻って、ウィリーが知っていることを聞きだしたい誘惑にかられた。それから、ビディスタにはほかにも話を聞ける人たちがいることに気づいた。

41

ブネスでワイルディングと会ったあとで、ペレスは警察署に戻った。アバディーンの検死官に骨の鑑定の進行状況について問い合わせてから、ケニー・トムソンの小農場に電話をかけたが、誰も出なかった。ケニーがどう考えているのかわかっていたし、ようやく携帯電話で話をしたときには、彼がひどく答えを必要としているのがひしひしと伝わってきた。

「すまない。もっと検査の時間を短縮できたらいいんだが」自分にはどうすることもできないので、ペレスは無力感をおぼえた。だが、そのあいだもずっと、これはあまり重要なことではない、と考えていた。事態はいまや急展開をみせており、ぼやぼやしていると、おいてけぼりをくいそうだった。ミトコンドリアDNAの検査結果が戻ってくるまえに、事件の捜査は山場をむかえているだろう。

テイラーは捜査本部にいて、ペレスからひきついだ机の上にかがみこんでいた。電話を終えたばかりで、机の上には殴り書きだらけのA４の便箋がおかれていた。

「ウエスト・ヨークシアのジェブソンに電話して、ジェレミー・ブースのメールからなにかわかったか確認した。郵便物もあった。連中は捜索班に家捜しをさせたんだ。ブースが出かけてから、ごみ箱は一度も捨てられていない。それで、手紙がみつかるかもしれないと考えたのさ」

「それで、役にたつ情報はみつかったのか？」

「郵便物のほうからは、収穫なしだった。だが、ジェブソンが興味深いメールのやりとりをみつけた。相手は俳優の代理人をしているリタ・マーフィーという女性だ。たったいま、彼女と電話で話をしたところだ。ブースは何年もまえから彼女の顧客だった。この女性はわたしとおなじリヴァプールの出身でね。すっかり意気投合して、すごく協力的だったよ」

テイラーがコーラの缶からひと口飲んだ。もうくたくたで、カフェインと意志の力だけで活動しているにちがいなかった。「ここ数年、ブースはあまり彼女をとおして仕事をしていなかったようだ。俳優業は開店休業状態で、ほとんどの時間を自分の劇団の運営に費やしてたんだな。だが、リタの話によると、機会があるときには演技の仕事もちょっぴりやって、そっちの腕もなまらせないようにしていたらしい。とにかく、ふたりの関係はつづいていた。どうやら、いい友だちになっていたようだ」

「十五年前、ブースが〈モトリー・クルー〉号の仕事をひきうけたときも、彼女が代理人をつとめていたのか？」

「ああ。当時、彼女は代理人をはじめたばかりだった。アマチュア演劇の公演でブースを見かけて、上手い俳優だと思い、手を組まないかと申しでたんだ」

ペレスは〈ヘリング・ハウス〉で演じられた愁嘆場を思いだしていた。たしかに、彼はなかなかの役者だった。

「船での仕事は、どういうふうにまわってきたんだ？」

「リタは、船を劇場にするというアイデアを思いついた男と大学でいっしょだったんだ。それで、その男から俳優を何人か用意してくれと頼まれた。それがブースのプロとしての初仕事だった。だから、彼女も覚えていたのさ」

「巡業から帰ってきたあとで、ブースがそのときのことを彼女に話したりはしてないのかな？それか、ブースのいってたことを彼女が覚えていたりとか？」

「細かいことは、なにも。ブースは巡業から戻ると、彼女に連絡してきた。そして、ふたりは会った。彼女によると、ブースは演技をするのも船で各地を旅するのも楽しんだようだったが、すこしおちこんでたらしい。巡業中の逸話をこと細かに聞かされるかと思いきや、彼はそのことはあまり話したがらなかった。彼女はそれを、直前に奥さんや娘と別居したせいだと考えた。だが、ベラから肘鉄をくわされていたのだとしたら、それが原因だったのかもしれない」

「ブースはシェトランドをふたたび訪れるつもりでいることを、彼女に話していたのか？」

「数週間前、やつはリヴァプールにいっていた。ちょうど娘から連絡があったころだ。きちんと会う約束をするまえに、娘の姿を見ておきたかったのかもしれないな。やつが学校のまわりをうろついて娘があらわれるのを待ちかまえているところが、目に浮かぶよ」

もしも娘の容姿が気にいらなかったら、ブースはどうしていたのだろう、とペレスは思った。

口実をもうけて、会わないようにした？　それとも、また逃げだしていた？

テイラーの話はまだつづいていた。「ブースはマージーサイドにいるあいだに、代理人のリタと会った。やつがリヴァプールを訪れた本当の目的は結局わからずじまいだろうが、とにかく、ふたりはバーでおちあい、ランチをいっしょにとった。リタの話では、ブースはえらく意気軒昂だったそうだ。ふたりともかなり飲んだらしく、そのときブースがシェトランドでちょっとした仕事をすることを話した。〝心配いらないよ、ダーリン。きみの十パーセントの取り分はきちんと払うから。でも、こいつはちょっと個人的な仕事でね〟」

「どんな仕事なのか、いわなかったのか？」

「〝宣伝のための路上パフォーマンス〟」聞いた言葉をそのまま繰り返しているのがわかる口調で、テイラーがいった。これは、観光船のタラップやラーウィックの街なかでブースがおこなったパントマイムのことをさしているのかもしれなかった。もっとも、それに〈ヘリング・ハウス〉での芝居がふくまれているかどうかは、さだかでなかったが。

「ブースがそういう仕事をやろうとしてたんで、リタは不思議に思った。ふだん、やつは仕事をすこしえり好みしてたんだ。芸術ぶったものではなく、本物の芝居が好きだった。ところが、画廊がらみの仕事というからには、リタにはそれが概念芸術っぽいものに思えた──概念芸術ってのがなんなんだか、よくは知らないが。実際にブースがここでおこなっていた活動を聞くと、リタは驚いてたよ。よくまあ、彼が仕事をほうりだして、そのまま帰ってこなかったもんだって。それは演技の仕事なんてものじゃなかった。衣装をつけてちらしをくばるなんて、演劇学校を出たての若造にだってできる。そして、ブースはこと仕事にかんするかぎり、かなりお高くとまることがあったんだ」

「それじゃ、彼女はブースが画廊に雇われてたと考えていたんだな?」

「ブースがはじめに、そういう印象をあたえてたんだ。そのあとで、これはすごいチャンスだ、とつけくわえた。本物の有名人にちかづけるチャンスだ、と。〝これで運がひらけてくるかもしれない、ダーリン。ついに大金をつかむときがきたんだ。ちょっとした天の恵みってところかな。あの晩、テレビを見てなかったら、気づかなかっただろうから〟。それだけいうと、あとはずっと謎めいた態度をとりつづけた。リタはあまり気にとめなかった。いよいよ大当たりをとるっていうのは、ブースの口癖だったんだ。俳優は、みんなそうらしい」

ペレスはしばらく黙って考えていた。この情報は、自分が考えている事件の構図にどうあてはまるのだろう?

「ブースがテレビで見たという番組に心当たりは?」

「ロディ・シンクレアを取りあげた例のドキュメンタリー番組じゃないかな?」

ペレスはあまりテレビを見なかったが、頭のなかで、ブースの死にかんするあやふやな仮説がふいに確かなものとなった。

「どんな内容だったんだ?」

「シリーズの一本で、現代アーティストを密着取材するって番組だ。カメラが一週間、ロディについてまわった」

「『シェトランド・タイムズ』紙で、それにかんする記事を読んだ気がする」ペレスはいった。

「BBCの取材班がここにきて、去年の音楽祭に出演していたロディを撮影したんだ」そのとき、ペレスはケニーが番組のことを話していたのを思いだした。自分もそれに登場していた、といっていたのを。

「番組の一部は、グラスゴーで撮影されていた。ロディがフォーク・クラブで演奏するところ、友だちとつるむところ、自分の音楽について語るところ。それから、ロンドンの場面もいくらかあったが、かなりの部分がシェトランドで撮影されたものだった。〈ヘリング・ハウス〉が大きく取りあげられていたような気がする。それに、ベラへのインタビューがあった。ロディがビディスタの商店にはいっていった場面を覚えてるよ。客たちとのくだけたやりとりがすこしあった。それから、昔かよっていた学校で演奏する場面も」

「いや、そこに映っていた子供たちは、みんな小さかった。きっと、地元の小学校だろう」

「高校か？」

「ラーウィックの？」

「どこか田舎のほうだったと思う」

「番組のコピーが手にはいらないかな？」ペレスはたずねた。

「それが重要だというのなら」

ペレスはこたえなかったが、これで誰が三人を殺したのかがはっきりするだろう、と考えていた。とはいえ、それを証明するとなると、話はまったく別だったが。

ペレスは、ちょうど生徒たちが下校する時刻にミドルトンの小学校についた。いっしょにくるか、と彼はテイラーに声をかけていた。捜査本部を出て新鮮な空気を吸い、カフェインを断ったほうがテイラーのためになる、と考えたからである。それに、ペレスが運転すれば、テイラーは車のなかで仮眠をとれるかもしれない。だが、ブースの代理人とかわした会話が、テイラーにおかしな影響をおよぼしているようだった。彼は机のまえにすわって顔をしかめたまま、まわりの活動に関心を示さなかった。ついに、落ちつきなくそわそわする癖を克服したかに見えた。ペレスがミドルトンにいきたがる理由をたずねもしなかった。自分の心配事で頭がいっぱいのようだった。

「大丈夫か？」ペレスはたずねた。

テイラーはふりむいて、にやりと笑ってみせたが、すぐに真顔になった。

「ああ、大丈夫だ。いろいろ考えごとがあって。わかるだろ。この事件とはまったく関係ないことだ。仕事がらみで、インヴァネスのほうでちょっとあるんだ」

これ以上しつこく訊くことはできない、とペレスは思った。かれらの友人関係は微妙なバランスの上に再構築されており、彼はそれを壊したくなかった。

いかにもシェトランドらしい天気の日で、そよ風が吹き、ときおりふいに明るい陽光がさしこんだ。ペレスが車から降りると、子供たちがいっせいに校舎から風のなかへと飛びだしてきた。両腕をひろげ、大声で叫び、笑い声をあげている。そのエネルギーが、ペレスはうらやましかった。彼は校庭から子供たちの姿が消えるのを待ってから、なかにはいっていった。ドーン・ウィリアムソンは学校の図書室にいて、コンピュータのまえの小さな椅子にすわっていた。一瞬、ペレスは足を止めて画面をのぞきこもうとしたが、彼女の身体に視界をさえぎられて、そこになにが映しだされているのかは見えなかった。

「うちにパソコンがないんですか？」いまでは誰もが自宅にパソコンをもっていて、たいていのシェトランド人がオンラインで買い物をした。昔は本土にいくとなると、みんなから島では手にはいらない品物のリストを手渡されて、買ってきてくれと頼まれたものだった。いまでは各自が、CD、本、服、はては日用品までも、インターネットで購入していた。

ドーン・ウィリアムソンはペレスの声にぎょっとしてふり返り、それから相手が誰だかわかると、ほっとしたように頰笑んだ。

「ハードディスクがクラッシュしてしまって」ドーンがいった。「買ってから、まだ半年しかたってないのに。ほんとうに困るわ。マーティンはそれを仕事で使ってたんです。まったく乗り気じゃなかったアギーでさえ、使いはじめてました。アギーは家族の歴史にすごく興味があって、インターネットだといろんなことが調べられるんです。パソコンは製造元に送り返して、いま見てもらってます。まだ保証期間中でしたけど、修理の人にきてもらうというわけにはいかないので」

「それは大変でしたね」ペレスはいった。「いくつか、また質問があるんですが」

ドーンは立ちあがると、彼とむきあうようにして机にもたれかかった。ペレスの表情のなにかが、彼女をうろたえさせたようだった。

「なにかあったんですか、警部さん？　今度は、どんなことが起きたんです？」

「あたらしいことは、なにも」ペレスはいった。「ただ訊きたいことがあるだけです」

「あたしたちみんな、すごくぴりぴりしてるんです。〈ビディスタの穴〉で別の死体がみつかったと聞きました。恐ろしいわ。ほんとうに信じられない。娘になんていったらいいのか。ここで育てれば、あの子を守れるんじゃないかと思っていたのに」

ペレスは、フェア島の小さな学校からラーウィックの学校に転校してきたときに耐え忍んだいじめのことを考えていた。どこへいこうと、子供というのは残酷なものだ。シェトランドも、その例外ではなかった。人はどこで暮らしていようとおなじだ、というのがペレスの持論だった。子供の場合も、大人の場合も。

「ロディ・シンクレアを取りあげたドキュメンタリー番組のことです。覚えていますか？」

「忘れられるはずがありません」ドーンがいった。「BBCの取材班が学校にくるんですよ。そりゃもう、みんな信じられないくらい興奮してました。取材班はここに三日間いて、結局、学校の場面は五分くらいしか使われませんでしたけど、子供たちは大喜びでした」

「でも、ロディーは一度もここの生徒だったことはないんでしょう？　小学生のころは、ラーウィックに住んでたんですから」

「演出上の効果を狙ったんじゃないかしら。ミドルトンのほうが絵になりやすいから。それに、ロディはすごく小さかったころ、実際にこの小学校に数週間かよってたんだと思います。お父さんが癌だとわかって、アバディーンの病院に入院しなければならなかったときに。お母さんがそれに同行して、ロディはベラのところに滞在してました。レコード契約を結んでからも、彼は何度か子供たちといっしょに演奏するためにきたことがあります。もちろん、子供たちには大人気でした。彼には子供うけするようないたずらっぽさがありましたから」

「ビディスタでの撮影は、どれくらい？」

「ここよりも、ずっと長かったわ。一週間以上。できあがった番組では、主役のロディとおなじくらい、ビディスタのことがくわしく描かれていました」

「ビディスタの人たちは、その撮影をどう思ってましたか？」

「そうね、みんなべつにどうってことないってふりをしていたけれど、取材班がカメラをまわしているときは、必ず外をうろちょろするようにしてたわ」

「全員ですか？」

「まあ、アギーは昔からちょっと内気でしたから、店で撮影がおこなわれた日には、マーティンに店番をかわってもらってました。でも、ビディスタの全員が映像に残るようにしたかったので、わたしたちが説得して、彼女に客のふりをしてもらいました」

「そのころ、ウィリーはまだビディスタに？」

「ええ。彼も番組に映ってます。それがテレビ放映されたのはつい最近ですけど、撮影は去年の春におこなわれたんです」

「それでは、ピーター・ワイルディングがウィリーの家に越してくるまえだった？」

「ええ、そうです。そのころウィリーは、まだ自分ひとりでかなり上手く生活してました」ドーンがまっすぐペレスを見た。「この質問は、どういうことなんです？　まさか、わたしたちのひとりが殺人犯だと考えているんじゃないですよね」

　ペレスはこたえなかった。伸びをすると、背中の筋肉がこわばっているのがわかった。風呂にはいる必要があるな、と彼は思った。熱いお湯にゆっくりとつかるのだ。そして、きちんとした食事をとる。どうして自分はこの仕事が楽しいなどと考えているのだろう？

「何度も仕事場にお邪魔して、ほんとうに申しわけありませんでした」ペレスはいった。

「それだけですか？」ドーンがきつい口調でたずねた。彼女の神経はぼろぼろになっており、自制がきかなくなっているのが、ペレスにはわかった。「これだけ質問しておいて、説明はなしですか？」

「申しわけありません」ペレスはふたたびいった。

　ドーンが彼に帰ってもらいたがっているのはあきらかだったが、ペレスはためらった。最後にあとひとつ質問しても大丈夫だろうか？　その質問は、彼が学校に到着したときからずっと頭のなかにいすわりつづけていた。「今回の事件の犯人に、あなたは心当たりがあったりはしませんか、ドーン？」

　ドーンが彼をみつめた。「よくもまあ、そんな質問ができますね」ペレスは自分がやりすぎたのがわかったが、それでもつづけずにはいられなかった。

「なにか耳にしたかもしれない。うわさ話を。あなたが事件にかかわっていないのはわかっています。すべての起点となる出来事があったころ、あなたはシェトランドにいなかった。けれども、ビディスタの住人のなかには犯人を知っている人物がいる」

「いまここで、そんな話をしているひまはありません。家に帰って、娘の相手をしないと。もっと質問がおありなら、あとで娘が寝たころに、ビディスタのほうにきてください。どのみち、マーティンにも同席してもらいたいですし。情けないと思われるでしょうけど、とてもひとりではこんな会話はつづけられません」

ペレスははじめて出会ったときのドーンのことを考えていた。そのときの彼女は、自信にあふれた強い女性だった。それがいまでは……。これが暴力というもののもつ力なのだ、とペレスは考えた。われわれをひとり残らず被害者にしてしまう。

42

実際のところ、ドーンとマーティンからまとめて話を聞くほうが好都合かもしれなかった。ペレスはミドルトンからラーウィックにむかってしばらく車を走らせた。ドーンが校舎から出てきたときに、車をまだ校庭にとめておきたくなかった。それでなくてもびくついている彼女を、これ以上おびえさせたくなかった。自分は見張られている、と思わせたくなかった。ペレスは車を路肩に寄せ、誰かが何年もまえに風除けのために植えたとおぼしき数本のみすぼらしい木のそばにとめた。そして、このあとの計画を練った。

ドーンがアリスを寝かせつけるまでのあいだに、ケニーを訪問しておいたほうがいいだろう。DNAの標本を採取するのだ。だが、いまはまだケニーの相手をできる気分ではなかった。温かい食事と風呂のことが、ふたたび脳裏をよぎる。いまの彼には、このふたつが必要だった。それに、食事をして風呂にはいれば、ひとりで考えをまとめる時間ができる。彼は手さぐりで解決へとむかいつつあったが、証拠はなにもなかった。どうやって逮捕につながる証拠を手にいれるか、まだ暗中模索の状態だった。

ペレスはラーウィックに戻ると、自宅のまえの小道に車をとめた。家のなかにはいって、窓をあけはなつ。そよ風がカーテンを揺らしてドアをがたつかせ、それといっしょに近所でついているラジオの音楽が流れこんできた。ロディ・シンクレアの最新アルバムからの曲だった。ペレスは炒り卵とトーストとコーヒーを用意し、窓の下にそなえつけられた椅子に腰をおろすと、ブレッサー島にむかうフェリーをながめながら、膝の上にのせた皿から食べた。つづいて浴槽に熱い湯をたっぷりとはり、そのなかに横たわると、うとうとしながら、事件にかんするさまざまな仮説を頭のなかで検討していった。ふだんなら陰謀説には洟《はな》もひっかけないのだが、今回は突拍子もないアイデアでも、あえて考慮の対象とした。捜査というのは、〝もしもそうなら……〟がすべてだった。ワイルディングも小説を書くとき、きっとおなじようなやり方をしているのだろう。

家を出るまえに、彼はテイラーに電話をかけた。さすがにもう警察署を出ているだろうと考えて、携帯のほうにかけた。テイラーは前回の捜査のときに泊まったホテルのおなじ部屋に滞在していた。ペレスは一度、テイラーを部屋まで迎えにいったことがあったが、そのとき目にした室内は兵舎の仕切られた寝床みたいにきちんとかたづいていた。使用されたあととは思えないくらい整ったベッド。きれいにたたまれた服。サイドテーブルの上にはきっちりと一直線にならべられたペンとブラシとメモ帳。はたしてテイラーは、リラックスすることがあるのだろうか？

いまのテイラーは、間違いなくリラックスしていなかった。というのも、背後で聞こえている音からすると、彼がまだ捜査本部にいるのはあきらかだったからである。

「もしもし？」

「ウエスト・ヨークシアのお仲間たちは、ブースの家に写真があったかどうかいってたかな？」ペレスは窓辺の椅子のところに戻ってしゃべっていた。「ベラと男たちの集合写真があるからには、あの夏、誰かがカメラをもっていたことになる。それなら、ほかにも写真があるんじゃないかと思って」

沈黙がながれた。ペレスがどうしてそんなことをいいだしたのか、テイラーは考えているのだ。「なにか話してくれていないことがあるんじゃないのか、ジミー？」

ここでペレスはためらった。「もう一度、ウィリアムソン夫妻から話を聞く必要がある」という。「それから、ケニーのところに寄って、DNAの標本を採取するつもりだ。あとで、ビディスタでおちあわないか？　それとも、もうベッドにはいるほうがいいか？」

「どうせ眠れやしないさ」テイラーがいった。「ここの冬は最低だと思ったが、このいかれた明るい夜よりはましだったよ。今回の捜査では、いっしょに組んでてやりにくかっただろうな。認めるよ。それもこれも、北極圏のそばで眠れない日がつづいたせいなんだ。ブースの家に写真があったならスキャンして添付ファイルで送るよう、ウエスト・ヨークシアの連中に頼んでおく。そいつをプリントアウトして、ビディスタにもっていくよ」

「テレビのドキュメンタリー番組のほうは、どうなった？」

「どうやら、サンディのお母さんが録画してたらしい。シェトランドの風景が映るからということで。彼はウォルセイ島にそれを取りにいった。戻ってくるフェリーの最終便に間に合うといいんだが」

「よし」

みじかいためらいがあった。「ジミー？」

「なんだ？」

「なんでもない。あることで、きみの助言を聞きたかった。だが、あとでいい。きみはもう出かけないと」

ペレスは電話を切ったあとで、テイラーとおちあう場所を決めていなかったことに気がついた。だが、問題はないだろう。ビディスタはそれほど広くない。テイラーが彼をみつけてくれるだろうし、どのみちペレスはビディスタのなかを動きまわるので、自分がどこにいることになるのかよくわからなかった。

彼がウィリアムソン家についたとき、アリスはすでにベッドにはいっていたが、大人たちは全員そこにいた。アギーも隣の家からきていた。ペレスにとっては予想外の展開で、先が読めなかったが、アギーにおひきとり願うわけにはいかなかった。出だしから衝突はしたくない。それに、アギーからも話を聞く必要があった。三人はソファにならんで腰かけていた。ドアをあけてペレスを出迎えたマーティンが、ソファの自分の位置に戻った。

「こいつはどういうことなんだよ、ジミー？　あんたがいじめ戦術をとる男だとは思わなかったよ。学校にいって、あんなふうに女房に嫌がらせをするなんて」

「質問をしないわけにはいかないんだ。それが仕事なんだから」

「殺人犯を知ってるといって、女房を責めたんだろ」

「いや」ペレスはいった。弱いものいじめあつかいされるのは心外だった。ほかにやりようがあったかを彼が考えるあいだ、沈黙がつづいた。それから、これが深刻な問題であることを三人にわからせる必要があるという結論に、ペレスはたっした。「犯人に心当たりはあるか、とたずねたんだ。質問の趣旨がまったくちがう。もしもほんとうにきみの奥さんが犯人を知っていると思っていたら、いまごろ彼女は公務執行妨害で逮捕されてるよ」ペレスは言葉をきった。「ドーンの意見を聞きたかったんだ。彼女は比較的最近ビディスタにやってきたから、より客観的に事件を見られるかと思って。それ以上の深い意味はない」

ドーンはこのやりとりのあいだ黙っていたが、ようやく口をひらいた。「ごめんなさい」という。「学校では大げさに反応してしまって。でも、ほんとうにおぞましい事件だから。このドアのすぐむこうで暴力が横行してるんです。それでなくても身近に感じられていたのに、いまではそれがうちのなかまではいってきて、生活の一部になったような気さえする。ビディスタの住人全員を憎んでいる人がいるのかしら？」

「いや」ペレスはいった。「そうは思いません」

しばらくのあいだ、誰も口をひらかなかった。

「あなたはどうです、アギー？」ペレスはたずねた。「ここでいま起きていることについて、なにかいうことはありませんか？」

アギーはソファで背筋をぴんとのばしたまま、かぶりをふった。首以外は微動だにせず、まるで機械仕掛けの人形みたいに不自然な動きだった。

「十五年前、あなたはなにをしてましたか？」

「主人といっしょにスカロワーで暮らしてたわ。ホテルを切り盛りしながら、ここにいるマーティンの面倒をみていた」

「そのころ、あなたのお母さんはまだビディスタで暮らしていた？」

「ええ、まだこの家にいたわ。父はもう亡くなってたけど。あたしは母が亡くなったときにビディスタに戻ってきたの」

「それまでは、しばしば里帰りを？」

「ええ、しょっちゅうね」アギーがいった。「どういうわけか、スカロワーにはあまりなじめなくて。もしかすると、主人があんなふうになったのは、あたしのせいだったのかもしれない。

どうしても、心から打ちこむことができなかったの——結婚にも、仕事にも」

ペレスはなんらかの反応を期待して、マーティンのほうを見た。むきになって反論するとか、笑いでごまかそうとするとか。だが、反応はなかった。

「きみはどうかな、マーティン？　ビディスタにはよくきてたのか？」

「おれは十代だった」マーティンがいった。「いつも仲間とつるんでて、サッカーと音楽に夢中だった。ビディスタにくる理由は、あまりなかった。それに、おれはスカロワーのホテルが好きだった。客とおしゃべりしたり、キッチンで親父を手伝ったり。性《しょう》にあってたんだ」

ペレスはアギーのほうに注意を戻した。「ベラとも連絡を取りあっていましたか？」

「ええ、もちろん。屋敷に訪ねていってたわ。ほかにもっとましな取り巻きがいないとき、ベラはあたしをそばにはべらせとくのが好きだった。自分の豪勢な家と豪勢な家具をみせびらかすために。あたしがそばにいると、自分がどれほど出世したかがよくわかったのね」

「すごく辛辣に聞こえますね」

「あら、そう？」アギーはその考えに驚いたようだった。「でも、あたしは一度もベラをうらやんだことなどないのよ。彼女は満たされていなかった。どれだけ多くのものを手にいれようと、彼女にとってはじゅうぶんではなかった。それに、子供がいなかった。彼女は子供を欲しがっていたの。飢えや中毒みたいに、肉体が子供を求めていた。彼女から直接そう聞いたの。彼女のまわりにはあたらしい友だちや彼女にぞっこんな男たちが大勢いたけど、心のうちを打ちあけられるのは、昔からの友人にだけだった。いまなら、もっと簡単に赤ん坊を産めたでしょうね。ベラなら、そういう手段をとることができた。でも、当時はまだ科学がそれほど発達していなかったし、ベラは昔から、伝統的なシェトランドのやり方にこだわるほうだった。子供のまえに、まず夫が必要だった。そして、ベラは夫を手にいれられなかった。すくなくとも、彼女にふさわしい夫を。彼女に惚れてる男ならくさるほどいたけど、彼女と結婚したがる男、彼女と子供を作りたがる男はいなかった」

「ベラのパーティに招かれたことは？」

「ゲストとしては、一度もないわ」アギーが頬笑んだ。「そもそも、あたしのほうが、そんなのおことわりだった。昔から他人とおしゃべりするのが苦手だったし、ベラのパーティには知らない人が大勢きていたから。スカロワーのホテルをさらにひどくしたような感じだったでしょうね。あたしはずっと、ひっこみ思案なほうだったの」

「でも、ときどきはパーティにいあわせた？」

「ええ、ときどき手伝ってたの。お料理を用意したり、あとかたづけをしたりして」

「ベラ・シンクレアの女中をしてたのか？」マーティンがぞっとしたような声でいった。

「でも、おまえが〈ヘリング・ハウス〉でやってるのも、そういうことでしょ？　それに、あれは仕事とはいえなかった。たまたまビディスタにきていたときに、手を貸しただけよ」アギーが笑みを浮かべた。「報酬をもらったことさえ、あまりなかった――きちんとした給料という形ではね。ベラは旅先からいろんなプレゼントをもって帰ってくれたの。あたしが手にする機会が決してないようなきれいなものとか。でなければ、お礼のカードといっしょに二十ポンド札が添えられていたり。あたしたちはいっしょに学校にかよった仲よ。それぞれ歩んだ道はちがうけれど、それでも友だちだった」

「この谷のほかの人たちはどうです？」ペレスはたずねた。「ベラはその人たちも雇っていたんですか？」

「大きなパーティのときには、ときどきエディスがきてたわ。でも、そうしょっちゅうではなかった。彼女、あまりベラとはうまがあわなかったの。それに、年がそれほど離れていない子供がふたりいたし。ふたりとも、それほどもう幼くはなかったけれど、まだすごく手がかかった。それに、ケニーのお父さんが生きてたし。世話のやける老人だったわ」

「ほかには？」

「そうね。いうまでもないけど、〈ヘリング・ハウス〉の改修工事のとき、ベラはローレンスとケニーを雇ったわ。あれは、完成する日はこないんじゃないかと誰もが考えるような仕事だった。ベラがあの建物を買ったとき、みんな彼女の頭はいかれたんだと思ったわ。骨組みの上にさびついた波形鉄板の屋根がのっかってるだけの建物で、大きさもいまとは較べものにならないくらい小さかった。あのふたりがもとからある石材と材木の一部を使って、ほとんど一から作りあげていったの。それがいまの画廊とレストランのはいった素敵な建物になったというわけ」

「レストランは最近できたんだ」マーティンがいった。「開業してから五年しかたってない」

「画廊のほうは？」ペレスはたずねた。「いつ完成したんです？」

「ふたりは作業をすこしずつ進めていったわ」アギーがいった。「夜にちょっとずつやるしかなかったからよ。昼間、ケニーには小農場、ローレンスにはほかの建築仕事があった。きちんとお金のはいるほかの仕事が。ローレンスが島を出ていったとき、改修工事はほぼ終わりにちかづいていた。完成するまで待ってたんだって、みんな思ったわ。作業を途中でほうりだしていくことに耐えられなかったんだって」

「島を出ていくことを、ローレンスはあなたにいいましたか？」

「いいえ。でも、あの人がいなくなっても、あたしは驚かなかった。その夏のあいだ、ずっとそわそわと落ちつきがなかったから」

「その夏はとても暑く、ベラはしょっちゅう屋敷でパーティをひらいてました」

「そう、そうだったわ。ケニーはしばらく仕事でここを留守にしてた。あまりビディスタにはいなかった。でも、ローレンスはずっといた。ベラはよく彼をパーティに客として招待していたわ」

「そういう場に、彼はどう対処してましたか？」

「ローレンスは大向こうをうならせようとして、まるでお偉い宮廷道化師みたいにふるまっていた。見ていて、つらかったわ。それに、彼はいい人だったけど、ちょっとかんしゃく持ちだった。もうすこし、どっしりかまえているべきだった。自分はあの浮世ばなれしたアーティストや作家たちから才気煥発な人物と思われている、と本人は信じていたけど、本当はかげでこっそり笑われていたの。おどけ者と呼ばれて」

「彼にすごく好意をもっていたように聞こえますね、アギー」

アギーの顔が赤くなった。すごく唐突にそうなったので、まるでペレスの言葉が平手打ちのように彼女の顔にあざを残していったような感じがした。

「あの人が馬鹿を演じるのはかまわなかった。かんしゃくを破裂させるよりもよかった。それに、彼はあたしといるときは、イングランド人といっしょのときほど懸命にうけを狙おうとはしなかったし」

「あなたとローレンスは友だち以上の関係だったんですか、アギー？」

ペレスは相手がふたたび赤面するだろうと予想していたが、アギーは威厳をもって堂々とこたえた。「あたしたちは友だちでした。それ以上の関係ではなかった。ああいう目立ちたがる行動はあたしの好みではなかったし、あたしはアンドリューと結婚してました」それから、間をおいてつづけた。「昔からずっと、ケニーにはすこし同情してました。彼は脇役だった。もの静かで、かげに隠れていた。スポットライトを一身に浴びて笑いさざめき、目立っていたのは、ローレンスだった」アギーが顔をあげて、ペレスを見た。「いまの話は気にしないで。ただのたわごとだから」

だが、あの夏、ケニーはフェア島にいた、とペレスは考えていた。船か飛行機を使わないかぎり戻ってこられないところに。

「教えてください、アギー。そのころ、ロディはよくビディスタにきてましたか？　彼はまだほんの子供だった。いくつくらいだろう？　五歳？　六歳？　平日はラーウィックの学校にかよっていたが、週末になると、ここにきていたのかもしれない」

「ほとんど週末ごとにきていたわ。それに、ときには平日もずっとここにいた。あのころでさえ、ロディはそのちっちゃな指でベラを意のままに操ることができたの。〝おなかが痛いんだ、おばさん。学校にはいけないよ〟。それに、アレックが入院中に、あの子がミドルトンの小学校にかよっていたこともあった。ええ、彼はしょっちゅう屋敷にいて、滞在客の世話をするあたしの準備を邪魔してたわ」

「客のなかで記憶に残っている人はいますか、アギー？　ベラの屋敷に滞在するために本土からきていた男たちのなかで？」

「あの人たちとは、きちんと顔をあわせたわけじゃないから」アギーがいった。「みんなすごく騒々しく意見を主張する人たちだったから、いっしょにいても、なにを話せばいいのかわからなかっただろうし」

「そのなかの誰とも、二度と会うことはなかったんですね？」

「どうやって会うというの？」

「そのうちのふたりが、ビディスタに戻ってきていたんです」ペレスはいった。「ピーター・ワイルディング。彼はいますぐそばの家に住んでいて、郵便局を利用している。彼はあまり変わっていません。彼に気づきませんでしたか？」

「ええ」アギーは即答した。「これだけ時間がたっているのに、覚えているはずがないわ」

「そして、彼もなにもいわなかった？　昔のことをほのめかしたりとかも？」

「なにも。そもそも、彼はあたしのことなど覚えてないわ。あたしは飲み物を注いで、お皿をさげていただけなんだから。十五年前にレストランで給仕してもらったウエイトレスの顔を、あなたなら覚えてる?」

「そうですね」ペレスは認めた。「おそらく、覚えていないでしょう」

「戻ってきていたもうひとりの男っていうのは?」マーティンがいきなり会話に割りこんできた。いまの彼を見ていると、これが冗談好きで有名な男、父親の葬儀で笑っていた男とは信じがたかった。

「ジェレミー・ブース。桟橋の小屋でぶらさがっているのを発見された男だ。あの夏、彼もここにいた」

43

ペレスはウィリアムソン家を出ると、通りで足を止めた。あたりは静まり返っていた。満潮と同時に、風がやんでいた。ケワタガモの一家が浜辺ちかくの海面に浮かんでいた。ペレスは歩いて戻る途中で、〈ヘリング・ハウス〉のまえを通った。丘にむかってのぼっていく小道があり、その先を下ると、ケニーの小農場に出られた。この小道を使えば、ワイルディングの家のまえを通らずにすむだろう。今夜は、あの作家ののぞき趣味につきあう気分ではなかった。

だが、ワイルディングは留守かもしれなかった。ブネスの新居で、工事の監督をしているのかも。フランがそこでいっしょに床材や壁紙の相談をしている可能性に思いあたって、ペレスは不安のあまりぞっとした。だが、彼女ならそんな馬鹿な真似はしないだろう。犯人が捕まるまでは、慎重に行動するはずだ。

ペレスはひらけた丘へとのぼっていった。ヒバリとシャクシギがさえずり、あたりは鮮やかなオレンジ色の光につつまれていた。もうだいぶ夜がふけているにちがいなく、太陽の巨大な球体が崖っぷちのほうへと沈んでいこうとしていた。そこには黒い人影もあった。この距離からでは、誰だかよくわからなかった。沈みゆく太陽を背にした、ゴシック風の人影というだけで。

相手の顔はわからなかったものの――そもそもまぶしくて、目をすがめなくてはその姿も見えなかった――ペレスにはそれが誰だかわかった。まだこの人物と顔をあわせる準備ができていなかった。事態はペレスの予想以上にはやいペースで進んでいた。きびすを返して、証拠をたずさえているかもしれないテイラーの到着を待ちたくなった。だが、その男は崖っぷちにいた。〈ビディスタの穴〉と海の中間にある岩の橋の上だ。十五年前の暑い夏の出来事によって、すでにあまりにも多くのものが失われていた。ペレスは〈ヘリング・ハウス〉のパーティでジェレミー・ブースをとり逃がし、結果として、彼を死にいたらしめていた。そして、そのことでまだ罪の意識をおぼえていた。ここでこの男が飛びおりるのを阻止する努力をしなければ、そのときの罪の意識はいかばかりのものとなるだろう?

ペレスは足早に草地を進んでいき、群生するヒースに足をとられて足首をひねると、小声で毒づいた。崖っぷちにちかづくにつれて、海鳥たちの鳴き声が大きく、オレンジ色の光が強烈になっていったので、そのふたつで頭がはちきれそうな気がした。なにもまともに考えられなかった。

ケニー・トムソンは、ペレスがちかづいてくるのに気づいていなかった。すっかり自分の世界にひきこもっていたので、たとえアップ・ヘリー・アーの楽隊一式をひきつれていたとしても、彼の耳にはその音が届かなかっただろう。ケニーは〈ビディスタの穴〉に背をむけ、崖のへりぎりぎりに立っていた。ペレスは彼に声をかけた。

「こっちにこいよ、ケニー。話があるんだ」

ケニーがゆっくりとふり返った。

「おれはここでいい。それに、話すことはなにもない」

「穴をあいだにはさんで、大声で怒鳴れっていうんじゃないよな。この件について。ローレンスのことについて」

ケニーは穴に背をむけ、ふたたび海とむきあった。

ペレスは胃がよじれるような感覚をおぼえながら、じりじりとケニーのほうへとちかづいていった。遠くの塔岩にあたって砕け散る波が、視界にはいってきた。その音は、一拍遅れて彼のところに届くような気がした。〈ビディスタの穴〉の底にたたきつけられたロディの死体のイメージが脳裏に浮かんでくる。なにかにつまずいたときには、崖っぷちまであと数ヤードはあるにもかかわらず、心臓が止まりそうになった。足もとの小石がゆるんで、岩場を跳ねながら転がり落ちてゆき、穴の底であがる水しぶきのなかへと消えていった。

「ケニー、おれには無理だ。こっちにきて、ふつうに話をさせてくれないか？」

ペレスの声にパニックの色を聞きつけたのか、ケニーがはじめてペレスをまともに見た。

「おまえがここにいる必要はない」

ペレスはどうにかしてケニーと心をかよわせようとした。崖っぷちから戻ってくるように説得するのだ。「あんたがフェア島で働いてた夏のことを覚えてるか、ケニー？　ノース・ヘイヴンの港の工事で働いてたときのことを。あんたと再会してから、ずっとあのころのことを考えてたんだ」

「そうなのか？」ケニーが顔をしかめた。とりあえず、すこしのあいだ自分だけの世界から出てこようとしていた。もしかすると、そうできて喜んでいるのかもしれなかった。

「あんたはおれの実家に滞在するようになってから、また宿泊所に戻っただろ。どうしてそうしたのか不思議でね」

「おまえのお袋さんは、おれのことをなにかいってたか？」

「あんたが出ていってからは、なにも。お袋があんたに好意をもってたのは、わかってる。あんたのことをほめてばかりいたから」

「おれは彼女を愛してると思った」ケニーがいった。「夏で、頭がすこしいかれてたんだな」間があく。「いや、そうじゃない。やっぱり彼女を愛してた」

ペレスはふたたび胃がよじれるような感覚をおぼえた。ただし、今回は崖の高さとは関係なかった。彼の母親は母親であって、女ではなかった。男が恋に落ちる対象ではなかった。ペレスはなにもいわなかった。

「なにもなかった」ケニーがいった。「おれたちはそういう関係じゃなかった。もっとも、おれはそうなれたらと思っていたが。だから、宿泊所に戻ったんだ。彼女とおなじ家にいると、頭がおかしくなるから。落ちつけなかった。眠れなかった。いまなら、それが長つづきするものじゃなかったってことがわかる。おれの女はエディスだった」ケニーの口から思いがけずすり泣きが洩れたが、それは海鳥たちの鳴き声にのみこまれていった。

「うちの親父は、あんたたちのおたがいに対する気持ちを知ってたのか？」

ケニーはこたえず、ふたたび自分だけの世界にとじこもってしまったように見えた。

「崖から離れたらどうだ、ケニー？　ふたりできちんと話そう。フェア島のことじゃなく、ローレンスのことを」

ペレスは、ケニーの顔に涙のあとが幾筋もついていることに気がついた。オレンジ色の光のなかで、それらは溶解した銅みたいに見えた。そこに立って泣きじゃくるケニーをみつめながら、ペレスは気がつくと息をつめていた。心臓がどきどきいっているのがわかった。ケニーは数歩踏みだすだけで、崖のむこうへと転落していくだろう。

「わからないのか？」ケニーがいった。「話をしたって、どうにもならない。いまとなっては、もう手遅れだ」

「なにがあったのか、わかったような気がするんだ」ペレスは草の上に腰をおろした。手のひらにざらざらとしたハマカンザシがあたるのを感じて、ふたたび息ができるようになった。「あんたもすわったらどうだ、ケニー？　こっちで、おれといっしょに」

ケニーは立ちつくしていた。いまの言葉が相手の心に届いていないのが、ペレスにはわかった。「いつはじまったんだ？」ケニーの注意を自分のほうにむけさせようと、大きな声で急いで質問をなげかける。「ローレンスはいつだって、あんたのものを欲しがった。だろ、ケニー？　子供のころから？」

「あいつはおれより年上で、頭もよかった」ケニーがいった。「だから、それが当然だった」

「こっちにこいよ」ペレスはふたたびいった。悲嘆に暮れるケニーの身体が、ゆらゆらと揺れていた。ふだんはもの静かで、控えめで、自分を押し殺すくらい抑制がきいている男が、いまは完全に感情に支配されていた。自分が崖っぷちに立っていることを、忘れてしまっているようだった。この状態がつづけば、彼が崖から転落するのは時間の問題だった。ペレスはミツユビカモメの鳴き声にかろうじて負けない程度の声で、軽い口調のままつづけた。「でも、あんたからエディスを奪うのはどうかな、ケニー。そいつは当然とはいえないんじゃないか。だろ？」

ケニーが天を仰いで叫んだ。「いまさら、それがなんだっていうんだ？　わからないのか？　もうすべて終わったんだ」

そのとき、なぜかペレスはまえに身をのりだし、岩と砂利からなる崖下の浜辺を見おろした。

そこには小さな白い人影があった。

エディス。

ケニーの妻。

彼の最愛の人。

44

ケニーがしゃがみこみ、両手で頭をかかえこんだ。ペレスはゆっくりと立ちあがり、岩の橋の上をじりじりとケニーのほうへとちかづいていった。相手から目を離さず、下を見ないようにした。四方八方から風が吹きつけてきていた。ようやくケニーのまうしろまでくると、ペレスは両手でケニーの肩をつかんでまっすぐに立たせ、崖っぷちから離れた安全なところまで誘導していった。それから、ふたりは黙って小農場まで歩いて戻った。

家にはいると、ケニーはペレスを居間につれていった。キッチンよりもあらたまった場所で話す必要がある、と考えているようだった。とはいえ、湾を見晴らす大きな窓、羊皮の敷物、すわり心地のよい椅子がそろった居間は、ふつうの取調室とはかけはなれていたが。炉棚には、笑顔ですきっ歯を見せているトムソン家の子供たちの写真が何枚か飾ってあった。そして、結結婚式の写真も。ケニーはまだ口を閉ざしたままだった。ロイ・テイラーに電話をかけて状況を知らせなくてはならない、とペレスにはわかっていた。エディスの遺体の回収を手配する必要がある。だが、そういったことはすべて、あとでもかまわなかった。

「一杯やるだろ、ジミー」顔面蒼白で動きがぎごちなかったが、それでもケニーはすっかり落ちついているように見えた。先ほど崖で取り乱していたのが、まるで嘘のようだった。

ペレスはうなずいた。煙突の隣に据えつけられた食器棚からケニーがハイランドパークのボトルを取りだし、ふたつのグラスに注いだ。ふたりはすわったまま、おたがいをみつめていた。

「エディスが飛びおりるのを止めようとしたんだ」ケニーがいった。「だが結局、彼女はおれの手からすり抜けていった」ケニーが目を閉じる。エディスが崖から虚空へと踏みだしていく場面は、この先永遠に彼の脳裏から離れることはないだろう、とペレスは思った。

「エディスとローレンスの関係を、いつ知ったんだ？　当時から知ってたのか？」

「いや」ケニーがいった。「考えもしなかった。フェア島にいるあいだ、おれは自分のことで手一杯だった。おまえはどうやって知った？　エディスが話したのか？」

「エディスがそんなことするはずないのは、わかってるだろ、ケニー。彼女はずっとそれを秘密にしてきた。失うものがあまりにも大きすぎた」

「ローレンスがエディスのような女に惹かれるとは、思ってもみなかった」ケニーがいった。「あのころの彼女は、もの静かで、地味だった。美人じゃなかった。とりたてて可愛いわけじゃなかった。だが、ローレンスはそこに惹かれたのかもしれない。もの静かなところに。その意志の強さに。ローレンスは見てくれのいいベラをものにすることもできたのに、やっぱりそれは自分の望むものではないと考えたんだ」

「ローレンスがエディスを欲しがったのは、彼女があんたのものだったからじゃないのか、ケニー？　結局は、そういうことだったんじゃ？　兄弟のあいだの嫉妬心、競争心だ」

「いや」ケニーがいった。「そうじゃなかったと思う。ローレンスはおれを傷つけたいとは思ってなかった。本人にも、どうしようもなかったんだ」

「どうして、それがわかる？」

「どうしてかな。はっきりしたことはわからない。ただ、そう思うんだ――そう思いたいんだろう」外では太陽がさらに低く沈んで地平線のむこうに半分隠れており、紫色のねじれた雲の切れ端がそのふちに何本かかかっていた。光はいっそうやわらかさを増し、ぎらぎらしたところが薄れていった。「エディスが話したんじゃなければ、どうやってあのふたりのことを知った？」

「みんなの話から推測したんだ」ペレスはウイスキーをひと口すすった。「エディス自身も、気になることをいってた。ローレンスはロディとおなじで、自分の人生にあらわれた女性をものにせずにはいられなかった、とね。あの夏、ローレンスがひまさえあればビディスタにいたことはわかっていた。彼がアギーともベラともつきあっていなかったとすると、残るはエディスだけだ。それに、今夜アギーがおなじようなことをいった。〝昔からずっとケニーには同情していた。脇役をやらされていて〟」

「この谷の連中は、みんな知ってたのか？」ケニーは腹をたてていた。

「くわしくは知らなかった」ペレスはいった。「ただ、ローレンスがエディスを好きだってことは、ほとんどのものが知ってたんだろう。なにも知らなかったのは、あんたとベラだけだった。そしてベラは、うすうす感づいてたんじゃないかな。ただ、自尊心が邪魔をして、それを見ないようにしてたんだ」ここで言葉をきる。「あんたはどうなんだ、ケニー？　どうやって知った？」

「おまえとおなじように、最後には自分で気づいた。あのワイルディングって作家に会いにいったんだ。やつは当時のことをいくらか覚えていた。パーティがしょっちゅうひらかれてた。きっとローレンスは、そこでやつに話したんだろう。酔っぱらうと、いつも愚痴っぽくなってたから。おまえがいまいったとおりだった。当時、ワイルディングはベラに警告しようとした。ローレンスの関心は彼女にはないってことを。だが、ベラは耳をかそうとしなかった」

「ジェレミー・ブースも知ってたにちがいない」ペレスはさらにひと口ウイスキーをすすった。あとでこれをすべて供述書にする必要があるだろうが、いまはとにかく自分の頭のなかで事件をきちんと整理したかった。

「ローレンスが〈ビディスタの穴〉のほうにむかっていったとき、ブースは丘にいたんだ」ケニーがいった。「そこで起きたことを目撃していた」

「あの日、なにが起きたんだ、ケニー？　エディスが話してくれたのか？」

「夏まっさかりで、むし暑い夜だった。風がなく、どんよりとしていた。ベラの屋敷では大がかりなパーティがひらかれていた。ローレンスはエディスに頼んで、丘で会う約束を取りつけた。ほかの連中が凝った衣装と仮面で盛装しているときに、丘で会う約束を。エディスも悪い気はしなかったにちがいない。そうだろう？　だから彼女はローレンスによろめいたんだ。あらゆる女性のあこがれの的であるローレンスに求められたから。彼はエディスに話があるといった。それで、彼女はおれの親父に子供たちの世話をまかせて、ローレンスに会いにいった。ローレンスは、ベラにいったのとおなじことをエディスに告げた。〝ベラを愛することはできない。ベラとは結婚できない。ベラと家庭をもつことはできない。〟〝ベラには、旅に出るといってきた。シェトランドを離れると〟。ローレンスはそういうと、エディスにいっしょにきてくれと頼んだ。〝子供たちだけつれて、いっしょにいこう。今夜みんなでサンバラにいって、いちばん最初に本土に発つ飛行機に乗るんだ〟。いかにもローレンスらしいよ。実務的な感覚はゼロ。どこへいくのかも、まったく考えていない」

「だが、エディスはいっしょにいこうとしなかった？」

ケニーが顔をあげて、ペレスを見た。ペレスがそこにいるのを忘れていたかのようだった。

「ああ、彼女はいこうとしなかった。ローレンスといっしょの時間を楽しみ、彼に恋してるとさえ思っていたかもしれないが、それでも彼女はおれの女房だった。話がその部分にさしかかるころには、ふたりは丘のてっぺんまできていた。〈ビディスタの穴〉のすぐそばに立っていた。そのとき、ローレンスが彼女を抱きしめようとした。ここで彼にふれられたら心が揺らいで、いっしょにいきたくなるかもしれない――それが心配だった、とエディスはいってたよ」

このときはじめて、ケニーの声にかすかな苦々しさがあらわれた。「昔から、ローレンスにかかると、女はみんないちころだった」

「なにがあったのか話してくれ、ケニー」

エディスが彼を押しのけた。彼は足をすべらせ、穴に落ちた。底の岩場に頭を打ちつけた。エディスはあとをおって穴の底まで降りていき、彼が死んでいるのを知った。そこで、上から見えなくなるように、死体を洞穴のなかにひっぱりこんだ。エディスは昔から力が強かった。小農場の仕事でも、おれにひけをとらなかった」間があく。「あとは、ネズミと鳥と潮の満ちひきが面倒をみてくれたんだろう」

ふたりはすこしのあいだ黙ってすわっていた。

「その晩、ジェレミー・ブースはローレンスがどうなったのかをエディスに問いつめたのか?」

ケニーが首を横にふった。

「彼女が死体を隠してから穴をのぼっていくと、ブースの姿が目に飛びこんできた。やつは丘のふもとにいて、彼女のほうを見あげていた。エディスは自分とローレンスのもみあいを彼に目撃されていないことを願った。翌日、ブースの姿は消えていた。これですべて終わった、と彼女は考えたにちがいない」

「自分は逃げおおせたと?」

「ああ。だが、実際にはそうじゃなかった。毎年夏がくるたびに、彼女は眠れないままベッドに横たわっていた。おれは白夜のせいだと考えてたが、本当はローレンスが夢にあらわれるからだったんだ」ケニーがグラスをおいた。「打ちあけてくれてたら、よかったのに。どうなると思ったんだろう？　そのせいで、おれに憎まれるとでも？」

「ブースはいつ彼女に連絡してきたんだ？」

「二週間ほどまえに、メールで。仕事場のアドレスのほうにきたメールだったが、彼女はそれを自宅で受け取った。夜、いつもうちのパソコンで仕事をしてたんだ。やつは、ロディとビディスタを取りあげたドキュメンタリー番組を見ていた。そして、そこで彼女が介護センターで働いてることを知った。番組のなかのおれたちは、実際よりもずっと裕福であるかのように描かれていた。金が必要だ、とやつはいった。娘にやるために。空白の歳月の埋め合わせをするために」ケニーがペレスを見た。「けど、うちの娘はどうなるんだ？　娘になんていえばいい？」

ペレスはかぶりをふって、自分がその答えをもちあわせていないことを示した。

「そのうち、ブースがエディスの仕事場にあらわれた。彼女のショックを想像してみてくれ！　イングランドにいると思ってた相手が、まるで別人みたいになって、ウィリーの古い友人と称して目のまえに立ってたんだ。エディスが気づいたときには、やつはウィリーとおしゃべりしてた。〝なにがあったか知ってるんだろ、ウィリー？〟ブースはそういってた。〝見当くらいはついてるはずだ〟。だが、ウィリーはなにもしゃべろうとはしなかった」

「イングランド人からいろいろ質問された、とウィリーはいってた」ペレスはいった。「そう聞いて、はじめはワイルディングのことだと思った。それがブースだと気づいたとき、どうしてエディスが彼の訪問のことにふれなかったのか、疑問に思ったんだ。それで、そのあとは？」

「展覧会のオープニングでビディスタにいくつもりだ、とブースはエディスにいった。ちょっとした演《だ》し物をやって、一石二鳥で楽しむつもりだ、と。昔からベラは、気どりくさった嫌な女だった。ブースを自分の家に招いておきながら、やつをゴミみたいにあつかったことがあったらしい。あの女も、拒絶されるのがどういうものかを思い知ればいいんだ。ブースはただ、いたずらを楽しんでいただけだと思う。仮面。盛装。きっとご満悦だったにちがいない。エディスはとにかく、やつに介護センターからおとなしく消えてもらいたかった。展覧会でビディスタにいったついでに金を受け取りたい、とやつはエディスにいった。桟橋の小屋でおちあおう、と」ケニーが立ちあがり、ペレスのグラスにウイスキーを足してから、自分のグラスにも注いだ。

「どうしてエディスは黙って彼に金を払わなかったんだ？」ペレスはそっとたずねた。

ケニーが小さく肩をすくめた。「やつを信用できなかった、と彼女はいってた。もっと金をせびりに戻ってくるかもしれない。それに、腹がたったんだ。おれたちはいつだって、懸命に働いて、いまあるものを手にいれてきたんだから。エディスはそう説明してたが、おれには彼女の神経がぼろぼろになってるのがわかった。眠れない夜がつづいていたせいで、まともに考えられなくなってたんだ」ケニーは両手でグラスをしっかりとつかんでいたが、それでもぶるぶる震えていた。声を平静に保つには、そうとうの努力が必要だった。「小屋の暗がりでやつがくるのを待ってたときのことを、彼女が話してくれた。やつは浜辺からかばんをとってきてて、例の馬鹿げた仮面を顔につけてた。ここでも、おどけてたわけだ。エディスを驚かせたかったのかもしれないな。このとき顔が見えてたら、エディスはやつを絞め殺していなかったかもしれない。仮面のせいで、人間らしさが失われていなければ。だが、そのへんのところは、よくわからない。エディスは昔から、こうと決めたら最後までやりとおす女だったから。彼女は暗闇のなかでやつの不意をつき、うしろから絞め殺した。そして、自殺のように見せかけたあとで、おれが丘からおりてくるまえに庭に戻った」ケニーは言葉をきると、悲しげにペレスを見た。「なにがあったのか、おれはまったく気づいてなかった。これだけ長いこと夫婦をしてきたのに、ちっとも気づいてなかった」

「ロディはどこで関係してくるんだ？　ローレンスが死んだとき、彼はまだほんの子供だった」

「ブースが死んだ晩、あいつはエディスが桟橋から戻ってくるところを目撃してたんだ。〈ヘリング・ハウス〉の窓から」

「そういえば、そうだ。あの晩、おれもロディが窓辺にいるのに気づいてた」

「どうやらロディは、そのことを気にもとめていなかったようだ。だが、あとになって、エディスが自分は一度も小農場を離れなかったというのを聞いた。それがずっと心にひっかかってたんだな。ロディはウィリーを訪ねて介護センターにいったとき、エディスをぎょっとさせるようなことをいった。〝あの晩、浜辺でなにしてたんだい、エディス？　誰と会ってたのかな？〟。エディスは適当に話をでっちあげたが、ロディが納得していないのがわかった」

もしかすると、ベラとおなじように、ロディにも記憶がじょじょに戻ってきていたのかもしれない、とペレスは思った。子供時代に見たことの記憶が。「それで、彼女はロディも殺した」

「ああ」ケニーがいった。「彼女がロディも殺した。かわいそうに。好き嫌いはべつにして、あいつはあんな最期をとげるべき男じゃなかった。エディスがいつもいってたよ。ロディを見てると、ローレンスのことを思いだすって。彼女は〈ビディスタの穴〉のそばで自分と会うようにロディを説得すると、ローレンスのときとおなじようにして殺した。訪問介護にいくと称して、介護センターを抜けだして」

「知ってる」ペレスはいった。「確認したんだ」

ケニーはウイスキーのグラスをおくと、丘の上でしたように両手で頭をかかえこんだ。そして、ふたたびさめざめと泣きはじめた。

45

今夜のふたりの会合は、ペレスの家でおこなわれていた。外壁に打ちつける波と屋根で鳴くカモメのせいで、ここにくるたびにテイラーは家というよりも船の上にいるような気分にさせられた。テイラーは居間の床に寝そべった状態で、コーヒーをいれているペレスにむかって大声でしゃべっていた。背中のせいなんだ、とテイラーはいった。慢性的な問題をかかえててね。

スポーツでやった古傷だ。ときどき、楽な姿勢はこれしかなくなるんだ。
「気がつくべきだったよ」テイラーが大声でいった。自分自身に腹をたてているようだった。「ブースの家に、エディスとローレンスの写真があった。ウエスト・ヨークシアの連中がそいつをメールで送ってくれた。ふたりは和気あいあいとした感じで写っていた。ふたりの関係に気づいていれば、きみより先に解決にたどりついていただろう。だが、わたしはブースの家の捜索を地元の連中にまかせた。もちろん、かれらにとっては、その写真はなんの意味ももたなかった」

ペレスがトレイをもって居間にはいってきた。コーヒーポットとマグカップ、それにチョコレート・ビスケットの包みがのっていた。

「きみだって、彼女にそんなことができるとは思ってなかったんだろう？」テイラーがやや声をおとしていった。「大柄な女性じゃなかったから」起きあがって伸びをすると、トレイからマグカップをとる。

「だが、力は強かった。いまでもケニーを手伝って、小農場の仕事をしていた。それに、介護センターで重たいものをもちあげるのに慣れていた。ブースは襲われることを予想していなかった。いったん首に針金がまきつけられると、抵抗はそう長いことつづかなかった。自殺に見せかけるのは、さらに簡単だっただろう」

「ブースがあらわれるまで、ローレンスの件はすべてかたがついた、と彼女は考えていたにちがいない。たとえ、いまになって骨が発見されても、これだけ時間がたっていれば、誰も殺人だとは考えないだろう」

「ローレンスは恋にやぶれて姿を消した、とみんな考えていた」ペレスはいった。「本人がベラにむかって、島を出るつもりだといっていたんだ。ベラにとっては、ローレンスが自分のせいで島を出た、とみんなから思われるのは好都合だった。誇り高い女性だから。このとき、ケニーはフェア島にいたから、ここにはローレンスがほんとうにフェリーに乗ったかどうかを確認する人間はひとりもいなかった。ケニーがビディスタに戻ってくるころには、人びとのあいだですでに定説ができあがっていた。それで、ケニーもその話を信じたんだ。ローレンスはベラにプロポーズしてことわられ、そのせいで島を出たのだ、と」

だが、ビディスタには事実がそうではないと知っている人たちがいた、とペレスは思った。すくなくとも、事実はちがうのではないかと疑う人たちが。ビディスタのようなところでは、関係を秘密にしておくことは不可能だ。だが、疑いをもった人たちは、それを自分だけの胸にしまっておいた。べつに陰謀がめぐらされたわけではない。この件が人びとのあいだで口に出して話しあわれたことは一度もないのだから。ローレンスが姿を消し、誰もそれに疑問を呈さなかった。誰も知りたくなかったのだ。シェトランドでは、ときとして知らずにいることが生きのびる唯一の方法となる。ウィリーは実際になにが起きたのかを察していたのかもしれない、とペレスは思った。だが、彼ならケニーを守りたいと考えただろう。ローレンスが死んだ翌日の晩、ウィリーはブースを車にのせて、フェリー乗り場まで送り届けていた。

「どうしてブースは、こんなに時間がたってからシェトランドに戻ってきたんだろう?」テイラーは床にすわって両足をまえにまっすぐのばしたまま、たずねた。

「金だ」ペレスはいった。「ブースはその直前に娘と再会し、失われた時間の埋め合わせをしたいと考えていた。あるいは、娘に愛してもらうために、大きなプレゼントをしたかったのかもしれない。彼の劇団は、いまも昔も赤字こそ出していないものの、決して運営は楽ではなかった。ブースはかつかつの生活を送ってたんだ。そんなとき、テレビのドキュメンタリー番組を見た。そのなかでは、どうやらケニーとエディスが大地主として描かれていたらしい。こうして、すべてがひとつにまとまった」

「どうしてブースは、ローレンスが死んだときに脅迫しようとしなかったんだ？」

「そんなことして、どうなる？　当時は、トムソン夫妻もブースに負けずおとらず金に困っていた。かれらの生活が楽になったのは、ようやくここ数年のことだ。はじめてのシェトランド滞在のあとで、おそらくブースは、ここにいたこと自体を忘れたかったんだろう。ベラは人をへこますときに情け容赦がないし、彼はまえにも逃げだしたことがある。それに、ウィリーに半ば強制的に島からおいはらわれたのかもしれない。そのころのウィリーは大男で、ブースが本土にむかう船に乗るところをしっかりと見届けていた」

「だが、ブースは戻ってきた。そして、エディスは彼に金を払わないことに決めた」

「彼女は、なにもない家庭で育った」ペレスはいった。「自分がさんざん苦労して手にいれた金を、脅迫者に渡すつもりはなかった。彼女はものごとをコントロールし、秘密を守ることに慣れていた。この件でも、逃げおおせるとふんだんだ」ペレスは窓台にすわって、外の海面をながめていた。

「それで、例の記憶喪失は？　あれはなんだったんだ？」

「パーティでのひと幕は、ベラに仕返しするためにブースが仕組んだ、彼なりの悪ふざけだった。まさか刑事に脇につれていかれるとは、予想していなかっただろう。わたしはすぐに自分の職業を告げたんだ。もちろん、彼は自分がビディスタにいる理由を説明したくなかった。記憶喪失は、刑事の質問にこたえないための口実だったのさ」

「ワイルディングは、これらのことにどうかかわっていたんだ？」

「無関係だ。彼は自分のおとぎ話とあたらしい家に夢中で、ほかのことを考える余裕なんてなかった。ウィリーと話をしにいったが、それはシェトランドの古い民話を聞かせてもらうためだった。あたらしいシリーズの材料集め。それだけのことだ」

テイラーは立ちあがると、マグカップをトレイに戻した。顔をしかめていた。「またしてもお手柄だな」という。「わたしよりも先に解決した」

「ここは地元だ」ペレスはいった。「インヴァネスだったら、どこから手をつければいいのかもわからなかっただろう」

テイラーはもっとなにかいいたそうに見えたが、黙って頬笑んだだけだった。

二日後、ペレスはテイラーを車にのせてサンバラまで送っていった。フランもそれに同行した。彼女がコーヒーを買いにいっているあいだ、男たちは空港のロビーにふたりきりで残された。そのとき、テイラーの便の搭乗手続きがアナウンスされた。彼はかばんをもちあげ、列のほうへむかってしばらく歩いたあとで、足を止めてふり返った。

「きみにいうつもりはなかったんだが」だしぬけにいう。「職場を変えることにした。別のところからお声がかかってね」例によってオオカミみたいな感じで、テイラーがにやりと笑ってみせた。「想像できるか？　リヴァプールに戻って、重大犯罪捜査班のトップになるんだ。ひきうけるつもりはなかった。故郷にちかすぎて、悪い思い出がありすぎるから。だが、ここで仕事をするのは二度とごめんだ。この気候。この光。またここで事件を担当したら、こっちまできみたちみたいに頭がおかしくなってしまうだろう」

テイラーはふたたび笑みを浮かべ、いまのがいくらかは冗談であることを示してから、ドアのむこうへと姿を消した。長い窓越しに、彼がアスファルト舗装の滑走路をよこぎっていくのが見えた。だが、彼はふり返りもしなければ、手をふりもしなかった。

「ちょっと散歩したくないかい？」北へ戻る車中で、ペレスはフランにたずねた。どうやってこの話題をもちだそうか、ずっと考えていたのだ。だが、その問いかけはぎごちなく、すこし唐突に聞こえた。

「いいわよ」

「ビディスタに寄るのはどうかと思って」

「どうして、そうしたいの？」フランはいった。「もう終わったのよ。あなたの責任じゃないわ」

「そんな気がするんだ」

「かれらがあなたの顔を見たがると、ほんとうに思ってるの？」

「いろいろ訊きたいことがあるだろう」ペレスはいった。

「それって、自分をすこしかいかぶりすぎてない？　おれがいなくちゃ、ものごとははじまらない、なんて」だが、そういうフランの口ぶりはやさしく、つまりはいっしょにきてくれるのだ、とペレスは解釈した。うれしかった。ひとりでは、いきたくなかったのだ。

〈ヘリング・ハウス〉のそばの道路に車をとめると、ふたりはしばらく浜辺に立って海をながめてから、カフェにはいっていった。店内にほかに客はおらず、マーティンと母親のアギーがテーブルについて、静かにおしゃべりしていた。ペレスとフランがはいってくるのを見て、アギーが途中でしゃべるのをやめた。ペレスはふたりにうなずいてみせた。

「残念です」という。「ああいう結果に終わって」

一瞬、かれらは黙ってみつめあっていた。これからビディスタにくるたびに、いつもこうなのだろうか、とペレスは思った。もう二度と、誰も彼に話しかけてこないのだろうか。

「ちょうどマーティンにいってたところなの」アギーがいった。「ローレンスの身になにが起きたのか、あたしは知らなかったって。はっきりとしたことは。ここがどんなだか、知ってるでしょ、ジミー。ときには、知りたくないこともある。だからといって、そのあとの出来事で、あたしが自分を責めていないわけではないけれど」

みじかい沈黙のあとで、マーティンが注文をとるために立ちあがった。突然、すべてがいっもの状態に戻った。静止していた画像が、通常のスピードに戻るみたいな感じだった。ペレスとフランは、コーヒーを飲みに立ち寄ったほかの観光客と変わりなかった。

「イングリッドと旦那さんがスコールズの小農場に戻ってくるの」アギーがいった。「しばらく、ケニーといっしょに暮らすわ。赤ん坊は、いつ生まれてもおかしくない状態よ。ビディスタに子供が増えるのは、いいことだわ」アギーが自分の孫のことを念頭においてそういっているのが、ペレスにはわかった。

「その子たちをボートに乗せてつれだしてくれるウィリーがここにいないのは、残念ですね」

「そうね」アギーがいった。「でも、昔がそんなによかったわけでもないのよ」アギーがペレスに頰笑みかけた。「うちに帰りなさい、ジミー。きょうみたいな日には、もっといろいろとやることがあるはずよ。もっといいことが。ここには、あなたは必要ないわ」

フランが腕をからませてきたので、ペレスはそのシルクの袖を肌で感じた。フランが首をまわして、頰笑みかけてくる。

「そうよ、うちに帰りましょう、ジミー」彼女はいった。「ほかにもやることならいろいろあるわ。もっといいことが」

解説

千街晶之

あまりにも遅れて評価された実力派――アン・クリーヴスという作家をそう呼びたくなるのは、一九八六年という早い時期にデビューし、コンスタントに作品を発表していながら、二〇〇六年発表の『大鴉の啼く冬』でようやく英国推理作家協会賞（CWA）最優秀長篇賞を受賞したからだけではない。その『大鴉の啼く冬』が、日本に初めて紹介されたクリーヴスの作品だからでもある。この作品を読んだ日本のミステリファンには、「これほどの作家が何故今まで紹介されなかったのか」と訝《いぶか》しく感じた向きも多かったに違いない。実際、『大鴉の啼く冬』は、『このミステリーがすごい！　2008年版』では海外部門十一位、『2008本格ミステリ・ベスト10』では海外部門六位、『IN★POCKET』二〇〇七年十一月号の「2007年文庫翻訳ミステリー・ベスト10」では総合四位（「読者が選んだベスト10」では八位、「作家が選んだベスト10」では四位、「翻訳家&評論家が選んだベスト10」では三位）と、各種年刊ベスト選出企画でも軒並み話題をさらうことになった。

『大鴉の啼く冬』の舞台となるシェトランド島は、イギリス最北、北緯六〇度の位置に実在する、荒涼たる「最果ての地」である。未読の方のために、物語の内容を少しおさらいしておくと——新年を迎えたばかりのシェトランド島で、少女の絞殺死体が発見された。被害者は数日前にある老人の家を訪れており、住人たちの疑惑の視線は彼に集中する。地元署のジミー・ペレス警部は、老人が犯人だという状況証拠が揃っていることは認めつつも、被害者をめぐる人間関係が気にかかり、独自の方針で捜査を進めてゆく。間もなくスコットランド本土のインヴァネス警察から、エネルギッシュなロイ・テイラー警部がやってきた。ふたりの警部は、島の秘められた人間関係に踏み込んでゆく……。

被害者が暮らしていたのは、誰もが顔見知りの小さな町。ペレス警部にとっても、事件関係者の多くは旧知の人間である。当然ながら、関係者の人数が少なければ犯人を見つけやすい、という単純な問題ではない。大勢の人間が暮らす大都会ならば、被害者と全く無関係と判明した人間を捜査対象から順繰りに外し、関係のある人間を絞り込んでいけばいい。しかし、小さな町の場合、住人同士がどこかで関係があるのが当たり前なので、その繋がりが事件に関係しているかどうか見極めるのが難しいという問題があるのだ。ある人間関係が明らかになった時、ペレスは「シェトランドでは、こういうことがよくあった。必ずしも、重要な意味があるとはかぎらない。ここの人びとは、複雑かつ親密につながりあっている。偶然が怪しいとは、かぎらなかった」と独白する。小共同体だからこその犯人捜しの難しさがペレスを悩ませるのである。

また、島に比較的新しくやってきた住人たちのそこはかとない疎外感も、人間関係に陰影を加えている。ペレスは父祖代々のシェトランドの住人だが、スペイン風の姓と地中海的な顔だちのせいでそうは思われないこともあり、余所者の疎外感も幾分かは理解出来るようである。古くからの住人と新しい住人の関係が織り成す複雑な人間模様こそが、綱渡り的と言えるほど大胆不敵な犯人隠しの技巧とともに、『大鴉の啼く冬』という小説の最大の読みどころだったと言っていいだろう。

さて、今回邦訳された『白夜に惑う夏』(原題 *White Nights*、二〇〇八年)は、その『大鴉の啼く冬』に始まる〈シェトランド四重奏《カルテット》〉の第二作にあたる。今回は事件をめぐる人間関係の描写に、どのような新しい趣向が加えられているだろうか。

前作の背景となる季節は邦題通り冬だったが、本書では一転して夏。シェトランドの夏は白夜であり、世界中から多くの観光客が訪れる。

ペレス警部は、前作の事件で知り合った女性画家フラン・ハンターとともに、ビディスタという町で開かれる絵画展に出かけた。それはフランと、ベラ・シンクレアというもうひとりの画家との共同展覧会だったが、フランはともかくベラは有名画家であるにもかかわらず、どういうわけか会場に訪問客の姿は疎《まば》ら。その場でペレスは、絵の前で奇妙な振る舞いを示す男を目撃する。ペレスは男に事情を問いかけたが、相手は自分が記憶を失っていて、どうしてそんなことをしていたのかも、自分が何者なのかもわからないと言い、ペレスが目を離した隙に会場から姿を消してしまった。

翌朝、桟橋近くの小屋で首吊り死体が発見される。道化師の仮面をつけていたその遺体は、ペレスが前夜声をかけたあの男だった。検死によって、自殺ではなく他殺と判明。ペレスは、本土からやってきたテイラー主任警部と再びコンビを組んで捜査にあたる。しかし、島では二人目の死者が出て……。

今回の事件は当初、島の住民たちにとって他人事のように冷静に受け取られていた。最初の被害者が住民ではなく余所者だからだ。しかし、衝撃的な第二の事件が起こると、人間関係は次第に不穏な翳りを帯びてくる。ペレスにフランという恋人が出来たほか、前作で友情を結んだテイラーとの共同捜査でも、テイラーの負けず嫌いでじっとしていられない性格が前面に出てしまい、ペレスのマイペースな捜査に苛立ってしまう場面が多いなど、捜査陣をめぐる人間関係も何かと波瀾含みである。

本土の人間であるテイラー主任警部が内心「ここは、秘密をもつことなどできないところだった。例の男を殺した犯人を住民が誰も知らないなんて、とても信じられなかった」と考えるように、古くからの住民たちは互いのことを知り尽くしているかのように見える。それはまるで、四六時中すべてが照らし出される白夜のような状況だ。しかし、旧知の間柄だからこそ、逆説的に人びとは秘密をつくりたがるという面もある（この種のクローズド・サークル的集落を舞台にしたミステリで、集落のそのような側面を描いたものは案外珍しい）。「聞くところによると、あなたはビディスタの住人のほとんどと幼馴染みだそうですね。誰よりも、かれらについてくわしいはずだ。人を殺しておいて、翌日、しれっと嘘をつける人物といったら、誰が思い浮かびますか？」というテイラーの質問に対し、ある住人は、「こんなふうにかたまって暮らしてると、他人をあまり穿鑿《せんさく》したりしないんだ。おたがい相手の気に障らないようにする。

みんないっしょに暮らしていかなきゃならないし、誰にだって自分だけの世界がいくらか必要だ。いってることが、わかるかな?」と答える。また、別の住人も、テイラーから「どういう感じなんですか(中略)こういう土地で育つというのは。わたしにはどうもぴんとこなくて。みんなに自分のことを知られているわけですよね」と言われて、「あら、みんなちょっとずつ秘密をもってるのよ。でなければ、とても正気ではいられないわ」と答える。これは、人口二万二千人の島の中の、更に小さな町だからこその感覚だろう。

この感覚は、白夜の季節に対する住民たちの思いに似てはいないだろうか。本書の3章は、「一年のこの時季は誰もがすこし頭がおかしくなる」というペレスの述懐から始まるが、同じような台詞は、その後も他の登場人物の口から繰り返される。「昼間はぎらぎらと降りそそぎ、夜になっても消えない光。太陽は決して完全には地平線のむこうに沈まず、そのため真夜中でも、外で読書ができる。冬があまりにも暗くて厳しいので、夏になると人びとは一種の躁状態におちいり、ひたすら活動しつづける」と描写されるシェトランドの白夜(ペレスの恋も、テイラー主任警部の前作以上に躁状態的な言動も、もしかすると幾分かは白夜の影響なのかも知れない)。そんな季節だからこそ暗がりや静寂が貴重なものであるように、プライヴァシーに乏しい小共同体であるが故に、住人たちは互いを過剰に穿鑿しないことで精神の安定を保とうとする。

しかし、他人の領域に踏み込むまいとするその意識が、この悲劇的事件のひとつの遠因になっているのだ。冬の暗く厳しい風景に相応しく、暗闇の中での手探りのような人間関係を描いていた前作に対し、本書はあまりにあからさまなことはかえって知らずに済ませたいという、小共同体ならではの特殊な人間心理を描いている。恐らく、著者は事件の基調に合わせて、それに相応しい季節や風景を設定しているのではないか（それとも逆だろうか？）。

前作を既読の方ならお気づきだろうが、本書には前作と類似したところがかなり多い。現在の殺人に過去の失踪事件が絡んでくるのも共通点なら、同じ人物が二度死体を発見する展開もそっくりである。だが、これはマンネリというよりは、敢えて共通点を数多く設けたように思える。似たような舞台、似たような設定を用いつつ、どれだけ前作と印象の異なる物語を綴ることが可能か。それはもしかすると、著者の自分への挑戦だったのかも知れない。

著者のアン・クリーヴスについては、詳しくは『大鴉の啼く冬』の川出正樹氏の解説を参照していただきたいが、その後に判明した情報を追加しておく。

〈シェトランド四重奏《カルテット》〉の三作目として、二〇〇九年に *Red Bones* が刊行された。『大鴉の啼く冬』の原題が *Raven Black*、本書の原題が *White Nights* であるように、著者は四部作のタイトルにそれぞれ異なった色彩を入れている。そして、著者のホームページによると、近いうちに刊行されるであろう第四作の仮題は *Blue Lightning*。背景となる季節は、第一作から順に、冬、夏、春、秋となる。これで、島の四季それぞれの事件を描いた〈シェトランド四重奏《カルテット》〉はひとまず完結することになるが、まだまだ他に面白そうな作品が多い実力派なので、今後も紹介が続くことを期待したい。

訳者紹介　1962年東京都生まれ。慶應大学経済学部卒。英米文学翻訳家。主な訳書にクリーヴス「大鴉の啼く冬」、ブルックマイア「楽園占拠」、ブリンコウ「マンチェスター・フラッシュバック」などがある。

検印
廃止

白夜に惑う夏

2009年7月31日　初版
2023年5月19日　6版

著　者　アン・クリーヴス

訳　者　玉《たま》　木《き》　亨《とおる》

発行所　(株)東京創元社
代表者　渋谷健太郎

162-0814/東京都新宿区新小川町1-5
電　話　03・3268・8231-営業部
03・3268・8204-編集部
URL　http://www.tsogen.co.jp
暁印刷・本間製本

乱丁・落丁本は、ご面倒ですが小社までご送付ください。送料小社負担にてお取替えいたします。

ISBN978-4-488-24506-1　C0197

2011年版「このミステリーがすごい！」第1位

BONE BY BONE◆Carol O'Connell

愛おしい骨

キャロル・オコンネル

務台夏子 訳　創元推理文庫

◆

十七歳の兄と十五歳の弟。二人は森へ行き、戻ってきたのは兄ひとりだった……。

二十年ぶりに帰郷したオーレンを迎えたのは、過去を再現するかのように、偏執的に保たれた家。何者かが深夜の玄関先に、死んだ弟の骨をひとつひとつ置いてゆく。

一見変わりなく元気そうな父は、眠りのなかで歩き、死んだ母と会話している。

これだけの年月を経て、いったい何が起きているのか？

半ば強制的に保安官の捜査に協力させられたオーレンの前に、人々の秘められた顔が明らかになってゆく。

迫力のストーリーテリングと卓越した人物造形。

2011年版『このミステリーがすごい！』１位に輝いた大作。

刑事オリヴァー&ピア・シリーズ

TIEFE WUNDEN◆Nele Neuhaus

深い疵《きず》

ネレ・ノイハウス
酒寄進一 訳 創元推理文庫

◆

ドイツ、2007年春。ホロコーストを生き残り、アメリカ大統領顧問をつとめた著名なユダヤ人が射殺された。

凶器は第二次大戦期の拳銃で、現場には「16145」の数字が残されていた。

しかし司法解剖の結果、被害者がナチスの武装親衛隊員だったという驚愕の事実が判明する。

そして第二、第三の殺人が発生。

被害者らの過去を探り、犯行に及んだのは何者なのか。

刑事オリヴァーとピアは幾多の難局に直面しつつも、凄絶な連続殺人の真相を追い続ける。

計算され尽くした緻密な構成&誰もが嘘をついている&著者が仕掛けた数々のミスリードの罠。

ドイツでシリーズ累計350万部突破、破格の警察小説!